가네코 후미코 옥중 수기

무엇이 나를 이렇게 만들었는가

가네코 후미코
옥중 수기

무엇이
나를
이렇게
만들었는가

가네코 후미코 지음
장현주 옮김

더스토리

차례

잊을 수 없는 모습

잊지 못할 1926년 7월 27일, 가네코 후미코의 차가워진 몸이 도치기현 우쓰노미아 형무소 도치기 지소의 차가운 감방 창가에서 발견되었다. 후미코는 그 전날 26일 새벽 세는나이로 스물셋의 한여름, 이 세상에 영원한 결별을 고했다.

그 후 31일 새벽, 그녀의 어머니와 후세 변호사, 우마시마 의사의 입회하에 우리 일행 십수 명은 도치기쵸 외곽의 갓센바 묘지에 가매장된 후미코의 시체를 발굴하기 시작했다.

정확히 3시, 달 밝은 새벽녘 촉촉하게 내린 밤이슬은 갓센바 묘지 일대의 잡초 위에서 푸르스름하게 빛났고, 근처의 논밭은 무섭도록 침묵하고 있었으며, 달빛을 받은 나뭇잎 끝은 반짝반짝 빛나고 있었다. 문자 그대로 죽음의 묘지, 우리의 발소리만이 이상한 긴장과 흥분에 휩싸여 묘지 깊은 안쪽으로 나아갔다.

그리고…… 몇 송이의 과꽃이 놓인 묘지를 팠다. 지하 약 1미터 20센티미터의 습지 가운데 물기에 부풀어 오른 부패한 후미코의 시체, 퉁퉁불은 넓은 이마와 두껍고 튀어나온 입술, 손을 대면 안면의 피부가 주르르 벗겨지는 부패한 몸……, 그리고 특색이 있는 이마와 짧게 자른 머리가 아니었다면 그것이 후미코의 시체라고는 그녀를 알고 있는 누구도 알아보지 못할, 두 번 다시 보고 싶지 않은 무참한 후미코를, 낡은 솜과 톱밥에 파묻힌 관 속의 후미코를 찾아냈다. 그리고 부패한 시체 특유의 악취를 풍기며 물이 줄줄 흐르던 관을 짐수레에 싣고 간신히 약 8킬로미터 떨어진 화장터에 도착하니, 동쪽 하늘 일대가 어슴푸레하게 밝아오는 아침 5시였다.

이리하여 1931년 후미코가 스스로 목매달아 죽은 지 5년, 그녀가 죽은 7월이 왔다. 올해 7월, 후미코가 체포되어 이치가야 형무소에 수감된 4년 동안 썼던 수기, 후미코의 전 생애를 풀어놓은 수기가 한 권의 책으로 정리되어 이 세상에 나온다. 후미코는 이 수기를 다음과 같은 글과 함께 건네주었다.

이 수기는 천지신명에게 맹세컨대 (만약 그런 맹세를 할 수 있다면……) 나 자신의 거짓 없는 삶의 고백이며, 어떤 면에서는 내 삶의 폭로이자 말살이다. 저주받은 내 삶 최후의 기록이고 이 세상에 작별을 고하는 걸작이다. 아무것도 소유하지 않은 나의 유일한 선물로서 이것을 드린다.

그리고 5년 후, 어쨌거나 세상에 이 책이 나오게 된 것은 후미코 생전 재소 4년의 숙원이자, 동시에 나에게도 평생 잊을 수 없는 하나의 사건이다.

그러나 후미코는 멀리 떠났고 그 모습은 희미해져가고 있지만 인간 후미코, 이 세상에 태어나 스물셋의 청춘을 마지막으로 스스로 목을 매고 가버린 후미코, 성격적으로도 커다란 의문을 남기고 간 후미코, 그 후미코에 대해 우리 사회는 결코 잊지 않고 있다.

'무엇이 나를 이렇게 만들었는가?' 책 제목처럼 정말 그렇게 된 후미코, 그녀는 왜 그래야만 했을까? 이 수기는 자신에게 던지는 이 질문에 자세하게 답하고 있다. 그리고 그렇게 된 자신을 일체의 거짓도 없이 대담하고 솔직하게 백일하에 폭로하고 있다.

후미코는 생전에 몹시 감정적이고 말도 잘했으며 잘 웃었는데, 어쩌다 조선에서 살던 이야기가 나오면 눈물을 뚝뚝 흘리며 큰 소리로 울부짖었다. 박열이 옆에서 얼굴을 찡그리며 제지해도 그 참담하고 불행했던 생활을 끝까지 이야기했다. 감정적인 후미코.

그녀는 어떤 일을 하기 시작하면 밥 먹는 것도 잊고 완전히 몰두했다. 단, 인생에 대해서는 어떠한 기대도 갖지 않았다. 아니, 오히려 절망했다. 그 절망의 밑바닥에서 쓴웃음을 짓던 후미코. 그 삶과 강한 의지와 인내, 그럼에도 무척 정 많고 적나라하게 자신을 해방시킨 인간 후미코······. 이런 후미코에 대해 나는 하고 싶은 말이 너무도 많다. 그러나 이 수기에서 인간 후미코가 자신의 펜으로 자신에 대해 충분히 썼다고 생각한다.

　나의 서툰 글은 이 정도로 하고, 분명 누구라도 눈물 없이는 읽을 수
없을 이 수기를 전국의 뜻있는 사람들에게 보낸다.

1931년 7월

후미코 사후 5주년을 맞아

구리하라 가즈오

편집에 대한 나의 바람

- 가네코 후미코

구리하라 형

1. 기록 외의 장면, 예를 들면 전후 관계 등에서는 상당히 기교를 사용했습니다. 그러나 기록은 모두 사실에 입각했고 사실이라는 것에 생명이 있습니다. 때문에 어디까지나 '사실의 기록'으로 보고 취급해주기 바랍니다.
1. 문체는 어디까지나 단순하고 솔직하며 격식 차리지 말고 가급적 알기 쉽게 해주기 바랍니다.
1. 특수한 경우를 제외하고 너무 아름다운 시적 문구를 쓰거나 지나친 기교를 부리거나 복잡한 형용사를 쓰는 것은 가급적 피하기 바랍니다.
1. 문체에 중점을 두고 문법 등에는 너무 구속되지 않기 바랍니다.

수기의 첫머리에

1923년 9월 1일 오전 11시 58분, 갑자기 수도 도쿄가 있는 간토 지방이 대지의 밑바닥에서부터 요동치기 시작했다. 집들은 우지직 소리를 내며 비틀리고 무너졌으며 사람들은 그 집 아래 생매장되었다. 겨우 살아남은 사람도 미친개처럼 울부짖거나 여기저기 뛰어 돌아다녔다. 이렇게 순식간에 문명의 낙원은 아비규환의 생지옥으로 변해버렸다.

쉴 새 없이 여진과 격진이 찾아왔다. 대화산의 분화처럼 적란운이 뭉게뭉게 너른 하늘을 향해 소용돌이치며 피어올랐다. 수도는 이미 사방에서 일어난 대화재의 검은 연기에 가려졌다.

격동, 불안 그리고 결국 그 터무니없는 유언비어와 소요.

얼마 지나지 않아서다. 우리가 제국의 경비를 맡고 있는 자들의 명령으로 경찰에 연행된 것은.

무슨 이유였을까. 나에게는 그것을 말할 자유가 없다. 단지 그로부터 얼마쯤 지나 도쿄지방재판소의 예심 법정에 불려가 취조를 받았다는 것밖에 말할 수 없다.

간수의 안내에 따라 예심 법정의 문을 지나자, 거기에는 이미 서기를 거느린 법관 한 명이 나를 기다리고 있었다. 나를 본 법정 직원이 피고석을 준비하기 시작했다. 그사이 나는 쓰고 있던 짚으로 엮은 삿갓을 손에 들고 법정 입구 쪽에 조용히 서 있어야 했다. 판사는 그런 나를 냉정한 태도로 가만히 바라보고 있었다.

이윽고 나는 피고석에 앉혀졌다. 판사는 나의 뱃속까지 관찰하겠다는 듯이 한참을 지그시 바라본 후 조용히 입을 열었다.

"자네가 가네코 후미코인가?"

내가 그렇다고 대답하자, 그는 예상과 달리 상냥한 태도로 자신을 밝혔다.

"내가 자네 담당이네. 예심 판사 다테마쓰라고 하네."

"그렇습니까. 그럼 잘 부탁드립니다."

나도 미소를 지으며 대답했다.

형식적인 예심 심문이 시작된 것은 그다음이었다. 그러나 그 형식적인 심문 중에도 판사는 앞으로 할 취조의 중요한 단서를 잡은 듯했다. 그래서 나는 지금 그때의 대화를 여기에 그대로 적겠다. 이후에 계속될 내 수기를 쉽게 이해하는 데 도움이 될 거라고 생각하기 때문이다.

판사가 입을 열었다.

"우선 자네의 본적은?"

"야마나시현 히가시야마나시군 스와무라입니다."

"기차로 가면 어디서 내리지?"

"엔잔이 가장 가까울 듯싶습니다."

"음, 엔잔?"

판사는 고개를 갸웃거리며 말을 이었다.

"그렇다면 자네의 마을은 오후지무라 쪽이 아닌가? 실은 내 지인 중에 사냥꾼이 있는데 겨울이 되면 자주 간다네……."

나는 그 오후지무라를 몰랐다.

"글쎄요, 잘 모르겠어요. 실은 거기는 그러니까 스와무라는 말이죠, 제 본적지긴 하지만 지금까지 2년도 살지 않았어요."

"흠. 자네는 그 본적지에서 태어나지 않았다?"

"그렇습니다. 부모님의 말에 따르면 저는 요코하마에서 태어났다고 하더군요."

"그렇군. 그럼 자네 양친의 이름은 무엇이며 어디에 사는가?"

대체적인 것을 경찰 조서로 이미 알고 있는 판사가 일부러 물어본다는 생각이 들자, 나는 내심 쓴웃음을 짓지 않을 수 없었다. 나는 정직하게 그리고 솔직하게 대답했다.

"조금 복잡합니다. 호적상으로 아버지는 가네코 도미타, 어머니는 요시로 되어 있지만 그분들은 사실 제 어머니의 부모님, 즉 제 외조부모님입니다."

판사는 놀란 얼굴을 했다. 그리고 내 진짜 아버지와 어머니에 대해 물었다.

나는 대답했다.

"그러니까 아버지는 사에키 후미카즈라고 합니다. 아마도 시즈오카현 하마마쓰에 살고 있을 테고, 어머니는 가네코 기쿠노라고 하며 자세히는 모르지만 고향집 근처에 살고 있을 겁니다. 호적상 관계가 어머니는 언니로, 아버지는 형부로 되어 있습니다……."

"잠깐."

판사가 내 말을 가로막았다.

"조금 이상하게 들리는군. 어머니가 언니로 되어 있는 건 알겠는데 아버지와 어머니는 성도 다르고 남남이 된 것 같은데……."

"그렇습니다."

어두운 마음으로 나는 대답했다.

"아버지와 어머니는 아주 예전에 헤어졌습니다. 그렇지만 어머니의 동생, 즉 제 이모가 아버지의 후처가 되어 현재 아버지와 함께 살고 있습니다."

"음, 그렇군. 거기에는 뭔가 사정이 있겠군. 자네의 아버지와 어머니는 언제쯤 헤어졌나?"

"벌써 13, 14년 전입니다. 아버지와 헤어진 게 아마 제가 일곱 살 무렵일 겁니다."

"그리고? 그때 자네는 어떻게 되었나?"

"아버지와 헤어지고 어머니가 저를 맡았습니다."

"음, 그럼 그 후로는 계속 어머니가 연약한 몸으로 자네를 기른 거군."

"그렇지 않습니다. 아버지와 헤어진 뒤 어머니와도 바로 헤어졌습니다. 그 후로는 거의 아버지나 어머니의 신세를 지지 않았습니다."

이렇게 대답하는 순간, 지금까지의 내 모든 일과 경험들이 가슴속에 확 펼쳐지는 것을 느꼈다. 나도 모르게 눈가에 이슬이 맺혔다. 그것을 봤는지 못 봤는지 판사는 약간 동정하는 듯한 말투로 "상당히 고생했겠군.

그럼 거기에 대해서는 나중에 천천히 듣기로 하고"라고 말했다. 그리고 서기의 테이블 앞에 놓여 있는 서류를 자신 앞으로 가져가더니 사건의 심문에 들어갔다.

그러나 앞서 말했듯이 그것을 여기에 적을 수 없다. 또 그럴 필요도 없다. 다만 그 후 판사는 내게 과거 경력에 대해 뭔가를 써서 제출하라고 명령했다. 법률에는 피고에게 불리한 것뿐만 아니라 유리한 것을 자주 질문하라는 조문이 있다고 한다. 그런데 좀처럼 사용하지 않는 그 조문을 내게 적용한 것은 내가 그렇게 가당찮은 일을 한 이유가 나의 성장 배경 때문은 아닌지 알고 싶었는지도 모른다. 물론 이런 이유 때문이 아니라 그저 신문기자와 같은 호기심 때문에 그렇게 명령했을지도 모른다. 어느 쪽이든 상관없다. 다만 나는 명령받은 대로 나의 성장 과정을 썼다. 그것이 이 수기다.

이 수기가 재판에 어느 정도 참고가 됐는지는 나도 모른다. 그러나 재판도 끝난 지금 판사에게는 더는 쓸데없는 것이기에 판사에게 부탁하여 이 수기를 돌려받았다. 나는 이것을 나의 동지들에게 보낸다. 하나는 나에 대해 더 깊이 알아주었으면 하는 것이고, 또 하나는 동지들에게 유용하다고 생각된다면 책으로 출판해주었으면 하는 바람에서다.

나는 무엇보다 많은 부모들이 이것을 읽어주었으면 한다. 아니, 부모뿐만 아니라 좋은 사회를 만들고자 하는 교육가, 정치가, 사회사상가를 비롯한 모든 사람이 읽어주었으면 한다.

아버지

나의 수기는 내 나이 네 살 무렵까지로 거슬러 올라간다. 그 무렵 나는
나를 낳은 친부모와 함께 요코하마 고토부키쵸에서 살았다. 아버지가
무슨 일을 하는지 물론 나는 몰랐다. 나중에 들어보니 아버지는 그 무렵
고토부키쵸 경찰서의 형사인가를 했다고 한다.

내 기억으로는 이 무렵의 아주 짧은 기간만이 천국 같은 시절이었다.
왜냐하면 아버지에게 무척 귀여움을 받았던 것으로 기억하니까……

나는 언제나 아버지를 따라 목욕탕에 갔다. 매일 저녁 아버지가 목말
을 태워주어서 나는 아버지의 머리를 끌어안고 목욕탕 문을 지나갔다.
머리를 자르러 갈 때도 반드시 아버지가 나를 데리고 갔다. 아버지는 내
옆에 붙어서 앞머리는 이렇게 하고 뒷머리는 저렇게 하라는 둥 설명을
했고 그런데도 마음에 들지 않으면 이발사의 손에서 면도칼을 빼앗아
직접 밀어주기도 했다. 내 옷의 무늬를 고르는 것도 아버지가 했던 것

같다. 기장이나 품까지도 아버지가 어머니에게 지시를 하여 만들게 했다. 내가 아팠을 때 머리맡을 떠나지 않고 간호해준 것도 역시 아버지였다. 아버지는 틈만 나면 내 맥을 짚고 이마에 손을 얹으며 내게서 눈을 떼지 않았다. 그때 나는 뭔가를 말할 필요가 없었다. 아버지는 눈빛만으로도 내가 원하는 것을 알아채고 해주었으니까.

나에게 음식을 먹일 때도 아버지는 결코 대충 주지 않았다. 고기는 먹기 좋게 작게 자르고 생선은 작은 가시 하나라도 발라냈으며, 밥이나 국은 반드시 맛을 보아 뜨거우면 참을성 있게 식혀서 주었다.

지금 생각해보면 우리 집이 부유하지는 않았다. 그러나 인생에 대한 나의 첫인상이 결코 불쾌한 것은 아니었다. 그 당시 우리 집은 몹시 가난하고 생활이 어려웠을 것이다. 다만 아버지는 자신이 무슨 씨족의 후예로서 유서 깊은 집안의 장남이라고 믿었고, 어린 시절 아직은 꽤 부유했던 할아버지 밑에서 귀하게 자랐다. 그래서 그 영향으로 가난 속에서도 나를 예전의 자신처럼 품위 있게 키우려고 했다.

그러나 나의 즐거운 추억은 이것으로 막을 내린다. 나는 이윽고 아버지가 젊은 여자를 집에 끌어들인 것을 알게 되었고, 그 여자와 어머니가 노상 싸우거나 서로 욕하는 것을 보았다. 그리고 그때마다 아버지가 그 여자 편을 들며 어머니를 때리고 발로 차는 것을 봐야만 했다. 어머니는 가끔 가출했고 2~3일 동안 돌아오지 않았다. 그동안 나는 아버지의 친구 집에 맡겨졌다.

어린 나에게 그것은 상당히 슬픈 일이었다. 특히 어머니가 사라지면 한층 더 슬펐다. 그렇지만 그 여자는 언제인지 모르게 우리 집에서 모습을 감췄다. 적어도 내 기억에서 사라졌다. 하지만 그 대신 집에서 아버지를 보는 일도 역시 적어졌다.

지금 생각하면 유곽이었는데, 나는 어린 시절에 어머니 손에 이끌려 아버지가 있는 집에 찾아간 것도 기억한다. 그러면 아버지가 잠옷 바람으로 일어나 어머니를 매몰차게 방 밖으로 떠밀어낸 것도 역시 기억한다. 그렇지만 가끔 아버지는 새벽녘에 큰 소리로 노래를 부르며 돌아오기도 했다. 그럴 때면 어머니는 고분고분 아버지의 옷을 벽에 박힌 못에 걸었고, 소매 안에서 빈 과자 봉지나 귤껍질 등을 꺼내 원망스럽게 바라보며 말했다.

"어머, 이렇게 많이. 그런데도 아이한테는 뭐하나 사오지 않다니……."

아버지는 물론 경찰 일을 그만둔 상태였다. 그렇다면 그 무렵 아버지는 무엇을 했을까? 아직까지도 나는 모른다. 다만 거친 사내들이 여럿 몰려와 같이 술을 마시거나 화투를 친 것과 어머니가 늘 그런 생활에 대해 투덜투덜 불평을 하며 아버지와 언쟁을 벌였던 것을 알고 있을 뿐이다.

아마도 그런 생활이 화를 부른 것이리라. 이윽고 아버지는 병에 걸렸다. 그때 아버지는 어머니의 친정 도움을 받아 입원을 했고, 어머니는 곁에서 간병을 했으며 나는 외갓집에 맡겨졌다. 나는 반년 정도 외갓집의 증조할머니나 어린 이모들에게 업혀 지냈다. 부모와 떨어져 지냈지만 어린 나는 비교적 행복하게 보냈다.

아버지가 회복되자, 나는 다시 집으로 돌아갔다. 그때 우리 가족은 해안에서 살았다. 그 이유는 아버지의 병후 요양 때문이기도 했고 약한 나의 건강을 위해서이기도 했다. 거기는 요코하마의 이소코 해안이었다. 우리는 하루 종일 바닷물에 들어가거나 바닷바람을 맞으며 살았다. 그리고 그때를 경계로 내 몸은 다시 태어난 것처럼 건강해졌다. 그것이 나를 행복하게 했을까, 아니면 앞으로 다가올 괴로운 운명에 붙들어 매기 위한 운명의 장난이었을까. 나는 알지 못한다.

아버지와 내 건강이 회복되자, 우리는 다시 이사를 했다. 요코하마 변두리에 있는 14~15호로 이루어진 마을로, 사방이 밭으로 둘러싸여 있었다. 우리는 그중 한 집에 살았다. 그해 겨울 눈 내리는 아침, 남동생이 태어났다.

여섯 살 무렵의 가을이었다. 나는 우리 집이 자주 이사를 다닌 것만 기억한다. 외갓집에서 어머니의 여동생, 그러니까 이모가 찾아왔다. 이모는 부인병인가를 앓고 있었는데 외진 시골에서는 충분한 치료를 할 수 없어서 우리 집에서 병원을 다니기 위해서 왔다.

이모는 그 무렵 스물두세 살이었다. 이목구비가 반듯하고 아담한 아가씨였다. 마음씨가 곱고 일도 확실하게 하고 꼼꼼했으며 성격도 시원시원했다. 그래서 인상도 좋고 부모님께도 사랑받는 것 같았다. 그러나 어느 사이엔가 이모와 아버지의 관계가 이상했다.

아버지는 그 무렵 해안의 창고에서 인부의 하역을 체크하는 일을 하고 있었는데 여느 때처럼 뭔가 구실을 붙여 일을 쉬었다. 그러니 집안 형편이 나아지지를 않았고, 그 때문에 어머니와 이모가 부업으로 삼실 잣는 일을 해야 했다. 매일 어머니는 그렇게 만든 서너 뭉치의 삼실을 보자기에 싸서 얼마 안 되는 품삯이나마 받으려고 남동생을 업고 나갔다.

그런데 이상하게도 어머니가 외출하면 즉시 그리고 반드시 아버지가 자신이 누워 있는 현관 옆 다다미 3장짜리 방으로 이모를 불러들였다.

특별한 이야기를 하는 것 같지도 않은데 이모는 늘 좀처럼 방에서 나오지 않았다. 묘한 호기심이 일지 않을 수가 없었다. 결국 나는 어느 날 살짝 발돋움을 하고 손잡이가 부서진 틈으로 안을 들여다보았다…….

하지만 특별히 크게 놀라지는 않았다. 왜냐하면 그런 광경을 본 게 그때가 처음이 아니었기 때문이다. 나는 더 어린 시절부터 아버지와 어머니의 칠칠치 못한 장면을 몇 번인가 보았다. 두 사람은 상당히 부주의했다. 그런 탓인지 어떤지 나는 상당히 조숙했고 네 살 무렵부터 성에 흥미를 갖게 된 것 같다.

어머니는 꺼진 불처럼 활기 없는 사람으로 나를 심하게 혼내지도 않았지만 많이 예뻐하지도 않았다. 그러나 아버지는 혼낼 때는 심하게 혼냈지만 예뻐할 때는 지나치게 예뻐했다. 이 두 가지 성격 중에 어느 쪽이보다 아이의 마음을 사로잡았을까? 어린 시절에 나는 아버지를 더 따랐다. 아버지 때문에 어머니가 험한 꼴을 당하는 모습을 보지 않았다면 아마도 언제까지나 아버지를 따랐을 것이다. 그렇지만 어느 틈에 나는 아버지보다 어머니를 더 따르게 되었다. 그래서 그 무렵 나는 어디를 가든 어머니의 옷자락을 쥐고 따라 걸었는데, 이모가 오고 나서부터 아버지는 어머니를 따라가지 못하게 했다. 여러 가지 이유를 대며 집에 있게 했다. 지금 생각해보면 이모에 대한 어머니의 불안을 제거하고 자신들의 행위를 감추기 위해서였던 것 같다. 왜냐하면 어머니가 외출을 하면 아버지는 즉시 나에게 잔돈을 쥐어주며 밖에 나가 놀라고 했기 때문이다. 아니, 쫓아냈다. 나는 특별히 돈을 달라고 조른 적이 없었다. 그런데 아버지는 항상 평소보다 더 많은 돈을 주며 오랫동안 놀다 오라고 했다. 게다가 어머니가 돌아오면 나에 대해 이렇게 호소했다.

"이 녀석이 어찌나 졸라대는지. 내가 자기한테 약한 걸 알고 당신이 나가면 바로 돈을 달라고 졸라서 뛰쳐나간다니까."

그러는 사이에 연말이 되었다.

섣달그믐날 밤을 나는 기억하고 있다. 어머니는 남동생을 업고 시내에 나갔다. 나는 아버지, 이모와 함께 거실에서 고타쓰*를 쬐고 있었다. 왠지 음울한 밤이었다. 평소와 다르게 아버지와 이모의 표정이 어두웠다. 아버지는 숙이고 있던 얼굴을 들고 침울한 목소리로 말했다.

"어째서 우리 집은 이리도 운이 나쁠까. 아직 운이 따라주지 않는군. 내년에는 운이 좀 따라줬으면 좋겠는데……."

사람에게는 운이라는 것이 있다. 운이 따라주지 않으면 되는 일이 없다. 이것이 미신을 믿는 아버지의 철학이었다. 아버지가 그런 말을 입에 달고 사는 것을 나는 어린 시절부터 알고 있었다.

두 사람은 계속 뭔가를 이야기하더니 이모가 일어나 벽장에서 빗이 들어 있는 상자를 꺼내왔다.

"이걸로 할까요? 근데, 아직 쓸 만한데. 좀 아까운 기분이 들어요."

이모가 그중 하나를 집어 들어 살펴보며 말했다.

"어차피 버리는 거야. 버려서는 안 된다고 정해진 건 없어. 빗이기만 하면……."

아버지가 대답했다.

이모는 이 빠진 빗을 머리에 꽂고 머리를 흔들어 떨어뜨리는 연습을

* 일본의 실내 난방 장치의 하나이다. 나무틀에 화로를 넣고 그 위에 이불, 포대기 등을 씌운 후, 그 속에 손과 무릎, 발을 넣고 몸을 녹인다.

했다.

"그렇게 단단히 꽂을 필요 없어. 살짝 앞머리에 올려두면 되는 거야."

아버지가 말했다.

"집 밖 공터에서 조금 거칠게 달리면 바로 떨어질 거야."

아버지의 말대로 이모는 이 빠진 빗을 꽂고 밖으로 나갔다. 그리고 5분도 지나지 않아 빗을 떨어뜨리고 돌아왔다.

"그걸로 됐어. 악운이 달아났어. 내년부터 운이 따를 거야."

아버지가 이렇게 말하며 기뻐하고 있을 때 어머니가 돌아왔다.

어머니가 울고 있는 남동생을 등에서 내려 젖을 먹이는 동안, 이모는 어머니의 보따리를 풀었다. 떡 2~3개와 생선 7~8토막, 작은 종이 봉지가 3~4개 그리고 붉은 종이를 붙인 3전인지 5전인지 하는 하고이타*가 하나. 보따리에서 나온 것은 그뿐이었다.

이것이 즐거운 설날을 맞이하기 위해 준비한 것들이었다.

해가 바뀌어 설날이 되자, 외갓집에서 외삼촌이 놀러 왔다. 외삼촌이 돌아간 뒤, 즉시 외할머니가 와서는 이모에게 함께 돌아가자고 했다. 그렇지만 이모는 돌아가지 않고 외할머니만 돌아갔다.

나중에 들은 이야기로, 설날 놀러 온 외삼촌이 아버지와 이모의 관계를 알고 집에 돌아가서 이야기를 했고 외할머니가 걱정이 되어 시집을 보내야 한다는 이유로 이모를 데리러 왔다는 것이다. 그렇지만 아버지가 이를 승낙할 리가 없었다. 오히려 이모의 병이 아직 회복되지 않았는데 지금 시집을 보내면 생명이 위험하다고 협박했다고 한다.

---

* 배드민턴공과 비슷한 '하고'를 치는 데 사용하는 장방형의 손잡이가 달린 판자이다. 주로 설날에 하는 놀이로 설날 장식으로도 사용한다.

"뭐, 그건 괜찮네. 상대가 돈이 많아서 결혼을 하면 즉시 병원에 보내 준다고 약속했네."

외할머니는 이렇게 대답했다. 그러나 아버지는 이번에도 언제나처럼 운명론을 끄집어내며 '운이 따르지 않아서 이모의 옷을 전당포에 잡혔다. 그래서 그대로 돌려보낼 수가 없다', '이모는 몸이 약해서 농사일을 도저히 못할 거다', '자신도 언제까지나 이러고 있을 생각은 없다', '조만간 좋은 혼처를 도시에서 찾아 자신이 부모가 돼서 결혼을 시키겠다' 등 여러 가지 그럴듯한 이유를 붙여 돌려보내지 않았다고 한다.

딱한 외할머니. 틀림없이 외할머니는 아버지의 말을 믿지 않았을 것이다. 하지만 외할머니는 무지한 시골 여자였다. 이 교활한 도회 사람의 거짓말을 당해낼 재간이 없었을 것이다.

외할머니는 허무하게 돌아갔다. 아버지는 성가신 존재를 내쫓고 안도의 한숨을 쉬며 가슴을 쓸어내렸을 것이다. 괴로움이 더한 사람은 어머니였다. 실제로 그 후 집에서는 늘 다툼이 끊이지 않았다. 그럼 이모는?

이모도 결코 마음이 편하지는 않았을 것이다. 이모가 때때로 두세 달 집에 없었던 것을 기억한다. 나중에 들은 이야기인데, 이모가 아버지를 피해 몰래 다른 집에 식모살이를 하러 간 것이었다. 그러나 그때마다 아버지가 끈질기게 이모를 찾아 돌아다녔고 결국에는 찾아냈다.

두 번째로 이모를 다시 데리고 돌아왔을 때 우리는 이사를 했다. 이사한 곳은 요코하마의 구보산으로, 약 500~600미터 안쪽에 절과 화장터가 있었고 집은 그 언덕의 중턱에 자리했다.

아버지는 여전히 아무 일도 하지 않는 듯했지만 그동안 돈을 벌었는지 언덕을 내려가자마자 있는 스미요시쵸에 상점이 딸린 집 하나를 빌렸다. 아버지는 그 집에서 얼음 장사를 시작했다.

　얼음 장사는 이모가 맡았다. 어머니와 아이들은 산 위의 집에 남았다. 아버지는 낮 시간에만 거기에 가서 장부를 기입하거나 판매 감독을 한다고 했지만, 처음에만 그랬고 이윽고 좀처럼 집에 오지 않았다. 보기 좋게 어머니와 우리를 아버지와 이모 두 사람의 생활에서 쫓아낸 것이다.

　나는 그때 이미 일곱 살이었다. 일곱 살이어도 1월생이어서 딱 학교에 갈 나이였다. 그러나 무적자無籍者였던 나는 학교에 갈 수가 없었다.

　무적자! 이에 대해 나는 아직 아무 말도 하지 않았다. 하지만 여기에서 대강 설명하고자 한다.

　나는 왜 무적자인가? 표면적인 이유는 아버지와 어머니가 혼인 신고를 하지 않았기 때문이다. 그런데 혼인 신고를 하지 않은 이유는 무엇일까? 거기에 대해 아주 나중에 이모에게 들은 이야기가 가장 맞을 것이다. 이모의 이야기에 따르면, 아버지는 처음부터 어머니와 평생 함께할 생각이 없었다. 좋은 상대를 만나면 어머니를 버릴 생각으로 일부러 혼인 신고를 하지 않았다는 것이다. 경우에 따라서 이것은 아버지가 이모의 환심을 사려고 엉터리로 꾸며낸 고백일지도 모른다. 아니면 고슈 깊은 산속의 농민의 딸 따위를 소위 빛나는 사에키 집안의 아내로 호적에 올려서는 안 된다고 생각했는지도 모른다. 어쨌거나 이러한 사정으로 나는 일곱 살이 될 때까지 무적자였다.

　어머니는 아버지와 산 지 8년이 지날 때까지 입적을 안 해주는데도 잠자코 있었다. 그렇지만 나는 잠자코 있을 수 없었다. 왜냐하면 학교에 들어갈 수 없었으니까.

　나는 어려서부터 공부하기를 즐겼다. 그래서 학교에 가고 싶다고 계속 졸랐고, 너무 졸라대니까 어머니는 우선 나를 어머니의 사생아로 신고하려고 했다. 하지만 겉치레를 좋아하는 아버지가 허락하지 않았다.

"어리석기는! 사생아로 신고를 한다고? 그랬다가는 평생 고개도 못 들고 살걸."

아버지는 이렇게 말했다. 그러면서도 나를 자신의 호적에 올려 학교에 보내려고도 하지 않았다. 학교에 보내지 않은 것은 그래도 괜찮다. 그렇다면 자신이 글 한 자라도 가르쳐주었는가. 아버지는 그것도 하지 않았다. 그저 종일 술을 마시고 노름을 하며 지냈다.

나는 학교 갈 나이가 되었다. 그렇지만 학교에 갈 수 없었다.

나중에 나는 이런 의미의 글을 읽었다. 아, 그때 내 느낌이 어땠던가.

메이지 시대가 되어 서양 여러 나라와 교통이 열렸다. 잠자던 나라 일본은 갑자기 잠에서 깬 거인처럼 걷기 시작했다. 한 걸음에 족히 반세기를 뛰어넘었다. 메이지 초년, 교육령이 발포된 후 아무리 두메산골이라도 소학교가 세워지고 사람의 자식은 모두 정신적으로 또한 육체적으로 교육을 받지 못할 정도의 결함이 없는 한, 남녀를 불문하고 만 일곱 살 4월부터 국가가 강제적으로 의무교육을 시켰다. 그리고 인민은 모두 문명의 혜택을 받았다.

그러나 무적자인 나는 다만 그 혜택을 글자로만 보았을 뿐이다. 나는 두메산골에서 태어나지 않았다. 도쿄와 가까운 요코하마에 살고 있었다. 나는 사람의 자식으로 정신적으로도, 육체적으로도 특별한 결함이 없었다. 그런데도 학교에 갈 수 없었다.

소학교가 생겼다. 중학교도, 여학교도, 전문학교도, 대학도, 학습원도 생겼다. 부르주아 따님이나 아드님은 양복을 입고 구두를 신고 그리고 자동차를 타고 교문을 통과했다. 그러나 그게 어쨌단 말인가. 그것이 나를 조금이라도 행복하게 했는가.

나에게는 같이 노는 친구가 2명 있었다. 우리 집에서 약 50미터 정도 떨어진 곳에 살았는데, 나와 동갑내기 여자아이로 모두 학교에 들어갔다. 적갈색의 하카마*를 입고 커다란 빨간 리본으로 머리를 삐딱하게 묶고, 작은 손을 꼭 잡고 흔들면서, 노래하면서 매일 아침 언덕길을 내려갔다. 그것을 나는 집 앞의 벚꽃나무 밑동에 쪼그리고 앉아 얼마나 부럽고, 얼마나 슬픈 기분으로 바라봤던가.

아, 지상에 학교라는 것이 없었다면 내가 그렇게 울지 않아도 됐을 것을. 그러나 그렇게 되면 그 아이들이 기뻐하는 모습을 볼 수 없었을 테지. 물론 그 무렵 나는 아직 사람들의 모든 기쁨이 다른 사람들의 슬픔으로 유지된다는 것을 몰랐다.

나는 두 친구와 함께 학교에 가고 싶었다. 그렇지만 갈 수 없었다. 책을 읽고 싶었고 글씨도 쓰고 싶었지만 아버지와 어머니는 내게 단 한 글자도 가르쳐주지 않았다. 아버지에게는 그럴 마음이 없었고 어머니는 까막눈이었다. 나는 어머니가 물건을 사오면 그 물건을 싼 신문지를 펼쳐, 무슨 내용인지도 모르면서 단지 생각한 것을 끼워 맞춰 읽었다.

그해 여름 중반 무렵이었을 것이다. 어느 날 아버지는 스미요시쵸에

---

* 일본의 전통 의상으로 겉에 입는 아래옷이다.

있는 사립학교 하나를 알아왔다. 그곳은 이모의 가게에서 멀지 않았고 귀찮게 입적할 필요도 없이 무적인 채로 다닐 수 있는 학교였다. 나는 거기에 다니게 되었다.

학교라고 하니 그럴 듯하지만 실은 빈민굴과 다름없었다. 낡고 어두 침침한 방에는 뜯겨서 속이 다 드러나 보이는 더러운 다다미가 깔려 있 었다. 그 위에 삿포로 맥주 빈 박스가 5~6개 옆으로 늘어서 있었다. 그 것이 아이들의 책상이었다. 내 펜의 요람이었다.

스승님—아이들은 그렇게 불렀다—은 여자로 마흔대여섯쯤이었을 까. 머리형은 마루마게*였고 꼬질꼬질한 유카타를 입고 줄무늬 앞치마 를 두르고 있었다.

나는 보자기를 사선으로 묶어 매고 산 위의 집에서 이모의 가게 앞을 지나 이 훌륭한 학교에 다녔다. 아마도 나와 같은 처지의 아이들이었을 것이다. 10여 명 정도가 좁은 골목에 놓인 수채를 덮는 널빤지를 밟고 학교에 왔다.

아버지는 나를 그 사립학교, 빈민굴 같은 그곳에 다니게 하고 나서는 알기 쉽게 설명해준다는 듯이 이렇게 말했다.

"저기, 착한 아이니까 너는, 저기 스승님이 있는 곳에 다닌다는 것을 우리 집에 오는 아저씨들한테 얘기하면 안 돼. 그 사실을 다른 사람들이 알면 아버지가 곤란해져. 알겠지."

이모의 가게는 상당히 번창하는 듯했지만 남는 게 거의 없는 것 같았

---

* 머리 뒤쪽에 약간 평평한 타원형 형태로 묶은 머리 모양이다.

다. 아니, 남는 것이 있었는지도 모르지만 아버지가 매일 술을 마시거나 노름을 하니 남을 리가 없었다. 뿐만 아니라 아버지와 이모는 그 무렵 사람들의 입에 오르내리게 되었다.

그래도 그나마 이모 집은 괜찮았다. 곤란한 것은 우리들, 어머니와 자식들이었다. 어느 날이었다. 우리는 아무것도 먹지 못했다. 저녁이 됐는데도 밥알 하나 없었다. 그래서 어머니는 나와 남동생을 데리고 아버지를 찾아갔다. 아버지는 친구 집에 있었다. 그러나 아무리 아버지를 만나러 왔다고 해도 아버지가 나올 생각을 하지 않았다.

필시 어머니도 더는 참을 수 없었으리라. 어머니는 갑자기 그 집의 툇마루에서 장지문을 열고 객실로 들어갔다. 밝은 전등 아래 4~5명의 남자가 빙 둘러앉아 화투를 치고 있었다.

어머니의 분노가 폭발했다.

"흥, 이럴 줄 알았어! 집에는 쌀 한 톨 없는데. 나랑 애들은 저녁도 못 먹고 있는데 태평하게 잘도 마시고 노네……."

아버지도 화가 난 듯 안색을 바꾸며 일어섰다. 아버지는 어머니를 마루 아래로 밀어 넘어뜨리더니 맨발로 뛰어내리며 어머니를 때리려고 덤볐다. 만약 거기에 있던 남자들이 아버지를 뒤에서 끌어안아 말리지 않았다면, 어머니를 진정시키며 달래지 않았다면, 아버지를 방으로 데리고 들어가지 않았다면, 불쌍한 어머니가 아버지에게 어떤 심한 꼴을 당했을지 모른다.

사람들 덕분에 어머니는 맞지 않았다. 하지만 우리는 쌀 한 톨, 돈 한 푼 얻지 못한 채 그 집에서 맥없이 나와야 했다.

슬픈 마음으로 우리는 묵묵히 언덕길을 올라갔다.

"이봐, 잠깐 기다려."

아버지의 목소리였다. 우리는 아버지가 쌀값을 가지고 왔을 거라는 생각에 갑자기 마음이 밝아졌다. 그러나 현실은 아니었다. 아버지는 참으로 잔혹한 악마 같은 남자였다.

아버지는 멈춰 서서 구원을 기다리는 우리에게 다가와서 커다란 목소리로 소리쳤다.

"잘도 사람들 앞에서 날 창피 주었지. 재수 없게. 너 때문에 다 잃었잖아. 두고 봐!"

아버지는 벌써 한 손에 게다를 들고 있었고 게다로 어머니를 때리기 시작했다. 그리고 어머니의 목덜미를 잡더니 벼랑 아래로 떨어뜨리겠다고 위협했다. 벼랑 아래는 밤이어서 보이지 않았지만, 낮에 보면 관목과 가시나무가 얽혀 있었다.

남동생은 놀라 어머니 등에서 울부짖었다. 나는 허둥대며 두 사람의 주위를 빙빙 돌거나 아버지의 소맷자락을 잡아끌다가 문득 50미터 정도 아랫길에 오야마라는 아버지의 친구가 사는 게 생각났다. 엉엉 울면서 나는 그 집으로 뛰어들어갔다.

"역시 그랬군……"하며 밥을 먹고 있던 그 집 주인은 젓가락을 던지고 달려와주었다.

사립학교에 다닌 지 얼마 지나지 않아 백중이 되었다. 스승님은 아이들에게 백설탕을 백중 선물로 가져오라고 했다. 아마 그것이 스승님이 받은 유일한 보수였을 것이다. 하지만 나는 그럴 수가 없었다. 생활이 여의치 않기도 했지만 집안에 문제가 끊이지 않아서 부모님이 내 학교생활 따위를 돌아볼 여유가 없었다. 어쨌거나 그런 이유로 나는 가타카나 20~30개를 외우기도 전에 벌써 그 학교에서 멀어질 수밖에 없었다. 이모의 가게는 여름이 끝날 때까지 버티지 못했다. 아버지와 이모는 다시 산 위 집으로 되돌아왔다. 집은 한층 더 어수선해졌고 아버지와 어머니는 사흘이 멀다 하고 싸웠다.

두 사람이 싸울 때면 나는 언제나 어머니를 동정했다. 아버지에게 반감을 가졌다. 그 때문에 어머니와 함께 얻어맞기도 했다. 어떤 날은 비가 억수같이 쏟아지는 한밤에 어머니와 둘이 집 밖으로 쫓겨나기도 했다.

아버지와 이모는 여전히 사이가 좋았다. 그렇지만 외갓집에서는 늘 이모에게 돌아오라고 재촉했다. 그래서 마침내 이모도 돌아간다고 말하고 아버지도 돌려보낸다고 말했다. 어머니도 나도 마음이 밝아진 것은 말할 필요도 없었다.

그런데 아버지는 이모를 빈손으로 돌려보낼 수 없다면서 가게를 정리한 돈으로 그 당시 17~18엔이나 하는 비단 나가주반*과 오비,** 우산 등을 사주었다. 내가 어렸을 때 내 시중 일체를 들었던 것처럼 아버지는 이모의 물건 일체를 직접 마련했다. 전에 아이에게 향했던 마음이 이제 여자에게 향한 것이다.

벌써 가을이었다. 아버지는 이모를 위해 짐을 꾸렸는데 우리 집에 있던 가장 좋은 이불까지 짐 안에 넣었다.

어머니는 남동생을 업고 나와 함께 이모를 배웅했다.

"너도 이제 시집을 가야 하는데 이렇게 빈손으로 보내서 미안하구나.

---

* 일본의 전통 의상인 기모노 안에 입는 긴 속옷이다.
** 일본의 전통 의상인 기모노의 허리에 두르는 띠이다.

그렇지만 운이 나빴다고 단념하고……."

어머니는 길을 가면서 몇 번이나 이런 말을 반복하며 이모에게 사과했다. 눈에는 눈물이 맺혀 있었다.

우리는 길 중간쯤까지 이모를 배웅하고 돌아왔다. 정류장까지 배웅 간 아버지는 저녁이 되어 돌아왔다.

아, 얼마나 기분 좋은 밤이었던가. 어린 마음에도 안심이 되었다. 조용하고도 조용한 평화로운 밤! 그렇지만 이윽고 우리는 너무도 조용한 생활을 어쩔 수 없이 하게 되었다. 왜냐하면 바로 그다음 날인가 4, 5일 후인가, 아버지도 역시 집에서 모습을 감췄기 때문이다.

"아, 분해. 우리를 버리고 두 사람이 달아난 거야."

어머니는 이를 깨물며 말했다.

가슴에 타오르는 분노를 안고 지푸라기라도 잡고 싶은 심정으로 우리는 두 사람의 행방을 찾아다녔다. 그리고 마침내 어느 날 빨랫줄에 우리 집에서 가져간 이불이 널려 있는 집을 발견했고, 두 사람을 찾기는 찾았지만 우리는 또다시 게다로 얻어맞았을 뿐, 뭐하나 얻은 것이 없었다.

어머니

아버지에게 버림받은 우리들은 더는 어찌할 바를 몰랐다. 처음에는 팔아서 먹고살 만한 물건이 아직 몇 개 남아 있었지만 그것도 곧 사라졌다. 그러나 우리는 살아야만 했다. 그래서 어머니가 그 후 나카무라라는 대장장이와 동거하게 된 것을 나는 비난할 수 없었다.

"그 사람은 일당을 많이 받아. 글쎄 하루에 1엔 50전이라는구나……. 앞으로 훨씬 편해질 거고 너도 학교에 보낼 수 있을 거야."

어머니가 나에게, 아무것도 모르는 천진난만한 나에게 용서를 구하는 어조로 말했던 것을 기억하고 있다.

나카무라는 작은 보따리를 들고 오더니 어느새 우리 집에서 살게 되었다. 매일 아침 푸른 작업복에 도시락을 들고 조금 떨어진 공장에 다녔다.

당시 그는 마흔여덟아홉 살이었을 것이다. 희끗희끗하게 센머리에 움

푹 들어간 심보 고약한 눈, 작은 키에 등이 구부정해서 풍채가 시원치 않았다. 젊은 시절에 상당히 품위 있고 귀공자 타입이었던 나의 아버지. 게다가 노동자를 몹시 경멸한 아버지. 나는 그런 아버지에게 나도 모르는 사이에 영향을 받아서 이 풍채가 시원치 않은 나카무라와 친해지기는커녕 말하는 것도 싫어했다. 그래서 새아버지인 나카무라를 마치 나와 관계없는 사람처럼 언제나 "아저씨, 아저씨" 하고 불렀다. 어머니는 특별히 그 호칭을 고치라고 하지 않았고 자신도 뒤에서는 그를 '수염'이라는 별명으로 모욕하듯 불렀다.

나는 나카무라의 말에 뭔가 이유를 붙여서 말대꾸를 했고 나카무라도 무슨 이유를 붙여 나를 괴롭혔다. 어머니가 없을 때는 자신만 몰래 밥을 먹고 밥통을 내 손이 닿지 않는 높은 곳에 올려두거나 나를 이불에 둘둘 말아 벽장에 던져 넣기도 했으며, 어느 밤은 삼을 꼬아 만든 가는 줄로 공처럼 묶어서 근처 강가 나무에 매달아두기도 했다.

물론 어머니도 그 사실을 아는 것 같았다. 그렇지만 손쓸 방도가 없었다. 단지 우리를 그런 처지에 빠뜨린 아버지와 이모를 저주했다.

"연놈들은 머지않아 천벌을 받아 죽게 될 거야."

어머니는 늘 이렇게 말했다.

나카무라와 함께 사는 동안 가장 슬펐던 일은 나카무라에게 학대당한 일이 아니다. 그것은 남동생과 헤어진 일이었다.

어느 날 나는 어머니와 나카무라의 대화를 언뜻 들었다.

"그럼 가급적 빨리 데려다주는 편이 좋겠어. 어차피 저쪽의 아이라면 크기 전에 보내는 게 좋을 거야."

나카무라가 이렇게 말했다.

"그런 남자한테 주자니 너무 걱정이 되지만 어쩔 도리가 없으니."

이렇게 어머니가 말했다.

나는 그 말이 무슨 말인지 잘 알고 있었다. 나는 불안해졌다.

"저, 엄마, 켄을 어디에 보낼 거야?"

결국 참지 못하고 내가 물었다.

어머니는 아버지와 헤어질 때 아이들을 한 명씩, 나는 어머니가, 남동생은 아버지가 키우기로 약속했다고 설명했다. 나는 슬펐다. 그 당시 나는 남동생만이 나의 진정한 친구라고 생각했고 무엇보다도 내가 사랑하는 이를 내 옆에 두고 싶었다. 나는 열심히 어머니에게 애원했다.

"저, 엄마, 내일부터 친구들이랑 놀지도 않고 아침 일찍 일어나서 켄을 돌볼 테니까, 전혀 울지 않도록 열심히 돌볼 테니까, 아버지한테 보내지 말아줘. 응, 엄마, 그렇게 해줘. 나 혼자 남는 건 너무 외로우니까……."

그렇지만 어머니는 내 요청을 들으려 하지 않았다.

"그럴 수는 없단다, 후미. 그 아이가 있으면 나도 너도 계속 고생할 거야. 마침 네 아버지가 켄을 보내라고 하니……."

아무리 부탁해도 어머니가 들어주지 않자, 다음 날 나는 나카무라가 없을 때 이렇게 말했다.

"저, 엄마. 켄이 아버지에게 꼭 가야 한다면 나도 가면 안 될까? 켄 없이 나 혼자 아저씨랑 있는 건 무섭단 말이야……."

그렇지만 어머니는 어른에게는 어른만의 사정이 있고 아이의 그런 감정 따위는 모른다는 듯이 냉혹하게 내 요청을 거절했다. 그것은 내게 운명 같은 것이었다. 나는 결국 그 힘 앞에 굴복해야 했다. 얼마 지나지 않아 남동생은 어머니 등에 업혀 아버지가 있는 곳으로 갔다. 아버지와 이모는 그 무렵 기차를 타야만 갈 수 있는 시즈오카에 살고 있었다.

남동생이 떠나고 얼마 되지 않아 우리들은 또 이사를 했다. 이사를 했다고는 하지만 다른 사람 집을 빌린 것으로, 선로 옆의 그을린 침목 울타리나 다름없는 방 2개짜리의 작은 집이었다. 다다미가 6장 깔린 방에는 항만 노동자 5인 가족이 살았고, 우리들은 다다미 4장 반이 깔린 방에서 살았다. 방은 엄청 더러웠고 장지문에 바른 신문지는 누렇게 바래 있었으며 다다미는 뚫려 속이 다 드러나 있었다.

그중에서도 창문 밑 다다미에 가장 커다란 구멍이 뚫려 있었는데, 어머니는 그 위에 직사각형 상자 모양의 나무 화로를 놓았다. 그 외의 구멍에는 판지를 대고 위에서 하얀 실로 꿰맸다. 그렇게 해서 겨우 구멍에서 나오는 먼지를 막았다.

나카무라는 여전히 공장에 다녔다. 어머니는 조금 떨어진 강가 창고에서 콩 고르는 일을 했다. 다행히 나는 혼자 집에 남아 있지 않아도 되었다. 어머니의 간곡한 부탁이 받아들여져서 무적자였지만 나도 부근의 소학교에 다니게 되었기 때문이다.

물론 나는 기뻤다. 남동생과 헤어진 슬픔도 학교에 다니게 되어 잊을 수 있었다. 무엇보다 그곳은 전에 다녔던 학교처럼 떳떳하지 못한 사람들이 다니는 학교가 아니었다. 설비를 갖춘 당당한 학교처럼 보였다. 모두 좋은 집 아이들인 듯 여자아이들은 모두 예쁜 옷을 입고 매일 다른 리본을 달고 왔다. 개중에는 하녀나 하인이 등하교를 시켜주는 아이도 있었다.

그렇지만 그 때문에 나는 괴로웠다.

다닌 지 얼마 되지 않았을 때, 폐에 나쁘다는 이유로 석판을 쓰지 못하게 했다. 대신 연필과 노트를 가져오라고 했지만 내게는 힘든 일이었다. 나카무라는 당연히 내게 신경을 쓰지 않았고 어머니는 사줄 여유가 없었다. 그래서 노트 한 권과 연필 한 자루를 사줄 때까지 2, 3일이나 학교를 쉬어야만 했다.

어머니는 나를 비용이 덜 드는 학교에 전학시키고 싶어 했다. 하지만 주거지 관계상 불가능했다.

어느 날, 아버지가 갑자기 나를 찾아왔다. 아버지는 그 무렵 무슨 장사라도 하는 듯 커다란 보따리를 지고 있었다. 그러나 얼굴은 어린아이가 보기에도 놀랄 정도로 야위어 있었다.

그렇게 반감을 갖고 있던 아버지였지만 역시 나는 기뻤다. 아버지는 가지고 온 짐을 방 한쪽에 놓고 화로 옆에 앉은 나카무라와 뭔가 이야기를 나누었다. 왠지 아버지가 훨씬 대단하다는 생각뿐만 아니라 어리광을 부리고 싶은 마음까지 들었다. 나카무라가 잠시 자리를 비운 사이, 나는 아버지의 귀에 대고 작은 소리로 "고무공 사줘"라고 부탁했다. 아, 학교 친구들 누구나 가지고 있던 고무공이 얼마나 갖고 싶었던가.

그날 밤 아버지는 나를 신사 경내의 야간 노점에 데리고 갔다. 집 앞길을 벗어나자, 아버지가 "업어줄까?" 하면서 길에 앉아 나에게 등을 돌렸다. 마치 더 어렸을 때 목말을 태워주었듯이.

노점에서 나는 고무공을 발견했다. 아무거나 좋아하는 것을 집으라고 아버지가 말했다. 나는 빨간 꽃 모양 공으로 큰 것과 작은 것 2개를 집었다. 노점에는 여러 가지 물건이 있었다. 나는 그것들을 넋을 잃고 바라보았다.

"또 갖고 싶은 거 있니?"

아버지가 물었다. 나는 아무 말 없이 머리를 옆으로 흔들었다.

"가엾게도……. 갖고 싶은 게 많을 거야. 아빠도 사주고 싶지만……
아빠는 지금 몹시 가난하단다……. 부디, 참아다오, 후미코."

아버지는 급히 그곳을 떠나면서 울먹이는 목소리로 말했다.

나는 가슴에서 뭔가가 치밀어 오르는 것을 느꼈다. 그렇지만 겨우 그
것을 억눌렀다. 어린 마음에도 많은 사람들 앞에서 우는 것은 부끄러웠
다. 우리들은 한동안 노점 거리를 걷다가 돌아왔다. 밝은 거리를 지나 어
둡고 쓸쓸한 골목길에 접어들자 아버지가 말했다.

"저 말이지, 후미코. 아빠가 나빴어. 용서해주렴! 아빠가 잘못 생각해
서 아무것도 모르는 너까지 고생시켜 미안하구나. 그렇지만 후미코, 언
제까지나 아빠가 이렇게 가난하지는 않을 거야. 그때는 가장 먼저 널 호
강시켜주마. 그때까지 기다려주렴……."

아버지는 분명 울고 있었다. 울먹이는 목소리로 훌쩍이고 있었다. 나
도 울었다.

나는 아이가 아니라 의리와 인정을 분별하는 어른처럼 말했다.

"그런 건 상관없어. 아무리 가난해도 좋아. 그냥 아빠 집으로 데려가
줘……. 켄이 있는 곳으로 데려가줘……."

"알아, 알고 있어."

아버지는 한층 더 흐느끼며 말했다.

"가능하면 아빠도 데려가고 싶어. 아무리 어렵더라도 너 하나 못 먹
여 살리겠니. 하지만 널 데려가면 엄마가 외롭잖아. 엄마는 너만 의지하
는데. 그러니까 지금은 조금만 참아. 엄마랑 새아버지 말 잘 듣고 얌전히
있으면 아빠가 데리러 올 테니까. 꼭 데리러 올 테니까."

아버지는 걸음을 멈추었다. 골목길에 선 채로 목 놓아 울었다. 나도 아버지 등에 업혀 흐느껴 울었다. 그러나 아버지는 언제까지나 그러고 있지는 않았다. 이윽고 분명한 어조로 "자, 돌아가자. 엄마가 기다리겠다"라며 걷기 시작했다. 그리고 집 앞 골목 입구까지 왔을 때 나를 등에서 내리더니 하얀 손수건으로 내 눈물을 닦아주었다.

그날 밤 늦게 아버지는 다시 짐을 지고 터벅터벅 돌아갔다.

그 후로 나는 저녁만 되면 골목길을 달려 나가 큰길을 바라보았다. 아버지가 데리러 올 것만 같았기 때문이다. 그렇지만 아버지는 나를 데리러 오지 않았다.

우리는 또 이사를 했다.

이사를 하자, 어머니는 무엇보다 먼저 나를 소학교에 보내기 위해 학교 교장 선생님에게 울며 애원했다. 그리고 겨우 그 바람이 이루어졌다.

그 학교는 이전 학교에 비해 훨씬 초라했다. 학생 중에도 가난한 집 아이가 많아서 내게 어울리는 학교였다. 그런데 그 학교에서는 나를 노골적으로 방해꾼 취급을 했다. 아침에 수업이 시작되면 선생님은 아이들의 이름을 한 명 한 명 부르며 출석 체크를 했는데, 내 이름만은 부르지 않았다. 내 옆자리 아이 이름까지 부르고 나는 생략했다. 지금 생각하면 아무것도 아닌 일이지만 아이 입장에서는 상당히 부끄럽고 괴로운 일이었다. 그 때문에 나는 일부러 늦게 가거나, 아니면 선생님이 아이들의 이름을 부르는 동안 책상 뚜껑을 열어 얼굴을 박고 있거나 쓸데없이 책을 펴서 읽었다. 그리고 선생님에게 꾸중을 들으면 치맛자락에 손을 넣고 우물쭈물하고 있었다.

아마 입학한 다음 달이었을 것이다.

어느 날 아침, 나는 월사금 봉투를 선생님에게 건넸다. 그리고 얼마 안 있어 직원실로 불려갔다. 무슨 이유인지 몰랐다. 나는 아무렇지 않은 얼굴로 직원실에 들어갔다.

담임선생님은 내가 건넨 종이봉투를 보여주며 이렇게 말했다.

"이건 봉투뿐이잖아. 안에 아무것도 안 들어 있던데 어떻게 된 거지?"

물론 나도 어떻게 된 일인지 몰랐다. 나는 다만 어머니가 월사금을 넣어준 봉투를 가지고 왔을 뿐이니까.

"아무 짓도 안 했어요."

이렇게 말할 수밖에 없었다.

"아무 짓도 안 했는데 안에 있던 돈이 없어질 리가 없잖아. 도중에 뭔가 샀지?"

"아니에요."

"그럼 도중에 흘린 거 아니야?"

"아니에요. 가방 속에 넣어왔어요⋯⋯."

교장도 무서운 눈으로 나를 꾸짖었다. "군것질이라도 했겠지"라며 나를 위협했다. 결국 내 가방까지 뒤졌다. 그렇지만 가방 안에는 돈도 없거니와 산 물건 같은 것도 없었다.

교장과 담임선생님의 눈은 점점 빛났다. 두 사람은 내가 뭔가를 샀다고 정해버린 듯 그런 짓을 하는 좋지 못한 마음가짐을 비난했다. 그러나 나는 아무리 책망을 받아도 모르는 사실이었다. 아무것도 모른다고 계속 주장할 수밖에 없었다.

사환이 우리 집에 달려가 어머니를 불러 왔다. 교장 앞에 불려 온 어머니는 처음에는 조금 당황하는 듯했지만 이내 일의 진상을 파악했다.

"우리 딸이 한 짓이 아니에요. 우리 딸은 그런 짓을 하지 않아요."

어머니는 이렇게 말하며 나를 위해 해명해주었다.

"월사금은 어젯밤 제가 봉투에 넣은 후 흘리면 안 되니까 가방 속에 넣어두었어요. 그 모습을 남편이 보고 있었고요. 가방을 벽에 걸어두었는데 아마 남편이 공장에 갈 때 빼내간 모양이에요. 그런 일이 오늘이 처음은 아니죠."

어머니는 여러 가지 실례를 들어가며 이야기를 해주었고, 나도 그 사실들을 이미 알고 있었다. 잡기장 안에 끼워둔 연필이 학교에 가서 펴보면 없다. 나는 울면서 집으로 돌아온다. 그런 일이 한두 번이 아니었다.

어머니의 말이 교장의 마음을 움직인 게 틀림없었다. 나는 그때 교장이 어머니에게 한 말을 옆에서 들어서 기억하고 있다.

"이렇게 야무진 아이를 그런 처지에 두다니 너무 가여운 일이네요. 어떻습니까? 가능한 한 잘 돌봐줄 테니 차라리 저한테 양녀로 주지 않겠습니까?"

지금 생각해보면 교장이 정말로 나를 동정해서 한 말인지, 아니면 교장에게 아이가 없어서 마침 잘됐다고 생각해서 한 말인지, 그것은 잘 모르겠다. 하여간 나는 끔찍한 의심에서 해방됐을 뿐만 아니라 오히려 나를 생각해주는 것이 기뻤다.

"감사합니다."

어머니는 교장에게 감사했다. 그렇지만 물론 어머니는 나를 보낼 수가 없었다. 어머니가 말을 이었다.

"이 아이는 하나뿐인 제 외동딸이고, 이 아이를 낙으로 삼고 살고 있습니다. 아무리 고생스럽더라도 제 손으로 기르고 싶습니다…….”

교장은 “그렇지만 부디”라고는 말하지 않았다. 나는 다시 어머니의 손에 이끌려 우리들의 보금자리로 돌아왔다.

이 일로 어머니와 나카무라 사이에 틀림없이 다툼이 있었을 것이다. 나카무라는 밖에서 술을 마시느라 내 월사금까지 필요했는지도 모른다. 그런데 그 후 한층 더 그런 일이 잦아졌다. 나카무라가 벗어 던진 작업복 주머니에서는 때때로 요릿집 계산서나 청구서 등이 나왔다. 그 주제에도 식비를 절약하라느니, 숯을 너무 낭비한다느니 잔소리를 했다.

어머니는 다시 괴로운 날을 보내게 되었다. 그나마 아버지랑은 좋아서 같이 살았지만 나카무라와는 단지 생활을 위해 같이 사는 거라서 한층 더 괴로웠을 것이다. 그러는 동안 나카무라가 공장의 기계인지 뭔지를 훔쳐서 팔다가 해고되었다.

그 일을 계기로 어머니는 나카무라와 헤어졌다.

나카무라와 헤어진 후 우리들은 우선 집을 정리하고 지인의 집에 몸을 의지했다. 어머니는 나를 그 집에 맡겨두고 매일 일을 찾으러 돌아다녔다. 아침에 나갈 때마다 내게 이렇게 말했다.

“밖에 나가서 놀면 안 돼. 나카무라에게 발각될지도 모르니까.”

짐작컨대 나카무라가 동의하지 않았는데 어머니가 무리하게 헤어진 것 같았다.

어머니는 매일 일을 찾아 돌아다녔다. 그러나 시내에는 마땅한 일거리가 없었다. 결국 어머니는 아는 아주머니의 오빠가 교외 시골의 제사장製絲場*에서 감독으로 일하고 있다면서 그곳에 가서 일하겠다고 했다.

어머니는 기쁜 듯 내게 말했다.

"그 사람은 감독이래. 감독이니까 영향력이 있을 거야. 그 사람을 찾아가면 우리들을 동정해줄 거야. 분명 어떻게든 될 거야."

아이인 나조차 답답할 정도로 어머니는 지나치게 의존적이었다. 어머니는 혼자서는 한 발짝도 걷지 못하는 여자였다. 한 걸음 걷는 데도 뭔가 자신을 지탱해줄 것이 있어야 하는 여자였다. 그렇지만 나는 어린아이였다. 어머니를 따라야만 했다.

제사장에 갔지만 좋은 일은 없었다. 무엇보다 믿고 찾아간 사람은 감독도 뭐도 아니었다. 그저 가장 말단의 식사 담당자에 불과했다. 그렇지만 우리는 거기서 3개월 정도를 지냈다.

신기하게도 그곳에서의 기억은 전혀 남아 있지 않다. 단 하나 남아 있는 것은 어느 날 아버지가 조선 사탕을 가지고 홀연히 나타난 것이다.

아, 그때 얼마나 기뻤던가. 약속대로 아버지가 나를 데리러 온 것이다.

'아버지는 나를 데려갈 정도로 풍족한 생활을 하고 있는 거야.'

나는 그렇게 생각했다. 하지만 사실은 그렇지 않았다. 아버지가 틀림없었다. 그러나 참으로 초라한 모습이었다. 더는 고무공을 사준 그때의 아버지가 아니었다.

아버지가 오자 어머니는 공장을 쉬고 아버지와 지냈다. 두 사람은 헤어지기 전처럼 지냈다. 그러나 어느 틈에 아버지의 모습은 사라지고 없었다. 며칠 정도 있었는지, 언제 갔는지조차 기억에 남아 있지 않을 정도로 나와 아버지는 무관심해져 있었다.

---

* 고치 따위에서 실을 뽑아내는 일을 하던 곳이다.

우리는 다시 도시로 되돌아왔다. 어머니는 방적 공장에서 일을 구한 듯했다. 우리는 나가야* 한 칸을 빌려 살았고, 나는 전에 나를 동정해준 교장이 있는 학교에 다시 다니기 시작했다. 처음부터 아무것도 없었기 때문에 풍족하지는 않았지만, 이번에는 어머니와 나뿐이었고 걸리적거리는 것도 없어서 생활은 비교적 순조로웠다. 우리 둘에게 뭔가 재난만 닥쳐오지 않는다면 어머니와 나는 쓸쓸하지만 나름 행복한 생활을 했을 것이다.

'언제까지나 이대로 살았으면 좋겠다.'

어린 마음에 나는 이렇게 기도하고 싶은 기분이었다. 그러나 그렇게 되지 않았다.

의존심 강한 어머니. 지금 생각해보면 남자 없이 못 사는 여자였던 어머니는 한참 어린 남자와 동거했다. 그 남자는 어머니보다 일고여덟 살 어렸으니까 그 무렵 스물예닐곱 살이었을 것이다. 어머니가 아는 과붓집에 하숙하고 있어서 나도 그 남자를 알고는 있었다. 머리를 길게 기르고 머릿기름을 덕지덕지 발라 가르마를 반듯하게 타서 넘겼으며, 파란 비단 손수건을 목에 두르고 궐련을 피우면서 자주 근처를 돌아다녔다.

그 남자와 동거하기로 정했을 때 어머니는 내게 말했다.

"매우 부지런한 사람이라는구나. 무엇보다 젊으니까 열심히 일만 해준다면 이번에는 정말 우리 모두 편해질 거야."

나는 싫었다. 왠지 슬프기조차 했다. 조금 어른스러웠던 나는 넌지시 돌려서 반대해보았다.

---

* 칸을 막아 여러 가구가 입주할 수 있도록 길게 지은 집이다.

"그렇게 부지런한 사람이 아닌 모양이야, 엄마. 어제도 그제도 그전에도 언제나 빈둥거리는 걸 봤어."

그러나 엄마는 나의 항의에는 귀를 기울이지 않았다. 어제와 그제 쉰 것은 감기에 걸려 공장에서 일할 수 없었기 때문이라고 그 남자를 변호했다. 과부 아줌마가 드물게 부지런한 사람이라고 했다며 힘주어 말했다.

이런 말을 나눈 후 사흘도 지나지 않아, 그 남자는 우리 집에 와서 우물쭈물하는 사이에 그대로 우리 집에서 살게 되었다.

그 남자는 고바야시라고 했다. 고바야시는 항구에서 막일을 하는 노동자였는데 드물게 보는 게으름뱅이였다. 그래서 그를 하숙시킨, 사실은 부부였던 전과 2, 3범의 그 나이 많은 과부도 감당이 안 되자, 어머니에게 떠넘긴 거였다. 뒤탈이 없도록 어머니를 꼬드겨서 어머니에게 보낸 것이다.

고바야시는 집에 들어온 후 전혀 밖에 나가지 않았다. 가끔 일하러 갔다가도 너무 늦게 가서 일을 얻지 못했다는 등의 구실을 붙여 되돌아왔다. 어머니도 역시 어느 틈에 공장을 그만두었고 두 사람은 그저 누워서 하루하루를 보냈다. 그리고 가능한 한 나를 멀리하려 했다.

어느 밤이었다. 벌써 9시를 넘었지만 나는 자지 않고 단 하나밖에 없는 다다미가 6장 깔린 방의 한쪽 구석에서 복습인가 뭔가를 하고 있었다.

고바야시와 어머니는 바로 옆 이불 속에서 나를 전혀 개의치 않고 실없이 웃으며 장난을 치고 있었다. 그러다가 갑자기 어머니가 내게 군고구마를 사오라고 시켰다. 어머니는 누운 채로 팔을 뻗어 머리맡 이불 아래에서 지갑을 꺼내 내 앞에 툭 던졌다. 안에서 5전짜리 백동화와 은화가 다다미 위로 3~4개 굴러떨어졌다.

"지금 무슨 군고구마, 엄마. 저쪽의 군고구마 가게는 빨리 문을 닫아서 벌써 자고 있을걸요."

나는 이해가 가지 않아 어머니에게 항의했다.

"군고구마 가게가 거기 한 곳이 아니잖아. 뒷길 목욕탕 옆에는 아직 장사를 할 거야. 빨리 다녀와……."

어머니는 답답하다는 듯이 거칠게 말했다.

뒷길 목욕탕 옆 군고구마 가게. 그 말을 들은 나는, 어린 나는, 몸서리를 쳤다. 거기에 가려면 하치만 신사가 있는 숲을 지나가야 했다.

"저, 엄마, 과자로 하자. 과자 가게는 바로 저기 밝은 곳에 있으니까."

"안 돼! 군고구마가 아니면 안 돼."

어머니는 날카롭고 높은 목소리로 소리쳤다.

"넌 왜 부모 말을 안 듣는 거니? 빨리 가. 겁쟁이 같으니라구. 뭐가 무섭다는 거야."

어머니의 서슬에 놀라서 나는 가기로 마음을 먹었다.

"그럼 얼마만큼 사와?"

"밥상 다리 옆에 5전 있어. 그만큼 사와."

어머니는 이불 안에서 턱으로 가리키며 말했다. 나는 마지못해 백동전을 들고 일어섰다. 그리고 보자기를 들고 부엌 쪽 봉당으로 내려왔다.

문을 열고 조심조심 밖을 보던 나는 망설였다. 쌩쌩 바람이 불고 밖은 캄캄했다. 멀리서 딱딱 화재 감시인의 딱따기 소리가 들렸다. 왼쪽으로 비스듬하게 새카만 하치만 신사의 숲이 우뚝 솟아 있었다. 그 숲은 낮에 봤을 때보다 가깝게 펼쳐져 있었고 묵직하게 내리누르고 있었다. 그 나무들 밑을 나 혼자 지나가야만 한다. 그렇지만 어쩔 수가 없다. 나는 가야만 한다.

내가 문턱에 서서 머뭇거리고 있자, 갑자기 어머니가 나와서는 "빨리 안 가"라며 나를 밖으로 떠밀더니 문을 꽝 닫았다. 이렇게 된 이상 운명이다. 나는 있는 대로 용기를 내서 숨도 쉬지 않고 죽도록 달렸다. 숲을 언제 어떻게 지났는지 기억나지 않았다. 군고구마 가게에서 따뜻한 고구마를 보자기에 싸달라고 한 뒤, 다시 뭔가에 쫓기듯이 숲을 한달음에 달려 집으로 뛰어들었다.

그러나 아, 그때! 나는 나도 모르게 얼굴을 돌리고 다시 어두운 문밖으로 뛰어나와야만 했다.

어머니는 군고구마를 먹고 싶은 게 아니었다. 다만 나를 내쫓고 싶었던 것이다.

봄이 되어 학교의 종업식 날이 되었다. 그러나 자비를 베풀어 학교에 다니게 허락은 해주었지만 내게는 수료증 따위를 주지 않는다고 했다. 그러면 나는 진급을 할 수 없었다. 어머니는 또 교장을 찾아가 부탁했고, 그 결과 소학교 1학년 과정을 마쳤다는 증명서를 받을 수 있게 되었다. 어머니는 아는 집에서 남자아이의 옷을 빌려왔다. 나는 규칙적인 무늬가 있는 쓰쓰소데*에 오글오글 잔주름이 잡힌 옷감으로 만든 울금색 오비를 매고 종업식에 참석했다.

식장 정면의 흰 천으로 덮은 테이블 위에는 수료증과 상품이 높게 쌓

---

* 소맷자락이 없는 옷으로 소매가 통 모양이다.

여 있었다. 좌우에는 정장을 차려입은 아이들의 부모와 교사들이 얌전히 서 있었고, 테이블 앞에는 잘 차려입은 아이들이 죽 늘어서 있다.

식이 시작되었다. 교장은 뭔가 말을 한 후 테이블 앞에서 한 명 한 명 아이들을 불러 수료증과 상품을 건넸다. 아이들은 기쁜 듯 생글생글 웃으며 자랑스럽게 상품과 수료증을 받아 자리로 돌아갔다.

마지막에 내 차례가 왔다. 이름이 불리자 나는 아이들 사이를 빠져나와 역시 생글생글 웃으며 테이블 앞에 섰다. 인사를 하고 두 손을 높이 올렸다. 교장은 나에게 종이를 건넸다.

아, 그것은 진짜 종이였다. 다른 아이들에게는 튼튼하고 빳빳한 네모난 종이에 글자가 인쇄된 수료증을 주었지만 내 것만은 붓글씨 연습에 쓰는 종이를 두 번 접어 붓으로 작게 쓴 것이었다. 그 종이는 교장의 손에서 건네받자마자 힘없이 접혔다.

얼마나 모욕감을 느꼈던가. 친구들 모두가 받은 빳빳한 수료증과 상품도, 좌우에 늘어선 학부형들과 교사들도, 수료식이 행해지는 것조차도 모두 나를 모욕하는 것 같았다. 이런 거였다면 차라리 오지 않는 편이 좋았다. 남자아이 옷까지 빌려 입고 온 내가 원망스러웠다.

그건 그래도 괜찮다. 우리 집 형편은 나날이 쪼들려갔다. 우리들은 가진 것을 조금씩 팔아서 살아가고 있었다. 찬장도 없어진 지 오래였고 화로도 팔아버렸다. 돈으로 바꿀 수 있는 것은 몽땅 팔아치웠다. 그리고 마침내 내 차례가 되었다. 즉, 나를 유곽에 파는 것이다.

어느 날의 일이었다. 비록 어렸지만 우리 집이 먹고살기도 힘들다는 것을 다 알고 있는데 어머니는 하늘거리는 장식이 달린 붉은 매화 모양

비녀를 사주었다. 전부터 갖고 싶어 하던 것이어서 이루 말할 수 없이 기뻤다.

어머니는 내 머리를 빗은 후 머리에 꽂아주었다. 옷은 물론 평상복 하나밖에 없었기 때문에 새로운 옷으로 바꿔 입지는 못했지만 단정하게 다시 입혀주었다. 그러면서 우리 집이 꽤 어렵다느니, 널 이런 식으로 키워 가엾다느니 하는 이야기를 차근차근했다. 나는 그만 측은한 마음이 들어 눈물을 흘릴 뻔했다.

그러나 어머니는 갑자기 밝은 어조로 바꾸더니 말했다.

"그렇지만 후미, 다행히 널 받아줄 곳이 있어. 거기는 우리 집처럼 가난하지도 않고 나중에는 귀인이 타는 가마를 타고 부잣집으로 시집갈 수 있을지도 몰라."

나는 어머니와 떨어져서 다른 집으로 가는 것은 싫었다. 그러나 비록 어린아이였지만 나 때문에 어머니가 고생하는 것을 알고 있었고, 그래서 그런 곳이 있다면 가도 좋다고 생각했다. 물론 '귀인이 타는 가마'가 뭔지는 몰랐다. 그러나 그것을 타는 것은 분명 좋은 일일 거라고 생각했다. 나는 슬프기도 하고 기쁘기도 한, 말로 표현하기 어려운 기분으로 어머니를 따라 집을 나섰다.

어머니는 나를 조금 멋진 집으로 데리고 갔다. 우리는 그 집에 들어가서 마루 끝에 앉아 잠시 기다렸다. 그러자 검고 광택이 나는 오비를 맨 중년 여자가 나오더니 거만하게 어머니의 인사를 받았다. 지금 생각하면 그 사람은 기생이나 창녀를 소개하는, 즉 인신매매업을 하는 중개인이었다. 중년 여자는 내 얼굴을 빤히 쳐다보았다. 그리고 상품 하나를 앞에 두고 두 사람 사이에 흥정이 시작되었다.

"아무리 그래도 너무 작아. 이 아이가 상품이 되려면 아무리 짧게 잡아도 5, 6년은 걸려. 그동안 비용이 상당하지. 그냥 놀릴 수만은 없는 노릇이니까 학교도 보내야 하고. 하다못해 소학교는 졸업시켜야 할 테고. 손님 앞에 나가 응대할 수 있도록 가르쳐야 하는데, 그렇게 되기까지 상당한 밑천이 든단 말이야……."

이것이 상대편의 흥정이었다.

어머니는…… 어머니는 참으로 슬펐을 것이다. 흐느껴 울면서 대답했다.

"저는…… 저는, 실은 돈이 필요해서 이 아이를 창기로 만들려는 게 아니에요. 그러니 돈 같은 건 상관없어요. 그저 제가 너무 가난해서 아이의 행복을 위해 그러는 편이 좋을 것 같다고 생각했어요."

"그야 그렇겠지요. 아무리 창기라도 출세하면 꽤 괜찮으니까……."

사는 쪽이 어머니의 약점을 파고들며 맞장구를 치자, 어머니는 이때다 하며 가지고 간 아버지의 호적등본과 족보 베낀 것을 보여주면서 우리 집이 무슨 씨족의 후예에 해당한다는 것을 상대에게 알리려 노력했다. 그리고 이렇게 덧붙였다.

"그러면 무슨 일에든 떳떳할 테고 출세하는 데도 도움이 될 테니……."

아마도 상대 여자는 좋은 먹이가 그물에 걸렸다고 생각했을 것이다. 어머니가 돈에 대해 불만스럽게 생각하지 않아서 이야기는 대체로 정리가 되는 듯했다. 물론 나는 어머니가 데려올 때 하던 이야기와 상당히 다르다는 것을 알고 있었다. 그렇지만 아직 창기가 뭔지, 기생이 뭔지 몰랐다. 게다가 학교도 보내주고 예의범절도 가르쳐준다고 하니 그렇게 나쁘지 않았다.

그런데 나를 어디로 보낼까 하는 이야기가 나오자 어머니는 생각하기 시작했다. 중년 여자는 나를 도카이도 미시마로 보낸다고 했다. 미시마라고 하자 어머니는 갑자기 표정이 우울해졌다.

"좀 더 가까운 곳은 안 될까요?"

어머니는 탄원하듯 말했다.

"미시마는 너무 멀어서 가끔 만날 수도 없으니까요……."

"글쎄. 공교롭게도 가까운 곳에는 자리가 없고 단지 미시마에만 자리가 있다고 하니……."

상대도 조금 당혹스러운 표정으로 대답했다.

어머니가 몇 번인가 더 가까운 곳을 주장했지만 상대는 안 된다고 했다. 결국 어머니는 단념한 듯했다.

"그렇다면 다음에 부탁하는 걸로 하죠."

이렇게 어머니는 아쉽다는 듯 거절했다. 우리는 어둡고 쓸쓸한 집으로 돌아왔다. 지금 생각해보면 얼마나 다행이었는지 모른다. 뿐만 아니라 그렇게 하는 편이 행복할 거라고 했던 어머니의 말도 거짓말처럼 느껴졌다. 왜냐하면 정말로 그랬다면 나를 가끔 만나지 못한다고 해서 거절할 이유가 없기 때문이다.

마지막 물선을 팔지 못한 우리는 도무지 어찌할 수 없는 상황에 빠졌다. 집주인은 매일처럼 집세를 독촉했고 근처의 가게는 뭐하나 외상으로 주지 않았다. 그래서 어머니와 고바야시는 은밀히 이야기했을 것이다. 어느 밤 우리는 가재도구를 각자 들 수 있는 만큼 짊어지고 야반도주를 했다. 달아난 곳은 더 변두리의 연료비만 치르고 자취하면서 묵을 수 있는 싸구려 여인숙이었다. 마침내 '밑바닥' 생활로 떨어진 것이다.

우리는 다다미가 3장 깔린 방을 빌렸다. 다른 방에는 인부나 양산 고치는 사람, 점쟁이, 마술사, 보조 목수 등이 함께 뒤섞여 살고 있었다. 비가 오든 안 오든 대부분 빈둥거리며 지내다가 마침내 궁지에 몰리면 그제야 어쩔 수 없이 시루시반덴*을 걸치고 찢어진 하카마의 주름을 펴서 입고 나갔다. 돌아올 때는 값싼 술을 마시고 곤드레만드레 취해서 왔다. 그러면 또 야단법석이 시작되었다. 노름을 하거나 말도 안 되는 허풍을 떨다가 결국에는 무서운 싸움판을 벌였다.

이러한 분위기 속에서 게으름뱅이 고바야시가 일할 리가 없었다. 어린아이인 나조차 답답할 정도로, 결국에는 질리지도 않나 하고 감탄할 정도로 허구한 날 아침부터 밤까지 방구석에 누워서 쿨쿨 잠만 잤다.

우리들은 하루에 세 번 식사를 한 적이 거의 없었다. 전혀 먹지 않는 날이 오히려 더 많았다. 나는 언제나 배가 고팠다. 지금도 배가 고플 때면 생각한다. 고픈 배를 움켜잡고 비틀비틀 거리를 걷다가, 어느 집의 쓰레기통에 버려진 타서 까맣게 된 밥을 보고 살며시 입에 넣었던 일을. 그리고 그것이 참 맛있었다는 것을.

"너를 고생시켜 미안하구나."

어머니는 항상 면목 없다는 표정으로 내게 사과했다.

"저런 남자와 같이 살기 때문이야."

내가 이렇게 말하자, 어머니는 한층 곤란하다는 표정을 지으며 말했다.

"그래도 조금은 부지런하겠지 생각했는데 참으로 기막힌 녀석이야.

---

* 직공이나 점원 등이 입는 간단한 윗도리다.

아주 지긋지긋해. 진짜 지긋지긋해. 누가 뭐라고 하든, 아무리 고생이 되더라도 참고 혼자 사는 편이 나았어. 그때 너랑 둘이서 계속 살았으면 이렇게까지 비참해지지는 않았을 텐데."

어머니는 애처롭게 고개를 떨어뜨렸다. 잠시 말도 끊어졌다. 다시 얼굴을 들었을 때는 체념한 듯이 조금 시원시원하게 말했다.

"하지만 지금은 헤어지고 싶어도 헤어질 수도 없으니. 이럴 줄 알았으면 헤어질 수 있을 때 과감하게 헤어질 것을……."

나는 무슨 말인지 몰랐다. 그저 용기 없는 어머니가 답답했다.

어머니는 늘 고바야시에게 잔소리를 했다. 그렇지만 고바야시는 맷돌처럼 움직이지 않았다. 어머니는 포기한 듯 혼자서 삼실 잣는 부업을 하다가 그 일마저 그만두어버렸다. 어디가 아픈 듯 생기 없는 얼굴을 하고 누웠다가 일어났다가 했다.

그렇지만 나는 누가 뭐라고 해도 어린아이였다. 힘든 상황이었지만 역시 밖에 나가 놀고 싶었다. 어느 날 아이들과 근처 둑 아래에서 놀고 있는데, 어머니가 무거운 발걸음으로 다가와서 난데없이 나를 불렀다.

"왜 엄마?"

내가 대답하자, 어머니는 힘없는 목소리로 근처에 꽈리나무가 있는지 물었다. 아이들은 친절하다. 모두 여기저기 찾아나섰다. 그리고 바로 옆의 다리 아래에서 금방 발견했다. 아이들 중에 전부터 꽈리나무가 있는 것을 알고 자라기를 기다린 아이가 있었는데, 그 아이가 꽈리나무를 뽑아주었다.

"고맙구나."

어머니는 이렇게 말하고 밑동을 뚝 잘라서 뿌리를 소매 안에 넣고 돌아갔다.

그 밤 나는 그 꽈리나무의 누런 뿌리가 헌 신문지에 싸여 방 선반의 꼬마전구 옆에 놓여 있는 것을 보았다.

지금 생각하니, 어머니는 임신을 한 거였다. 꽈리나무 뿌리로 아이를 떼려고 했던 것이다.

고바야시의 고향

벌써 가을이었다.

어머니와 고바야시는 어떻게 돈을 만들었는지, 하여간 두 사람은 나를 데리고 고바야시의 고향으로 갔다. 고바야시의 고향은 야마나시현 기타쓰루군에 있는 마을로 이름은 잊었지만 상당히 깊은 산골이었다. 고바야시 집안은 농사를 지으며 그럭저럭 곤란하지 않을 정도로 살고 있었는데, 삼 형제 중 제대로 된 녀석이 한 사람도 없었다. 차남인 고바야시가 그나마 가장 영리한 편이었다. 그래서 아버지가 죽은 후 고바야시가 형을 대신해서 집안 경제를 맡아 처리했는데 그중 얼마간의 돈을 들고 가출한 것이다. 오랫동안 아무 소식이 없어서 고바야시를 걱정하던 친척들은 난데없이 고바야시가 연상의 아내를 데리고 돌아오자, 놀라기도 하고 기뻐하기도 했다. 그래서 가능한 한 편의를 제공해주었다.

앞서 말했듯이 정확한 마을의 이름은 잊었지만 일명 고소데라는 마을

이었다. 씨족 사회처럼 친인척 열네다섯 가구로 구성된 조용한 마을이었다. 우리가 도착했을 때 마을에는 우리가 살 만한 집이 없었다. 그래서 마을 사람 모두가 긴 논의 끝에 고바야시 형수의 친정집 서쪽에 있는 장작 창고를 치워 우리에게 살도록 내주었다.

　장작과 짚을 아무렇게나 쌓아놓은 곳이어서 바닥은 썩고 벽은 떨어지고 비가 들이쳐서 손을 쓸 수 없을 정도였지만, 어쨌거나 오래된 판자를 대거나 진흙을 이겨서 벽에 바르고 짚을 쑤셔 넣거나 해서 일상생활은 할 수 있을 정도가 되었다. 다다미 10장 정도 넓이의 네모난 마루방이었지만 안쪽에만 오래된 다다미 2장을 깔았다. 즉, 그 다다미 2장이 우리들의 침실이자 거실이자 식당이었다. 화로는 입구 가까운 곳에 만들었는데 원래 시골의 장작 창고여서 문도 없거니와 문지방도 없었다. 여름에는 입구에 거적을 매달아 문을 대신했지만 겨울에는 너무 추워서 다른 집에서 문짝 2개를 얻어 입구에 새끼줄로 붙들어 맸다. 하지만 눈보라가 치는 밤이면 눈 섞인 차가운 바람이 마구 불어 들어와서 아침에 일어나면 화로 옆에 눈이 쌓여 있곤 했다. 게다가 한쪽 벽 바로 왼쪽은 마구간이고 오른쪽은 주인과 같이 쓰는 공동변소여서 불결하기 그지없었다.

　고바야시는 그 집에 자리를 잡은 후 이상할 정도로 열심히 일했다. 우선 그는 일가의 숯 굽는 일을 했다. 어머니는 어머니대로 근처의 재봉일을 하고 그 답례로 무나 감자 그 외의 여러 가지 야채를 늘 받아왔기 때문에 먹는 걱정은 하지 않아도 되었다. 그리고 나는 지난 종업식 이후 다니지 못했던 학교를 다시 다니게 되었다.

　그 그리운 고장에 대해 말하기 전에 고소데 마을의 생활에 대해 먼저 얘기해야겠다. 도시에서 7층, 8층 빌딩을 보고, 긴자의 눈부신 쇼윈도를 본 사람, 자가용으로 약속 장소에 가거나 카페에 드나드는 사람, 여름에는 선풍기, 겨울에는 난로를 마음껏 쓰는 사람은 이 이야기가 거짓말처럼 들릴 것이다. 그러나 이것은 결코 거짓말도 과장도 아니다. 도시의 번영은 시골과 도시의 교환으로, 도시가 시골을 완전히 속이고 이익을 취했기 때문이라고 생각한다.

고소데 마을은 앞에서도 말했듯이 열네다섯 가구의 친인척으로 구성된 원시 사회 같은 곳이었다.

마을은 경사가 급한 산기슭 남쪽의 골짜기에 자리잡고 있었고 볕이 잘 드는 곳이었다. 논은 한 마지기도 없었다. 있는 거라고는 산과 산을 개간한 밭뿐이었다. 때문에 마을의 산업은 봄부터 여름까지 양잠을 하고, 밭에는 약간의 보리와 뽕, 자신들이 먹을 채소 그리고 모래땅에는 고추냉이를 심었다. 겨울에 남자들은 산에 올라가 숯을 굽고 여자들은 집에서 가마니를 짜는 것이 일이었다. 그러나 마을이 산간에 있다 보니 수입의 70~80%가 숯을 팔아서 버는 돈이었다.

사정이 이러니 마을 사람들은 당연히 몹시 변변치 못한 식사밖에 하지 못했고, 지금 감옥에서 내가 먹고 있는 쪼갠 보리가 주식이었다. 실은 감옥에서 주는 밥보다도 못했다. 감옥에서 나오는 것은 소위 4 대 6으로 길쭉하고 찰기가 없는 중국, 아시아산 쌀이 40%나마 들어 있지만, 고소데 마을에서 먹은 밥에는 흰쌀이라고는 한 톨도 없었다. 그 대신에 감옥의 밥과 달리 벌레나 돌, 볏짚 등은 들어 있지 않았다. 채소를 끓인 것은 감옥과 같다고 해도 좋을 것이다. 왜냐하면 어느 쪽도 채소를 끓일 때 설탕을 조금도 넣지 않았으니까. 마을에서 먹을 수 있는 생선은 펄쩍 뛸 정도로 짠 연어뿐이었다. 그것도 한 달에 한 번 정도밖에 먹지 못했다.

그러나 이렇게 변변치 못한 음식으로 건강이 유지되지 않을 거라고 생각해서는 안 된다. 한번 산을 헤치고 들어가보면 알게 된다. 산에는 최근 유행하는 소위 비타민을 다량 함유한 그리고 평소의 식사에서 결핍된 당분이나 칼로리가 높은 으름, 배, 밤 등이 잔뜩 열려 있었기 때문이다. 아이들은 물론 어른들도 그것들을 따 먹었다. 그러고도 남는 것은 까마귀나 쥐의 먹이가 되는데 개중에는 동물들의 눈에도 띄지 않아 가지가 휜 채로 땅에 묻혀 썩기도 했다. 때문에 아이들은 동물들을 뒤쫓아 다닐 뿐 죽이지는 않았다. 만약 사냥을 한다면 충분히 식량이 될 야생 동물이, 특히 토끼가 마을의 바로 뒷산이나 학교 가는 길 쪽의 숲에서 항상 뛰어다니고 있었다.

내가 진정으로 자연과 친해진 것은 이 무렵이었다. 마을의 생활은 이상적이고 건강했으며 자연스러웠다. 그런데도 시골 사람들의 생활을 그렇게도 비참하게 만드는 것은 무엇일까? 먼 옛날의 일은 모른다. 도쿠가와가 통치하던 봉건 시대 그리고 오늘의 문명 시대, 시골은 도시 탓에 점차 야위어간다.

내 생각에는 시골에서 양잠이 가능하다면 농민들은 그 실을 자아 작업복을 만들어 입고 다니면 된다. 특별히 도시의 상인에게 무명옷이나 오비를 살 필요가 없다. 하지만 농민들은 누에와 숯을 도시에 팔고 도시는 그보다 훨씬 나쁜 무명이나 머리 장식을 판다. 그런 교환 구조 때문에 도시에 시골의 돈을 빼앗기는 것이다.

물론 시골 마을에서는 직접 옷을 만드는 등의 일을 하지 않았다. 돈의 유혹 때문에, 돈이 갖고 싶어서 숯과 누에를 팔면 도시의 상인은 그 돈을 노리고 산골 마을까지 들어왔다. 행상인은 10장 정도의 장식용 깃 한 상자, 다시마나 건어물 한 상자, 화장품과 장신구 한 상자, 각종 과자 한 상 등을 겹겹이 높이 쌓고 그 위에 다시 다시마, 건어물 등을 더해 커다란 등짐을 만들어 지고 왔다. 하지만 한 집 한 집 돌면서 짐을 풀어놓지는 않았다. 비교적 부유한 집의 화롯가가 임시 상점이었다.

"상인이 왔다."

어느새 마을 가운데 이 소식이 전해지면 마을의 여자들이 모여들어 이것저것 갖고 싶은 듯 손에 들어보고, 손에 든 것을 요리조리 들여다보며 가격을 물었다. "어머 비싸. 오마사가 열흘쯤 전에 시내에서 이런 걸 12전에 사왔어" 따위의 말을 하면서.

행상인은 그런 흥정에 하나하나 친절하게 이유를 붙이면서 결코 비싼 게 아니라는 둥, 품질이 다르다는 둥 그럴듯한 말로 둘러댔다. 아니, 단지 그럴듯하게 둘러댈 뿐 아니라 꼭 사고 싶게 만들었다. 그리고 상당히 느긋한 거래였다. 그러나 이는 이상한 일이 아니었다. 아무리 시간이 오래 걸리고 누군가의 집에서 묵어야 해도, 숙박비는 시내 여관의 4분의 1 또는 5분의 1 정도였다. 경우에 따라서는 여행객으로 환대를 받아 숙박비 따위는 내지 않았다. 그러니 오래 걸려도 상관없었다. 다만 그러고 있는 동안 조금이라도 많이 팔면 되는 거였다.

여자아이들은 아버지 몰래 장식용 깃이나 장신구를 샀고, 아주머니들은 고치 혹은 손으로 자은 생사, 짚으로 싼 흙 묻은 고추냉이를 몰래 가져와서 그 3분의 1의 가치도 없는 것과 교환했다. 이렇게 마을은 자신들이 정성을 다해 노력한 결과를 매년 이런 행상인에게 빼앗겼다.

우편배달부는 5일에 한 번, 7일에 한 번 정도밖에 오지 않았다. 겨울에는 신발을 벗어던지고 고타쓰를 쬐면서 집안사람들과 차를 마시고 이야기를 하거나 다른 곳에서 온 엽서를 읽어주고 사진을 보여주며 시간을 보내다가, 식사 때에는 밥을 얻어먹고 느긋하게 돌아갔다. 가끔 절에 편지라도 오면 스님 방에 들어가 날이 저무는 줄도 모르고 스님의 바둑 상대가 되기도 했다.

이제 학교에 대해 이야기하겠다. 학교는 가모사와라고 부르는 작은 마을 한쪽에 있었다. 아이들은 60~70명 정도였을 것이다. 스승님이 있던 학교 이후 처음으로 보는 갖춰지지 않은 학교였고 선생이라는 작자는 술고래에 몹시 난폭한 남자였다.

고소데 마을에서 한적한 산길을 따라 약 4킬로미터 정도 떨어진 곳에 있었는데, 겨울이면 눈이 너무 많이 쌓여서 남자아이나 여자아이 모두 대나무 껍질로 만든 신발 같은 것을 신고 손수건으로 얼굴을 감싼 채 매일 같은 길을 왕복했다.

역시 가끔 붓이나 종이, 먹 등이 필요했다. 그러나 마을에는 현금이 하나도 없었다. 그래서 그런 준비물이 필요할 때 아이들은 집에서 만든 숯을 한두 가마니 지고 아침에 학교로 갔다. 가마니를 학교 바로 옆 가게까지 지고 가면서 아이들은 숯을 팔아서 조금씩 준비물을 살 수 있었다. 이것 역시 물물교환이었다.

그러나 나는 지금 중요한 한 가지를 쓰겠다. 그것은 4킬로미터 정도의 산길을 숯 가마니를 지고 오르락내리락하는 사람이 대체 몇 살 정도의 아이인가 하는 것이다. 바로 아홉 살 정도의 여자아이였다. 나도 실은 해보고 싶었다. 하지만 도시에서 태어난 나는 아무리 해도 불가능했다. 무엇보다 우리 집에는 지고 갈 숯이 없었다.

내친 김에 사실 하나를 적어두겠다. 사소한 일일 수도 있지만 도시에서 자란 아이에게는 정말 상상도 못할 일이었다. 바로 이 마을에서는 화장실에서 결코 종이를 쓰지 않는다는 것이다. 변소에서 종이를 쓰는 것은 마을 사람들에게 그 얼마나 사치스러운 일이던가. 편지를 쓸 때도 낡고 찢어져 쓸 수 없는 장지문 종이를 사용할 정도였다. 그렇다면 종이 대신 대체 무엇을 썼을까. 마을 사람들은 대나무 쪼갠 것이나 나뭇가지를 젓가락 정도의 길이로 잘라 상자에 넣어두었다. 그리고 사용한 것은 다른 상자에 넣어두었다. 상자가 가득 차면 산기슭의 시냇물에서 씻어 다시 사용했다. 이것은 거짓말도, 꾸며낸 말도 아닌 사실이다.

이른 봄의 어느 날, 우리 집에 아기가 태어났다. 고바야시 집 할머니는 크게 기뻐했다. 그리고 봄에 태어났다고 해서 '하루코'라고 이름을 붙이고 첫아이의 탄생을 축하했다.

대여섯 가마니의 숯이 말 등에 실렸다. 말은 망아지와 함께 약 20킬로미터 떨어진 시내를 향해 갔다. 돌아올 때는 숯 대신 얼마 되지 않는 쌀과 멸치, 옷 등이 실려 있었다. 첫아이 탄생 축하 선물이었다. 하루코는 튼튼하게 자랐다.

3월 말이 되어 나는 또 종업식에 참석했다. 늘 치욕을 당하는 종업식에. 하지만 그해에는 아무런 괴로움도 없었다. 왜냐하면 선생님이 나에게 비록 무적자라 하더라도 시골이니까 다른 아이들과 마찬가지로 수료증을 준다고 했기 때문이다. 어머니는 그날을 위해 어려운 중에도 줄무늬 무명 쓰쓰소데와 하오리*를 만들어주었다. 나는 그것을 입고 모두와 함께 기뻐 날뛰며 학교에 갔다.

형식적이고 쓸쓸한 식이 시작되었다. 모두 수료증을 받고 싱글벙글했다. 그러나 선생님은 약속했으면서도 나에게만은 수료증을 주지 않았다. 이제나 줄까 저제나 줄까 마지막까지 기다렸다. 마침내 기다려도 소용없다는 것을 깨달았다.

식이 끝나고 모두 돌아갈 준비를 했다. 그렇지만 나는 아직 단념하지 못하고 멍하니 서 있었다. 그때 선생님이 와서 수료증과 우등상을 눈앞에 내보였다.

"보는 대로 네 수료증과 우등상은 여기 있어. 갖고 싶으면 어머니한테 받으러 오라고 전하렴. 그럼 주마."

종업식 전에 아이들의 집에서는 뭔가를 선생님에게 보내는 것이 관례였다. 그중에서 가장 많은 것이 술이었다. 즉, 술과 수료증을 교환하라는 말이었다. 우리 집에서는 선생님에게 아무것도 보내지 않았다. 보내고 싶어도 보낼 것이 없었다. 다른 이유는 어머니가 눈치가 없는 탓도 있었다.

그렇지만 나는 그 말을 듣자 분했다. 친구들과 떨어져 분한 마음에 혼자서 뒷길로 돌아갔다. 돌아가서 화로 옆에서 실컷 울었다. 어머니가 보다 못해 "걱정할 것 없어. 내가 술을 가지고 가서 수료증을 받아올 테니까"라고 위로해주었다. 그렇지만 아무리 해도 나는 그 모욕을 잊을 수 없었다.

"됐어, 엄마. 싫어."

나는 단지 이렇게 말했다. 그리고 마침내 무단으로 그만둬버렸다.

---

* 일본의 전통 의상 위에 입는 짧은 겉옷이다.

나는 쓸쓸했다. 그때의 마음을 지금 충분히 설명할 수는 없다. 다만 굳이 말하자면 떼쟁이가 울다 지쳐 울음을 그친 것 같은 상태였다.

그렇게 며칠 지난 어느 날, 생각지도 못하게 외갓집 삼촌, 즉 어머니의 남동생이 우리를 찾아왔다. 외삼촌이 어떻게 우리 주소를 알았는지 나는 알고 있었다. 내가 고소데 마을에 온 첫 설에 어머니를 대신해서 외갓집에 연하장을 쓴 적이 있었다. 그때 어머니가 말했다.

"이제 와서 데리러 와달라고는 못하지만 이 연하장을 보면 데리러 와줄 거야."

그 후에도 어머니는 가끔 말했다.

"집에 돌아가면 욕은 먹겠지만 이렇게 가난하게 살지는 않을 거야. 그리고 네 외할아버지, 외할머니가 얼마나 기뻐하시겠니."

어머니는 외갓집에서 연하장을 받으면 아버지와 헤어진 우리를 걱정할 테고, 그럼 분명히 우리를 데리러 사람이 올 거라고 믿고 있었다.

"오, 누나."

외삼촌이 들어오자마자 말했다.

"잘 왔어."

어머니는 벌써 눈물을 뚝뚝 흘리고 있었다. 두 사람은 정말로 기쁜 듯이 선 채로 이야기를 계속했다. 내가 알아들은 거라고는 연하장을 받고 즉시 오고 싶었지만 눈이 많이 와서 세 번이나 중도에 포기하고 눈이 녹기만 기다렸다가 겨우 왔다는 거였다. 사실 고소데 마을은 여자라도 이틀도 안 걸려서 올 수 있는 곳이었다. 그리고 외삼촌이 온 것은 어머니를 외갓집에 데려가기 위해서라고 했다.

고바야시가 일터에서 돌아왔다. 즉시 담판이 시작되었다. 고바야시의 아버지와 어머니, 근처의 친척도 모였다. 상당히 긴 시간 담판한 결과, 어머니는 돌아가도 좋다고 했다. 그러나 젖먹이의 거처를 놓고 다시 분쟁이 일어났다.

고바야시의 노모는 어머니에게 다가와 따졌다.

"이럴 거였으면 좀 더 빨리 말해주지 그랬나. 그랬다면 어떻게든 했을 텐데……."

어떻게 한다? 이 말은 무슨 뜻일까? 처음에 나는 이해가 가지 않았다. 그러나 나도 서서히 그 의미를 알게 되었다.

어머니가 입을 열었다.

"저도 주의를 기울인다고 기울였는데, 그렇지만 가엾어서……."

어머니의 이 말을 듣자 생각나는 것이 하나 있었다. 옆 마을로 시집간 이웃집 딸과 어머니의 대화로 알게 된 사실이었다.

"큰 소리로 할 말은 아니지만 그건 식은 죽 먹기야."

그 여자는 화로 옆에서 작은 소리로 어머니에게 말했다.

"잘 들어. ××××××××××××××××××××××××, ×××××××××××××××××××××××××××, ×, ×××××××××××××××××××××××××××, ×××××× 아이를 가만히 쳐다보면서, 아직인가, 아직 멀었나 ××××××××××, ××××××××××××××××××, ×××××, ××××××××××××××××××××……. 지금 옆집 언니는 처녀 시절 낳은 사생아를 집안 사정 때문에 그렇게 쉬쉬해버렸다니까."

말없이 듣고 있던 어머니의 얼굴은 흙빛이 되면서 겁먹은 듯한 모습이었다. 그리고 마지막으로 "가엾게도……"라고 신음했을 뿐이었다.

하루코도 '무슨 일을 당하는 게 아닐까?' 하고 나는 마음속으로 은밀히 걱정했다. 그러나 사나흘 옥신각신한 끝에 어쨌거나 하루코는 고바야시 곁에 두는 것으로 결말이 났다.

결말이 난 다음 날 아침, 나와 어머니는 외삼촌을 따라 마을을 떠났다. 큰집 막내딸 유키가 잠든 하루코를 업고 마을 밖까지 배웅해주겠다며 따라나섰다. 정이 많은 유키는 도중에 계속 울어서 눈이 빨개졌다. 그러나 하루코는 아무것도 모르고 포대기에 업혀 잠들어 있었다. 기분 좋게 새근새근.

이미 마을을 벗어났다. 그렇지만 우리들은 헤어지지 못했다. 산기슭을 따라 길이 굽어진 곳에서 겨우 헤어졌다. 그러나 어머니는 발걸음을 떼지 못했다. 헤어져 네다섯 걸음 걷는가 싶더니 다시 되돌아갔다. 그리고 유키의 등에서 아기를 내려서 길가 둑의 잔디에 앉더니, 아직 자고 있는 아기를 흔들어 깨워 흐느끼면서 억지로 젖을 물렸다. 어머니는 젖을 먹고 있는 아기의 얼굴을 쓰다듬거나 뺨을 비비면서 옆에서 울며 서 있는 유키에게 "부탁해, 유키, 부탁해"라고 몇 번이고 한 말을 다시 반복했다.

어머니는 언제까지나 아기를 안고 있었다. 외삼촌이 100미터 정도 앞에서 커다란 소리로 어머니를 불렀다. 어머니는 겨우 일어났다. 그리고 하루코를 유키의 등에 업혀주었다. 터져 나오는 눈물을 멈추려 하지도 않은 채.

어머니와 나는 두 걸음 걷다가 멈춰 서고 세 걸음 걷다가 멈춰 서서 뒤를 돌아보았다. 유키는 언제까지나 그대로 길모퉁이에 서 있었다. 200~300미터쯤 걷다가 길이 굽어진 곳에서 다시 뒤돌아보았다. 그때 유키의 모습은 짙은 안개에 둘러싸인 것처럼 흐릿하게 보였다. 단지 잠에서 깬 듯한 하루코의 우는 소리만이 버리고 가는 어머니와 언니를 원망하듯 아침 산의 고요를 깨고 생생하게 들려왔다. 언제까지나, 언제까지나…….

이때를 마지막으로 나는 여동생 하루코와 헤어졌다. 그리고 다시는 만나지 못했다. 그 후 10여 년이 흘렀다. 하루코는 아직 살아 있을까? 아니면 벌써 죽었을까?

어머니의 친정

고소데를 떠난 지 이틀째 되는 오후, 우리는 어머니의 친정에서 약 4킬로미터 떨어진 구보타이라는 작은 마을에 도착했다. 거기서부터는 금방이었다. 하지만 어머니의 발걸음이 둔해졌다. 낮에 마을에 들어가려니 부끄럽다는 거였다. 그래서 외삼촌만 먼저 가고 나와 어머니는 오래간만에 미용실에 가서 머리를 자르거나 외할머니에게 줄 선물을 사거나 했다. 어머니는 날이 완전히 저물어 어두워질 무렵에야 친정으로 들어갔다.

외할머니, 외할아버지는 물론 기뻤을 테지만 그 기쁨 가운데는 슬픔도 숨어 있었을 것이다. 그것은 우리도 마찬가지였다.

외갓집에서 외할머니, 외할아버지는 집에 칸막이를 하여 뒤편에 살고 있었다. 셋째 이모는 약 4킬로미터 떨어진 마을의 장사하는 집으로 시집을 갔고 막내 외삼촌은 출가했으며 우리를 데리러 와준 큰외삼촌이 뒤를 이어 호주였다. 두 살 된 아이도 있었다.

나는 외삼촌 집에 맡겨졌다. 어머니는 내가 크기를 기다리며 젊었을 때 다녔던 제사장에 돈을 벌러 갔다.

나는 이미 쓸쓸함에 대해 알고 있었지만, 그래도 왠지 마음이 안심이 되었다. 안정된 마음으로 하루하루를 지냈다.

그러나 아, 나는 얼마나 불행했던가. 그 여름의 어느 밤, 깊이 잠들어 있던 나는 갑자기 외숙모가 깨워서 일어났다. 졸린 눈을 비비면서 외숙모를 따라가니 생각지도 못한 어머니가 와 있었다. 오비를 푼 채 부엌과 연결된 거실에서 밥을 먹고 있었다.

어머니는 나에게 주려고 모슬린 홑옷과 종이를 사왔다. 물론 나는 기쁘지 않았다. 또 일을 그만두고 돌아온 건가 싶어서 마음이 불안했기 때문이다. 집에는 특별한 일이 없었다. 어머니는 먼 시내로 일하러 갔다. 그런데 왜 돌아온 걸까? 나는 이유를 몰랐다. 그렇지만 어머니에게도, 외삼촌에게도, 외숙모에게도 아무것도 물어보지 못하고 다시 잠들었다.

그러나 곧 진상을 알게 되었다.

어머니는 '아버지 위독 즉시 돌아올 것'이라는 전보를 받고 급히 돌아온 것이었다. 그렇지만 외할아버지는 위독하기는커녕 건강하게 잘 지내고 있었다.

그다음 날, 위독하다는 외할아버지도 참석한 가운데 외할머니, 외삼촌 부부, 어머니가 뭔가 중요한 이야기를 시작했다. 나는 밖에서 놀다 오라는 말을 들었지만 그 옆을 떠나지 않았다.

"아이가 셋 있다고는 하지만 모두 다 컸으니까 손이 가지 않을 거야."

외할아버지가 이렇게 말하자, 외할머니도 즉시 말을 받았다.

"형편도 좋다고 하고 무엇보다 이런 시골이 아니라 시내니까 지금까지 여기저기 방황하던 너한테는 안성맞춤이야."

잘 들어보니 엔잔역 근처에서 잡화점을 운영하는 후루타라는 비교적 부유한 사람이 어머니를 후처로 들이고 싶다고 청한 모양이었다.

나는 '엄마가 거기 가면 어떻게 하지……' 하면서 어쩔 줄을 몰라 어머니의 얼굴을 말없이 바라보았다. 하지만 어머니는 내 눈길을 전혀 보지 못한 듯이 "그도 그렇네"라고 대답하더니 뭔가 생각하는 듯했다. 그러다가 주위에서 계속 권하자 아무렇지도 않게 승낙해버렸다.

"그럼 가볼까. 갔다가 싫으면 억지로 고생하며 거기서 신세질 필요 없지. 만약 그렇게 돼도 이 아이가 있으니까 마음이 든든하네."

나는 놀라서 펄쩍 뛰었다. 불안이 가슴에 치밀어 올랐다.

"엄마, 부탁이니까 가지 마. 가지 마……."

어머니 목에 매달려 나는 울었다.

"너한테는 미안하지만."

어머니가 말했다. 외할아버지, 외할머니도 '어머니가 시집을 가도 거기는 가까우니까 언제든지 만날 수 있다'는 둥, '너도 시내에 나갈 기회가 많아져서 오히려 좋다'는 둥의 이유를 늘어놓으며 나를 달랬다. 그리고 어머니는 마침내 시집을 가게 되었다.

그렇다. 어머니는 결국 가버렸다. 자신의 행복을 찾아 나를 내버려두고, 전에 아버지가 나와 어머니에게 그랬던 것처럼…….

우리들을 버리고 간 아버지가 갑자기 찾아와서 내게 고무공을 사주었던 일을 이미 이야기했다. 그때 나는 얼마나 아버지가 그리웠던가. 그러나 아버지는 "반드시 데리러 올게"라는 약속을 그 후 전혀 지키지 않았다. 나는 이미 아버지를, 아버지의 사랑을 체념했다. 단 한 사람, 어머니만을 의지해왔다. 그런데 어머니마저 결국 나를 버리고 가버린 것이다. 어머니가 나를 유곽에 팔려고 했던 일을 떠올리지 않을 수 없었다. 어머니는 그때 나의 행복을 위해 나를 판다고 말했지만 정말 그랬을까. 어머니는 다만 자신의 어려운 형편에서 벗어나고자 나를 팔려고 했던 것이다.

아, 할 수 있다면 목청껏 이 세상을 향해 소리치고 싶다. 특히 세상의 아버지, 어머니에게 말하고 싶다. "여러분은 진정으로 아이들을 사랑하고 있나요? 당신들의 사랑은 본능적인 모성애가 있는 동안만 지속될 뿐, 나중에는 완전히 자신들의 이익을 위해서만 아이들을 사랑하는 척하지 않나요?"라고. 그리고 "우리 엄마처럼 진실로 아이를 사랑하는 것이 아니라 자신의 행복을 위해 버리고 가면서, 갔다가 싫으면 다시 돌아와서 아이가 돌봐주기를 바라는 뻔뻔스러움으로 아이를 사랑하고 있지 않나요?"라고.

나도 모르게 감정적으로 말했다. 그렇지만 그때는 물론 그 후로도 계속된 절망적이던 내 마음속 말이니 허락해주기 바란다.

어머니는 갔다. 나는 외삼촌집 근처의 소학교에 다녔다.

이제는 소학교를 그다지 동경하지 않았다. 그리고 사실 그 소학교에서도 나는 귀찮은 존재로 취급당할 뿐이었다. 체조 시간에는 나보다 키가 작은 아이가 몇 명 있는데도 '넌 귀찮은 존재야'라고 말하듯이 가장 뒤에 세웠다. 학생 수가 짝수일 때는 그래도 괜찮았지만 그렇지 않을 때는 혼자 귀찮은 존재로 가장 뒤에 서서 가야만 했다. 서예나 미술에서는 제일 잘한다는 소리를 못 들었지만 그 외 다른 과목은 교실에서 내가 가장 성적이 좋았다. 하지만 나는 모두가 받는 통지표조차 받지 못했다.

날이 서서히 선선해질 무렵, 어머니는 가장 작은 의붓자식을 데리고 놀러 왔다. 그렇게 저주한 어머니였지만 역시 어머니가 그리웠다. 하지만 어머니가 자신이 시집간 집에 가자고 할 때는 싫다고 말했다. 그래도 무리하게 가자고 하는 통에 따라는 가보았다.

어머니 집은 식료품이나 가정용 잡화, 학용품 등을 팔고 있었다. 나는 그 집 아이들과 금방 친해졌다. 그러나 어머니의 남편이 된 사람과는 아무리 해도 친해지지 않았다. 이틀 정도 머물렀을 뿐인데도 벌써 돌아가고 싶었다.

"어머, 벌써 가고 싶니?"

어머니는 쓸쓸한 표정을 지었다. 그리고 여러 가지 말을 들려주며 나를 붙들어두려고 했다. 그러나 내가 무슨 일이 있어도 돌아가겠다고 하자, 어머니도 결국 단념한 듯 화장대를 마루로 꺼내와서 내 머리를 묶어주었다. 그리고 옷장의 가장 윗서랍에서 중국 비단으로 만든 주머니와 가느다란 끈을 꺼내 내게 주었다.

"얼마 전에 보니까 옷장 밑에 비단 조각이 있잖아. 그래서 너한테 주려고 몰래 만들어두었지."

어머니는 가게에 가서 통소림 3개와 백설탕 한 봉지, 빨간 가죽 끈이 달린 아사우라* 한 켤레를 재빨리 보자기에 싸서 소맷자락으로 덮듯이 하여 나를 데리고 집을 나왔다. 그리고 시내 외곽의 대나무 숲 옆에 있

---

* 삼실로 엮은 끈목을 소용돌이 모양으로 바닥에 댄 짚신이다.

는 물레방아까지 오자, 그 보자기에 싼 것을 내 등에 단단히 묶어주고 근처 과자 가게에서 과자를 사주었다.

"가면서 먹어. 머니까 길을 잘못 들면 안 돼. 조만간 틈을 봐서 갈 테니까 외갓집에 가면 전해."

어머니는 금방이라도 울 것처럼 말했다. 나도 왠지 울고 싶은 기분으로 그저 말없이 고개만 끄덕였다. 그렇다. 나는 분명 울고 싶었다. 그렇지만 뭔가가 나의 눈물을 막았다.

나의 애처로운 성격은 그때 형성된 것이리라.

외갓집으로 돌아간 나는 다시 학교에 다니기 시작했다. 아무리 귀찮은 존재로 취급당해도 학교가 싫지 않았다. 학교에 다니는 것, 그것이 나의 유일한 즐거움이었다.

겨울이 다가올 무렵이었다. 조선에 사는 친할머니가 우리 마을에 찾아왔다.

친할머니는 외할머니와 동갑으로 그 당시 벌써 쉰대여섯이었다. 그러나 외할머니보다 건강하고 혈색도 좋았다. 무엇보다도 그 복장이, 고급 옷감으로 만든 두루마기 등을 입고 있었다. 부잣집 마님 같은 차림은 시골 농가의 여자들과 전혀 달랐고 나이보다 훨씬 젊어 보였다.

용건은 나를 조선으로 데려가서 기르겠다는 것이었다. 거기에는 이유가 있었다.

조선에는 친할머니와 아버지의 여동생, 즉 고모가 살고 있었는데 고모에게는 아이가 없었다. 그래서 만약 고모에게 계속 아이가 생기지 않으면 나를 데려다 키우기로 내가 서너 살 때부터 이미 약속이 되어 있었다. 그런데 아버지와 어머니가 그렇게 헤어지는 바람에 어머니의 행방을 몰라 어찌할 수가 없었는데, 어머니가 친정에 돌아와서 갑자기 이야기가 진행되었다고 했다.

친할머니 쪽에서는 비록 이모와 아버지가 같이 살고 있기는 하지만 아버지와 어머니가 그렇게 된 것에 다소 책임을 느꼈을 것이고, 무엇보다도 조선의 고모에게는 이제 아이를 기대할 수 없게 되어 가엾은 나를 기를 마음이 생긴 거였다. 외갓집에서도 이번에는 어머니가 시집간 곳에서 잘 지내고 있고, 무엇보다 조선의 고모네 집이 부자이기 때문에 그런 집에서 사는 편이 나도 행복할 거라고 생각하여 즉시 결론이 난 모양이었다.

조선의 친할머니는 가져온 예쁜 옷을 나에게 주었다. 35엔이나 한다는 붉은 비단으로 만든 폭이 넓은 오비와 그때까지 본 적도 없는 비단옷, 두루마기, 예복, 숄, 신발, 리본 등이었다. 친할머니의 말에 따르면 그 외에도 많은 것이 있지만 짐이 되기 때문에 집에 두고 왔다고 했다.

조선의 친할머니는 집안 사정상 내가 무적자로 있으면 곤란하다며 나를 외할머니의 다섯째 딸로 호적에 올려 데려가겠다고 했다.

내가 받았던 그 옷이 얼마나 화려했던가. 조금 과장해서 말하면 난생 처음 본 것들이었다. 내게 그런 옷을 입혔다. 말로 표현하기 어려운 부끄러움과 기쁨을 동시에 느끼면서 나는 몇 번이고 입고 있는 옷소매를 올리거나 오비를 쳐다보았다.

"자, 이제 조선에 갈 테니까 그 꼬까옷을 입고 근처에 인사하고 오렴."

집안사람들이 하라는 대로 나는 외숙모와 함께 학교와 이웃집에 인사를 하러 돌아다녔다. 내가 몸에 걸치고 있었던 것은 비단옷에 비단 오비, 붉고 커다란 리본, 그런 것이었다.

꽤나 예뻐서 근처의 여자들이 보여달라며 우리 집 뒷문으로 모여들었다. 그리고 "후미는 정말 좋겠다……"라고 하면서 지금까지 고생한 대가라고 입을 모았다.

어머니도 물론 와주었다. 그리고 마찬가지로 기뻐해주었다.

"이 옷을 입고 사진을 찍어두면 좋을 텐데. 그렇죠, 도쿠노 형님?"

외숙모가 말했다.

"정말 그렇네. 근처에 사진관이 있으면 좋겠는데."

어머니가 대답했다.

"사진이라면 우리 집에 가서 바로 찍어서 보낼게요."

조선 친할머니가 말했다. 그리고 놀라워하는 모두의 반응에 만족한 듯 이렇게 덧붙였다.

"우리 집에는 한 달에 한두 번씩 반드시 사진사가 오니까요. 즉시 보낼게요."

"꼭 보내주세요!"

모두가 입을 모아 말하자, 친할머니가 이렇게 말했다.

"만나지 못하는 것도 잠시뿐이에요. 소학교를 졸업하면 바로 여학교에 보내고 성적이 좋으면 여자 대학에 가야 하는데, 그러려면 역시 도쿄로 보내야 하니 언제든지 만날 수 있을 거예요."

친할머니는 내가 점점 커다란 희망을 갖도록 이야기를 했다. 아니, 그뿐만이 아니었다. 나를 데리고 가서 결코 뭐하나 부족한 것 없게 하고, 필요한 것은 물론 장난감도 원하는 대로 사줄 테니 아무 걱정할 필요 없다는 말까지 했다.

모두 눈물을 흘리며 기뻐한 것은 말할 필요도 없다. 나도 물론 기뻤다.

계속 내리던 비도 그치고 하늘이 맑게 갠, 약간 쌀쌀하기도 하던 아침, 모두의 배웅을 받으며 모두의 축복의 속에 친할머니와 함께 나는 여행 길에 올랐다.

새로운 집

나는 마침내 조선에 도착했다. 내가 행복해지기를 기다리고 있는, 희망의 빛으로 가득 찬 조선에 왔다. 그러나 과연 조선은 약속대로 그것들을 나에게 주었는가? 뒷부분에 내가 적은 내용을 읽으면 저절로 알게 되겠지만, 지금은 조선에 오는 동안의 느낌만을 적겠다. 그것을 말해두지 않으면 너무도 갑작스러운 변화에 어쩌면 독자들의 판단력이 흐려질지도 모르니까⋯⋯.

오는 동안의 나의 느낌은?

한마디로 말할 수 있다. 그것은 내가 친할머니에게 기대한 것, 즉 손녀로서 친할머니의 사랑을 아주 미미하게밖에 받지 못했다는 약간의 실망감이었다. 그리고 친할머니 역시 나에게 기대한 것을 내 안에서 아주 조금밖에 찾지 못했을 거라는 불안감이었다. 그러나 그 정도의 일로 결코 희망을 버릴 수는 없었다. 나는 나를 기다려주는 행복의 신을 잡아야만 했다.

드디어 조선에 도착했다. 조선의 내 집에 도착했다. 거기는 충청북도 부강이라는 곳으로, 성씨는 이와시타였다.

이와시타? 독자들은 분명 여기서 의혹의 눈으로 나를 볼 것이다. 왜냐하면 아버지 성은 사에키인데 아버지의 어머니 성이 사에키가 아니라 이와시타이니 말이다. 우선 그것을 설명해야겠다.

친할머니는 열대여섯 살에 히로시마에서 결혼했다. 그러나 스물일곱 살 때 아홉 살의 큰아이를 비롯하여 4명의 아이를 남기고 친할아버지가 돌아가셨다. 이어서 셋째와 넷째 아이도 세상을 떠났다. 게다가 장남인 우리 아버지마저 집을 뛰쳐나가버리자, 집에는 단 한 사람의 여자아이, 지금의 고모만 남게 되었다. 고모는 히로시마에서 여학교를 졸업했다. 그러자 바로 한 해군이 청혼을 했지만 친할머니는 생각하는 바가 있어서 이를 거절했다. 그다음 구혼자는 관리로 처음 보는 사람이었지만 한 번 보고 '이 남자라면' 하면서 믿음이 갔다. 곧 혼인이 성립되었다. 집에 장남인 우리 아버지가 없는데도 그 남자를 양자로 들이지 않고 정식으로 그 남자에게 고모를 보냈다. 즉, 법률적으로 고모를 그 남자에게 시집보낸 것이다. 그렇지만 친할머니는 홀몸이고 게다가 사위가 마음에 들었기 때문에 그 젊은 부부와 함께 한집에서 살기로 했다. 하지만 뭐라고 해도 법률상 고모는 남편 집에 시집을 갔기 때문에 남편 성인 이와시타가 친할머니와 아버지 성인 사에키를 대신하게 되었고, 이런 이유로 내가 온 새로운 집의 성은 이와시타인 것이다.

부강

이와시타 일가가 부강에서 살고 있다는 것은 앞에서 말했다. 그럼, 부강은 어떤 곳이었을까?

부강은 경부연선에 있는 작은 마을이었다. 일본인과 조선인이 섞여 사는 지역으로 상당히 많은 조선인과 40여 가구의 일본인이 살고 있었다. 그렇지만 일본, 조선 두 민족이 전혀 융화되지 않고 각각 따로따로 지자체를 구성하고 있었다. 조선인 측에는 '면사무소'라는 것이 있어서 면장 한 사람이 조선인에 대한 일체의 사무를 관리하고, 일본인 측에서도 관청 같은 사무소가 하나 있어서 촌장 격의 관리자 한 사람이 일본인에 대한 일체의 사무를 처리하고 있었다.

일본인 마을은 여관, 잡화점, 문방구, 의사, 우체국, 이발소, 모종 가게, 과자 가게, 신발 가게, 목수, 소학교 교사가 각각 한 집, 헌병이 다섯 집, 농민이 세 집, 매춘부가 한 집 그리고 역에서 근무하는 역장 및 역원이

네 집, 철도 인부가 서너 집, 조선인을 상대로 고리대금업을 하는 집이 예닐곱 집, 해산물 등을 중개하는 집이 두 집, 담배와 과자 소매점이 두세 집, 대강 이렇게 구성되어 있었다.

그런데 얼마 안 되는 일본인 마을 안의 상황이 어땠느냐 하면, 이들은 원래 이익을 찾아 모인 사람들이어서 진정한 공동체 정신으로 연결되어 있을 수가 없었다. 마을을 지배하는 정신도, 힘도 모두 돈이었다. 돈이 있는 사람은 자연히 세력이 있어서 마을의 행정이라고 하면 조금 과장되기는 하지만 어쨌든 그런 사람들이 위세를 부리고 있었다. 즉, 가진 돈으로 놀고먹으며 유행 지난 도회풍의 옷을 입고 있는 그런 계급들이 뽐내고 있었던 것이다.

그중에서도 가장 힘 있는 사람은 돈이 많을 뿐만이 아니라 논밭도 어느 정도 가지고 있어서 그곳에 생활의 뿌리를 내린 사람이었다. 이런 사람 중에는 고리대금업자가 가장 많았다. 그다음으로 헌병, 역장, 의사, 학교 교사가 유력했는데, 여기까지는 아내들이 '사모님'이라는 경칭으로 불렸지만 이보다 아래인 상인이나 농민, 인부, 목수 등의 아내들은 죄다 '아줌마'로 불렸다.

때문에 마을은 두 계급으로 구성되어 있다고 봐도 좋았는데, 이 두 계급은 물과 기름처럼 분명히 구별되어 있었다. 특별한 일이 없는 한 서로 왕래하지 않았고 제사 때나 축하할 일이 있을 때도 초대하는 범위가 정해져 있었다.

같은 계급 안에서는 명절이나 칠석의 경단은 물론 틀에 박힌 설날의 떡까지도 주고받았다. 그러나 혈연으로 연결된 마을 안에서 친밀한 정으로 주고받는 것이 아니라 그저 체면상 상대방이 준 만큼, 혹은 그 정도의 가격에 해당하는 것을 이쪽에서도 되돌려주는 것뿐으로, 속으로는 상당히 힘든 계산을 하면서 대개 부피가 큰 화려한 것을 주고받았다. 다만 전반적으로 교제가 화려하고 허영기가 있었으며 축제나 장례식 등에는 가급적 값비싼 옷을 입고 가는 것이 여자들의 습관이었다.

지금 말한 대로 부강은 작은 마을이었지만 어쨌거나 거기는 본선本線의 정류장이 있는 곳이었다. 그래서 가끔 통과하는 소위 명사나 고관들의 송영送迎을 위해 소학교 학생이나 헌병은 물론 마을의 유지며 여자들까지 거의 의무적으로 역 앞에 정렬해야 했다. 그때 신사복을 입은 남자들은 '적십자 사원'이라는 휘장을 둘렀고, 여자들은 자잘한 무늬가 있는 비단옷을 입고 '애국부인회'라는 휘장을 가슴에 걸쳤다. 또한 '청주 부강 도로 개통 기념'이라는 2전 동전과 헷갈릴 것 같은 메달까지도 늘어뜨리고 왔다. 그러나 많은 경우 당사자인 명사나 고관들이 몇 번째 칸에 있는지조차 알지 못하는 사이에 기차가 통과해버렸다. 가끔 열 번에 한 번은 1분 동안 정차하는 일도 있었지만 그럴 때는 격식 차린 옷을 입은 관리자가 참렬한 유지의 명함을 붉은 비단을 씌운 쟁반에 올려 공손히 차창으로 바쳤다.

그리고 마을에서는 세상에 뭔가 일이 생기면 즉시 제등 행렬이나 가장행렬을 했다. 때로는 주변보다 높은 공터에 가설무대를 만들고 춤을 추거나 노래하고 연극을 했다.

그야말로 새로 개척한 식민지에 어울리는 풍속, 습관이었다. 남자나 여자나 이런 일을 통해 단조로운 생활에 약간의 변화를 주며 즐겼다. 그러나 물론 이것도 제1계급에 속한 자들의 행사로, 제2계급에 속한 사람들은 그저 멍하니 바라볼 뿐이었다.

이와시타 집안

우리 고모의 집, 그러니까 이와시타 집안은 대강 이런 분위기에 속한 가장 유력한 가족 중 하나였다. 그렇게 넓지는 않지만 5~6개의 산과 조선인에게 소작을 준 논밭이 있었다. 그리고 거기서 나오는 수입으로 조선인을 상대로 고리대금업을 하고 있었다.

집은 선로 북쪽 고지에 있었다. 남쪽 사람들은 자신들이 사는 곳을 중심지라고 하면서 북쪽을 시골이라고 불렀지만, 북쪽 사람들은 남쪽을 '시타마치'*라고 부르고 자신들이 사는 곳은 '야마노테'**라고 부르면서 서로 자존심을 채웠다.

고모네 집은 '야마노테'에서도 가장 높은 곳에 있었다. 다다미 4장 반 정도 크기의 온돌방 4개가 2개씩 ㄱ자 모양으로 늘어서 있는, 지붕이 낮

* 낮은 지대에 있는 지역으로 상인이나 장인들이 많이 산다.
** 높은 지대에 있는 주택지다.

은 초가집이었다. 건물은 지극히 초라했지만 대지는 상당히 넓었다. 집 뒤에는 창고가 두 동, 앞마당에 있는 밭 건너편에는 쌀 창고가 한 동 있었고, 앞마당에는 과일나무와 채소를 심어놓았다.

고모부는 나가노현 출신으로 말수가 적고 온후한 남자였다. 이전에는 철도 선로를 관리하는 주임이었지만 기차가 탈선 전복하여 사상자까지 나오는 바람에 책임을 지고 사직한 후 여기 시골에 틀어박혀 편안하게 살고 있었다. 취미는 화초 가꾸기와 요곡謠曲* 부르기로 지극히 평범한 남자였다. 고모는 고모부와 나이 차이가 열 살이나 났는데, 키가 크고 품위가 있으며 영리했다. 게다가 착실한 사람이었다. 시원시원하고 남성적인 여자였다. 가루타**를 좋아하여 설날에는 물론 다른 날에도 같은 계급 사람들을 불러 모았다. 그 외에 거문고와 무용도 곧잘 했고, 봄에는 들에 나가 고사리를 캤으며 가을에는 산에서 버섯을 따는 등 부르주아 부인에게 어울리는 취미를 가지고 있었다.

친할머니는 이웃 사람들에게 '뒷방 마님'이라고 불렸지만 실제로는 고모 집 살림 전체를 좌지우지하고 있었다.

---

* 일본의 가면극인 노가쿠의 대본이다.
** 주로 설날에 하는 카드놀이다.

조선에서의 내 생활

1

어머니와 외할머니, 외숙모를 비롯하여 마을 사람들은 나의 행복을 빌고 축복하며 나를 배웅해주었다. 나 역시도 마음속으로 여러 가지 즐거운 꿈을 그리며 조선에 왔다.

그러나 오자마자 새로 시작하는 내 생활이 그다지 즐겁지 않다는 것을 알게 되었다. 친할머니의 말을 믿고 온 나는 비단옷에 고급 오비는 아니더라도 지금까지 자주 보던 여자아이들이 입는 정도의 옷은 입혀주리라고 생각했다. 원하는 대로 사준다는 장난감은 그다지 갖고 싶지 않았지만 좋아하는 책 정도는 원하는 대로 사줄 거라고 생각했다. 그리고 아버지도, 어머니도 없는 나에게 아버지가 되고 어머니가 되어 사랑해줄 사람이 있을 거라고 예상했다. 그러나 그중 뭐하나 나에게 주어진 것이 없었다.

물론 나는 다소 실망했다. 그렇지만 그런 일은 이미 어렸을 때부터 익숙했기 때문에 그다지 고통스럽지 않았다. 다만 한 가지, 고모 집에 온 후 얼마 지나지 않아 말로 표현하기 어려운 쓸쓸함에 사로잡혔던 것을 기억한다.

어느 날 누구인지 처음 보는 여자가 와서 나를 보더니, 아마도 인사치레였을 것이다. "어머, 착한 아이네"라고 말하자, 친할머니는 기쁜 기색도 없이 아무렇지도 않게 이렇게 대답했다.

"조금 아는 집 애예요. 워낙 가난한 집 아이라서 예의범절도 모르고 말도 거친 말밖에 몰라요. 참으로 부끄러울 때도 있지만 너무 불쌍해서 데려온 거예요."

가난한 집 아이, 그 말은 아무렇지도 않았다. 나는 비록 어렸지만 참으로 가난하게 살아왔고 그래서 내가 얼마나 불쌍하고 가난한 집 아이인지 알고 있었다. 그렇지만, 그렇지만 친할머니는 왜 나를 '얘는 장남의 딸, 내 손녀'라고 말하지 않은 걸까. 지금의 느낌처럼 분명하지는 않았지만 그 당시 나는 뭔가 허전한 쓸쓸함을 느낄 수밖에 없었다.

그런 일은 그때 한 번으로 그치지 않았다. 친할머니는 언제나 누구를 대하든 나를 그렇게 설명했다. 그뿐만이 아니었다. 나에게도 만약 다른 사람이 물어보거든 그런 식으로 대답하라고 했다. 그리고 거기에 덧붙여 천연덕스럽게 속삭이듯 이렇게 말했다.

"넌 아직 아무것도 모르겠지만, 너랑 우리는 호적상 남남으로 되어 있어. 그래서 만약 그 사실이 알려지면 너도 네 부모도 빨간 옷*을 입게 될 거야."

---

* 죄수복을 가리킨다.

나는 그것이 무슨 말인지 몰랐다. 그렇지만 빨간 옷을 입는다는 말의 의미는 알고 있었다. 아무것도 몰랐지만 그 말은 나를 위협했다. 그래서 나는 햇수로 7년이나 조선에서 살았지만 단 한 번도 누구에게 이 사실을 말한 적이 없었다.

생각건대 친할머니가 그런 이유는, 내가 지나치게 어려운 환경에서 자란 탓에 성질이 비뚤어지고 말이 거칠어서 품위 있는 그 집의 딸로는 너무도 안 어울릴뿐더러 가문의 명예를 더럽힐 아이라고 생각했기 때문일 것이다. 그러나 당시 나는 전혀 알지 못했다. 여전히 고모 집의 아이라고 굳게 믿고 있었다.

2

조선에 온 지 열흘이 채 되지 않아, 나는 마을의 소학교에 다니기 시작했다. 학교는 마을 가운데 있었고 단층의 초가집이었다. 교실 한쪽에는 아래쪽에 높게 널빤지를 댄 장지가 있었는데, 그 문을 열면 2~3개의 밭 너머로 무리 지어 있는 시장 사람들과 당나귀, 소, 돼지 등이 보였다.

학교는 촌립村立으로 전교생 수는 30명이 채 되지 않았다. 선생은 예순이 넘은 고지식한 노인이었는데 마을 의사의 친척이어서 학생들을 가르치고 있다고 했다. 내가 입학했을 때는 공교롭게도 3학년이 없어서 4학년 반에 들어갔다. 소학교 1학년을 맥주 상자가 책상인 곳에서 반년 정도와 그 뒤 띄엄띄엄 네 번, 그러니까 고작 반년 정도 다녔고, 2학년은 5개월, 3학년은 4개월을 채 못 다녔다. 그런 내가 아홉 살에 벌써 4학년이다. 무리라면 무리였지만 나는 오히려 기뻤다.

"있잖아 후미, 가네코 같은 가난한 집 아이라면 상관없지만 앞으로는 이와시타 집안의 아이로 학교에 가는 거야. 그러니까 열심히 공부해야 해. 농민의 아이들에게 지거나 부끄러운 일을 하면 즉시 이름을 빼앗을 거야……."

특히 이런 말을 들었을 때는 한층 더 기뻤다. '역시 나는 이와시타 집 안의 아이구나'라고 생각하니 기분도 상쾌해졌다. 실제로 친구들도 나를 이와시타라고 불렀다. 학년 시험에서는 고모 집 덕분에 우등상도 받고 수업증서에는 멋지게 이와시타 후미코라고 쓰여 있었다.

그러나 5학년이 되고부터는 성적 통지표의 이름이 어느 틈에 가네코 후미코로 되어 있었고, 수업증서에도 마찬가지로 가네코 후미코라고 되어 있었다.

불과 반년 사이에 이와시타라는 성을 쓸 자격을 빼앗긴 것인가? 나는 농민의 아이들에게 지지 않았다. 이와시타라는 이름을 더럽히는 일을 한 기억도 없었다. 그런데 나는 이미 이와시타 후미코가 아니었다.

도대체 이유가 뭐였을까?

아직도 나는 그 이유를 모른다. 단지 다음과 같이 억측할 뿐이다.

내가 학교를 다니고부터 고모 가족은 마당 뒤에 있는 빈방 하나를 공부방으로 내주었다. 그리고 학교에서 돌아오면 즉시 그 방에 들어가 한 시간씩 공부하라고 했다. 그러나 자랑은 아니지만 나는 그럴 필요가 없었다. 왜냐하면 나도 어떻게 알게 됐는지 모르지만 소학교 2학년 때는 6학년 국어책을, 3학년 때는 고등* 2학년의 도덕책을 어려움 없이 읽었 던 것이다. 수학은 소학교 전 과정 동안 단 한 번도 머리를 싸맬 정도의 문제를 접한 기억이 없을 정도로 잘했고, 열한두 살 때는 네 자릿수 곱셈을 암산으로 계산할 정도였다. 노래도 교사가 다섯 번 정도 불러주면 완전히 외울 수 있었다. 내가 못했던 것은 서예나 미술처럼 기교가 필요한 것뿐이었다. 그래서 복습이나 예습을 할 필요가 전혀 없었다.

나는 방에 들어가자마자 어깨에서 가방을 내려놓고 고모가 준 센베이를 오도독오도독 씹으면서 이제나저제나 친할머니가 부르기를 기다렸다.

어느 날 나는 너무나 지루해서 30분 정도 지났을 때 방 밖으로 뛰쳐나가 친할머니와 고모에게 어리광을 부리듯 호소했다.

"난, 복습 같은 거 하지 않아도 괜찮아, 할머니."

그러자 친할머니는 눈을 부라리며 말했다.

"가네코 집안처럼 가난한 집안과는 달라. 그런 칠칠치 못한 짓은 무슨 일이 있어도 허락할 수 없어."

나는 나를 이해하지 못하는 게 슬펐다. 그래서 용기를 내서 다시 한번 호소해보았다.

"그러니까 난, 억지로 복습하지 않아도 훌륭하게 읽을 수 있어. 나, 더 어렵고 재미있는 책이 읽고 싶어……."

나의 바람은 물론 거절당했다.

"주제 넘는 말 하지 마. 책은 교과서로 충분해."

이것이 친할머니와 집안사람들의 절대명령이었다. 나는 그것을 지켜야만 했다. 처음에는 체념하고 복습도 해보았지만 재미없어서 견딜 수

---

* 고등소학교이다. 구제도에서 진조소학교(한국의 초등학교에 해당)를 마친 다음, 다시 2년을 더 다녔다.

가 없었다. 이윽고 인형을 만들거나 공치기를 하면서 놀았다. 그러다가 어차피 놀 거면 밖에 나가서 놀고 싶었다. 그러나 그렇게 하면 분명 혼 날 것이기 때문에 책과 노트를 펴놓고 복습하는 척하면서 몰래 놀기로 했다. 이윽고 친할머니도 그 사실을 알아챈 모양이었다. 가끔 발걸음을 죽여 살며시 다가와서 갑자기 방문을 열었다. 물론 나는 대부분 놀고 있 었고 그때마다 심하게 혼났다.

그런 일이 네다섯 번 계속되었고 마침내 공부 시간을 빼앗겨버렸다. 이 일은 내게 전무후무한 큰 실책이었다. 아마 이 일이 내가 이와시타 집안의 후계자가 될 자격이 없다고 친할머니와 집안사람들이 결정한 최초이자 가장 커다란 이유가 틀림없었다.

3

서예, 미술 그리고 나중에 재봉 같은 기교적인 일은 내가 가장 못하는 과목이었다. 그러나 특별히 그런 과목이 싫었던 것은 아니다. 또 태생적 으로 못하는 것도 아니었다. 지금 생각해보면 요코하마에서 학교에 다 닐 때부터 조선에 올 때까지 제대로 된 붓이나 연필을 가져본 적이 없는 데다 제대로 학교도 다니지 않아서 그런 과목에 익숙해질 시간이 없었 을 뿐이다. 나는 그것을 조선에 와서 비로소 자각하게 되었다.

조선에 온 후 나는 내 글씨가 서툴다는 것을 깨닫고 제대로 연습을 하 려고 했다. 그러나 친할머니와 고모는 내게 중요한 종이조차 충분히 주 지 않았다.

"오늘 서예 수업 있어"라고 호소하면, 고모는 달랑 종이 2장만을 주었다. 그 2장도 다른 집에 선물하려고 산 그릇에 들어 있던 종이로 접히거나 주름이 잡혀 있었다. 나는 예민하지도 않았고 꼼꼼한 성격도 아니었지만, 그런 종이에 뭔가를 정성 들여 쓸 기분은 들지 않았다. 게다가 그 2장에 쓰다가 틀리면 쓸 종이가 없었기 때문에 나는 4학년 때부터 졸업할 때까지 세 번에 한 번 정도밖에 정서를 제출하지 못했다. 그 때문인지는 몰라도 지금도 나는 글씨가 서툴고 붓의 사용법도 거의 잊어버렸다.

미술에 대해서는 잊히지 않는 추억이 있다.

소학교 5학년에 진급하자, 물감을 사용하게 되었다. 나는 물감이 꼭 필요했다. 그러나 아무리 필요한 것이라도 쉽게 사주지 않는다는 걸 알고 있었기에 사달라고 부탁하기가 쉽지 않았다. 내가 조심조심 물감을 사달라고 말하자, 고모부가 말했다.

"미술책을 가지고 와서 보여주렴."

내가 미술책을 보여주자, 고모부는 잠시 보더니 이렇게 말했다.

"음, 이 정도면 이것으로 충분하겠네."

그러고는 자신의 물감통에서 쓰다 만 빨강, 파랑, 노랑 세 가지 색과 낡은 붓 두 자루만 주었다.

이 물감도 이윽고 다 쓰고 말았다. 마침 그 무렵 마을의 문방구에서는 먹처럼 갈아서 사용하는 신식 물감을 팔고 있었다. 색도 선명했고 특히 새로운 물건이라서 모두 그 물감을 사용했다. 나도 그게 갖고 싶었다. 어느 날 아침, 나는 큰맘 먹고 물감을 사달라고 부탁했다. 없어서는 안 될 것이었기 때문에 고심 끝에 말한 거였다. 고작 12전 하는 물감을 사달라고.

"필요한 거라면 사주마."

고모부가 그렇게 말했다. 고모도 찬성했다. 그러나 친할머니가 허락하지 않았다.

"너는 말이야."

친할머니는 들고 있던 젓가락을 내려놓더니 나를 쏘아보며 말했다.

"넌 말이야, 설마 잊지는 않았겠지. 넌 무적자였어. 무적자는 말이야, 잘 들어, 무적자란 태어났어도 태어나지 않은 거야. 그러니까 학교에 갈 수도 없지. 가도 다른 사람들에게 바보 취급만 당해. 그런 널 내가 불쌍히 여겨서 입적해준 거야. 내가 구해주지 않았으면 넌 지금도 무적자로, 이렇게 보통 사람들처럼 학교에 다니지 못했을 거야. 그러니까 넌 우리들의 자비로 학교에 다닌다는 사실을 기억해야 해. 그런데 넌 그 신분을 잊고 보통 사람처럼 '이게 필요해', '저게 필요해' 하면서 버릇없이 굴기만 하고 있어. 그렇게 제멋대로 굴면 학교에 다니지 못하게 할 줄 알아. 말을 할 때는 항상 이걸 염두해두도록 해. 너를 학교에 보내는 것도 보내지 않는 것도 모두 우리의 권한이니까……."

결국 물감은 사주지 않았다. 그것은 상관없었지만 늘 듣던 그 무적자라는 말에 얼마나 상처를 입었는지 모른다. 나는 그것을 잊을 수가 없다.

독자 여러분, 나는 이미 내가 더 어렸을 때 학교에 가지 못한 일과 학교에 갔어도 차별 대우를 받은 이유가 무적자였기 때문이라고 말해왔다. 그러나 그것은 지금 어른이 되어 쓰니까 그렇게 쓴 것이지, 그 당시에는 그런 사실을 몰랐다. 몰랐기 때문에 새삼 분하기도 하고 부끄럽기도 하다. 나는 차별 대우를 받거나 수료증을 받지 못하는 것이 그저 슬플 뿐이었다. 내가 무적자였다는 것은 조선에 와서야 알았다.

하지만 내가 무적자였던 게 내 죄인가. 나는 내가 무적자였던 것도 몰랐다. 그것은 아버지와 어머니만 알고 있었고 그 책임도 두 사람이 져야 한다. 그런데 학교는 내게 문을 닫았고 사람들은 나를 멸시했다.

나는 아무것도 몰랐다. 아는 거라곤 내가 태어났고 살아 있다는 사실이었다. 그렇다. 나는 내가 살아 있다는 사실을 분명히 알고 있다. 아무리 친할머니가 태어났어도 태어나지 않은 거라고 말해도 나는 태어나서 살아 있다.

4

5학년에 진급한 여름이었다. 학교가 공립으로 바뀌면서 고등과가 생겼다. 선생님도 나이 든 교사 대신 사범학교를 나온 젊은 교사로 바뀌었다. 그리고 딱 그 무렵 부근에서 상당히 커다란 선로 이동 공사가 시작되었고, 근처의 산에서는 텅스텐이 발견되어 그 일대가 인기를 얻게 되었다. 많은 일본인이 몰려들었다. 학교의 학생 수도 단숨에 100명이 넘어갔다. 학교가 좁아져서 마을 중앙에 있는 고모 집 소유의 산기슭에 교사가 새로 들어섰다. 우리들은 그 새 건물로 옮겼다. 그렇다고는 해도 교실은 겨우 2개 늘었을 뿐이었고 선생님도 한 사람뿐이어서 제대로 된 교육이 이루어지지는 못했다.

나는 여전히 친할머니와 집안사람들에게서 필요한 것을 얻지 못했고, 그 때문에 신임 교사인 핫토리 선생님에게 늘 물감이나 연필을 빌려야만 했다. 선생님이 나를 가엾게 여긴 것은 분명했다. 하지만 선생님은 마을 유력자의 기분을 상하게 하고 싶지 않았을 테고, 때문에 자주 고모 집에 놀러 와서도 나를 위해 고모나 집안사람들에게 어떤 의견도 내놓지 않았고 아무런 주의도 주지 않았다. 지금은 '가엾은 핫토리 선생님'이라고 말하고 싶다.

5

열두세 살부터 나는 부엌에서 친할머니를 도와 일을 했다. 이와시타 집안의 후계자에서 식모로 떨어진 것이다. 식모가 된 나는 온갖 집안일을 해야만 했다. 한겨울에 쌀도 씻어야 했고 수건을 뒤집어쓰고 온돌에 불도 땠다. 남포등의 유리통 닦기부터 변소 청소까지 했다. 나는 그것을 불만스럽게 생각하지 않았다. 오히려 인생 수업을 시켜준 것에 감사했다.

그러나, 그러나 누가 뭐라 해도 인간은 인간이다. 특히 나는 여자다. 상당히 괴로운 일이 있었다.

봄이었는지 가을이었는지, 비가 보슬보슬 내리는 추운 날이었다. 고모부는 노래 모임에 가고, 머슴 고씨는 마당의 쌀 창고 처마 밑에서 쌀을 찧고 있었고, 방에서는 친할머니가 방문을 닫고 샤미센을 연주하고 고모는 춤 연습을 하고 있었다.

조용한 날이었다. 나는 홀로 부뚜막 앞에 쓸쓸히 쪼그리고 앉아 나른하게 들려오는 절구 소리와 보슬보슬 내리는 빗소리, 차분하고 구슬픈 샤미센 가락을 들으며 말로 표현할 수 없는 쓸쓸함에 젖어 있었다.

나는 그 쓸쓸함 안의 고요를 좋아했다. 이윽고 다 데쳐진 나물을 건져 내어 찬물에 담갔다. 그리고 냄비를 들어 올려 우물가 하수구까지 가지고 가서 하수구에 나물 데친 물을 버리려고 했다. 순간 뜨거운 김이 걷어 올린 팔에 끼쳐왔고, 그 바람에 손잡이를 너무 세게 잡았는지 냄비 한쪽 손잡이가 떨어져나갔다. 쇠로 만든 냄비도 바닥에 떨어지면서 산산조각이 나버렸다.

'아뿔싸!' 하고 생각했지만, 이미 늦었다. 그렇지만 나는 이 일이 특별히 나쁜 짓이라고 생각하지 않았기 때문에 친할머니가 다시 부엌에 왔을 때 아무 거리낌 없이 냄비를 깬 사실을 말했다. 그러자 친할머니가 갑자기 나에게 호통을 쳤다.

"냄비를 깼다고? 이 칠칠치 못한 것……."

나는 완전 바싹 오그라들었다. 그리고 멍하니 친할머니의 얼굴을 보았다.

친할머니는 실컷 혼낸 후에 냄비를 변상하라고 했다. 나는 그저 시키는 대로 "예"라고 대답했다.

그 후로 약 보름 정도 지났을 때 시내에 간 할머니가 다른 냄비를 사왔다. 이전 냄비는 4, 5년 전에 70전인가 했는데, 그 후 물가가 몹시 올라서 이번 것은 1엔 20전이라고 했다.

친할머니가 입을 열었다.

"뚜껑은 부서지지 않았고, 다른 용무로 나갔다가 사온 거니까 기찻삯은 내가 내마……."

친할머니 집에 온 후 딱 한 번 용돈으로 10전을 받은 나다. 그런 내가 어떻게 1엔 20전을 낼 수 있었을까? 식모의 월급에서? 방금 말한 대로 그런 돈은 한 푼도 받은 적이 없다. 실은 내가 집을 떠나올 때 가족들이 이별을 아쉬워하며 준 12~13엔 중에서 그 돈을 지불한 것이다.

6

물건을 부쉈을 때 친할머니의 분노를 일정 정도 돈으로 살 수 있다는 것은 그나마 내게는 기쁜 일이었다. 또 구원이기도 했다. 돈으로 변상하고 싶어도 변상할 수 없는 과실을 저질렀을 때의 괴로움은 상상을 초월했다. 나는 때때로 돈 대신 벌을 받았다.

열세 살이 되던 설날 다음 날의 일이었다. 아침에 이와시타 일가는 상에 둘러앉아 조니*를 먹고 있었다. 그런데 무슨 일인지 친할머니의 젓가락이 뚝 하고 부러졌다. 그 젓가락은 연말에 내가 각각의 봉투에 넣어둔 것이었기 때문에 책임은 물론 나에게 왔다. 친할머니는 안색을 바꾸며 나에게 젓가락을 내던졌다.

"이게 어떻게 된 거냐? 재수 없게."

친할머니는 욕설을 퍼붓기 시작했다.

"정초에 이게 뭐냐! 후미, 넌 날 저주해서 죽일 셈이구나. 그래, 두고 보자."

던진 젓가락을 집어 들어서 보니, 중간쯤에 벌레가 먹어 커다란 구멍 2개가 나 있었다.

---

* 신년 축하 요리의 하나로 우리나라의 떡국과 비슷하다.

나도 몰랐었다. 물론 그것을 보지 못한 것은 분명 내 잘못이다. 하지만 어찌 내가 친할머니를 저주해서 죽일 생각을 했겠는가. 무엇보다 그런 짓을 하면 저주에 걸린다는 것조차 몰랐다.

"죄송해요. 전혀 몰랐어요…….."

나는 이렇게 용서를 빌었다. 그렇지만 친할머니는 나를 용서하지 않았다. 이런 경우 나는 어떻게 해야 할까? 지금까지의 경험으로 두 가지 방법밖에 없었다. 어디까지나 실수라고 끝까지 주장하거나, 아니면 "말씀하신 그대로예요. 앞으로는 주의할게요"라고 말하며 용서를 비는 것이다.

하지만 "그래요. 저는 할머니를 저주해서 죽이려고 했어요"라고 어찌 말할 수 있겠는가. 그것은 내가 죽임을 당해도 좋을 만큼 나쁜 일이었고 또한 사실도 아니었다. 그렇다고 아니라고 말한다고 해서 용서해줄 친할머니도 아니었다.

어떻게 대답해야 좋을지 알지 못했다. 나는 머뭇거렸다. 그저 진실을 말하고, 나는 모르는 일이라고 말할 수밖에 없었다.

친할머니는 여느 때의 벌을 나에게 주었다.

여느 때의 형벌! 아, 생각만으로도 오싹하다.

나는 조니도 먹지 못하고 즉시 집 밖으로 쫓겨났다. 영하 몇 도의 조선의 겨울 아침이었다. 나는 추웠나. 배가 고팠다. 풀죽어 서 있는 내 모습을 다른 사람에게 보이는 것이 괴로웠다.

나는 다른 사람의 눈에 띄지 않게 변소 뒤쪽에 몸을 숨겼다. 한쪽은 변소 벽, 다른 한쪽은 집을 짓기 위해 땅을 파놓은 곳이었다. 햇빛이 아침부터 밤까지 들지 않았고, 쌓인 눈이 딱딱하게 얼어 있어서 잘못하면 미끄러졌다. 이따금 눈과 모래가 섞인 만주에서 불어오는 바람이 얼굴과 다리를 사정없이 때렸다.

나는 서보고 앉아도 보고 흐느끼며 운다. 괴로움을 잊기 위해 행복한 생활을 상상해본다. 그러나 그렇게 한다고 괴로움이 잊힐 리가 없었다.

친할머니가 닭 모이를 주려고 그 앞을 지나갔다.

"어때? 일 안 하고 노니까 좋지……."

심술궂은 친할머니의 입이 일그러졌다. 친할머니는 구원의 손길을 내밀려고도 하지 않고 재빨리 지나갔다. 나는 뒤따라가서 친할머니의 옷자락에 매달려 용서를 빌었다. 친할머니는 뿌리쳤다. 아, 그때의 슬픔이란…….

날이 저물고 모두의 식사가 끝났을 때 겨우 용서받았다. 저녁이 되면 기온이 눈에 띄게 내려갔다. 추위와 피로로 얼굴은 판자처럼 뻣뻣해지고, 다리는 몽둥이처럼 굳고 저렸다. 꼬집어도 아픔을 느끼지 못할 정도가 되었다. 배가 고파 현기증이 날 정도였다. 때문에 용서받아 방에 들어갔지만, 완전히 맥이 빠지고 이가 덜덜 떨려 젓가락조차도 들지 못했다.

이런 예를 들자면 한이 없다. 더 심한 것은 일부러 나를 실수하게 만들거나 자신이 한 일을 나에게 뒤집어씌우고 같은 형벌을 주는 것이었다. 하지만 더 적을 필요도 없이 지금 적은 것만으로도 충분할 것이다.

그래도 한 가지를 더 덧붙이자면, 그러한 형벌 후에는 어김없이 사과를 하게 하고 "앞으로는 절대로 그런 일을 하지 않겠습니다"라고 맹세하게 했다는 것이다. 친할머니와 집안사람들은 그렇게 하지 않으면 자신들의 위엄이 유지되지 않는다고 생각한 것일까? 아니면 그렇게 해야 내가 좋아진다고 생각한 것일까?

내가 겪은 이 심각한 경험에서 우러나온 한마디를 해야겠다.

"아이가 한 행동에 대한 책임을 아이에게만 지우지 마라. 아이의 행위에 대해 다른 사람 앞에서 맹세하게 하지 마라. 그것은 아이에게 책임감을 빼앗는 일이다. 비굴하게 만드는 일이다. 겉과 속이 다른 사람을 만드는 것이다. 누구든 자신의 행동을 다른 사람에게 약속해서는 안 된다. 자신의 행위 주체를 감시하는 사람에게 넘겨서는 안 된다. 인간은 자신의 행위 주체가 완전히 자기 자신이라는 것을 자각해야 한다. 그렇게 할 때 비로소 누구에게나 거짓 없고 누구도 겁내지 않고, 진정으로 확고하고 자율적이며 책임 있는 행동을 할 수 있게 된다"라고.

친할머니와 집안사람들이 아이를 혼내는 방식은 나를 심성이 비뚤어진 거짓말쟁이로 만들었다. 나는 접시 하나를 깨도 지나치게 걱정했다. 머리숱이 많아서 자주 빗을 부러뜨렸는데, 빗 하나 부러뜨려도 밥이 목으로 넘어가지 않을 정도로 걱정했다. 나는 숨기고 싶지 않았다. 하지만 또 정직하게 말하는 것도 두려웠다. 듣게 될 잔소리와 벌이 두려웠다. 그래서 항상 용서를 빌어야 할 첫 번째 기회를 놓쳤다. 그 후 오늘 말할까, 내일 말할까 고민하고 괴로워하며 하루하루를 보냈다. 그렇게 나는 자신의 잘못을 숨기는 데 급급한 아이가 되었다. 깨진 그릇을 종이에 싸서 상자 밑에 넣어두거나 부러진 빗을 밥알로 붙여 상자 안에 살짝 놓아두었다.

내 마음은 항상 어둡고 무거웠다. 언제나 불안에 떨었고 겁에 질려 있었으며 침착하지 못했다.

7

이렇게 나의 일을 적다 보니 머슴 고씨가 생각난다. 그리고 조금이라도 그에 대해 적지 않으면 미안한 마음이 들 것 같다.

고씨는 그다지 영리한 남자는 아니었지만 대신 정직하고 순수하며 보기 드물게 부지런한 사람이었다. 약간의 틈도 게으름 피우지 않고 뭔가를 했으며 주인집의 물건에는 결코 손을 대지 않았다.

그에게는 아내와 3명의 아이가 있었다. 첫째 딸은 인물이 좋아서 현미세 말에 사고 싶다는 남자도 있었지만, 열두세 살이 되면 확실히 100엔에는 팔 수 있으니까 지금 팔지 말라고 친할머니가 말려서 힘든 가운데 기르고 있다.

월급은 시세보다 1, 2엔이나 저렴한 불과 9엔 정도였다. 그러나 그것도 처음에만 그랬고 얼마 지나지 않아 현금을 주기보다는 쌀을 주는 편이 이득이라고 생각하여, 무슨 이유를 붙여 그중 2엔은 2전 싸게 계산하여 쌀 다섯 말을 주었다. 특별히 나쁜 쌀로.

그런 이유로 고씨는 몹시 가난했다. 그의 가족 누구도 배불리 밥을 먹지 못했다. 아이들은 한겨울이면 쌀가마니에 들어가 떨고 있을 때도 있었다. 중요한 노동력인 고씨조차 옷이 한 벌뿐이었는데, 친할머니는 옷이 너무 더러우면 체면상 곤란하다며 시끄럽게 잔소리를 해댔다.

어느 춥고도 추운 저녁이었다. 고씨는 문밖에서 장지문 너머 방에 있는 친할머니에게 머뭇머뭇 말했다.

"뒷방 마님, 죄송하지만 내일 하루 쉴 수 있을까요? 꼭 해야 할 일이 있어서요……."

고타쓰를 쬐며 친할머니가 호통 쳤다.

"뭐라고? 쉬겠다고? 이제 너도 슬슬 꾀를 부리는 거냐. 제멋대로 굴면 용서하지 않을 거야."

"아닙니다. 그런 게 아닙니다. 도저히 나오지 못할 사정이 있습니다."

"흥, 그게 뭔데? 내일 너희 집에 경성에서 부자 친척이라도 온다는 말이냐?"

고모와 친할머니는 얼굴을 맞대고 킬킬 웃으며 이렇게 조롱했다.

"아니, 그게 아니라…… 실은."

고씨는 어쩐지 겸연쩍다는 듯이 대답했다.

"빨래를 해야 해서……."

"빨래? 빨래라면 네가 하지 않아도 되잖아. 그래서 마누라가 있는 거고. 너도 참 물렁한 남편이구나."

아, 안의 장난질과 밖의 애처로운 마음의 대조여. 아이였지만, 아니 아이였기 때문에 나는 이때만큼 순수한 정의감에 사로잡혀 고모와 친할머니를 미워한 적이 없었다.

"특별히 아내에게 물렁한 것이 아닙니다, 사모님. 실은 제가 다른 옷이 없습니다. 빨래를 해서 말린 후 솜을 넣어 원래대로 바느질하는 동안 알몸으로 있어야 하는데, 그러자면 추우니까 이불을 뒤집어쓰고 있으려고요."

두 사람은 깔깔대고 웃었다. 그리고 다른 옷을 주겠다고는 하지 않고 하루 쉬는 것을 허락했다.

고씨는 성실하고 부지런했지만 가난하게 살아야만 했다. 원래 선로 인부였던 고씨는 다시 선로 인부로 돌아가 17~18엔의 급료를 받는 편이 좋다고 생각한 듯 그만두겠다고 했지만 친할머니가 허락하지 않았다. 17엔을 받든, 18엔을 받든 친할머니 집에 있는 것보다 좋지 않다고 타이른 뒤, 친할머니 집에 있는 것의 장점을 열거했다.

"무엇보다 우리 집에 있으면 집은 거저 빌려주고 정말로 어려울 때는 급료도 가불해주고, 또 돈을 빌려도 시세의 7할밖에는 이자를 받지 않고, 좁기는 하지만 채소밭도 있고, 솥이나 냄비도 빌려주잖아······."

마음이 약해진 고씨는 이러니저러니 해도 선로 인부가 좋다는 것을 알면서도 더는 무리하게 말하지 못하고 그 괴로움 속에 갇혀버렸다.

8

역시 내가 5학년 때였다. 아니, 5학년이 되었을 때였다. 새로 입학한 20~30명의 아이들 중에 얼굴이 예쁘고 말수가 적고 얌전하며 어딘지 모르게 쓸쓸한, 그러면서도 상당히 영리한 여자아이가 있었다. 나는 왠지 그 아이가 좋았다. 그 아이에게도 내 마음이 전해졌는지 언제부터인가 그 아이도 내게 호의를 보였다. 나는 점점 더 그 아이가 좋아졌고 우리는 마치 자매처럼 사이좋게 지냈다.

그 아이가 나의 유일한 즐거움이었다. 집에서 사랑받지 못하는 나를 그 아이는 좋아하고 따라주었다. 나는 내가 사랑하는 것을 그 아이 안에서 발견했다. 아, 그 무렵 그 기쁨마저 없었다면 살아 있다는 느낌이 들지 않았을 것이다.

그 아이의 이름은 타미였다. 타미는 학교에서 200~300미터 떨어진 곳에서 게다나 학용품을 파는 집의 딸이었다. 아버지는 타미가 어렸을 때 돌아가시고 어머니는 친정으로 돌아갔기 때문에 친할머니 밑에서 자라고 있었다. 하지만 타미와 타미의 여동생은 친할머니에게 미움을 받지 않고 아주 많은 사랑을 받고 있는 듯했다. 그래도 나는 조부모님 밑에서 크는 타미가 왠지 가엾다는 생각이 들었고, 타미의 쓸쓸해 보이는 얼굴도 그 때문이라고 생각했다.

"이와시타 언니, 이와시타 언니" 하며 타미는 나만 따라다녔다. 읽는 법이나 산수에서 모르는 것이 있으면 반드시 나에게 가지고 와서 물었다. 나도 가능한 한 성심껏 가르쳐주었다.

그러나 타미는 몸이 약한 아이였다. 늘 감기에 걸렸다느니, 열이 난다느니 하며 학교를 쉬었다. 겨울에는 언제나 목에 하얀 풀솜을 넣은 목도리를 두르고 학교를 다녔다. 그래서 나는 가끔 등하굣길에 타미의 병문안을 갔다. 그 때문인지 타미의 친할머니도 나를 귀여워해주었다. 자주 나에게 과자나 학용품을 주었다.

우리들의 우정은 점점 깊어져갔다. 1년이 지나고 2년이 지나면서 둘도 없는 단짝이 되었다. 물론 타미의 여동생도 귀여워했다. 그렇지만 타미와 내가 사이좋게 놀 수 있는 곳은 학교뿐이었다. 다른 친구들처럼 친구 집에 놀러 가는 것도, 근처의 빈터에서 노는 것도 내게는 허락되지 않았다.

근처의 아이들은 대부분 학교에서 돌아오면 즉시 가방을 내던지고 고모 집에서 100미터도 떨어지지 않은 빈터에 모여 놀았다. 내가 집에 돌아가 마당 청소 등을 하고 있으면 아이들이 아무개야 하고 부르러 다니는 소리가 들렸다. 가위바위보를 하거나 토라지거나 화를 내거나 울거나 웃거나 하는 소리가 손에 잡힐듯 생생히 들렸다. 마당 울타리 틈으로 보면 남자아이들과 여자아이들이 어우러져서 오비를 질질 끌며 뛰어다녔다. 잡거나 잡히거나 하는 모습이 보였다. 얼마나 자유로운가. 나는 그런 모습을 바라보면서 '천한 가난뱅이'가 아닌 당시의 내 처지가 서글펐다. 할머니는 항상 "우리 집은 말이지, 천한 가난뱅이와는 격이 달라. 평소에 아이를 밖에 내팽개치고 놀리는 짓은 할 수 없어"라고 훈계를 했고, 그 '고상한' 교육 방침 아래 집 안에 갇혀 있어야 하는 나 자신이 애처로웠다. 게다가 그것이 나를 노예처럼 부려먹기 위한 구실이라는 것을 알고 나서는 한층 더 비참해졌다.

이웃 사람들은 내가 얼마나 엄격하게 자라는지, 얼마나 힘겨운 노동을 하고 있는지 알고 있었다. 아이들 역시 알고 있었다. 그래서 다 같이 모여서 놀 때 나를 부르러 오지 않았다. 그런데도 가끔 인원수가 부족하거나 왠지 나와 놀고 싶을 때, "이와시타 놀지 않을래?"라고 문밖에서 말을 걸었다. "시장 쪽에서 아키랑 밋짱도 와 있어" 하며 불러내려고 했다.

나도 어린아이였다. 놀고 싶은 마음이 태산 같았다. 하지만 어차피 놀러 가지 못한다는 것을 알고 있었기 때문에 대부분 입을 다물고 대답하지 않았다. 때로는 밖에 있다가도 급히 안으로 들어가 숨죽이고 숨어 있었다. 그러면 아이들의 소리를 들은 친할머니가 화난다는 듯이 나가서 이렇게 말했다.

"후미코는 밖에 나가지 않는다. 부르러 오지 마라!"

그 말을 들으면 아이들은 귀신이 쫓아오기라도 하듯이 달아났고, 그 뒤에 혼나는 것은 나였다.

내가 친구들에게 부르러 오라고 부탁했다거나, 뻔뻔스럽다든가, 근성이 틀려먹었다든가 하는 식으로…….

9

학교에서 돌아와 아이들과 놀지 못하는 것은 그래도 괜찮다. 얼마 지나지 않아 학교가 끝나면 나는 곧바로 집으로 돌아오라는 명령을 받았다. 그래서 5분, 10분조차도 다른 곳에 들르지 못하게 되었다. 물론 학교가 끝나는 시간이 항상 같은 것은 아니어서 가끔 5분, 10분 정도는 딴짓을 할 수 있었지만 그 대신 들키면 엄청 혼났다. 물론 5분이라도 빨리 학교에 가는 것도 허락되지 않았다.

그러다가 나에게 매우 괴로운 일이 일어났다.

그동안 나는 가까운 선로를 지나 시내나 학교에 갔다. 그런데 역장이 바뀌면서 소위 야마노테 사람들은 그 길로 다니지 못하게 되었다. 때문에 우리들은 소위 시타마치 쪽으로 가려면 멀리 돌아가야 했다. 그래서 그 불편을 견디지 못한 사람들은 모두 선로 남쪽으로 이사를 갔고, 북쪽에 남은 일본인 집이라고는 고모 집과 비슷하게 사는 두세 집, 가난한 이발소 한 집밖에 없었다. 그래도 그것은 괜찮았다. 문제는 그곳에서 학교에 다니는 사람이 나와 이발소 집 딸 오마키뿐이라는 것이었다.

이발소는 고모 집에서 50미터가 채 못 되는 곳에 있었다. 좁고 눅눅한 가게는 수은이 벗겨진 거울 하나와, 삼 껍질로 꼰 줄로 부서진 다리를 칭칭 동여맨 나무 의자가 전부인 초라한 곳이었다.

나는 오마키와 함께 학교에 가고 함께 돌아왔다. 그러나 이것을 안 친할머니가 이렇게 말했다.

"후미, 저렇게 다른 사람의 머리에 낀 때로 먹고사는 집 아이랑 같이 학교에 다니면 안 돼."

나는 물론 이 명령을 따라야만 했다. 그래서 아침에 일부러 설거지나 마른행주로 그릇을 닦는 데 시간을 들여 혼자 늦게 가거나 뒷문으로 몰래 혼자 빠져나갔다.

갈 때는 그래도 괜찮았다. 하지만 돌아올 때는 같이 돌아올 수밖에 없었다. 오마키는 언제나 같이 가자고 말했지만 나는 오마키와 함께 다니는 것이 금지되어 있었다. 그렇다고 "너처럼 가난한 집 아이와는 함께 갈 수 없어"라고 말할 수도 없어서, 친할머니와 집안사람들의 눈치를 조심조심 보면서 조금 빨리 걷거나 늦게 걸으면서 제대로 말도 하지 않고 돌아왔다.

어느 여름날이었다. 오마키와 나는 정오가 지나서 함께 교문을 나섰다. 거리를 반쯤 왔을 때 오마키가 갑자기 멈춰 서더니 생각난 듯 나에게 말했다.

"나, 큰아버지 집에 가서 받아야 할 게 있는데……. 저기, 기다려주지 않을래, 후미? 금방이야……."

큰아버지 집은 우리들이 서 있던 바로 앞 철물점으로 재력이 상당해서 오마키네 집의 생활비를 어느 정도 보조해주고 있는 듯했다.

헤어지기에 딱 좋은 기회다! 나는 구원받은 느낌이었고 있는 대로 용기를 내서 말했다.

"그래? 그럼 미안하지만 난 바빠서 먼저 갈게."

그러나 오마키는 붙임성 있는 아이였다.

"부탁이야."

오마키가 애원하듯 말했다.

"금방이야, 기다려줘. 금방이야……."

안 된다고 할 수가 없었다. 제정신이 아니었지만 나는 결국 그 집 울타리 옆에 기대어 오마키를 기다리기로 했다.

오마키는 기뻐하며 힘차게 철물점 안으로 들어갔다. 그렇지만 금방 나오던 오마키는 좀처럼 나오지 않았다. 3분, 5분, 7분, 시간은 점점 흘러갔다. 나는 서서히 걱정이 되기 시작했고 조금 전에 한 말을 후회했다. 걱정이 되기도 하고 화가 나기도 해서 오마키에게 말하고 돌아가려고 그 집 밖에서 큰 소리로 불렀다.

"오마키, 나 이제 간다."

"늦어서 미안."

오마키는 미안한 듯 나에게 대답하고 "빨리해. 이와시타를 억지로 기다리게 했단 말이야"라고 하며 큰어머니를 재촉했다.

오마키의 큰어머니가 나와서 내게 말했다.

"어머, 오마키가 억지로 기다리게 했다고. 전혀 몰랐네……. 거기는 너무 더우니까 이쪽으로 들어와……. 요즘은 너무 덥구나……."

나는 그 무렵 조금이라도 상냥한 말을 들으면 곧 눈물이 날 것 같았다. 화도, 걱정도 어딘가로 날아가버리고 그만 집 안으로 들어가서 가급적 밖에서는 보이지 않도록 가게 구석에 앉았다. 그러나 앉자마자 즉시 걱정이 되었고 안절부절못한 채 겁에 질려 밖을 쳐다보고 있었다.

그런데 이 얼마나 운이 나쁜지. 나는 자전거를 타고 그 집 앞을 지나가던 고모부를 보고 말았다. 아니, 본 것만이 아니라 고모부 역시 나를 차갑게 힐끗 한 번 보더니 지나갔다.

나는 섬뜩했다. 살아 있다는 느낌이 들지 않았다. 놀람과 두려움에 그 순간 심장의 고동이 멈춰버린 것 같았다. 그러나 즉시 심장이 다시 심하게 고동치는 것을 느꼈다. 나는 겨우 정신을 차리고 벌떡 일어나 "오마키, 나 먼저 갈게" 하고는 급히 가게를 뛰어나갔다.

대롱대롱 흔들리는 가방을 끌어안고 700~800미터나 되는 거리를 정신없이 달렸다. 그러나 대문 앞에 도착해서는 주눅이 들어 안으로 들어갈 엄두가 나지 않았다. 나는 머뭇거렸다. 그러나 용기를 내서 집 안으로 들어갔다.

고모는 여느 때처럼 친할머니의 방에서 바느질을 하고 있었다. 나는 벌벌 떨면서 툇마루에 앉아 "다녀왔습니다"라고 인사했다. 그러자 고모가 갑자기 나를 툇마루에서 밀어 넘어뜨렸다. 아니, 발로 차서 넘어뜨렸다. 그 정도로는 성에 안 차는 듯 맨발로 뛰어내려와 60센티미터 자로 나를 마구 때렸다.

친할머니도 내려와서 게다를 신은 채로 발로 차면서 외쳤다.

"그만큼 말했는데도 아직 모르는 거냐. 좋아, 모른다면 알게 해주지!"

흠씬 두드려 맞은 나는 축 늘어져서 일어날 수조차 없었다. 땅바닥에 쓰러진 채로 그저 울었다. 그럴 때 우는 것 말고는 나 자신을 위로할 방법이 없었기 때문이다.

실컷 혼낸 뒤, 친할머니는 나를 끌고 가더니 마당의 쌀 창고 안에 처넣었다. 그리고 지금 내가 갇혀 있는 감옥처럼 밖에서 문을 잠갔다.

여름의 긴 더위로 창고 안의 쌀은 숨이 막힐 정도로 후끈한 열기를 뿜

어냈다. 마음이 진정되자 맞고 걷어차인 곳이 욱신거리기 시작했다. 머리에 꽂은 장식용 빗이 부러지면서 머리에 상처가 난 것도 그때야 깨달았다. 게다가 아직 점심도 먹지 못해서 견디기 어려운 공복감이 밀려왔다. 하지만 창고에는 먹을 게 아무것도 없었다. 나는 힘없이 쌀가마니에 기댄 채 발밑에 떨어져 있는 벼를 주워서 한 톨 한 톨 손톱으로 껍질을 벗겨 씹었다. 그리고 그날 일을 생각하면서 훌쩍훌쩍 울었다.

피곤했나 보다. 나는 어느 틈에 깊은 잠에 빠져버렸다.

창고에서 나온 것은 다음 날 저녁이었다. 아직 화가 풀리지 않은 친할머니는 호박잎 반찬을 곁들인 식사를 말없이 내주었다. 나는 우적우적 들개처럼 먹었다.

다 먹자 고모부가 왔다. 그리고 한 통의 편지를 내게 건넸다.

"이걸 가지고 학교에 다녀오너라……."

선생님에게 보내는 편지였다.

"네……. 지금 말인가요?"

"그래. 지금 바로 가거라……."

세수를 하고 옷을 갈아입고 나는 집을 나섰다.

무슨 일인지 몰랐다. 아마도 선생님에게 훈계를 해달라는 편지일 거라고 걸어가면서 생각했다. 그러나 아무리 생각해도 내가 훈계를 들을 정도로 나쁜 일을 했다는 생각이 들지 않았다. 도덕책에도 친구와 사이좋게 지내라고 쓰여 있다. 자신보다 가난한 집 아이를 경멸해서는 안 된다고도 쓰여 있다. 불과 2, 3일 전에 선생님이 '우애'에 대해 말하지 않았던가. 나는 그 말을 그대로 기억하고 있었다. 선생님은 분명 나를 꾸중하지 않을 거라고 생각했다. 단 한 명의 내 편에게 간다고 생각하니 오히려 기뻤다.

저녁 식사를 마친 듯한 선생님은 유카타 차림으로 아이를 안고 마당에서 꽃을 보고 있었다.

"선생님, 안녕하세요."

"후미코구나. 오늘 결석했던데 무슨 일이니? 또 꾸중을 들은 거야?"

선생님이 웃으면서 나를 맞아주었다.

자주 있는 일이어서 선생님도 이제는 내가 혼나는 것을 큰일이라고 생각하지 않는 듯했다. 아니면 나를 동정해서 그렇게 말했는지도 모른다. 걸어오면서 나는 '선생님을 만나면 선생님에게만은 일의 경위를 이야기하고 바른 판단을 해달라고 해야지' 하고 생각했다. 그러나 선생님이 이렇게 말을 걸자, 그저 눈물만 나와서 아무 말도 하지 못했다. 나는 울면서 품속에서 편지를 꺼내 선생님에게 건넸다. 선생님은 말없이 편지를 받아 봉투를 열고 쓱 대충 훑어보더니, 다시 둘둘 말아 봉투 안에 넣었다.

"무슨 나쁜 짓을 했는지 모르지만 아버지는 후미에게 뭔가 나쁜 점이 있어서 퇴학시키겠다고 썼구나."

선생님의 말에 내 가슴은 쿵 하고 내려앉았다. 눈이 핑핑 돌아 쓰러질 것 같았다. 선생님은 말을 이었다.

"걱정할 것 없어. 이건 진짜 퇴학이 아니라 잠시 학교를 쉬는 거야. 나도 잘 말하겠지만 어쨌거나 후미네 집 사람들은 한 번 말한 것은 꼭 하는 성격이라 설득하기가 쉽지 않을 거야. 그러니 당장은 집안 어른들 말 잘 듣고 얌전히 참고 있으렴. 그것밖에는 다른 방법이 없구나……."

이제 나는 선생님에게도 호소할 수 없었다. 의지할 곳 하나 없던 나는 말없이 선생님과 헤어졌다. 기대를 배신당한 마음은 한층 더 슬펐다. 나는 교실에 들어가 실컷 울었다. 그러나 돌아오는 거라고는 텅 빈 교실의 천장을 울리는 내 울음소리뿐이었다. 나는 이때만큼 내가 고독하다는 사실을 느낀 적이 없었다.

선생님의 말투에서 낮에 이미 고모부와 이야기가 끝났다는 것을 알았다. 그리고 그런 고독 가운데 던져진 순간, 나는 분명히 깨달았다. 교사란 참으로 겁 많고 성의가 없으며 얼마나 공허한 거짓말만 하는지를.

10

학교를 쉰 것은 7월 초의 일이었다. 선생님이 말한 대로 9월 신학기부터 나는 다시 등교를 허락받았다. 그러나 1학기 통지표에 적힌 나의 품행 점수는 이전에도 받아본 적 없고 이후에도 받아본 적 없는 '을'이었다.

나는 다시 학교에 다닐 수 있었다. 그리고 학교에 다닐 수 있다는 것만으로도 기운을 되찾았다.

그중에서 가장 기뻤던 것은 내가 좋아하는 타미와 만나는 거였다. 타미는 벌써 3학년이었고 타미의 동생도 학교에 입학했다. 나는 고등 1학년이었다. 그 둘을 보는 것만으로도, 둘을 돌봐주는 것만으로도 나의 마음은 위로를 받았다. 잠시 학교에 다니지 않는 동안, 얼마나 타미와 그 동생이 보고 싶었던가.

그러나 내가 타미와 사이좋게 논 시간은 길지 못했다. 2학기가 시작된지 얼마 되지 않아 타미는 여느 때처럼 감기로 학교를 쉬었다. 이틀, 사흘 시간이 흘러 갔지만 타미의 얼굴은 보이지 않았다. 그래서 나는 가끔 학교 점심시간을 이용하여 병문안을 갔고, 그때마다 타미가 얼마나 기뻐했던가. 하지만 타미는 조금도 나아지지 않았다. 의사가 폐렴이라고 진단한 후에도 내가 가면 갑자기 기운을 차리고 말하기 시작했다. 나는 내가 병문안 가는 것이 오히려 타미에게 좋지 않을 거라고 생각하여 한동안 병문안을 가지 않았다. 그러나 그 후 타미의 상태가 점점 나빠져서 뇌막염으로까지 진행되었다는 말을 타미의 동생에게 전해 들었다. 나는 다시 점심시간에 병문안을 갔다.

그러나 그때는 이미 내가 알던 타미가 아니었다. 내가 전에 갔을 때는 창백한 얼굴에 미소를 띠며 내가 온 것에 대해 희미하게나마 기쁨을 나타냈는데, 이제는 그런 모습조차 없었다. 타미는 똑바로 누운 채, 그저 커다란 눈을 가만히 뜨고 있었다. 의사는 그 눈에 반사경의 빛을 집중시켜 들여다보았지만 눈도 깜박이지 않았다.

의사는 포기한 듯했다. 할머니와 할아버지는 그 옆에 말없이 앉아 있었다. 나는 울었다.

타미는 이제 죽는 것이다. 우리들은 영원히 만나지 못하는 것이다. 너무 슬펐다.

그리고 이틀이 지났다. 학생들은 모두 타미를 먼 산의 화장터로 보냈다. 다음 날 나는 학교에서 뽑힌 2~3명의 친구와 함께 타미의 화장한 뼈를 그릇에 담는 일을 도왔다.

타미와 나는 우연히 알게 되었고 친구로 지낸 시간도 채 3년이 못 되었다. 그러나 전에도 말했듯이 우리는 뭔가 특별한 인연으로 묶인 것처럼 친했다. 아버지는 돌아가시고 어머니도 친정으로 가버린 타미를 나의 처지에 비춰서 특별히 동정했을지도 모르지만, 하여간 나는 마음속으로 타미를 여동생처럼 여기고 있었다.

그랬기 때문에 타미가 떠나버리자, 나는 그냥 쓸쓸한 것이 아니라 뭔가 소중한 것을 잃은 느낌이었다. 학교에 있어도, 집에 있어도 문득문득 타미가 생각났고 그럴 때면 견딜 수 없는 쓸쓸함에 눈물을 흘렸다.

그런 날이 한 달 정도 계속되었다.

운동장에서는 아이들이 유쾌하게 놀고 있었다. 그러나 나는 놀고 싶지 않았다. 교정 구석의 포플러나무에 기댄 채 그저 멍하니 생각에 잠겨 있었다. 그때 타미 동생이 천진난만하게 달려왔다.

"저기, 이와시타 언니, 여기서 뭐해?"

아이는 내 손을 잡아끌며 말했다.

"모두 찾고 있어. 저쪽으로 가자. 언니, 무슨 생각하고 있어?"

나는 감정을 주체할 수가 없어서 아이를 양팔로 꼭 끌어안았다.

"나, 너희 언니 생각하고 있었어."

천진난만하던 아이도 갑자기 쓸쓸한 표정을 지었다. 그리고 생각난 듯 말했다.

"저기, 이와시타 언니, 내가 얼마 전에 가져다준 거 봤이?"

"얼마 전에 가져다준 거? 어디다?"

"어, 언니 아직 모르는 거야?"

아이는 되바라진 말투로 말했다.

"우리 언니가 얼마 전에 산 재봉함 말이야. 언니의 유품으로 우리 할머니가 이와시타 언니한테 가져다주라고 해서 내가 가져갔어."

타미의 재봉함! 검은 바탕에 금색 무늬가 있는 멋진 그리고 아직 새것인 재봉함을 나도 알고 있었다. 그것을 나에게 준 것이다. 아, 기쁘다. 하다못해 그거라도 몸에 지니고 있고 싶다. 하지만 나는 집안사람 누구에게도 받은 기억이 없었다. 그렇지만 아이가 실망할지도 모른다고 생각하니 그렇게 말할 수가 없었다.

슬픈 마음으로 나는 대답했다.

"아, 그거 말이지. 봤어……. 정말 고마워……."

내가 실제로 받았다면 얼마나 기쁠까. 이런 어설픈 감사의 말 같은 것은 하지 않을 텐데. 그렇지만 고작 그 정도의 감사밖에 할 수 없었다. 그리고 그 정도밖에 할 수 없는 게 정말로 미안해서 그런 마음을 속이기위해 "자, 가서 애들하고 놀자"라고 이번에는 반대로 내가 아이의 손을 잡고 달렸다.

11

나는 그 재봉함이 갖고 싶었다. 그것을 보면 타미를 만날 수 있을 것같았다. 그래서 집에 돌아간 즉시 다른 일을 하는 척하며 벽장과 옷장의 서랍 속을 몰래 찾아보았다. 그러나 어디에도 없었다.

'어떻게 된 걸까?' 하고 생각했다. 또 '없을 리 없어'라고도 생각했다. 그래서 날마다 무슨 구실을 만들어 벽장 정리나 방 청소를 하며 찾았지만 발견하지 못했다.

나는 단념했다. 심술궂은 친할머니가 어딘가 내가 모르는 곳에 감춰 뒀을 거라고 생각하고 찾는 것을 포기했다.

또 몇 달이 지났다. 어느 저녁, 친할머니 방을 청소하고 있는데 옷장과 벽 사이에서 뭔가 종잇조각 같은 것을 발견했다. '뭐지' 하며 호기심이 생겼고 나는 애써 그것을 꺼냈다. 먼지를 뒤집어쓴 한 통의 편지였다.

편지는 아이의 필적이었고 보낸 사람은 사다코라고 쓰여 있었다. 사다코는 친할머니 오빠의 피붙이로 이와시타 집안에 양녀로 왔다가 친할머니와 그 오빠 사이가 틀어지면서 돌려보낸 아이였다. 그리고 그 대신 내가 온 것이었다.

나는 그 편지를 품속에 몰래 넣어 내 방에 와서 읽어보았다.

나는 그 문장을 기억하고 있지 않다. 그러나 거기에 쓰인 내용은 아무리 해도 잊히지 않는다.

그 편지로 나는 사다코가 다시 이와시타 집안의 후계자로 정해진 것을 알게 되었다. 이와시타 집안에서 여러 가지 물건을 사다코에게 보낸 것도 알게 되었다. 외갓집을 떠나올 때 나에게 입혀주었던 비단옷과 고급 오비도, 내가 그토록 찾던 타미의 유품인 재봉함까지도 사다코에게 보낸 것을 알았다. 그리고 내가 식모보다도 못한 대우를 받고 있는 것과 달리 사다코는 이와시타 집안의 돈으로 무용이며 재봉, 꽃꽂이를 배우고 있었다. 그리고 편지 끝에 '어머니께'라고 글씨가 멋지게 쓰여 있었다.

그러나 나는 여기서 약한 소리는 하지 않겠다. 내 거라면서 눈앞에서 준 물건조차도 나에게 주지 않고 사다코에게 보낸 일이나 그 외의 여러 가지 일에 대해 말하지 않겠다. 단지 타미의 유품을 사다코에게 보낸 것만은 몹시 화가 났다. 슬펐다.

12

핫토리 선생님이 부임한 지 3년 정도 지났을 무렵이었다. 젊고 풍채 좋으며 운동을 좋아하던 선생님은 넓은 교정에 유동원목*과 회전탑 등 운동기구를 차례차례 설치하여 아이들을 기쁘게 했다. 그리고 이번에는 단지 운동만 해서는 안 된다며 농업 실습을 시작하겠다고 말했다.

선생님은 우선 학교 뒤의 상당히 넓은 땅을 빌려 그곳을 아이들의 농장으로 만들었다. 농장은 4~5명을 한 조로 하여 몇 개의 구획으로 나누었다. 그리고 손이 많이 가지 않는 감자를 첫 번째 작물로 선택했다.

아이들은 크게 기뻐하며 자신들의 땅을 괭이로 갈고 선생님이 가르쳐주는 대로 이랑을 만들었다. 선생님은 선생님대로 모두에게 괭이 사용법부터 가르치면서 선생님 밭을 일구었다.

그때는 이미 주문해서 가져온 감자 종자가 도착한 상태였다. 괭이로 간 밭에 화학 비료를 준 다음, 종자를 심었다. 학생들은 선생님이 하는 대로 따라했다.

"자, 주목."

선생님은 큰 소리로 유쾌한 듯 말했다.

"앞으로 열흘 정도 지나면 싹이 나올 거야. 신기하지! 이런 진흙같이 생긴 덩어리에서 싹이 나와서 또 열매를 맺다니. 그리고 그것이 사람들 입에 들어가 영양분이 되는 거지. 그렇지만 농사일 중에서 이게 가장 쉬운 편이야. 그렇지만 내버려둬서는 좋은 열매를 거둘 수 없어. 사랑해주

---

* 굵은 통나무 양끝을 쇠줄로 낮게 매달아 아이들이 앞뒤로 흔들며 탈 수 있게 만든 놀이 기구이다.

고 돌봐줘야만 해. 거기에 들어가는 수고는 보통이 아니야. 그러니 여러분은 농부를 업신여겨서는 안 돼. 농부야말로 일본 국민의 어버이니까. 아니, 일본뿐만 아니라 어느 나라든 마찬가지야."

모두 긴장한 얼굴로 선생님의 이야기를 들었다. 교실에서 배울 때보다 열 배 이상의 흥미를 가지고, 또 주의를 기울여서.

따스한 햇볕을 받자 감자 종자에서 싹이 나기 시작했다. 아이들은 창조의 기쁨에 덩실거렸다. 싹은 쑥쑥 자랐다. 아이들은 틈만 나면 밭에 가서 자기 영역의 감자와 다른 영역의 감자를 비교하며 서로 자랑했다. 자를 가지고 나와 싹의 길이를 재거나 싹이 길어 보이도록 주위의 흙을 좌우로 밀어놓기도 했다.

시간표상으로 농업 시간은 일주일에 한 번이었지만, 그것만으로는 부족했기 때문에 다른 시간을 농업 시간으로 사용하기까지 했다.

선생님은 하얀 셔츠 한 장만 걸치고, 여자아이들은 옷자락을 걷고 맨발로, 남자아이들은 모모히키*만 입고 잡초를 뽑거나 땅을 일구거나 비료를 주었다. 모두 땀범벅이 되었고 얼굴과 손, 발은 흙투성이가 되었다. 그러나 누구도 그것을 싫어하지 않았다.

"주목."

선생님은 이따금 호통을 치듯 커다란 목소리로 말했다.

"사람은 서로 사랑해야 한다. 아니, 사람뿐만 아니라 무엇이든 사랑해야 해. 그러나 진정한 사랑은 스스로 수고해서 열매 맺는 거야. 어때, 여러분도 이 감자가 사랑스럽게 느껴지나……."

---

* 타이츠 비슷한 모양의 남성용 의복으로 속옷용과 작업용이 있다.

어느 때는 또 이렇게도 말했다.

"감자 하나 키우는 것도 상당한 수고가 필요하구나. 우리들이 채소 가게에서 감자를 사와서 먹을 때는 아무 생각 없이 감자가 맛있다느니 맛없다느니 하며 배부른 소리를 하지만, 실은 그것을 키우는 것만으로도 농부가 얼마나 수고하는지 알아야 해."

마지막으로 선생님은 언제나 "그러니까 농부를 경멸해서는 안 돼. 농부는 생명의 어버이야"라고 덧붙였다.

한동안 비가 내리지 않았다. 땅이 너무 말라서 애써 나온 싹이 시들 것 같았다. 그래서 모두 앞다투어 아침 일찍 학교에 나와서 우물물을 길어다가 물을 주었다. 어느 때는 학교가 끝난 후 집에 갔다가 저녁에 다시 와서 물을 주는 아이도 있었다. 그 정도로 아이들은 진지하고 빛나는 희망을 감자에 걸고 있었다. 물론 나 역시 그런 아이들 중 한 명이었다.

그런데 어느 날 친할머니와 고모가 학교에서 막 돌아온 나를 불렀다.

"후미, 요즘 학교에서 농사꾼 흉내를 내게 한다는 말이 사실이냐?"

고모가 먼저 나에게 물었다.

또 혼나는가 싶어 떨면서 나는 "네" 하고 대답했다. 그러나 고모는 특별히 화를 내는 기색 없이 그저 "이렇게 더운데 여자아이들까지 밭에 나가 농사일을 하게 하다니 너무하는군. 무엇보다 옷이 바래잖아"라고 중얼거리듯이 말한 뒤, "지금 하고 있는 것은 어쩔 수 없지만, 다음부터는 하지 마……"라고 명령했다. 이다음부터 하지 못하는 것은 괴롭지만 그래도 지금 당장이 아닌 것을 나는 기뻐했다.

그러나 친할머니는 달랐다. 친할머니가 말했다.

"다음부터가 아니야. 지금 당장 그만둬. 우리 집에서는 월사금을 줘가며 농사꾼을 기를 생각이 없다. 게다가 네가 농사일로 돈을 벌지 않아도 먹고사는 데 지장이 없으니까……."

나는 잠자코 있을 수밖에 없었다. 친할머니는 말을 이었다.

"내일부터 농사일은 일체 해서는 안 돼, 후미. 뭐, 정규 수업 시간이라고? 그럼, 농사일이 있는 날은 학교에 가지 마. 알았어?"

내 얼굴에 원망하는 기색이 드러난 게 틀림없었다. 친할머니가 내 얼굴을 보고 더욱더 화가 나는 듯 다른 일까지 들춰가며 잔소리를 하기 시작했다. 친할머니가 말을 계속했다.

"자주 게다 끈을 끊어먹던데, 분명 그네를 타다가 뛰어내리거나 남자아이들과 어울려 뛰거나 해서 그런 거겠지. 천한 가난한 집 아이처럼 굴다니. 여자아이라면 여자아이답게 고상한 여자 흉내를 내는 게 어떠냐. 그러니까 내일부터 그것도 안 돼. 그네도, 술래잡기 놀이도. 학교에서 하는 건 안 보이겠지 하면서 해서도 안 돼, 우리가 산 위에 올라가서 지켜볼 테니까."

아, 드디어 나는 그나마 있던 자유마저 완전히 빼앗겨버린 것이다. 나 자신도 빼앗겨버렸다.

열두세 살은 한창 놀고 싶은 나이다. 그런 내가 옷이 햇볕에 바랜다느니, 게다 끈이 끊어진다느니 하는 이유로 정규 수업 시간의 운동 외에 모든 놀이를 금지당한 것이다. 누구보다 말괄량이였던 니는 손발이 묶여버린 이런 생활에 얼마나 괴로워했던가. 그 후 어른이 되어 길을 걷다가 진흙을 가지고 노는 아이들에게 아이 엄마가 달려와서 옷이 더러워지니까 하지 말라고 혼내거나, 아이가 그 놀이에 몰두하여 그만두지 않으면 울부짖는 아이를 억지로 끌고 가는 것을 본 적이 있다. 나는 그런 광경을 볼 때면 소리치고 싶었다.

"왜 그렇게 억지로 데려가는 거죠? 당신은 아이가 중요한가요, 옷이 중요한가요? 아이는 옷 때문에 있는 게 아니에요. 아이를 위해 옷이 있는 거죠. 그렇게 더럽혀서는 안 되는 옷이라면 함부로 입어도 되는 옷을 입히면 되잖아요. 어른은 자신의 체면이나 수고만을 위해 아이를 희생시키고 있어요. 어른은, 특히 어머니는 아이를 위험에서 지키고 아이의 천성을 살려주는 게 일입니다. 아이의 자유를 빼앗고 아이의 인격을 무시하는 것은 무서운 죄악이에요. 아이를 자유롭게 놀게 해주세요. 자유롭게 자연에서 노는 일은 자연이 아이에게 준 유일한 특권이에요. 그렇게 했을 때 아이들은 무럭무럭 인간다운 인간으로 성장하는 거예요."

나는 결코 이것이 잘못된 생각이라고 생각하지 않는다.

13

친할머니와 고모에게 이런 선고를 받은 후 4, 5일 후의 일이었다.

무슨 시간 뒤에 핫토리 선생님은 갑자기 생각난 듯 교단에 서서 학생들을 바라보며 말했다.

"어때? 이번에 학교에서 농업을 시작한 거에 대해 집에서는 뭐라고들 하지? 음……, 예를 들면 좋은 일을 시작했다든가, 곤란하다든가, 이런 식으로……."

아이들은 잠자코 있었다.

선생님은 우리 반의 호소다라는 남자아이를 지명하여 물었다.

"호소다, 너희 집에서는 어떠니? 형이 뭐라고 하지 않던?"

폐병에 걸린 형과 둘이 사는 호소다가 대답했다.

"형은 몸이 건강해지니까 좋다고 기뻐해줬어요."

선생님은 기쁜 얼굴로 다시 교실을 둘러보았다.

"우리 아빠도 그렇게 말했어."

"우리 아빠도……."

아이들은 작은 소리로 속삭이듯 말했다. 그렇지만 나서서 큰 소리로 대답하는 아이는 없었다. 선생님은 누군가를 또 지명하려고 했다.

나는 내가 지명당하면 어떻게 하나 하며 조마조마해하고 있었다. 그래서 가능한 한 걸리지 않으려고 숨듯이 고개를 숙이고 있었다. 그런데 선생님은 일부러 나를 지명했다.

"이와시타네 집에서는 어떠니? 할머니에게 분명 무슨 말을 들었을 텐데……. 잠자코 있지 않았을 거야……."

나는 선생님이 다 알고 묻는 거라고 생각했다. 또 친할머니가 무슨 말을 했는지 모른다고 해도, 친할머니에 대해 잘 아는 선생님에게 어설픈 거짓말을 할 수 없었다. 하지만, 하지만, 만약 진실을 말하면…….

전에 없이 내 대답은 애매했다.

"네, 저기…… 할머니는 농업, 농사일을 하면 옷이 바랜다고…… 말했습니다."

그러자 선생님은 비웃는 듯한 표정으로 쓴웃음을 지으며 화난다는 듯이 말했다.

"흠, 그렇군. 자못 여왕님같이 훌륭한 옷을 입으셨으니까……."

그렇게 말하고 선생님은 '흥' 하며 교과서를 든 채로 거칠게 문을 열고 나가버렸다.

　모두 힐끔힐끔 내 옷을 보았다. 나도 모르게 얼굴이 빨개졌다. 그리고 새삼스럽게 내 옷이 허름한 것에 놀랐다. 하얀색 바탕에 감색 무늬가 촌스러운 유카타였다. 여기저기 구멍이 나서 헝겊이 덧대어져 있다.

　그러나 나는 선생님을 원망했다. 선생님은 어째서 사람들 앞에서 내게 창피를 준 것일까? 농업 시간에 자신이 키우는 것에 대한 사랑을 역설한 선생님이 아닌가. 그런데도…… 그런데도…….

　나는 집으로 돌아갔다. 학교에서 있었던 일이 가슴에 남아 사라지지 않았다. 게다가 내 대답이 친할머니와 고모에게 불리한 것은 아니었는지 걱정이 되었다. 걱정하면 할수록 잠자코 있어서는 안 될 것 같아서 학교에서 있었던 일을 말했다.

　친할머니와 고모는 화내지 않았다. 오히려 '그럼 그렇지'라는 표정이었다. 친할머니는 고모의 얼굴을 보며 이렇게 말했다.

　"맙소사, 이런 바보에게는 두 손 두 발 다 들었다니까. 다른 사람에게 해도 좋은 말과 그렇지 않은 말을 구별하지 못하다니. 앞으로는 이 아이 앞에서 진실을 말하면 안 되겠어. 있는 대로 말하니까……."

　그동안 친할머니와 고모는 나에게 자신들이 하는 말이나 행동은 전부 옳다고 믿게 만들었다. 최소한 그렇게 믿으라고 강요했다. 그러나 나는 그때 처음으로 그리고 분명히 친할머니와 고모도 다른 사람 앞에서 해서는 안 되는 말과 행동을 한다는 사실을 깨달았다.

　이제 친할머니와 고모의 말을 믿지 않겠어. 무비판적으로 받아들이지 않겠어. 희미하게나마 그런 느낌을 받았다.

14

결국 나는 모든 것을 빼앗겼다. 학교도, 가정도 내게는 모두 지옥이었다. 그러나 나는 어린 시절부터 아무리 두들겨 맞아도 절대 쓰러지지 않는 강인한 아이였다. 그런 순간에도 또 다른 즐거운 세계를 발견하는 아이였다. 그 당시 내가 발견한 세계는 사람들과 떨어진 혼자만의 시간이었다. 그렇다, 단지 그뿐이었다.

이런 괴로운 일을 회고하다 보니, 그 당시 맛보았던 단 하나의 즐거운 경험이 떠오른다.

대산은 고모 집의 산이었다. 고모부가 전에 철도 회사에 다닐 무렵에 사둔 산으로 밤나무가 많았다. 그리고 그 밤나무는 당시 고모 집에 상당한 수입을 안겨주고 있었다.

가을에 밤이 벌어져 떨어질 무렵이 되면 집에 있는 누군가가 올라가서 밤을 주웠다. 그 일은 대개 몸이 약한 고모부의 일이었는데, 고모부는 가끔 산조차 오르지 못할 정도로 몸이 안 좋을 때가 있었다. 그럴 때는 내가 자진해서 그 일을 맡았다. 왜냐하면 그곳에서는 내가 진정으로 자유로울 수 있었기 때문이었다.

모든 것을 빼앗긴 해의 가을이었다. 고모부는 또 몸이 아팠다. 나는 친할머니에게 부탁하여 학교를 쉬고 여러 차례 밤을 주우러 갔다.

산에 갈 때면 우선 타비*를 신고 각반을 두르고 조리를 발에 묶었다. 왜냐하면 그 산에는 살모사가 있어서 가끔 사람을 물기 때문에……. 낮

---

* 일본식 버선이다.

과 막대기, 주운 밤을 넣을 자루 등을 준비한 뒤 들뜬 마음으로 집을 나서고는 했다.

아이들은 학교에 갔지만 나는 학교에 결석하는 것을 더는 슬퍼하지 않았다.

산에 가면 나뭇가지에 갈홍색 밤이 당장에라도 떨어질 듯 밤송이 밖으로 비어져 나와 있었다. 나는 그것을 끝이 둘로 갈라진 막대기로 비튼 다음, 신발로 밟아 밤을 꺼냈다. 그래도 나오지 않는 것은 괭이의 등으로 껍질을 눌러서 벌렸다. 가지에 매달린 채 곧 떨어질 것 같은 밤을 따면, 이번에는 눈을 땅으로 돌려 떨어진 밤을 주웠다. 그런 식으로 나는 나무에서 나무로 옮겨갔다.

때로는 풀 한 포기 없는 곳이 나오기도 했고 때로는 풀이 우거진 곳이 나오기도 했다. 그런 곳에서는 놀란 꿩이 날아오르거나 토끼가 뛰어나왔고, 나는 놀라서 멈춰 서지만 즉시 그런 동물들에게 친근감을 느꼈다. 그리고 "뭐야, 깜짝 놀랐잖아. 그렇게 도망치지 않아도 돼. 우리들은 친구잖아?"라고 소리를 내어 중얼거리면 물론 토끼나 꿩은 아무런 대답도 하지 않고 달아났다. 그러나 나는 서글퍼하지 않았고 오히려 흐뭇해졌다. 그리고 "귀여운 녀석!"이라고 다시 중얼거린 뒤, 풀숲의 밤은 녀석들을 위해 남겨두고 다른 곳으로 옮겨갔다.

자루가 점점 무거워지고 다리가 아파오면, 나는 가져온 모든 짐을 내팽개치고 일직선으로 산의 정상까지 달려갔다. 그리고 그곳에서 쉬었다. 정상에는 나무라고 할 만한 것이 없고 노란 마타리꽃, 보랏빛 도라지꽃, 싸리꽃 등이 어우러져 피어 있었다. 선생님이 "저건 산이 아니야. 언덕이야"라고 말했을 정도로 결코 높지 않았지만, 그래도 위치가 좋아서 정상에 오르면 부강이 한눈에 들어왔다.

　서북쪽에는 논밭 너머로 정류장과 여관, 그 외의 여러 건물이 늘어서 있었다. 거리의 형태를 잘 갖춘 마을이었다. 그중에서도 가장 눈에 띄는 것은 헌병대 건물이었다. 카키색 옷을 입은 헌병이 연병장에 조선인을 끌어내서 옷을 벗기고 맨살이 드러난 엉덩이를 채찍으로 때리고 있었다. 하-나, 두-울, 헌병의 날카로운 소리가 들려왔고, 그러면 채찍을 맞는 조선인의 신음 소리가 들려오는 듯했다.

　그것은 그다지 기분 좋은 광경은 아니어서 나는 휙 뒤를 돌아 남쪽을 봤다. 멋진 부용봉이 저쪽 멀리 우뚝 솟아 있었고, 그 기슭을 가을 햇살을 받아 은색으로 빛나는 백강이 동쪽에서 서쪽으로 휘돌면서 흰 비단을 깐 것처럼 천천히 흐르고 있었다. 그 강변의 모래사장을 짐을 진 낭나귀가 나른한 듯 지나갔고, 산자락에는 나무들 사이로 조선인 마을의 낮은 초가지붕이 드문드문 보였다. 안개 속에 희미하게 보이는 조용한 마을이었다. 남화南畵*를 보는 듯한 경치였다.

　그것을 가만히 바라보고 있으면, 비로소 나는 살아 있는 것 같은 느낌이 들었다. 여유로운 기분으로 나는 풀 위에 벌러덩 드러누워 하늘을 바라봤다. 깊고 깊은 하늘이다. 그 끝을 알고 싶다. 나는 눈을 감고 생각했다. 시원한 바람이 불어오면 풀이 사각사각 바람에 울었다. 다시 눈을 뜨면, 잠자리가 코앞에서 날아다녔고 귓가에는 방울벌레와 청귀뚜라미 소리가 들렸다.

　학교는 점심시간인지 아이들의 떠드는 소리가 들려왔다. 나는 일어서

---

* 18~19세기에 일본에서 유행한 회화 양식이다. 중국 문인화의 요소를 과장하여 새로운 양식으로 변형시켰고, 유머 감각을 가미하였다.

서 아래에 펼쳐진 교정을 내려다봤다. 아이들이 축구를 하고 있었다. 공이 땅에 떨어지고 한참 지나서야 겨우 튀어 오르는 소리가 산 정상까지 들려왔다. 떨어진 공을 서로 차지하려고 아이들이 소란스러웠다. 유쾌한 놀이. 슬프게도 나는 그런 놀이를 학교에서 보기만 해야 했다. 그러나 이제는 기쁘지도, 슬프지도 않았다. 단지 그들 안에 융화되어 있는 나 자신을 발견했다.

왠지 뱃속에서 힘이 솟아나오는 듯하여 나도 모르게 "이봐!" 하고 외쳐봤다. 물론 누구도 대답할 리가 없었다. 나는 혼자 산에 있는 것이다.

종이 울리고 아이들은 다시 교실로 들어갔고, 나는 다시 정상에서 내려와 밤나무 숲으로 들어갔다.

가벼운 마음으로 나도 모르게 학교에서 배운 노래를 부르기 시작했다. 누구도 나무랄 사람이 없었다. 작은 새처럼 나는 자유였다. 노래하고 또하고 목이 쉴 때까지 계속 노래했다. 때로는 즉흥적으로 노래를 불렀다. 평소 눌려 있던 감정이 자유분방하게 뱃속에서 뿜어져 나왔고 나는 거기서 위로를 받았다.

목이 마르면 망을 보려고 만들어놓은 오두막으로 갔다. 그 옆 배밭에서 따온 배를 껍질도 벗기지 않고 몽땅 먹어치운 뒤, 또 땅에 벌러덩 드러누워 나무 사이로 보이는 구름을 바라봤다. 숨 막히게 강렬한 풀의 훈김과 버섯 향기가 찌르면 나는 그것을 탐하듯이 들이마셨다.

아, 자연! 자연은 거짓이 없다. 자연은 솔직하고 자유로우며 인간처럼 인간을 일그러뜨리지 않는다. 진심으로 이렇게 느낀 나는 '고마워'라고 산에게 감사하고 싶어졌다. 동시에 문득 지금의 생활을 떠올리고는 울고 싶어졌다. 그리고 그럴 때는 실컷 울었다.

여하튼 산에서 지내는 하루만큼 원래의 나로 돌아가는 날은 없었다. 그날만이 내가 해방되는 날이었다.

15

한창 더운 여름날이었다.

강경이라는 곳에서 병원을 경영하고 있는 후쿠하라라는 사람의 아내가 친할머니를 찾아왔다. 미사오라는 이름의 그 여자는 친할머니의 조카 중 한 명이었다. 미사오 씨는 지금까지 한 번도 찾아온 적이 없었다. 편지 왕래조차 없었던 걸로 기억한다. 그러나 미사오 씨는 나 같은 천한 가난뱅이가 아니었다. 친할머니를 비롯하여 이와시타 집안사람들은 야단법석을 떨며 이 귀한 손님을 대접했다.

미사오 씨는 스물네다섯 살의 아름다운 여자였다. 젖먹이 어린아이와 함께였다. 도착했을 때 그녀는 가슴부터 소매까지 화려한 국화 모양이 박힌 비단 홑옷에 요란한 금사은사로 덮인 오비를 매고 있었다. 게다가 몹시 더운데도 고급 비단으로 만든 반코트까지 걸치고 있었다. 목에는 금목걸이, 손가락에는 금반지, 조화롭지는 않지만 언뜻 보면 귀부인으로 여겨질 복장이었다.

한차례 인사가 끝나자, 친할머니는 즉시 미사오 씨의 옷에 땀이 배어 있는 것을 보았다.

"어머나, 미사오, 오비와 옷이 땀으로 흠뻑 젖었구나. 벗고 다른 옷으로 갈아입으렴."

이렇게 친할머니가 말하자, 미사오 씨도 "그러네요. 갈아입을게요"라고 대답하고 입고 있던 옷을 벗어던졌다. 친할머니는 몸소 그 옷을 가져가 정성스럽게 펴더니 햇볕에 말렸다. 근처의 가난한 아줌마들이 물을 길으러 오는 우물에서 잘 보이는 곳에…….

미사오 씨는 유복한 결혼 생활에 대해 할머니와 집안사람들에게 이야기했다. "응, 응, 그거 잘됐구나. 너는 정말 복이 많구나, 남편 내조 잘해야 한다" 등 할머니와 집안사람들은 축복의 말과 친절한 충고의 말을 했다. 그와 동시에 자신들의 생활 형편과 부강에서의 지위 등에 대해 자랑스럽게 이야기했다. 그런 이야기는 하루 이틀에 끝나지 않았다. 그 사이 친할머니와 집안사람들은 미사오 씨를 데리고 정원을 산책하거나 소유지를 보여주거나 했다.

틀림없이 내 얘기도 했을 것이다. 미사오 씨는 나를 곁눈질로 보고 제대로 말도 걸지 않았다. 나는 특별히 미사오 씨를 미워하지 않았다. 그러나 그다지 느낌이 좋은 여자는 아니었다.

부강에서 10리쯤 떨어진 곳에 미사오 씨의 지인이 살고 있었다. 미사오 씨는 그 사람을 방문할지 말지 망설이고 있는 듯했다.

"그럼 다녀오렴. 기차를 타고 가면 될 거야……."

친할머니가 옆에서 거들듯이 말했다.

"그렇지만 아이 때문에 귀찮아서……."

미사오 씨는 다시 망설였다. 나를 보모로 데려가려는 심산이 분명했다. 그것을 알아챈 친할머니는 미사오 씨에게 말했다.

"이러면 되겠네. 아기는 후미가 업고 가면……."

곤란하게 됐다고 나는 생각했다. 이렇게 더운데 좋아하지도 않는 젖먹이를 업고, 게다가 여왕처럼 의기양양하게 구는 여자의 꽁무니를 따라가야 하다니!

"그러네요. 그렇게 해주면 좋겠지만……, 그렇지만 후미가 같이 가줄까요……."

미사오 씨는 넌지시 나의 동의를 구했다.

나는 당황하여 분명하게 대답을 하지 못했다. 여느 때라면 친할머니가 크게 고함을 쳤을 텐데 무슨 일인지 그날은 평소처럼 명령하지 않고 내 비위를 맞추듯이 "같이 가주렴, 후미"라고 권하듯이 말했다. 그리고 미사오 씨가 잠깐 자리를 비우자, 즉시 작은 목소리로 부드럽게 말했다.

"싫으면 싫다고 말하거라. 싫은 걸 억지로 가라고 하진 않으마."

다정한 말에 굶주렸던 나는 그 말을 듣자 이상하게 마음이 따뜻하게 풀어지는 것 같더니 용기가 솟아났다. 친할머니 가슴에 매달려 울고 싶은 마음도 들었다. 아이가 엄마에게 어리광을 부리는 듯한 기분으로 나는 분명히 대답했다.

"가지 않아도 된다면 가고 싶지 않아요."

"뭐라고?"

친할머니는 갑자기 여느 때처럼 화를 냈다. 내 멱살을 잡고 흔들었다. 갑자기 당한 나는 얼굴을 위로 향한 채 툇마루에서 땅바닥으로 나가떨어졌다. 그 모습을 기분 좋게 바라보면서 친할머니는 평소처럼 혼내기 시작했다.

"뭐라고! 가고 싶지 않다고! 조금만 잘해주면 금방 이렇다니까. 가고 싶다, 안 가고 싶다가 어디 있어. 가는 게 당연하지. 농사꾼 코흘리개나 보던 주제에. 가기 싫으면 억지로 부탁하지는 않으마. 네가 가지 않아도 곤란할 것 하나도 없지. 그 대신 넌 이제 우리 집에 필요 없으니까 나가. 어서, 나가, 지금 당장 나가!"

친할머니는 어느새 신발을 신고 내 옆에 와 있었다. 나를 발로 밟기도 하고 차기도 했다.

나는 쓰러진 채 그저 멍하니 있었다. 친할머니는 부엌 쪽으로 달려갔다가 즉시 되돌아오더니 하인용의 이 빠진 나무 그릇 하나를 내 품에 쑤셔 넣었다. 그리고 내 뒷덜미를 거머쥐고 뒷문까지 질질 끌고 가서 문밖으로 밀어버리는가 싶더니 거칠게 빗장을 걸고는 재빨리 마당 쪽으로 걸음을 옮겼다.

나는 완전히 피곤에 지쳐 있었다. 몸이 아파서 옴짝달싹도 할 수 없었다. 조선인 2~3명이 수군거리며 지나가는 듯했지만 나는 일어나려고도 하지 않고 엎드려 쓰러진 채로 힘없이 울었다. 그러나 언제까지 울어도 소용이 없었다. 아무도 지나가지 않았다. 집 안에서는 누구도 부르러 나오지 않았다. 내가 의지할 거라고는 친할머니가 내 품에 쑤셔 넣은 이 빠진 나무 그릇 하나뿐이었다. 하지만 전혀 의지가 되지 않았다.

'그래, 역시 돌아가서 용서를 비는 수밖에 없어.'

이렇게 생각한 나는 용기를 내서 일어났다. 그리고 비틀거리며 담을 따라 집 정문까지 가서 안으로 들어갔다.

소매를 걷어붙이고 더러워진 툇마루를 정성스레 닦기 시작했다. 친할머니는 그 모습을 보더니 즉시 고씨를 불러 내가 닦고 있는 곳의 바로 앞을 닦게 했다. 나는 설거지를 시작했다. 그러자 친할머니가 직접 와서 나를 밀쳐내고 자신이 했다. 마당을 쓸기 시작하자, 친할머니는 아무 말도 없이 내 손에서 빗자루를 빼앗았다.

절망한 떠돌이 개처럼 나는 느릿느릿 내 보금자리인 방으로 돌아왔다. 힘없이 누워 넋 빠진 인형처럼 그저 벽에 발린 헌 신문지를 보고 있다가 생각난 듯 목메어 울었다.

그런 오랜 고통의 시간 후 겨우 저녁이 되었다.

내 방과 안채는 마당을 사이에 두고 있는데, 친할머니가 안채의 넓은 처마 밑으로 풍로를 가지고 나와 튀김을 만들기 시작했다. 기름 냄새가 눌어붙듯이 내 빈 속에 스며들었다.

생각해보니 아침부터 한 끼도 먹지 못했다.

고씨의 어린 아들이 뭔가 남은 음식을 받았던 소쿠리를 돌려주러 왔다.

"그래, 잘 왔다. 착한 아이로구나, 착한 아이야."

이렇게 말하며 친할머니는 튀김 2~3개를 아이 손에 쥐어주었다. 그리고 내 쪽을 보더니 어깨를 들썩거리며 쿡쿡 웃었다.

나는 살짝 집을 빠져나왔다. 나와도 갈 곳이 없었다. 바로 아래 골목에 있는 조선인의 공동 우물 옆에 가서 이유도 없이 안을 들여다보았다. 그때 아는 조선인 아줌마가 푸른 채소를 항아리에 넣어 씻으러 왔다가 내 얼굴을 보고 "또 할머니에게 혼났어요?"라고 친절하게 말을 걸어주었다.

나는 말없이 고개를 끄덕였다.

"가엾게도!"

아줌마는 초라한 나의 모습을 동정 어린 눈으로 가만히 바라보면서 말했다.

"우리 집에 놀러 가지 않을래요? 딸도 집에 있고 하니까."

나는 또 울고 싶어졌다. 슬퍼서 우는 것이 아니라 그저 커다란 자비심에 감화된 감격의 눈물……

"고맙습니다. 가볼게요."

이렇게 나는 감사하면서 비틀비틀 아줌마의 뒤를 따라갔다.

아줌마의 집은 고모 집 뒤 벼랑 위에 있었다. 거기에서는 고모 집 안이 훤히 들여다보였다. 나는 또 고모 집 사람에게 발각되는 것이 아닌가 하고 걱정하기 시작했다.

"저기, 점심 먹었어요?"

"아니요. 아침부터……."

"어머, 아침부터……."

딸은 깜짝 놀란 듯이 소리쳤다.

"저런 가엾게도!"

아줌마는 다시 이 말을 반복했다.

"보리밥이라도 괜찮으면 먹을래요? 밥은 많이 있으니까……."

조금 전부터 차오르던 감정이 더는 가슴속에 밀어 넣을 수 없을 정도로 격해졌다. 나는 나도 모르게 소리 높여 울었다.

조선에 있었던 길고 긴 7년 동안, 이때만큼 사람의 정에 감동한 적은 없었다.

나는 마음 깊이 감동했다. 밥을 먹고 싶은 생각이 간절했다. 그러나 친할머니와 집안사람들의 눈이 두려웠다. "조선인의 집에서 밥이나 얻어 먹고 다니는 거지는 우리 집에 둘 수 없어"라고 호통 칠 게 뻔한 친할머니가 두려웠다. 나는 거절했다. 그리고 주린 배를 끌어안은 채 조선인 집에서 나왔다. 그러나 집에 돌아갈 마음이 들지 않았다. 뒤쪽 풀밭을 빙빙 맴돌았다.

아무리 생각해도 방도가 없다. 나는 다시 집으로 돌아갔다. 날도 완전히 저물어 집 안에는 램프가 켜져 있었다. 거실에서는 모두가 큰 소리로 이야기를 나누며 식사를 하고 있었다.

나는 여느 때처럼 거실 밖 툇마루에 무릎을 꿇고 엎드려 무분별했던 내 행동에 대해 용서를 빌었다.

대답이 없었다.

두 번, 세 번 계속 용서를 빌었다. 그러나 나의 바람은 결국 받아들여지지 않았다.

"시끄럽잖아, 입 다물어."

친할머니가 결국 내게 호통을 쳤다.

"낮에 놀 만큼 놀고 이제 날이 저물어 갈 곳이 없으니까 돌아와서 용서를 빌고 우는 소리를 늘어놓는 게 네 특기냐. 뭐야, 밥 한 그릇이라도 너한테 주는 집이 있었니? 우리도 마찬가지야. 너한테 줄 밥은 없어……."

나는 고모에게 매달려 용서를 구해보려 했지만 고모는 선수를 쳐서 친할머니와 함께 나를 혼내기 시작했다. 미사오 씨도 함께 있었지만 단 한 마디 거들어주지 않았다.

모두 식사를 끝냈다. 뒷정리도 친할머니와 고모가 급히 끝냈다. 그리고 언제나처럼 마당으로 의자를 꺼내와 시원하게 바람을 맞으며 더위를 식혔다.

혼자 집 안에 남겨진 나는 그사이 뭔가 먹으려고 생각했다. 그러나 먹을 것이 아무것도 없었다. 겨우 친할머니 방 뒤쪽 넓은 차양 들보에 철망으로 만든 사각형 찬장이 있는 것이 생각났다. 나는 살짝 거기를 들여다보았다. 그러나 안에는 아무것도 없었다. 그래서 부엌 구석에 있는 찬장 문을 소리 나지 않게 살짝 열어보았다. 거기 역시 아무것도 없었다.

언제나 설탕이 들어 있던 설탕 단지조차 비어 있었다.

나는 다시 방으로 돌아왔다. 방에 들어와 손으로 더듬어 이불을 펴고 모기장을 쳤다. 잠옷으로 갈아입을 힘도 없어서 그대로 이불 위에 누웠다.

마당에서는 이웃에 사는 미나미 씨 부부 목소리도 들리고, 사람들이 명랑하게 이야기하는 소리와 웃음소리가 들렸다. 들려오는 그 소리에 좀처럼 잠을 이룰 수 없었다.

나는 친할머니와 고모를 원망했다. 또 '내가 한 일이 정말로 나쁜 일이었나' 하는 생각도 해보았다. 어떻게 해서든지 나쁜 점이 뭔지 알고 싶었다. 그러나 아무리 생각해도 모르겠다. 1시가 넘어서 겨우 잠이 들었다.

다음 날 눈을 떴을 때는 해가 오른 뒤였다. 고씨는 언제나처럼 마당 청소에 바빴고 친할머니는 부엌에서 아침 식사 준비를 하고 있었으며 고모는 평소에 내가 하던 방 청소와 장지문을 비롯한 물건들의 먼지 털기를 하고 있었다.

"지금이 기회다! 지금 나가서 무슨 욕을 듣든지 열심히 일하면 용서해줄 거야. 그래, 지금이야. 이 기회를 놓쳐서는 안 돼!"

그러나 나의 정신과 육체는 완전히 지칠 대로 지쳐 있었다. 몇 번이나 일어나려고 했지만 다시 쓰러졌다.

전전날 밤의 식사를 마지막으로 아무것도 먹지 않았기 때문에 뱃속이 텅 비어서, 아니 텅 비어 있는 것조차 모를 지경이었다. 그렇게 몸이 무거울 수 없었다. 일어나서 일하기는커녕 다리를 드는 것조차 힘들었다.

그러는 사이에 식사도 끝난 듯 미사오 씨와 고모부는 외출하고 친할머니와 고모도 정원의 채소밭에라도 나간 모양이었다. 집 안은 소리 하나 없이 조용했다.

나는 결국 기회를 놓쳐버린 것이다.

"아, 이제 어쩔 수 없어!"

나도 모르게 한숨을 쉬었다. 그리고 '에잇, 어떻게 되든 상관없어'라는 듯이 몸을 운명에 맡겨버렸다.

어느 정도 마음이 편해졌다. 노곤한 몸으로 뒤척이거나 아래쪽으로 차낸 이불 위에 다리를 올리고 천장을 보면서 꿈도 아니고 현실도 아닌 몽롱한 시간을 보냈다.

무슨 소리에 문득 깨어났다. 그것은 그릇이 부딪히는 소리였다. 이제 점심시간인 모양이었다.

'이번에야말로.'

간신히 나는 몸을 일으켰다. 어질어질 현기증을 참아가며 식사 자리로 갔다. 거기서 또다시 이마를 툇마루에 조아리며 진심으로 용서를 빌었다.

"제가 잘못했어요. 앞으로 절대 버릇없는 말 하지 않을게요······."

아니, 진심 정도가 아니었다. 목이 날아가기 직전의 죄인이 있는 힘을 다해 목숨을 구걸하는 듯한 그런 진지함이었다.

아, 그러나 결국 그것도 받아들여지지 않았다. 지성이면 감천이라는데, 친할머니와 고모는 하늘이 아니었다.

"오늘 반찬은 좋구나."

친할머니는 고모에게 딴청을 피우며 말을 걸었다. 내 목소리가 친할머니 귀에는 들리지 않는 것처럼······.

"그렇게 자신이 잘못했다는 것을 알았다면 왜 아침부터 일어나서 열심히 일하지 않은 거지? 너는 아직 진정으로 잘못했다고 생각하지 않는 거야. 그런 마음이라면 나는 할머니에게 널 용서해달라고 말해줄 수 없어……."

그럴 거라고 예상은 했지만 단호하게 뿌리치니 죽고만 싶었다. 나는 맥없이 방으로 돌아와 엎드려서 울었다. 눈물도 제대로 나오지 않았다. 창가 벽에 등을 기댄 채 멍하니 뻗은 다리를 바라보았다.

멍하니 얼빠진 마음 어딘가에서 '죽음'이라는 말이 문득 얼굴을 내밀었다.

'그래. 차라리 죽어버리자……. 그 편이 훨씬 편할지도 몰라.'

그렇게 생각한 순간 나는 완전히 구원받은 기분이 들었다. 아니, 완전히 구원받았다.

나의 몸에도, 정신에도 힘이 넘쳐났다. 기력 없던 팔다리에 힘이 생기면서 어렵지 않게 일어났다. 배고픔 따위는 영원히 잊어버린 것 같기도 했다.

12시 반 급행이 아직 지나가지 않았다. 그래, 그렇게 하자. 눈을 감고 단숨에 뛰어들면 된다. 그러나 이대로는 너무 초라하다. 그런 순간에도 이런 생각을 했다. 그래서 급히 속치마를 갈아입고 방구석에 있는 상자에서 소맷자락이 달린 홑옷과 폭이 좁은 모슬린 오비를 꺼내 작게 접은 다음 보자기에 쌌다.

시간 안에 가려면 서둘러야 했다. 보따리를 겨드랑이 아래 숨기고 나는 뒷문으로 빠져나왔다. 그리고 정신없이 달렸다. 일체를 버리고 죽음이라는 구원을 향해 개운하고 가벼운 마음으로…….

역에 가까운 동쪽 건널목까지 왔다. 시그널이 아직 내려와 있지 않았다. 딱 좋다. 이제 올 것이다.

나는 고모 집의 동쪽 높은 곳에서 보이지 않도록 건널목 근처 제방 그늘에 숨어 옷을 갈아입었다. 입었던 옷은 둘둘 말아서 보따리에 싼 다음, 제방 옆 풀숲 안에 처박아두었다.

제방 그늘에 쪼그리고 앉아 기차를 기다렸다. 그러나 아무리 기다려도 기차는 오지 않았다. 한참만에야 기차가 이미 지나가버린 후라는 것을 알았다. 그 사실을 깨닫자, 나는 당장에라도 누가 쫓아와 잡아갈 것 같은 생각이 들어 제정신이 아니었다.

"어떻게 하지……, 어떻게 하면 좋지……."

맑아진 머리의 움직임은 빨랐다. 나는 즉시 또 다른 방법을 생각해냈다.

'백강으로! 백강으로! 그 끝 모를 푸른 강 밑으로…….'

나는 건널목을 단숨에 건너 달리기 시작했다. 제방과 가로수, 고랑밭 그늘을 따라 뒷길로 1400~1500미터 정도 떨어진, 구시장 쪽에 있는 백강의 깊은 못을 향해 숨도 쉬지 않고 달렸다.

깊은 못 근처에는 다행히 아무도 없었다. 나는 잠깐 한숨을 돌리고 자갈 위에 쓰러졌다. 타버릴 듯이 뜨거웠지만 아무런 느낌도 없었다.

심장의 고동이 진정되자, 나는 일어났다. 자갈을 소매 안에 넣기 시작했다. 소매가 상당히 무거워졌지만, 자칫하면 자갈이 미끄러져 나올 것 같아서 붉은 모슬린 속치마를 벗어 땅 위에 폈다. 그리고 그 위에 돌을 놓고 둘둘 말아 오비처럼 몸통에 묶었다.

준비는 끝났다. 나는 물가의 버드나무를 붙잡고 못 안을 살짝 들여다보았다. 못물은 검푸른 기름처럼 유유했다. 잔물결 하나 일지 않았다. 가만히 들여다보고 있으니 전설에 나오는 용이 그 밑에서 떨어지는 나를 기다리고 있을 것만 같았다.

나는 왠지 무서웠다. 다리가 와들와들 희미하게 떨렸다. 갑자기 머리 위에서 맴맴 유지매미가 울기 시작했다.

나는 다시 주위를 둘러보았다. 이 얼마나 아름다운 자연인가. 다시 귀를 기울여보았다. 이 얼마나 평화롭고 고요한가.

'아, 이제 안녕이다! 산과도, 나무와도, 돌과 꽃과 동물과도, 이 매미 소리와도, 모든 것과……'

그렇게 생각한 순간 갑자기 슬퍼졌다.

친할머니와 고모의 무정함과 냉혹함에서는 벗어날 것이다. 그렇지만, 그렇지만, 세상에는 아직 사랑할 만한 것이 무수히 많다. 아름다운 것도 무수히 많다. 내가 사는 세계도 친할머니와 고모 집만 있는 것은 아니다. 세계는 넓다.

어머니, 아버지, 여동생, 남동생, 고향 친구들, 지금까지의 모든 일이 눈앞에 펼쳐졌다. 그것들도 그립다.

나는 이제 죽는 것이 싫어져서 버드나무에 기댄 채 조용히 생각에 잠겼다. 내가 만약 여기서 죽는다면 친할머니와 고모는 나에 대해 뭐라고 할까. 어머니와 세상 사람들에게 내가 무엇 때문에 죽었다고 말할까. 어떤 거짓말을 해도 나는 이미 "그렇지 않아요"라고 해명할 수가 없다.

그렇게 생각하자 '죽어서는 안 돼'라는 생각이 들었다. 그렇다. 나와 마찬가지로 괴로움을 당하는 사람들과 함께 괴롭히는 사람들에게 복수해야 한다. 그렇다. 죽어서는 안 된다.

나는 다시 강가 자갈 위로 내려갔다. 그리고 소매와 속치마 속에 넣었던 돌을 하나둘 던져버렸다.

16

나이도 어린 불쌍한 소녀가 죽으려고 하다가 죽지 못했다. 어린 풀처럼 자라야 할 나이에 죽음으로 구원을 얻고자 했던 것조차 무섭고 부자연스러운데 복수를 단 하나의 희망으로 삼고 살아가려 하다니, 이 얼마나 무섭고 슬픈 일인가.

나는 죽음의 나라 문턱에 발을 들였다가 급히 발길을 돌렸다. 그리고 이 세상의 지옥인 고모 집으로 돌아왔다. 돌아온 나에게는 한 줄기 희망의 빛이, 우울한 검은빛이 빛나고 있었다. 그리고 지금은 어떤 고통도 참아낼 수 있는 힘을 갖게 되었다.

나는 이제 어린애가 아니었다. 안에 가시를 품은 작은 악마 같은 존재였다. 지식욕이 맹렬한 기세로 내 안에서 솟구쳐 올랐다. 모든 지식에 대한 욕망이 끓어올랐다. 세상 사람들은 어떤 식으로 살아갈까. 세상에서는 대체 어떤 일이 벌어지고 있을까. 인간 세상의 일뿐만이 아니다. 곤충이나 짐승의 세계에, 풀과 나무의 세계에, 별과 달의 세계에, 한마디로 말해 커다란 대자연 속에서는 어떤 일이 벌어지고 있을까. 학교의 교과서에서 가르치는 그런 하찮은 지식이 아니라 진짜 세상에서 일어나는 일을 알고 싶었다.

학교에서는 운동이나 놀이를, 집에서는 일체의 자유를, 그 모든 것을 빼앗겼다. 그러나 내 안에 살아 있는 생명은 그런 일로 위축될 정도로 약하지 않았다. 생명의 의욕! 나는 그것을 발산시킬 곳을 찾아야 했다.

마침 그 무렵이었다.

어느 날 나는 여느 때처럼 무료함을 달래기 위해 아이들이 유쾌하게 놀고 있는 모습을 학교 벽에 기대어 가만히 바라보고 있었다. 그때 한 친구가 오래된 잡지를 가지고 다가왔다.

"그거 뭐야?"

나는 그 친구에게 물었다.

"《소년세계》*야."

친구가 대답했다.

"재미있어?"

"응, 재미있어."

나는 그 잡지가 읽고 싶어서 견딜 수가 없었다.

"잠깐 보여줘……. 빌려주지 않을래?"

"좋아."

나는 잡지를 손에 들고 1페이지부터 읽기 시작했다. 아이들이 놀고 있는 동안, 빨려 들어갈 듯 정신없이 읽었다. 하나부터 열까지 뭐하나 재미없는 것이 없었다. 수업 시간 중에도 이 책이 머릿속에서 떠나지 않았다. 학교가 끝났지만 잠시 교실에 남아 읽었다. 하굣길에도 느릿느릿 소처럼 걸어가면서 읽었다. 집에 가서도 짬을 내서 숨어 읽었다.

물론 친할머니에게 걸려 혼났다. 그렇지만 아무리 해도 단념할 수가 없었다. 그 후부터는 집에서 읽는 것은 그만두었다. 대신 등굣길이나 하

---

* 1895년 11월에 창간하여 1933년 무렵까지 출판한 어린이 종합 잡지다.

곳길, 학교의 놀이 시간, 어떤 때에는 수업 시간에도 몰래 읽었다. 그리고 차례차례 여러 친구들에게 다양한 잡지와 책을 빌려서 읽었다.

곤란한 것은 학교가 끝나고 나서였다. 나는 계속 집에 있어야만 했다. 때문에 누구에게도 아무것도 빌릴 수가 없었다. 책을 읽을 수 있는 방법이 없을까, 나는 그것만을 생각했다. 하루는 이웃집 아이가 매달 구독하고 있던 《부녀계》*인지 뭔지를 가지고 왔다. 나는 그것을 빌렸다. 그리고 지난 것이 있으면 모두 빌려달라고 말했다. 그 후 그 아이는 1년치 정도의 잡지를 가지고 와서 친할머니와 고모 앞에서 내게 빌려주었다.

나는 기뻐서 어쩔 줄 몰라 했지만 친할머니와 고모의 얼굴을 보고 머뭇거렸다. 그러자 친할머니와 고모는 그 아이 앞에서 감사의 인사를 하고 받았고, 이후 나는 당당하게 잡지를 읽을 수 있었다. 한두 권 읽는 동안은 친할머니와 고모도 묵인해주었다. 그러나 이윽고 친할머니가 입을 열었다.

"아무래도 후미 너는 책을 읽으면 그쪽에만 신경 쓰고 집안일은 소홀히 해서 안 되겠다. 아무 말도 안 하니까 우쭐해져서 갈수록 태산이구나. 앞으로는 책을 일체 읽지 마라……."

고모도 물론 동의했다.

"아, 안 되는데. 그럼 낮에는 절대 읽지 않을 테니 밤에는 제발……."

나는 울상이 되었고 어리광부리듯 탄원해보았다. 그러나 친할머니와 집안사람들은 들어주지 않았다. 그리고 읽다 만 잡지를 빼앗아 빌려준 아이 앞에서 그럴 듯하게 말을 꾸며 돌려주었다.

---

* 1910년 3월 창간된 부인 잡지다.

그 이후 내 눈에 들어오는 읽을거리라고는 단지 신문뿐이었다. 그러나 그 신문조차도 허락되지 않았다.

"아이는 신문 같은 거 읽는 거 아니야."

이것이 친할머니와 집안사람들의 '고상한 의견'이었다.

나는 그저 친할머니가 더듬더듬 읽는 소리를 바탕으로 그 내용을 알아내려고 애를 썼다. 때로는 살짝 곁눈으로 세 면의 표제만을 읽었다. 그리고 또 아침저녁 청소 시간을 이용하여 오른손으로 장지문이나 선반의 먼지를 털면서 왼손으로 신문을 들고 띄엄띄엄 연재소설 등을 읽었다. 재미있을 거 같은 기사가 있으면 살짝 변소로 가지고 가서 읽었다.

고모부의 빈약한 책 상자에는 몇 권의 책이 있었다. 나는 그것을 읽고 싶었지만 생각뿐 기회가 없었다. 그런데 어느 날 고모 부부가 여행을 떠나 집에 없었다. 나는 이때다 싶어 그중에서 한 권을 꺼냈다. 안데르센 동화책이었다. 나는 동화를 딱히 좋아하지 않았다. 그러나 고모부의 책장에는 그런 종류의 책밖에 없어서 할 수 없이 그 책을 선택했다. 꺼내 오긴 했지만 친할머니에게 들키지 않게 읽는 것은 쉬운 일이 아니었다. 첫날과 둘째 날은 무사했지만 셋째 날 오후, 짬을 내어 여느 때처럼 뒷밭 구석 변소 옆에서 정신없이 읽고 있었다. 친할머니가 언제나처럼 발소리를 죽이고 온 모양이었다. 나는 전혀 알아채지 못했다.

"후미, 잠깐 이 나뭇가지를 잘라다오."

친할머니가 날카로운 목소리로 나를 불렀다. 놀란 나는 급히 책을 품 안에 넣었다. 그러나 4×6판* 400페이지 가까이 되는 책이었기 때문에

---

* 단행본 도서의 책 크기 중 하나로 127×188mm이다.

가슴이 볼썽사납게 튀어나와 있었다. 친할머니는 재빨리 그것을 발견하고는 내 품속에서 책을 낚아챘다. 그리고 "이 도둑년!"이라고 나를 도둑 취급을 하며 말을 이었다.

"아버지가 소중히 여기는 책을 훔쳐내다니, 넌 대체 어떻게 된 애냐. 혹시 더럽히거나 찢거나 하면 무슨 말로 용서를 구할 작정이냐? 무서운 아이구나, 너는……."

친할머니와 집안사람들에게 책은 읽는 것이 아니라 방에 장식해두는 것이었다. 친할머니는 그것을 가지고 방으로 돌아갔다. 그리고 허둥지둥 고모부의 빈약한 책 상자를 벽장에 넣고 자물쇠를 채웠다.

결국 나의 마지막 친구이자 세계인 모든 서적으로부터 멀어져버렸다. 학교를 졸업하고 고모 집을 떠나기까지 만 2년 동안 나는 그 무엇도 읽지 못했다. 내가 읽을 수 있는 거라고는 단지 내 방 벽에 발린 헌 신문지뿐이었다. 나는 날마다 그것을 읽었다. 줄줄 외울 때까지 읽었다. 친할머니와 집안사람들은 아이는 신문 같은 것을 읽으면 안 된다는 고상한 규칙을 만들어놓았다. 그런데 내 방, 여기에 대해 나중에 다시 얘기하겠지만 어쨌든 내 방에 헌 신문지를 바르다니, 참으로 우스운 일이 아닐 수 없다. 그러나 이유는 간단했다. 식모 방 따위에 돈을 들이는 것은 어리석은 짓이었다. 헌 신문지를 바르는 것으로 충분했다. 단지 그뿐이었다. 친할머니와 집안사람들에게는 어떤 '고상한 규칙'보다 자신들의 이익이 먼저였다.

17

이런 상황 속에서 나는 하여간 열네 살이 되던 봄, 고등소학교만은 졸업했다.

고슈로 나를 데리러 왔을 때 약속한 여자 대학은커녕 여학교조차 보내주지 않았다. 이것이 내가 받은 최대의 교육이었다. 아니, 고등과조차도 수업료가 진조소학교*와 마찬가지로 40전이 아니었다면, 그리고 "고등소학교에도 보내지 않다니"라는 말로 체면이 깎일 걱정만 없었다면 훨씬 이전에 학교를 그만두어야 했을 것이다.

졸업 후 생활은 견디기 어려웠다. 학교에 다니던 때는 그나마 한나절은 친할머니의 눈에서 벗어날 수 있었다. 그러나 이제는 아침부터 밤까지 모든 생활이 심술궂은 친할머니의 감시 속에 있었다. 지금 생각해보면 여기 감옥에 있는 것보다 훨씬 더 괴로웠다.

학교를 졸업하고 즉시, 그러니까 그해 여름이었을 것이다. 친할머니는 집 뒤의 헛간에 소나무인지 뭔지로 마루를 만들고 그 위에 2~3장의 헌 다다미를 깔더니, 그것을 내 방이라고 주었다. 그 방을 친할머니와 집안사람들은 식모 방이라고 불렀다. 나는 마침내 진정한 식모로 전락한 거였다.

식모 방은 친할머니 방과 마주 보고 있었다. 벽 한쪽은 장작 창고였고, 식모 방은 헛간의 일부였다. 다다미 3장 정도의 넓이였지만 혼자 살기에는 충분했다. 그러나 원래 헛간이었기 때문에 식모 방이 된 후에도 여

---

* 구제도의 소학교로 초등보통교육을 실시한 의무교육 학교이다. 만 여섯 살에 입학을 했고, 수업 연한은 4년이다. 1907년에 6년으로 바뀌었다.

전히 반은 헛간으로 사용했다. 입구에는 양동이와 채소 절임통, 항아리 등이 어지러이 놓여 있었고, 선반에는 씻어놓은 밥통이나 상자, 신문지로 싼 여러 가지 물건이 가득했다. 내 물건은 옷을 넣는 상자와 더럽고 빛바랜 이불 정도로 책상도 없거니와 방석조차도 없었다. 어둡고 눅눅하고 곰팡내 나며 음침한 방이었다. 창이라고 해봐야 친할머니 방 쪽으로 난 벽에 장지 반 장 정도 크기의 구멍이 뚫려 있을 뿐이었다. 그런 방에서 나는 밤낮 자질구레한 물건들과 함께 살아야만 했다. 안채에 일이 없을 때는 언제나 그 음침한 방에서 혼자 옷의 솔기 뜯기 같은 지시받은 일을 하며 지냈다.

그렇지만 나는 결코 그 헛간의 음침함이 싫지 않았다. 나는 가난과 고통에 이미 익숙했다. 단지 그 식모 방에서 무의미하게 지내야 한다는 것에 초조함을 느꼈다.

같이 졸업한 친구 중에는 상급 학교에 진학한 아이도 있었고, 직업을 구해 자활의 길을 가려는 아이도 있었다. 그 외의 아이들도 역시 자신의 집에서 열심히 미래를 준비했다. 그런데 나는 식모 방에 틀어박혀 고모 집의 시시한 일을 할 뿐, 뭐하나 앞으로 살아가는 데 필요한 것을 배우지 못했다. 특별히 꽃꽂이나 다도, 무용 등 기예를 배우고 싶은 생각은 없었다. 그렇지만 하다못해 보통 가정에서 필요한 재봉이나 예의범절 정도는 배우고 싶었다. 무엇보다 책을 읽고 싶었다. 그러나 그 모든 나의 바람은 무시당하고 동시에 금지되었다. 가끔 뭔가 바느질을 해야 할 때가 있었지만 그것은 그저 고모 집에 필요한 것을 그때그때 꿰매는 것으로 재봉 연습은 전혀 되지 않았다. 학교에 좋은 선생님이 없어서 재봉을 거의 배우지 못한 것도 있었다. 그리고 요리도 내게 시키는 거라고는 기껏해야 밥을 하고 된장국을 끓이는 정도였다. 결국 나는 고모 집의 그때 그때 생기는 일을 처리하는 데 모든 시간을 보냈다. 친할머니와 집안사람들은 여자로서 배워야 하는 것에 대해 아무것도 가르쳐주지 않았다. 친할머니와 고모 둘 다 친절한 마음이라고는 눈곱만큼도 없었다.

젊은 생명은 쑥쑥 자라고 싶어 한다. 그러나 아무도 도와주는 사람이 없었다. 나는 달랠 길 없는 초조함을 느꼈다. 이대로 곰팡내 나는 숨 막히는 공기 속에서, 이 식모 방에서 평생을 지내야 하는 걸까. 나는 이런 불안에 자주 사로잡혔다. 그리고 결국 신경쇠약까지 걸린 듯했다.

아마도 나는 불면증에 걸린 것이리라. 일을 하면 머리가 멍하고 몸이 무거워져서 앉은 채로 졸기까지 했는데 막상 잠자리에 들면 좀처럼 잠을 이루지 못했다. 1시, 2시, 때로는 3시 무렵까지도 잠들지 못하는 날이 많았다. 이리저리 뒤척이며 괴로워했다. 자려고 하면 할수록 정신이 말똥말똥해지고 결국은 신경이 곤두서는 것을 느꼈다. 때로는 밤새 괴로워하다가 한숨도 자지 못하는 날도 있었다. 그런 다음 날은 몸이 나른하고 기분이 처졌으며 게다가 머리까지 아파왔다. 막연한 불안이 늘 내게 덮쳐왔다. 어두운 생활이 한층 더 어둡게 느껴졌다.

18

생각해보면 조선에 간 이후 나는 내내 학대를 받았다. 조선에서 지내는 동안 단 한 번도 친할머니와 집안사람들에게 사랑받은 적이 없었다. 지금까지 적은 내 기록을 통해 이미 알았겠지만, 사실 여기 적은 것은 내가 받은 학대의 극히 일부분에 지나지 않는다. 게다가 가장 대표적이고 가장 잔혹한 학대의 기록이 아니다. 나는 일부러 그것을 쓰지 않았다. 왜냐하면 내가 거짓말을 한다고밖에 생각하지 않을 테니까. "이제 지겨워. 다 네 비뚤어지고 뒤틀린 성격 탓이야. 아무리 못됐다고 해도 설마 네 할머니가 그 정도는 아니겠지"라는 말을 들을 테니까.

많이 에누리하여 쓴 이 글을 읽을 때도 그렇게 생각하는 사람이 많을 것이다. 그리고 나도 내 성격이 비뚤어지지 않았다고, 뒤틀리지 않았다고 말하지 않겠다. 사실 나는 성격이 비뚤어지고 또 뒤틀려 있었다. 그러나 왜 내가 그렇게 비뚤어져버린 것일까?

어린 시절부터 나는 꽤 말괄량이였다. 남자아이들과 어울려 노는 섯을 좋아했다. 지금도 나는 어둡거나 우울하지도, 수줍음도 별로 없다. 그런데 조선에서 살던 7년은 전혀 그 반대였다.

사랑받지 못하고 구박받았기 때문에 비뚤어진 것이다. 일체의 자유를 빼앗기고 억눌렸기에 뒤틀려버린 것이다. 학교에서는 그렇지 않았지만 집에 있을 때는 뭐하나를 말할 때도 조심하고 또 조심했다. 지금은 이렇게 뭐든지 거침없이 말하지만 그 당시에는 결코 그럴 수 없었다. 나는 우선 친할머니와 고모의 기분을 살폈다. 혹여 기분을 상하게 할까 걱정하면서 말했다. 아니, 단지 말뿐만이 아니라 일체의 행동이 그랬다. 그리고 그 때문에 나는 어느덧 거짓말을 하고 표리부동한 일도 하다가 결국에는 도둑질까지 하게 되었다.《참회록》에서 루소가 고백하는 것처럼 나도 역시 심하게 학대받은 끝에 비뚤어지고 비뚤어져서, 결국은 도둑질까지 하게 된 것이다.

도둑질이 좋은지 나쁜지, 지금 나는 그런 것은 생각하지 않겠다. 그렇지만 지금의 나는 철저하게 진실과 솔직, 정의를 구하려 노력하며 다른 사람의 물건을 훔치는 일을 철저히 배척하는 것은 물론, 절대 도둑질 따위는 하지 않는다. 조선에서 도쿄로 돌아온 후 아무리 곤란해도 진실로 다른 사람의 물건 중 지푸라기 하나 몰래 훔친 적이 없다. 그런 내가 고모 집에서 도둑질까지 하게 된 것이다.

어째서 내가 그런 비열한 성격을 갖게 된 것일까? 대강 그 사정을 이야기하겠다.

'아이에게 돈을 주고 물건을 사오게 하는 것은 천박한 가난뱅이나 하는 짓으로 고상한 부자 계급이 할 짓이 아니다.' 이것이 친할머니와 집안사람들의 처세 철학이자 긍지였다. 그 때문에 나는 내가 원하는 것을 사기 위해 돈을 받아본 적이 없었다. 보통은 집안사람 중 누군가가 사오거나 그것도 아니면 '외상'으로 가져왔다.

그러나 이것은 내가 내 물건을 살 때이고 고모 집에서 필요한 것을 살 때는 그렇지 않았다. 특히 내가 학교를 졸업하고 식모 방에 살기 시작한 후부터는 더욱 그랬다. 친할머니는 나에게 자주 돈을 주고 물건을 사오게 했다. '장'이 서는 날은 반드시 그랬다.

조선의 시골에서는 보통 대여섯 번 장이 섰다. 부강은 음력 16일에 장이 섰다. 전에는 시장이 백강 근처에 있었는데 조선에서도 손꼽힐 정도로 커다란 장이 섰다고 한다. 그러나 철도가 깔린 후 사람이 많이 줄어들자 마을 중앙으로 장소를 옮겼고, 이제는 기껏해야 약 15킬로미터 이내에 있는 사람들만 모일 뿐이었다. 그렇다고는 해도 1,000명이나 2,000명 정도는 모였다. 그런 사람들을 상대로 정육점, 음식점, 포목점, 과자 가게, 약방, 채소 가게는 물론이고 그 외 각양각색의 물건들을 사방

팔방에서 가지고 와서 가게를 냈다. 일본인 소상인들도 이런 좋은 기회를 놓칠 리가 없었고 주민들 역시 시장의 값싼 물건을 사기 위해 모여들었다.

고상한 집안인 체하는 고모 집에서는 그런 곳에 가게를 내는 꼴사나운 짓은 하지 않았다. 또한 '비천한 신분의 아낙네'들처럼 자신이 직접 시장에 물건을 사러 가는 일조차 수치로 여겼다. 그렇지만 천성이 다른 사람들보다 인색했기 때문에 어떻게 해서라도 그 시장의 저렴한 물건을 사올 필요가 있었다. 그래서 내가 그 역할을 담당했다. 그리고 이것이 내가 도둑질을 하게 된 이유였다.

열네 살 때인가의 연말이었다. 그 무렵은 생선 가격이 비쌌기 때문에 고모 집에서는 생선 대신 달걀을 설날 음식 장만하는 데 많이 사용했다. 달걀 시세는 보통 10개가 10전 내외였다. 그래서 친할머니는 장이 설 때마다 달걀을 사오라며 나를 장에 보냈다. 갈 때마다 내게 "흥정을 잘해서 가능한 한 싸게 사와. 비싸게 사오면 안 돼"라고 주의를 주었다. 그러나 아이인 내가 그런 흥정을 잘할 리가 없었다. 무엇보다 물건이 비싼지 싼지조차 알지 못했다.

때로 나도 싸게 사올 때가 있었다. 그러면 친할머니는 "응, 이건 저렴하네"라며 기뻐했지만, 대부분의 경우 "조금 비싸구나"라고 언짢은 표정으로 꾸짖었다.

그날도 나는 사오라는 만큼 달걀을 사왔다. 그러자 할머니는 그것을 자신의 손바닥에 올려놓고 눈대중으로 재보며 이렇게 말했다.

"달걀이 너무 작구나. 그러니까 이건 다른 때보다 비싸다는 거지. 방금 미우라 씨 아내가 시장에서 돌아오더니, 오늘은 달걀이 엄청 싸다고

148

했는데……. 틀림없이 붕어빵이라도 사먹은 게지. 가난뱅이 애들과 함께 말이야……."

이 얼마나 무자비한 의심이란 말인가. 나는 깎을 만큼 깎았다. 상대가 답답해할 정도로 값을 깎았다. 내가 민망할 정도였다. 게다가 달걀을 사고 난 후에도 비싸게 산 것은 아닌가 싶어 다른 사람에게 가격을 물어보기도 하고, 집으로 돌아오는 길에는 볏짚 꾸러미에서 달걀을 꺼내 크기를 재보는 등 친할머니의 마음에 들려고 열심히 노력했다. 그런데도, 그런데도 역시 나는 비싸게 사온 것인가. 나쁜 짓을 하지 않았는데도 왜 나는 의심을 받아야만 할까.

그리고 나는 어쨌든 아직 아이다. 사실, 많은 경우 무엇을 사도 어른처럼 싸게 살 수는 없었다.

나는 그것이 괴로웠다. 그래서 '어떻게 하면 친할머니를 기쁘게 할 수 있을까?'라고 여러 가지를 생각했다. 생각 끝에 하나의 방법이, 다시 말하면 나를 도둑질하게 만든 유일한 동기가 떠올랐다.

시장에 가는 날이면 나는 우선 집안사람들의 눈을 피해 벽장의 용돈함에서 동화 7, 8개를 훔쳐냈다. 그리고 그것을 오비 사이에 몰래 넣었다가 시장에서 돌아오면 남은 돈을 더해 친할머니 앞에 내놓았다.

그런 때에는 친할머니가 웃어 보였다. 기뻐하지는 않아도 화를 내지도 않았다. 그래서 한두 달은 이 방법으로 친할머니의 환심을 샀다. 물론 내심 몹시 불안했다. 언제 발각될지 모른다는 생각에 벌벌 떨었다. 그리고 형편이 나쁜 날도 있었다. 즉, 용돈함에 은화만 있을 뿐 동화가 없을 때가 가끔 있었다. 은화를 가져가면 용돈이 줄어든 것이 눈에 띄기 때문에 들킬 위험이 한층 컸다.

더 좋은 방법이 없을까 하고 나는 다시 생각하기 시작했다. 그리고 또 계책 하나를 생각해냈다.

아마도 열다섯 살 겨울이었을 것이다. 장이 서는 아침, 뭔가 일을 핑계로 마당의 쌀 창고에 들어갔다. 창고의 왼쪽에는 쌀가마니가 높다랗게 쌓여 있었고 오른쪽에는 내 가슴 정도 높이의 현미 상자가 5~6개 줄지어 있었다. 나는 입구에서 가장 가까운 상자의 뚜껑을 열고 창으로 새어 들어오는 빛으로 쌀을 보았다. 평평하게 고른 쌀 위에 손가락으로 '목숨수'자인 '壽'가 쓰여 있었다. 하인 고씨가 가끔 쌀 창고에 들어오는데, 혹시라도 쌀을 훔쳐갈까 봐 친할머니가 해둔 방지책이었다. 나는 그것을 진부터 알고 있었다.

나는 쌀 위의 글씨를 가만히 바라보았다. 그리고 친할머니가 쓴 글씨를 흉내 내어 손끝으로 써보았다. 흉내 내서 쓸 수 있을 것 같은 자신감이 붙자, 나는 재빨리 쌀을 다섯 되들이 되로 퍼서 자루에 담았다. 그리고 자루를 쌀가마 뒤에 숨겨두고 쌀을 원래대로 평평하게 한 다음, 미리 연습해둔 '壽'를 친할머니의 필적을 흉내 내서 썼다.

마침내 시장에 갈 때가 왔다. 주위에 사람이 없는 것을 확인한 나는 숨겨둔 쌀자루를 뒷문으로 가지고 나왔다. 쌀자루는 물론 옷 아래 숨겨서 가지고 나왔다. 그리고 집안사람들에게 들키지 않도록 시장으로 향하는 조선인들 틈에 끼어 몰래몰래 시장의 인파 속으로 숨어들어갔다.

시장은 여느 때처럼 떠들썩했다. 사람들은 가게를 이리저리 돌아다녔다. 상인들은 평소에 팔던 물건을 평소와 같은 자리에서 팔고 있었다. 나는 이미 어디서 무엇을 파는지 대충 알고 있었다. 어디서 무엇이 거래되는지도 알고 있었다. 그러나 내가 가져온 쌀은 어디서 처분하면 좋을까?

빨리 돈으로 바꾸고 싶었다. 그렇지 않으면 아는 사람에게 의심받을 것이다. 고모부가 가끔 시장 쪽으로 오는 경우도 있는데, 고모부에게 들키기라도 하면 큰일이었다. 쌀을 거래하는 곳으로 가지고 갈까? 그렇지만 양이 너무 적었다. 무엇보다 그런 곳에 가서 거래할 정도의 용기가 없었다. 가끔 이웃에 사는 사람을 만났다. 그러면 그 사람들이 모두 고모 집의 첩자인 것만 같았다. 나는 족제비처럼 완전히 무서움에 떨고 있었다. '차라리 하수구에 내버릴까'라고까지 생각했다.

우왕좌왕하는 사이 시간은 빠르게 흘러갔다. 이미 4시가 다 됐을 것 같았다. 해는 점점 기울었다. 빨리 돌아가야만 했다.

"뭘 한 거야. 또 뭔가 사먹은 거겠지."

친할머니는 이렇게 말하며 또 혼낼 것이다.

나는 마을의 아줌마들이 물물교환처럼 물건을 가지고 와서 돈을 바꾸고, 그 돈으로 필요한 것을 사는 것을 알고 있었다. 나도 그렇게 하면 되는 것이다. 그러나 좀처럼 그렇게 할 수가 없었다. 첫째는 나에게도 역시 체면이 있기 때문에, 또 하나는 그런 모습을 누군가 아는 사람이 보고 친할머니에게 이르면 어쩌나 걱정이 되었기 때문에.

그러나 더는 시간이 없었다. 도저히 벗어날 수 없는 위기에 봉착했다. 그래서 나는 있는 대로 용기를 내서 마을 아줌마들이 아무렇지도 않게 하는 일을 해보기로 결심했다.

문득 정신이 들어보니, 아는 조선 아줌마가 하는 음식점 앞에 서 있었다. '여기다! 여기에 들어가자!'라고 생각했다. 그러나 손님이 아직 남아 있었다. 빨리 돌아가주면 좋을 텐데. 손님이 더 오지 않으면 좋겠어. 그렇게 마음속으로 기원하며 나는 그 주변을 두세 번 왔다 갔다 했다. 겨우 손님이 없는 틈을 타서 음식점 안으로 들어갔다. 귀까지 빨개진 채, 쑥스러움과 자책을 가까스로 누르며 머뭇머뭇 기어들어가는 목소리로 부탁했다.

"저기…… 아줌마, 쌀을 사주지 않겠어요. 좋은 쌀이에요……. 얼마를 주셔도 좋아요……."

아줌마는 놀란 표정으로 나를 보았다. 그 얼굴을 보자 나는 다시 무서워졌다. 거절당하면 어떻게 하지. 친할머니에게 이르면 어떻게 하지. 나는 구멍이 있으면 들어가고 싶은 심정이었다.

그러나 아줌마가 내게 구원의 손길을 내밀었다. 아줌마가 대답했다.

"어떤 쌀인지 보여줄래요."

아, 살았다. 나는 '후유' 하며 가슴을 쓸어내렸다. 그리고 어떻게 할까 고민한 끝에 근처 정육점 옆에 숨겨둔 쌀자루를 가지고 와서 아줌마에게 보여주었다.

아줌마는 자루 입구를 열어 쌀을 한 줌 집어 들었다.

"과연 좋은 쌀이네요. 얼마나 있어요?"

"다섯 되요."

"분명 다섯 되네요. 좋아요."

쌀은 분명 다섯 되 이상은 됐다. 자루에 넣을 때 충분히 다섯 되를 넣었고, 그 위에 조금 더 넣었다. 그러나 지금은 아무래도 상관없었다. 빨리 거래를 끝내고 얼마라도 좋으니 돈으로 바꾸고 싶었다. 나는 대답했다.

"네, 다섯 되는 충분히 돼요……. 그런데 혹시 곤란하시면 돈은 얼마라도 좋아요."

겨우 아줌마는 쌀을 받아주었다. 쌀값을 받은 나는 돈을 세어보지도 않고 손에 쥔 채로 가게를 나왔다. 그리고 다시 인파 속으로 몸을 숨겼다.

이 얼마나 한심한 일인가. 그러나 나는 이렇게 두려움에 떨면서도 그 뒤에도 몇 번이나 이 일을 반복했다. 비싸게 산 부분을 메워 친할머니의 비위를 맞추기 위해서……. 점차 뻔뻔스러워져가는 나의 마음에 두려움을 느끼면서…….

'그때 만약 그 일을 들켰다면…….'

나는 지금도 가끔 그때의 일을 생각하면 소름이 끼친다. 그렇지만 이상하게도 들킨 후의 결과가 무섭기는 하지만 내가 나쁜 짓을 했다고는 생각하지 않았다. 내가 그런 짓을 한 것은 나를 그렇게 하도록 만들었기 때문이다. 그래서 지금도 나 자신에게 책임을 지워서는 안 된다고 생각하고 있다. 오히려 나는, 나에게 그런 오점을 남기게 만든, 만들었다고 여겨지는 친할머니의 인색함과 매정함에 무한한 분노를 느낀다.

19

조선에서의 생활을 너무도 길게 쓴 것이 아닌가 하는 생각이 든다. 그러나 적어도 이 정도는 적어야만 했다. 나라는 존재가 조선에 있었던 햇수로 7년 동안, 어째서 그렇게 비뚤어지고 뒤틀린 존재가 되었는지 그 이유를 알아주었으면 하는 마음에…….

어찌되었든 드디어 지옥 같던 고모 집과 작별을 고할 때가 왔다. 나를 못살게 굴고 들볶고 모든 자유와 독립을 빼앗았으며 나의 좋은 점을 닥치는 대로 파괴하고 나의 성장을 막고 나를 비뚤어지고 뒤틀리게 하고 어그러지게 하고, 마지막에는 도둑질까지 하게 만든 친할머니와 그 집 안사람들의 손에서 벗어날 때가…….

열여섯 살의 봄이 나를 찾아올 무렵이었다. 어느 날 친할머니는 나를 자신의 방으로 불러 이렇게 말했다.

"있잖아, 후미, 내가 내일 일이 좀 있어서 대전까지 가려는 데 말이야, 가는 김에 네 외출복을 사오려고 하는데, 어때, 저금한 돈을 주지 않으련? 너는 돈이 특별히 필요 없으니 그저 가지고 있어봤자 소용없잖아. 억지로 그러라는 말은 아니지만 그렇게 하는 것이 좋지 않을까, 너도 이제 외출복 하나쯤은 있어야 할 나이가 됐으니까……."

어린 시절부터 좋은 옷을 입고 싶다는 욕망을 그다지 가져본 적이 없었지만, 외출복을 사다 준다는 말에 조금 기분이 좋아졌다. 그렇지만 내 돈으로 사라는 말에는 어이가 없어서 말도 나오지 않았다. 아무리 돈이 필요 없는 어린아이라고 해도 자신의 돈으로 옷을 사야 하는 것인가. 할머니와 집안사람들이 사주는 것이 당연하다는 정도는 나도 알고 있었다. 왜냐하면 친할머니는 처음에 비단옷과 오비로 나를 꼬여내왔으면서도 어느 틈에 그것을 사다코에게 줘버렸다. 그리고 나에게는 햇수로 7년 동안 옷다운 옷 하나 마련해준 적이 없었고, 겨우 1엔 50전인지 2엔인지 하는 소메가스리*로 만든 옷을 외출복이라고 입혀준 것이 다였다. 게다가 비록 학교는 보내줬지만 학교에서 돌아오면 쉴 새 없이 일을 시켰고, 학교를 졸업한 후 만 2년 동안은 완전히 식모로 부리면서도 단 한 푼도 준 적이 없는 친할머니와 집안사람들이 아닌가? 그런데도 나이가

---

* 직조한 후에 물을 들여서 가스리 무늬를 넣은 천이다.

들어 메이센* 한 장 살 때가 되자, 깨뜨린 냄빗값을 배상한 후 남은 돈을 이제 모두 내놓으라고 하는 것이다. 아무리 인색한 사람들이라고는 하지만 인정이 없어도 너무 없었다.

"외출복 같은 거 필요 없어요."

정말이지 이렇게 말하고 싶었다. 그러나 또 그런 말을 해서 친할머니의 심기를 건드리면 무슨 일이 일어날지 몰라서 그렇게 말하지 못했다. 그저 친할머니가 말한 대로 하기로 하고 즉시 그 자리에서 저금 전부를 찾으러 나갔다. 저금은 변상하고 남은 돈 6엔과 그 후 어머니가 용돈으로 보내준 4엔을 더해 도합 10엔 정도 있었다.

다음 날, 친할머니는 약속대로 메이센을 사왔다. 검은 바탕에 서른예닐곱의 여자가 입을 것 같은 격자무늬의 영 촌스러운 옷이었다. 그것을 보고 나는 실망했다. 그러나 겉으로는 "감사합니다"라고 감사의 인사를 해야만 했다.

이윽고 이것을 옷으로 만들 단계가 되자 안쪽에 대는 천도 필요하고 안감도 필요했는데, 안쪽에 대는 천은 고모가 가지고 있던 오래된 쥐색 천 조각으로 대주고 소매의 검은색 공단도 마침 있던 것으로 대주었다. 붉은색의 안감만 내 남은 돈으로 샀다.

그러나 그것은 아무래도 상관없었다. 알 수 없는 것은 왜 친할머니가 갑자기 그런 일을 하느냐였다. 그러나 그 이유는 얼마 안 가서 분명히 알게 되었다.

4월 3일인지 4일쯤이었다. 어느 날 내가 심부름에서 돌아오자, 내 방

---

* 질기고 값이 싼 비단으로 옷감이나 이불감으로 사용한다.

선반에 오래된 고리짝이 하나 놓여 있었다. 살짝 내려서 보니 안은 텅 비어 있었다. 뚫어진 곳은 안쪽에서 옷감의 포장지를 붙여 얇은 흰 실로 꿰매놓았다.

'뭐지? 이걸로 어떻게 할 생각일까. 혹시 나를⋯⋯.'

나는 그것을 보자마자 이렇게 생각했다.

그런 생각이 들자, 왠지 펄쩍 뛸 듯이 기분이 가벼워졌다. 그러나 이윽고 불안한 기분도 들었다. '마침내 해고당하는 건가'라는 일종의 상처받은 자부심이 그런 생각을 하게 했다.

그러나 나는 그 고리짝에 대해서 아무것도 묻지 않았다. 전혀 눈치채지 못한 것처럼 평소대로 일했다.

고모부가 나에게 말한 것은 그 후 4, 5일이 지난 11일 아침이었다.

"너도 오랫동안 우리 집에 있었구나. 이제 학교도 고등과를 졸업했고 얼마 안 있으면 결혼도 해야 할 나이니까 야마나시에 돌아가는 게 좋겠다. 마침 할머니가 내일 히로시마에 가시니까 데려다달라고 하자. 그럼 준비하도록 해라."

그제야 나는 모든 것을 이해했다. 나는 이미 결혼할 나이가 된 것이다. 계속 그 집에 두면 나를 시집보내느라 불필요한 돈을 써야 한다. 돌려보낸다면 지금이 딱 좋다. 마침 친할머니가 히로시마에 일이 있어서 가니 함께 데려가주지, 뭐. 이런 계산에서 나를 고향으로 돌려보내기로 작년 말부터 정해놓은 게 틀림없었다.

그러나 고향으로 돌려보낸다고 해도 지나치게 초라한 차림으로 돌려보낼 수는 없었을 것이다. 외갓집 사람들이나 마을 사람들, 우리 어머니가 "그때 약속했던 옷은 어떻게 된 거니?", "학교는 어떻게 한 거니?" 하며 수상히 여겼다가는 이쪽의 불친절이 드러날 테니까 말이다. 때문에 하다못해 메이센 하나라도 입혀서 돌려보내야만 했고, 그런 생각 때문에 친할머니가 내 돈으로 내 옷을 산 게 틀림없었다.

식탁을 치우자, 즉시 친할머니가 내 방에서 고리짝과 옷을 가져오라고 명령했다. 내가 가져오자, 내게는 일체 손대지 못하게 한 후 친할머니와 고모 둘이서 내 옷을 하나하나 펴봤다. 마치 감옥의 차입물을 검사하듯이 소맷자락을 꼼꼼히 살펴보고 옷깃을 훑었다. 그동안 할머니가 처음에 약속한 것과는 전혀 다르게 나를 대우했다는 사실을 감추기 위해서일 것이다. 지나치게 낡은 쓰쓰소데 등은 빼버리고 입을 수 있는 것만 넣었다. 입을 수 있는 옷이라고 해봐야 색도 바래고 누덕누덕 기운 허름한 메이센 겹옷이나 신메이센 하오리 등이 가장 좋은 옷의 부류에 들어갔다. 내가 가장 좋아했던 모슬린 홑옷은 어느 틈에 사다코에게 보내서 없어졌지만 그 대신 무늬가 마음에 안 든다며 내가 있던 7년 동안 단 한 번도 입은 적이 없는 고모의 이세사키 메이센* 홑옷을 하나 넣어주었다. 고모는 그것을 상당한 은혜라도 베푼 양 "엄마, 자신이 아이를 낳지 않는다는 건 생각해보면 참 손해야. 이렇게 배려하면서 돈을 쓰니까……"라고 친할머니에게 말했다.

친할머니도 친할머니대로 내가 예전에 입고 온, 이제는 전혀 입지 못하는 옷을 고리짝에 넣으면서, "야, 후미, 네가 예전에 입고 온 모슬린 하오리는 스소요케*로 고쳐서 네가 보는 앞에서 고리짝에 넣었다. 또 하나 있던 하얀색 홑옷은 네가 너무 입어 해져서 지금은 없어"라고 설명한

---

* 이세사키 지방에서 만든 메이센이다.

후 "그리고 말해두겠는데, 집에 돌아가서 전에 조선 할머니가 좋은 옷을 많이 가져온 것은 널 속이려고 그런 거라고 말하면 안 돼. 할머니 말 잘 들어! 네 마음가짐이 좋았다면 그건 모두 네 것이었어. 근데 네 마음가짐이 좋지 않기 때문에 못 받은 거야. 자업자득이라는 거지. 알겠니?" 라며 내가 집에 돌아가서 호소할 것 같은 불평을 하지 못하도록 미리 예방을 했다.

물론 나는 "네"라고 대답했다. 그러나 마음속으로는 '나는 이제 아이가 아니에요'라고 항변했다.

다음 날, 나는 친할머니와 이른 점심을 먹고 집을 나섰다. 친할머니는 사다코를 여학교에 보내는 문제로 상담도 해야 하고, 친할머니의 본가에 해당하는 미사오 씨의 친정집 장남 결혼식에 초대를 받았기 때문에 히로시마에 가기로 전부터 정해져 있었다.

집을 떠날 때, 고모부가 나에게 용돈이라며 딱 5엔을 주었다. 그것이 이와시타 집안이 나에게 준 전부였다. 역까지 고모가 배웅해주었다. 고 씨도 짐을 들고 따라와서 배웅해주었다.

기다릴 틈도 없이 기차가 도착했다. 나와 친할머니는 기차에 올랐다.

햇수로 7년이나 산 땅과 헤어지는데도 눈물 한 방울 흘리지 않았다. 슬프게도 마음속으로는 이렇게 기도하고 있었다.

'오, 기차여! 7년 전 너는 나를 속이고 데리고 왔지. 그리고 나를 괴로움과 시련의 가운데 홀로 남겨둔 채 가버렸어. 그러는 동안 너는 몇백 몇천 번 내 옆을 지나갔는지 모른다. 그러나 언제나 곁눈질로 힐끗 볼

---

* 여자가 속치마 위에 겹쳐 입는 것으로, 옷자락을 올리고 걸을 때 속치마가 드러나지 않게 하려고 입는다.

뿐, 말없이 지나가버렸지. 하지만 이번에야말로 너는 나를 맞으러 왔구나! 너는 나를 잊지 않았던 거야. 오, 어디든 데려다다오! 어서어서 어디든지. 빨리 이 땅에서 다른 곳으로 데려다다오!'

마을로 돌아오다

고향 역에 도착한 것은 그로부터 3일째 되는 저녁이었다. 아버지가 전에 머문 적이 있는 엔코지에서 치요 씨가 마중을 나와주었다.

나보다 두세 살 위인 치요 씨는 나를 발견하고 재빨리 달려와서 내 손을 굳게 잡았다.

"어머, 후미, 잘 돌아왔어."

"고마워. 마침내 돌아왔어."

이렇게 말하고 우리들은 서로 손을 맞잡은 채 잠시 말없이 서 있었다.

나는 아무 말도 하고 싶지 않았다. 기쁘기도 하고 면목 없기도 하고 뭐라 표현하기 어려운 마음이 나를 침묵하게 만들었다.

"짐은 어떻게 했어?"

"특별한 짐은 없어. 고리짝이 있긴 한데, 오늘은 도착하지 않을 거야."

"그렇군. 그럼 바로 돌아가자."

"그래."

우리는 개찰구를 빠져나와 즉시 마을을 향해 걷기 시작했다. 그렇지만 벌써 해질녘이어서 해가 떨어지기 전에 도착하기는 힘들 것 같았다. 그래서 나중에 좀 더 자세히 쓰겠지만 기차역과 외갓집 중간쯤에 있는 막내 외삼촌 절에서 묵었다. 그리고 그다음 날 외갓집에 도착하니 벌써 점심 무렵이었다.

봄이었다. 화창했지만 마을은 안개에 싸여 있었다. 보리는 물들기 시작했고 유채꽃은 노랗게 채색되어 있었다. 휘파람새가 산에서 울고 집집마다 마당에는 서향꽃이 향기를 풍기고 있었다.

눈앞에 외갓집이 보였다. 동쪽 개울의 통나무 다리를 건너 집 앞으로 가니 큰외삼촌이 채소밭에서 일을 하고 있었다.

조선을 떠날 때 나는 흥분 상태였다. 조금이라도 빨리 그 지옥에서 벗어나고 싶었다. 기차에게 나는 '어서 나를 조선에서 다른 곳으로 데려다달라'고 부탁했다. '어디든 일각이라도 빨리'라고 부탁했다. 그러나 실은 데려다달라고 할 곳은 없었다. 선택의 여지없이 나는 고슈의 시골로 돌아와야만 했다. 그렇지만 그곳이 나의 진정한 휴식처는 아니었다. 마을을 보고 큰외삼촌을 보자, 한층 우울해졌다.

큰외삼촌은 나를 보자 괭이질을 멈췄다.

"외삼촌, 결국 돌아왔어요……. 용서해주세요. 제가 나빴어요."

겨우 이렇게밖에 인사하지 못했다. 나는 벌써 울고 있었다.

"괜찮아, 후미. 다 알고 있단다."

평소에 말수가 적고 무뚝뚝한 큰외삼촌이 좀처럼 웃지 않는 얼굴에 미소까지 띠며 위로해주었다. 괭이를 지팡이 삼아 짚고 선 채로 그리운 듯 나를 바라보며 큰외삼촌이 다시 말을 이었다.

"울지 마라. 못 보는 사이에 많이 컸구나. 이렇게 컸으니 어떻게든 될 거야. 걱정할 거 없어."

집에 가면 얼마나 꾸중을 들을까 걱정하며 돌아왔다. 그러나 큰외삼촌은 꾸중하기는커녕 애정과 축복의 손을 내밀었다. 어깨의 무거운 짐이 갑자기 내려진 것 같은 기쁨이 밀려왔다. '역시 여기가 진정한 내 집이야'라고 생각했다.

큰외삼촌은 일손을 멈추고 나와 함께 집으로 들어갔다. 외숙모는 부엌에서 점심 준비를 하고 있었다.

"아, 후미. 잘 돌아왔다. 많이 컸구나!"

외숙모도 나를 환영해주었다.

마당 텃밭에 나와 있던 외할아버지도, 뒤쪽 방에서 누에에게 뽕잎을 주고 있던 외할머니도 내 목소리를 듣고 달려 나왔다.

"오, 후미. 그래 돌아왔구나. 너무 갑작스러워서 뭐가 잘못된 게 아닌가 했다. 잘 돌아왔다."

외할아버지가 말했다.

"많이 컸구나. 잘 지냈니? 아무 소식이 없어서 걱정했다."

외할머니가 덧붙였다.

나는 우물물에 발을 씻었다. 치요 씨도 똑같이 했다. 그리고 누추하지만 마음 편한 방으로 들어갔다.

이윽고 점심시간이어서 모두 함께 식사를 했다. 초라한 식사였다. 그러나 내게는 산해진미처럼 여겨졌다. 적어도 음식이 목으로 술술 넘어가는 것이 고마웠다. 식사를 하면서 외삼촌과 가족들은 여러 가지를 물었다. 나는 조선에 대해, 부강에 대해, 고모 집에 대해, 학교에 대해 간추려서 단편적으로 이야기했다. 그렇지만 조선에서 얼마나 학대받았는지, 얼마나 괴로웠는지, 그런 말은 하나도 하지 않았다. 말하지 않았지만 큰외삼촌과 가족들은 모두 알고 있는 듯했다.

외할아버지와 외할머니는 따로 식사를 해서 그 자리에는 안 계셨다. 그래서 큰외삼촌 가족이 밖에 나가자, 나는 외할머니 방으로 갔다. 그리고 또 여러 가지 이야기를 했다.

내가 돌아온 것을 안 어머니도 다음 날 아침 일찍 왔다. 어머니는 상당히 나이 들어 보였지만 말쑥한 차림이었다.

"많이 컸구나."

어머니는 기쁜 듯이 나를 바라보면서 눈물을 글썽거렸다. 그리고 머리장식을 꽂아주거나 등을 쓸어주다가 문득 내 팔을 잡아보더니 놀라며 말했다.

"세상에, 이 팔! 동상 자국투성이야. 분명 아침부터 밤까지 물을 쓰는 일만 시켰구나."

어머니가 갑자기 울음을 터뜨렸다.

나의 간절한 바람을 뿌리치고 나를 두고 간 어머니였다. 나는 여전히 그 일을 잊을 수가 없었다. 그렇지만 이렇게 가슴 절절하게 나를 생각해주니 나 역시 기뻤다. 조선에서 심한 구박을 받아온 터라 뼈에 사무치게 고마웠다.

"조선에서는 어떻게 지냈니? 학교는 어디까지 보내줬니?"

이런 식으로 어머니는 계속 나의 조선 생활을 알고 싶어 했다. 생각해보니 나는 조선 생활에 대해 사실대로 적어 보내지 않았다. 보낼 수 없었다. 나는 내 마음대로 편지를 쓸 수가 없었다. 가끔 써도 여기 감옥처럼 하나하나 검열을 받아야만 했다. 그리고 '저는 뭐하나 부족한 것 없이 행복하게 살고 있습니다. 걱정하지 마세요'라는 것을 반드시 써야만 했다. 때문에 어머니는 아마도 조선의 친할머니가 전에 말한 대로 내가 행복하게 잘 살고 있다고 생각했을 것이다.

나는 조선 생활에 대해 아무 말도 하지 않았다. 왜냐하면 그런 불평을 하기가 싫었고 해봤자 믿지도 않을 거라고 생각했기 때문이다. 학교는 고등소학교까지만 보내주었고, 다시 사다코가 이와시타 집안의 상속자로 정해져서 더는 그 집에 있을 이유가 없어져서 돌아왔다고만 이야기했다.

"아무래도 이상하다고 생각했어. 처음 한두 번은 이와시타 후미라고 쓰여 있었는데 얼마 안 있어 가네코 후미로 바뀌어 있어서 뭔가 이유가 있을 거라고 생각했어."

어머니가 말했다.

"그렇지만 설마 이렇게 갑자기 아무 말 없이 맨몸으로 보내리라고는 생각도 못했다."

외할머니도 맞장구를 치며 이와시타 집안을 원망했다.

그리고 어머니와 외할머니는 조선 친할머니가 나를 데리러 와서 했던 말이나 행동을 생각하더니, 짚이는 것이 있다는 식으로 매사에 이와시타 집안의 처사를 몹시 원망했다.

7년 만에 돌아와서 보니 외갓집의 모습이 상당히 바뀌어 있었다. 외할아버지와 외할머니는 여전히 안채의 뒤쪽 방에 살고 있었지만 그 사이에 있던 노송나무문이 단단히 못질이 되어 열리지 않았다. 집 뒤에 있던 우물은 나뭇잎과 진흙으로 메워져 깊이가 얕아졌고 우물물도 더럽고 탁했다. 증조할아버지가 정성 들인 정원은 옛 모습을 찾아볼 수 없을 정도로 황폐해져 있었다. 안채의 서쪽에 있던 창고 2개도 없어졌고 대신 그 자리에 파를 심어놓았다.

집안 분위기도 바뀌어 있었다. 같은 지붕 아래 살고 있었지만 외할아버지와 외할머니는 큰외삼촌 부부와 사이가 좋지 않아서 부모 자식 관계이면서도 두 가족으로 나뉘어 있었다. 칸막이 문이 굳게 닫혀 있는 것도 그 때문인 것 같았다. 외할아버지와 외할머니는 가진 땅 안에서 밭을 일구고 용돈 벌이를 위해 약간의 누에를 치며 근근이 살아가고 있었다. 큰외삼촌은 몸이 약한 데다 농사일이 싫다며 주로 옷감이나 헌옷 등의 행상을 하며 생계를 유지하고 있었다. 아이는 벌써 4명이나 되었다. 전에 내가 업고 학교에 다녔던 큰딸은 내가 외갓집에 살던 무렵의 나이인 아홉 살이 되어 있었다.

어머니는 전에 시집갔던 엔잔의 상인 집이 아니라 다른 집으로 다시 시집을 갔다. 엔잔의 상인 집에 정을 붙이지 못한 어머니는 내가 조선으로 떠난 지 얼마 지나지 않아 즉시 친정으로 돌아와 다시 제사장에서 일했다. 그러다 엔코지 주지의 지인인 승려에게 시집갔지만 이루 말할 수 없이 욕심이 많은 중이어서 두 달도 못 되어 뛰쳐나왔다. 그리고 외갓집이 예전에 위세가 당당하던 시절에는 뒷부엌으로나 드나들던 소네라는 집의 게으름뱅이 차남과 염문을 뿌렸는데, 부모와 친척들이 강하게 반대하자 다시 조슈의 야마주구미 제사 공장에 일하러 갔다. 그 후에 지금은 엔잔역 근처에 사는 다하라라는 명주실 중개인의 후처가 되었다.

이미 적었듯이 어머니는 여러 명의 남자와 관계를 맺고 동거했는데, 내가 조선에 간 후에도 역시 같은 일을 반복한 듯했다. 나는 지금 그것을 책망할 생각은 없다. 왜냐하면 어머니의 정조 관념이 희박한 탓도 있지만 동시에 어머니는 몹시 의지가 약하여, 혼자서는 도저히 살아가지 못하는 성격의 여자였기 때문이다. 어머니는 자신을 지탱해줄 또는 지탱해줄 것 같은 남자가 필요했다. 그래서 혼자가 되면 어머니에게는 언제나 상대가 유복하다느니, 잘산다느니 하면서 즉시 혼담이 들어왔다. 외갓집 식구들도 첫 결혼에 실패한 청상과부를 집에 두는 것도 체면상 좋지 않고, 실질적으로 어머니의 행복을 생각해서라기보다는 유복한 집과 관계를 맺는 것이 이익이라고 생각하여 무리하게 어머니를 시집보낸 사정도 있었다.

그렇지만 내 어머니는 어디서 굴러먹던 개뼈다귀인지 모르는 남자와 눈이 맞아 집을 나가서 있는 대로 고생한 끝에 이 남자 저 남자 전전하다가 돌아왔다. 그런 어머니에게 아무런 문제없는 집에서 혼담이 들어올 리가 없었다. 당연히 어머니가 갈 수 있는 곳이라고는 무슨 사정이 있는 사람일 수밖에 없었다. 그리고 사실이 그랬다. 그러나 분에 넘치게도 어머니는 그런 곳에서는 견딜 수 없다며 뛰쳐나왔다. 결국 어머니는 그렇게 참을성 없는 여자였다. 첫 남편 사에키와의 관계조차도 누구 잘못인지 알게 뭐냐는 식이어서 모두들 정나미 떨어졌고, 어머니의 혼담을 중심으로 외조부모와 큰외삼촌 부부, 심지어 엔코지 주지와도 사이가 틀어졌다. 게다가 이번 다하라도 지금까지와 마찬가지로 중매인의 이야기와 전혀 다르다면서, 어머니는 친정에 오자마자 질리지도 않는지 푸념을 늘어놓았다.

그래서 처음에는 나를 보고 기뻐하면서 나의 조선 생활 이야기를 듣고는 분노했지만, 어느 틈에 자신의 푸념으로 바뀌어 쉴 새 없이 그 괴로움을 외할머니에게 호소했다.

옆에서 그것을 듣고 있으면 어머니가 안됐다는 생각도 들지만, 내가 조선에서 당한 괴로움에는 댈 것도 아니었다. 게다가 나는 작은 괴로움 하나도 호소하지 못하는데 어머니는 이렇게 푸념을 늘어놓는구나 싶어 싫어졌다. 그 어둡고 음산한 지옥에서 벗어나 겨우 한숨 돌렸다고 생각했는데 또 이렇게 어두운 이야기를 들어야 하다니, 나는 견딜 수 없이 무거운 짐을 진 것 같은 느낌이었다. 그래서 오래간만에 만나기는 했지만 그런 이야기를 듣는 것이 싫어서 외할머니와 어머니 곁을 벗어났다. 그러나 어디로 가야 할까. 큰외삼촌네에 가서 오래 있으면 외할아버지와 외할머니가 좋아하지 않았다. 엔코지에 가려 했지만 어머니와 엔코지의 관계상 어쩐지 어색했다. 그렇게 나는 집에 돌아온 지 얼마 되지 않아 또다시 안주할 곳을 찾지 못하고 방황하는 나 자신을 발견했다.

그런 이유로 나는 그저 마을의 거리를 어슬렁어슬렁 걸어 다니고 있었다. 그러던 어느 날, 아마도 마을로 돌아와 4, 5일 지났을 무렵이었을 것이다. 멍하니 외삼촌네 문 앞에 서 있는데 예전에 같이 학교를 다녔던 친구 2, 3명이 바구니를 메고 낫을 들고 올라왔다. 서로 어른스럽게 인사를 나눈 후, 나는 어디에 가는지 물었다.

"고사리 캐러 가."

친구들이 대답했다. 갑자기 나도 같이 가고 싶어졌다.

"조금 기다려줄래? 나도 갈게……."

모두 나의 요청을 기분 좋게 받아들였다. 나는 집으로 돌아가 간단하게 산에 오를 준비를 한 후 뛰어나왔다. 우리는 맑은 물이 흐르고 바위가 많은 산골짜기 시냇가를 지나 걸었다. 울창한 나무들 사이에는 감제풀, 나무딸기, 두릅이 한창 자라고 있었다. 내가 모르는 여러 가지 초목이 싹트고 꽃이 피어 있었다. 고요하고 습한 산속에서 휘파람새가 이쪽 산, 저쪽 계곡에서 차례로 울어댔다. 이런 숲속 길을 빠져나가자, 잔디가 깔린 듯한 산이 눈앞에 우뚝 솟아 있었다. 산에는 안개가 낮게 살짝 깔려 있었다.

물론 산에 잔디가 깔린 것은 아니었다. 상당히 키가 큰 관목이 자생하고 있었는데, 잎이 파랗게 돋는 5월에는 아직 미치지 못했다. 우리들은 어렵지 않게 그 사이를 걸어 다녔다.

풀솜으로 얼굴을 감싼 것 같은 고비, 서양식으로 묶은 머리 같은 고사리가 무리 지어 자라고 있었다. 그것을 뿌리부터 뚝 잘라 바구니 안에 넣을 때의 기쁨이란 이루 말할 수가 없었다.

뿔뿔이 흩어져 커다란 소리로 서로 부르면서, 이야기하면서, 마지막에는 노래하면서 산기슭에서 정상으로, 정상에서 산등성이로 다니며 모두 바구니 가득 채워 돌아왔다.

의기양양하게 나는 집으로 돌아왔다.

"할머니, 나, 고사리 캐왔어."

돌아오자마자 나는 무거운 바구니를 외할머니 앞에 내리고 외할머니의 기쁨에 찬 말을 기대하며 말했다. 그렇지만 외할머니는 그다지 기뻐하지 않았다.

"고사리? 고사리는 외할아버지가 싫어해서 말이지."

외할머니는 고사리를 집어보려고도 하지 않았다. 나는 실망했다.

"그래? 그럼 큰외삼촌네 가져다줄까?"

그러나 외할머니는 그것 역시 내켜하지 않았다. 한집에 살면서, 부모 자식 사이면서, 사이가 나빠진 지금에 와서는 아주 작은 친절조차 아까워하는 것 같았다.

외할머니가 말했다.

"큰외삼촌네는 줄 필요 없어. 모토에이한테 가져다주렴."

모토에이는 막내 외삼촌이다. 어린 시절부터 성격이 온화하고 상냥해서 특히 형제들에게 사랑을 받았고, 외할아버지는 큰외삼촌이 농사일을 싫어하는 것을 핑계로 나중에 이 막내 외삼촌에게 집을 물려줄 생각이었다. 그러나 막내 외삼촌은 열두세 살 무렵 스님이 되겠다며 마을에서 약 4킬로미터 떨어진 이웃 마을의 에린지에 동자승으로 들어갔다. 그리고 당시 임제종*의 관장을 하고 있던 스님의 제자가 되어 지금은 보게쓰앙에 머물고 있었다. 보게쓰앙은 에린지 경내에 있는 암자로, 이때는 이미 임제종 관장을 그만둔 막내 외삼촌 은사 스님의 은거처였다.

내가 조선에서 돌아온 날 치요 씨와 함께 묵었던 곳이 보게쓰앙으로, 나는 이미 막내 외삼촌의 얼굴을 똑똑히 기억하고 있었다. 그래서 그다음 날 나는 외할머니의 말대로 고사리를 가지고 보게쓰앙을 찾아갔다.

내가 갔을 때 외삼촌은 검은 기모노에 마키오비**를 매고 바깥 마루 끝에 쭈그리고 앉아 분재를 손질하고 있었다.

"안녕하세요."

내가 인사하자 막내 외삼촌은 고개를 들어 나를 보고 "오, 후미구나.

---

* 중국 불교 선종 5가의 한 파이다.
** 끝을 매지 않고 허리에 감는 띠이다.

잘 왔다" 하고 방긋 웃으며 일어났다. 그리고 "자, 앉거라"라고 말하며 자신이 먼저 툇마루에 앉았다.

나는 캐온 고사리를 막내 외삼촌 앞에 두었다. 그리고 어제 친구들과 함께 캔 것인데 외할머니가 가져다주라고 해서 놀러 올 겸 가져왔다고 이야기했다. 막내 외삼촌은 나의 호의에 감사하며 고사리를 보자기 안에서 꺼내보았다. 그리고 "조선과 이곳 중에 어느 쪽이 좋아?" 등의 질문을 했고, 나는 조선에서의 일을 말하고 싶지 않아서 그저 "비슷해요"라고만 대답했다. 나는 다시 막내 외삼촌에게 물어보았다.

"외삼촌은 여기서 혼자 외롭지 않아요?"

"외롭지 않은 것은 아니야. 그래도 속 편해서 좋아."

막내 외삼촌은 또 웃으며 나를 보았다.

왠지 모르게 나는 막내 외삼촌이 내가 지금까지 만나온 사람들 중에서 가장 고상한 사람처럼 생각되었다. 그러나 특별히 할 얘기도 없었기 때문에 그저 주변을 걸었다.

농민들의 집과는 다르게 정원이 깨끗하게 청소되어 있었고 정원수나 징검돌의 배치에도 운치가 있었다. 나는 물론 그런 것의 정취를 몰랐지만 왠지 모르게 '좋구나'라는 생각이 들었다. 보게쓰앙을 한 바퀴 돈 후, 어느 틈에 나는 앞에 있는 에린지 경내를 걷고 있었다. 에린지는 상당히 커다란 절이었다. 정원도 넓었고 커다란 나무도 있었으며, 무엇보다도 나는 그 고요함이 좋았다.

나는 아무것도 생각하지 않았다. 답하기 곤란한 서글픈 어떤 일도 질문을 받지 않았고, 어떠한 것에서도 괴로운 압박을 받지 않았다. 처음으로 안식을 얻은 것 같았다.

다시 보게쓰앙으로 돌아가니 막내 외삼촌이 부엌에서 뭔가를 끓이고 있었다. 나를 보더니 부엌에서 소리쳤다.

"올라와서 신문이라도 보고 있어. 후미, 맛있는 국을 만들어줄게."

막내 외삼촌 말대로 나는 올라가려고 했다. 그 순간 옆에 있는 개 한 마리를 보았다. 나는 개를 꽤 좋아한다. 개를 보면 무슨 인연으로 연결되어 있는 듯이 빨려 들어간다. 나는 개와 놀기 시작했다.

"이 개, 외삼촌이 기르는 거야?"

"응, 그래."

"뭐라고 불러?"

"에스."

"에스? 이상한 이름이네. 에스! 에스! 이리 와!"

에스는 꼬리와 머리를 흔들며 뛰어오르거나 킁킁거리며 나에게 달려 들었다.

나는 조선 고모 집에서 기르던 개를 떠올렸다. 그 춥고 추운 조선의 겨울밤을, 멍석 한 장 없이 밖에서 자던 개를 떠올렸다. 내가 밥도 못 얻어 먹고 문밖으로 쫓겨나 있는 동안 마치 나의 괴로움과 슬픔을 아는 것처럼 꼬리를 흔들며 고개를 숙인 채 코를 킁킁거리며 다가오던 그 개를 떠올렸다. 그리고 그런 내가 개의 목을 끌어안고, 힘껏 껴안고 혼자서 마음속으로 소리 죽여 울던 일도. 또 밤에 몰래 밖으로 나가 개의 잠자리에 짚을 깔아주던 일도. 또 어렸을 때 아버지가 찔러 죽인 개가 애처롭게 죽던 모습도.

조선에 있을 때 나는 개와 나를 항상 연결해서 생각했다. 개와 내가 똑같이 학대당하고 똑같이 구박당하는 가장 가련한 형제처럼 여겨졌다.

무심코 나는 에스를 껴안았다.

"에스, 너는 행복하니?"

나는 속마음을 담아 작은 소리로 물었다.

그때 막내 외삼촌의 목소리가 들렸다.

"후미, 어서 올라와. 점심 다 됐어."

나는 다시 한번 개를 꼭 껴안은 후 올라갔다.

내가 가져온 고사리가 어느 틈에 데쳐져 계란과 함께 푹 끓여져 있었다. 따뜻한 밥도 있었다. 오래간만에 맛있는 식사를 했다.

점심 식사가 끝날 무렵, 에린지에서 젊은 스님 2~3명이 놀러 왔다. 모두 나보다 서너 살 정도 위로 놀기에 딱 좋은 상대였다. 잠시 이야기를 나누는 사이, 우리들은 완전히 친구가 되었고 나중에 떠올렸을 때 부끄러울 정도로 그 스님들과 한참을 떠들고 놀았다. 마지막에는 가루타 놀이까지 하여 마치 설날 같은 기분이었다.

저녁이 되자 나는 외삼촌네로 돌아왔다. 어머니는 여전히 숙모의 양잠을 도우면서 푸념을 늘어놓고 있었다. '아, 또야'라고 나는 생각했다. 낮에 막내 외삼촌이 있는 곳에서 놀던 일이 더욱 그리웠다. 모든 것을 잊고 모든 것에서 해방되어 자유롭고 마음 편하게 그리고 뭔가 피 끓게 하는 힘이 넘쳐났던 그 한때를.

나는 그 후 틈만 나면 막내 외삼촌이 있는 곳으로 놀러 갔다.

호랑이 굴로

친척 중 누군가 내가 돌아왔다고 알려줬다며 하마마쓰에서 아버지가 왔다. 어린 시절 어머니와 나를 버리고 간 아버지였다. 조선에서 나를 그렇게까지 괴롭힌 친할머니와 고모의 집안사람인 아버지였다.

나는 아버지에게 호의를 가질 수가 없었다. 오히려 반감을 가지고 있었다. 그렇지만 아버지는 오래간만에 만난 나에게 애착을 느끼는 듯했다. 게다가 나를 통해 아버지의 권위를 세우고 싶은 듯했다. 나는 그것을 가소로운 듯이 보았다.

아버지는 외갓집에 오래 있지 않았다. 막내 외삼촌이 이웃 마을에 있다는 것을 알고 나에게 막내 외삼촌이 있는 곳으로 안내해달라고 말했다. 나는 아버지의 말대로 하고 싶지 않았지만 막내 외삼촌이 있는 곳에 가는 것이 좋았기 때문에 아버지와 함께 집을 나섰다.

막내 외삼촌은 아버지를 보고 무척 기뻐했다. 아버지도 외할아버지

앞에서와는 전혀 다르게 격의 없는 태도로 막내 외삼촌을 대했다.

"정말 오래간만입니다. 잘 오셨어요."

막내 외삼촌이 정답게 말했다.

"헤어진 지 몇 년이지? 어쨌거나 자네도 훌륭하게 자리를 잡았군. 머지않아 이름 높은 스님이 될 거야."

아버지는 의젓하게, 한편으로는 반놀림조로 말했다.

막내 외삼촌은 쓴웃음을 지었다.

"제가 매형 집에서 신세를 진 게 오키쓰*에서였죠, 그때가 열일곱 살이었어요. 그러니까 벌써 6년이 지났군요."

"그래, 내가 오키쓰에 살 때 자네가 와서 놀다 간 일이 있었지. 그때는 아직 어린아이였는데……."

"그렇지만 결코 불성실하지는 않았어요."

이렇게 말하고 막내 외삼촌은 '하하하' 웃었다.

"그야 그렇지."

아버지도 마찬가지로 소리를 내서 웃었다.

오키쓰에 머물 때 막내 외삼촌은 스님을 그만두고 선원이 되려고 했었다. 일을 찾을 때까지 잠시 아버지 집에 머물렀던 것이다.

여기서 잠시 막내 외삼촌의 경력에 대해 조금 말해두는 편이 좋을 것 같다. 앞에서도 말했듯이 막내 외삼촌은 열두세 살 무렵에 스님이 되겠다고 집에 말을 꺼냈다. 가네코 집안의 후계자로 정했던 외할아버지가

---

* 시즈오카현 시미즈시의 한 지구이다.

극구 말렸지만, 막내 외삼촌은 뜻을 굽히지 않았다. 그래서 외할머니가 먼저 고집을 꺾고 외할아버지에게 말했다.

"저, 여보, 저렇게까지 말하니까 그렇게 하게 하는 게 어때요? 저 아이는 태어날 때 태반을 가사처럼 어깨부터 가슴까지 둘둘 휘감고 있었는데, 그건 스님이 되면 분명 출세할 증표일지도 몰라요."

그 말을 듣자 외할아버지도 잠시 생각하더니 마침내 외할머니의 의견에 따랐다.

"그러고 보니 그러네. 농사꾼이 되는 것보다 훨씬 편하게 살 수 있을 거야."

막내 외삼촌이 에린지의 동자승이 된 것은 그로부터 얼마 지나지 않아서였다. 에린지는 다케다 신겐*이 어떻게 했다는 유래가 있는 유명한 절로 동자승이 많았는데, 막내 외삼촌은 그 절에서 소학교를 다니면서 스님 수업을 받았고 주지 스님에게 대단히 귀여움을 받았다.

그러나 막내 외삼촌은 뭔가 종교적인 감격이나 동기가 있어서 스님이 되고자 한 것은 아니었다. 그 절의 다른 중과 마찬가지로 그저 중이 되면 게으름 피워도 편하게 먹고살 수 있다는 극히 얕은 생각으로 그렇게 한 것이었다. 때문에 열예닐곱 살이 되어 슬슬 성에 대한 고민에 휩싸이게 되자, 승려로서 자신의 생활에 의문을 품기 시작했다.

'절 생활은 겉으로 보기에는 꽤나 평화로워 보이지만 젊은이에게는 평화만이 절대 가치가 아니다. 젊은이에게 평화 따위는 아무것도 아니

---

* 전국 시대의 무장이다. 1541년에 아버지를 추방하고 가이국(지금의 야마나시현 고슈) 영주가 되었고, 이웃 국을 차례로 공격하여 영토를 넓혔다. 수도인 교토로 가는 것을 목표로 도쿠가와 이에야스와 싸우던 중 병사했다.

다. 그것은 거세된 인간이 바라는 것이다. 젊고 건강한 사람은 더 밝고 활기찬 생활을 하고 싶어 한다. 손도 발도 욕망도 자유롭게 펴고, 자유롭게 충족시킬 수 있는 생활을 하고 싶어 한다.'

막내 외삼촌은 이렇게 생각했다. 그리고 사찰 생활로는 그것을 이룰 수 없다는 것을 몹시 불만스러워했다. 막내 외삼촌은 마침내 결심했다. 자신의 법의를 갈기갈기 찢어 절 부엌 마루 아래 던져 넣고 무단으로 절을 뛰쳐나왔다. 오키쓰로 아버지를 찾아간 것도 그때였다. 그리고 요코하마에 가보니 다행히 선원 자리가 있어서 규슈를 오가는 기선에 탔다.

해상 생활은 고슈 산골 농사꾼 아들과는 너무나도 인연이 먼 생활이었다. 평화로운 절 생활과도 너무나 다른 힘든 일이었다. 대신 끝없는 대양과 한없는 창공과 파도, 바람, 오존, 건강한 선원들의 방탕한 생활, 이 모든 것이 막내 외삼촌의 젊음을 기르기에 충분했다. 막내 외삼촌은 뭐라 말할 수 없는 유쾌한 해상 생활을 한 달 가까이 계속했고, 한 차례 항해가 끝나면서 요코하마로 돌아왔다.

하지만 요코하마에 상륙한 막내 외삼촌은 외갓집 사람들에게 붙잡혀서 억지로 집으로 끌려갔다.

너의 장래를 잘 생각해봐라. 배를 타서 뭘 하려고. 너는 많은 제자 중에서 주지 스님에게 가장 귀여움을 받고 있지 않느냐. 주지 스님이 이번에 교토 본산 관장이 되지 않았느냐. 주지 스님의 출세는 바꿔 말하면, 너의 출세가 아니냐. 주지 스님의 마음에 들어서 장래의 토대를 쌓는 것이 지금 가장 중요한 일이다.

이런 말을 막내 외삼촌은 외할아버지를 비롯한 집안사람들과 엔코지의 주지 스님에게 들었다. 막내 외삼촌은 어쩔 수 없이 다시 절로 돌아갔다.

　그렇지만 막내 외삼촌에게는 이제 이전의 순진함이 없었다. 그저 모두의 의견에 따라 다시 스님으로 절 생활을 시작한 것뿐이었다. 막내 외삼촌은 이윽고 주지 스님을 따라 교토에 갔다. 그리고 하나조노학원에서 보통학을 배웠다. 그러나 그 무렵부터 막내 외삼촌은 이미 어린 파계승이었다. 학원을 다니면서 어느 담배 가겟집 딸을 따라다녔다. 병으로 보게쓰앙에 요양하러 온 주지 스님을 따라 돌아왔을 때에는 엔코지의 치요 씨와도 각별한 사이였다. 아니, 사랑에 빠졌다.

　조선에서 돌아온 나를 맞아준 치요 씨가 나와 함께 묵었던 곳도 막내 외삼촌이 있는 보게쓰앙이었다. 우리들은 그 밤 셋이서 안쪽의 헛간에서 나란히 누워서 잤다. 나는 이틀 밤낮을 기차를 타고 왔기 때문에 아무것도 모르고 깊이 잠들어버렸지만, 두 사람은 그 밤, 그것을 핑계로 밤새 제멋대로 굴며 즐긴 것이다.

　막내 외삼촌과 치요 씨의 관계는 엔코지에서도, 마을 사람들도, 외할아버지와 외할머니도 알고 있었다. 그러나 엔코지의 주지 스님도, 외할아버지와 외할머니도 특별히 그것에 대해 잔소리하지 않았다. '마침 잘됐군' 하며 오히려 내심 기뻐하고 있었다. 그러나 나는 아직 막내 외삼촌의 그런 상황에 대해 모르고 있었다. 그저 일종의 호의를 막내 외삼촌에게 가지고 있었을 뿐이다.

　아버지가 술을 좋아하는 것을 아는 막내 외삼촌은 마침 있는 안주에 술을 대접했다. 두 사람은 술잔을 주고받으면서 여러 가지 추억과 친척들의 소문으로 이야기꽃을 피우기도 하고, 이러쿵저러쿵 비난을 하기도 했다. 그러다가 막내 외삼촌의 지금 처지와 내 이야기까지 나왔다. 술자리가 상당히 무르익었을 때 아버지가 격식을 차린 말투로 말했다.

"후미코에 대해 말하면…… 저, 모토에이, 실은 오늘 자네에게 긴히 할 말이 있어서 왔네. 잠시 별실을 빌릴 수 있을까……."

이렇게 말하며 가만히 막내 외삼촌의 얼굴을 바라보았다. 그러자 막내 외삼촌은 "그렇습니까. 알겠습니다……"라고 하며 일어서더니 "자, 이쪽으로……"라며 아버지를 재촉했다.

두 사람은 별실로 불안한 걸음을 옮겼다.

내가 들어서는 안 되는 이야기! 게다가 나에 대한 이야기가 분명했다. 나는 뭔가 불안했다. 쓸데없이 참견한다는 반발심도 들었다. 그러나 말 없이 홀로 우두커니 앉아 있었다.

두 사람은 소곤소곤 뭔가 작은 소리로 이야기하더니 이윽고 이야기를 끝내고 별실에서 나온 듯했다. 막내 외삼촌은 다시 평소의 목소리로 "그렇게 해주신다면 매우 감사하겠습니다. 무엇보다 본인을 위해서도 좋을 거예요"라고 말하면서 아버지를 데리고 내가 있는 방으로 들어왔다.

두 사람은 다시 기분 좋게 술잔을 들었다.

막내 외삼촌과 아버지는 별실에서 무슨 이야기를 한 걸까? 나는 특별히 그것을 물으려고 하지 않았다. 두 사람도 거기에 대해 나에게 아무 말도 하지 않았다.

아버지는 다만 갑자기 화제를 돌려 나에게 말했다.

"지금까지 너에게 아무것도 해주지 못했구나. 나도 생각이 없었던 건 아니지만 어쩔 수가 없었단다. 그래도 지금은 다소 여유가 생겼단다. 하마마쓰에서 나름 유명하지. 속죄의 의미로 너를 데려가려 하는데, 어떠니? 같이 가겠니? 후미……."

나는 아버지를 좋아하지 않았다. 또 신용하지도 않았다. 그렇지만 어차피 시골집에 있어야 한다면 차라리 도시로 나가 노는 편이 나을 거라고 생각했다. 그래서 아버지 말대로 하마마쓰에 가기로 했다.

별실에서 막내 외삼촌과 아버지가 나에 대해 나눈 내용은 하마마쓰의 아버지 집에 도착한 날 밤에 알게 되었다. 기차를 타서 피곤했던 나는 저녁 일찍 잠자리에 들었고, 푹 한잠 자고 나서 문득 눈을 뜨자 옆방에서 이야기 소리가 들려왔다. 가만히 잘 들어보니 이제 잠자리에 든 아버지와 이모가 이야기를 나누고 있었는데 '후미코, 후미코'라고 내 이름이 계속 들렸다.

나에 대해 말한다고 생각하니 신경이 갑자기 날카롭게 곤두섰다. 베개에서 머리를 들어 귀를 기울였다.

작은 목소리로 아버지가 말했다.

"……그 절은 아직 정식으로 모토에이의 절은 아니지만, 모토에이가 자리를 잡으면 물론 모토에이 게 될 거야. …… 모토에이의 말로는 원래 관장이 은거하던 절이어서 단가檀家*는 한 명도 없지만 대신 절에 딸린 재산이 있다고 하더군. 절이 가지고 있는 땅의 연공만으로도 편안하게 살아갈 수 있다고 하니까……."

거기까지 들었을 때 나는 '뭐야, 시시해'라는 기분이었다. 그래서 다시 베개를 베고 자려고 하는데 즉시 또 '후미코'라는 소리가 들렸다. 나는 다시 주의를 기울여 들었다.

---

* 일정한 절에 소속되어 그 절에 장례식 등 불사 일체를 맡기고 시주를 하면서 절의 재정을 돕는 신도이다.

"그 절에 사는 할머니 이야기로는 후미코가 돌아오자마자 엔코지의 딸과 함께 모토에이가 있는 곳에서 묵었다는군. 그 후로도 자주 모토에이한테 놀러 온다고 하더라고. 내가 보기에 아무래도 녀석이 모토에이한테 반한 게 틀림없어⋯⋯."

그 말을 듣고 나는 흠칫했다. 어두운 방에 혼자 있었지만 갑자기 얼굴이 화끈거리면서 동시에 '정말로 내가 그런가⋯⋯' 하고 속으로 물어보았다. 그러나 '말도 안 돼⋯⋯'라고 부정하니 기분이 나아졌다.

그러나 아버지의 이야기는 계속 이어졌다.

"그래서 내가 단도직입적으로 모토에이한테 말을 꺼냈지. '어때? 너 후미코를 아내로 맞지 않을래?' 하고. 그러자 모토에이도 두말 않고 승낙했어⋯⋯. 뭐, 사람들이 조금 뭐라고 해도 상관없어. 그 절에 후미코를 보내면 평생 먹고살 걱정은 없어. 무엇보다 우리한테도 좋고⋯⋯."

아, 아버지는 나를 막내 외삼촌에게 시집보내려고 하는 것이다. 아니, 이미 그 약속을 한 것이다. 이 얼마나 끔찍한 일인가. 아버지는 나를 노예로 막내 외삼촌에게 판 것이다. 참으로 나에 대한 모욕이다. 아니, 아버지뿐만이 아니다. 불문에 들어간 막내 외삼촌 역시 이 얼마나 더러운 짐승인가. 나는 지금 그것을 생각하는 것만으로도 소름이 끼친다.

그러나 이상하게도 당시에는 그 이야기를 듣고 아무 느낌도 들지 않았다. 기쁘지도 슬프지도, 좋지도 나쁘지도 않았다. 내 생명 안에 뭔가 이성을 바라는 마음이 싹튼 게 틀림없었다. 그렇지만 나는 아직 시집을 간다거나 남편을 맞아들인다거나 하는 것을 생각한 적이 없었다. 그런 일은 전혀 생각조차 없었다. 어떤 판단도, 어떤 느낌도 없이 나는 다시 잠 속으로 빠져들었다.

그렇지만 이 일은 유례없이 더러운 일이었다. 나뿐만이 아니라 아버지에게도, 막내 외삼촌에게도, 인류에게도……

그때 나는 아무것도 느끼지 않았다. 아니, 그 후에도 한동안 마찬가지였다. 그렇지만 나도 언제까지나 어린아이가 아니었다. 또 언제까지나 그렇게 무지한 채로 있을 수 없었다. 이 사건의 진정한 의미를 분명히 알게 됐을 때 아아, 나는 얼마나 이를 악물고 울었던가.

아버지는 보게쓰앙의 재산 때문에, 그 재산에서 얻을 이익 때문에 나를 물건처럼 막내 외삼촌에게 팔려고 한 것이다. 그리고 막내 외삼촌은 외삼촌대로 처녀의 육체를 탐하는 동물적인 욕망 때문에, 그렇다, 그저 그 동물적인 욕망 때문에 나를 사려고 한 것이다.

아버지의 심사가 비열하다는 것은 너무나도 명백했다. 그러나 막내 외삼촌에 대해서까지 왜 이렇게 말하냐고? 그것은 당연히 조카를 아내로 맞이하겠다고 약속한 불의부덕 때문이지만, 단지 그것뿐만이 아니다. 막내 외삼촌은 놀랄 정도로 무서운 색마였다. 일체의 더러움을 끊고, 성스럽고 깨끗한 낙토에 사는 득도 출가한 몸이면서 헛되이 육체를 따르는 아귀축생과 동류였다.

치요 씨와 사귀며 정을 통하면서, 또 한편으로 나를 노리개로 삼으려 한 것이다. 게다가 나와 혼인하기로 아버지와 약속한 후 보름도 지나지 않아 또 다른 여자를 찾아다니기까지 했다. 나는 그것을 나중에 막내 외삼촌 본인에게 들었다. 막내 외삼촌이 말했다. 분명히 막내 외삼촌이 스스로 말했다.

"그로부터—내가 아버지와 함께 막내 외삼촌을 방문했을 때부터—14, 15일 지났을 무렵에 말이지, 치요가 또 미즈시마라는 도쿄에 사는 친구를 데리고 와서 내가 있는 곳에서 묵었는데, 그 미즈시마라는 여자가 상당히 멋진 미인이었어. 치요 따위와는 격이 다른 미인이었지. 그녀를 일부러 역까지 배웅했는데 그때 미즈시마에게 열예닐곱 된 여동생이 있다는 말을 듣고 도저히 견딜 수가 없는 거야. 그래서 4, 5일도 지나지 않아서 몰래 절을 빠져나와 도쿄의 스가모까지 그 여동생을 보러 갔지. 그런데 말이야, 미즈시마의 여동생은 피부도 검고 키도 작은, 참으로 못생긴 여자였어. 정말 어이가 없었지, 나도……."

이 말을 들었을 때는 내가 아직 열심히 막내 외삼촌과 편지 왕래를 하던 때였다. 그러나 연애편지 같은 것은 아니었다. 형태도 뭐도 없이 그저 동경하는 마음을 충족시키기 위해 편지를 쓰는 것뿐이었다. 비록 그런 일이 있었지만 그때는 아직 막내 외삼촌을 미워하지 않을 때였다. 게다가 그런 이야기를 들어도 질투를 느끼지 않았다.

나는 말했다.

"왜 여동생을 보러 간 거야? 미즈시마라는 여자가 그렇게 미인이었다면 그 사람을 사랑하면 되는데……."

그러자 막내 외삼촌은 '후후' 하고 웃으며 대수롭지 않게 말했다.

"싫어. 아무리 미인이라도 그 여자는 처녀가 아니거든……."

그렇다. 그 무렵 막내 외삼촌이 바라는 것은 오직 처녀였다. 그리고 나 역시 처녀이기 때문에, 단지 그런 어이없는 이유만으로 나를 아내로 맞겠다고 어리석은 나의 아버지에게 약속한 것이다.

아버지는 하마마쓰의 시모타레쵸에 살고 있었다. 집은 길에서 조금 들어간 곳에 있었고 월세가 20엔 정도 될 것 같은 아담한 집이었다. 집에는 찬장, 나무로 된 화로, 장롱 등이 대강 갖춰져 있었다. 그걸로 봐서 내가 알던 무렵의 아버지보다는 훨씬 나은 생활을 하고 있는 것은 분명했다.

"여하튼 아버지는 보기 드문 게으름뱅이여서 이렇게 겉보기는 번지르르 해도 매우 힘들단다."

이모는 이렇게 털어놓았고 이 말도 분명 맞는 말이었지만, 그래도 예전보다는 훨씬 주머니 사정이 좋은 것은 확실했다.

아버지의 일은 여전히 엉터리로, 질이 좋지 않은 공갈 신문 기자인 모양이었다. 사람들은 신문의 무서움 때문에 겉으로만 아버지를 존경하고 있는 것처럼 꾸미고 있는 듯했다. 아버지는 말하자면 경원시되는 존재였다.

재미있는 것은 아버지는 여전히 미신을 맹신하는 듯, 천장 가까이에 선반을 만들고 이나리,* 아라가미** 등을 모셔놓고 매일 아침 그쪽을 향해 예배했다. 그리고 손님을 안내하는 다다미가 8장 깔린 객실에는 도코노마***가 있었는데 거기에는 어느 위대한 스님이 썼다는, 지금은 그 스님이 아직 살아 있기 때문에 가치가 없지만 죽고 나면 크게 가치가 올라갈 것이라고 생각하고 있는 '唯是天命'이라고 쓰인 족자가 걸려 있었다. 이것도 '운'을 믿는 아버지의 미신 철학이 여전히 그대로 남아 있다는 증거였다.

---

* 오곡의 신이다.
** 부뚜막 신이다.
*** 일본 건축에서 객실인 다다미방의 정면에 바닥을 한 층 높여 만들어놓은 곳이다. 벽에는 족자를 걸고 바닥에는 도자기, 꽃병 등을 장식해둔다.

족자 앞에는 '사에키 집안 가계도'가 적힌 가늘고 긴 상자가 산보*에
놓여 안치되어 있었다. 상자와 함께 이모가 골동품 가게에서 사온, 아버
지의 감정에 따르면 상당한 가치가 있다는 오래된 화병이 놓여 있었다.
그리고 도코노마 가까이에는 장지문 맞은편 쪽으로 책상이 놓여 있었
는데, 그 위에 갱지 원고지와 봉투, 두세 권의 법률서 외에 밤거리의 노
점에서나 볼 수 있는 구식 영어사전이 가지런히 쌓여 있었다.

아버지는 이러한 외견으로 야비한 인격과 텅 빈 머리를 얼버무리고
있었다.

이러한 아버지의 생활을 나는 좋아하지 않았다. 어째서 아버지는 이
렇게 거짓말로 무장한 생활을 할까. 왜 이렇게 허세를 부리고 싶어 하는
걸까. 이미 상당히 나이를 먹었는데도 아버지는 여전히 게으름뱅이, 불
한당이었다. 그럼에도 집에서 아버지는 자못 훌륭한 인격자인 양 도덕
에 대해 시끄럽게 떠들어댔다.

예를 들어 이모가 부엌에서 일하고 있는데 내가 방에서 책이라도 읽
고 있으면, 아버지는 즉시 커다란 목소리로, 그것도 나보다는 이모에게
들으라는 듯이 "후미코, 뭘 하는 거냐? 엄마만 일하고 너는 노는 법이 어
디 있어……. 빨리 가서 엄마를 도와"라는 식으로 호통을 쳤다. 그리고
이모가 없을 때 나를 앞에 앉혀놓고 눈물을 글썽이면서 "후미코, 내가
너를 자주 혼내는데 오해하면 안 돼. 나도 널 부려먹고 싶지 않단다. 그
러나 세상은 그렇게 간단하지 않아. 내가 잔소리하는 것도 모두 널 생각
해서란다. 어쨌거나 네 엄마는 새엄마라는 사실을 잊어서는 안 돼"라고

---

* 네모난 나무 쟁반의 앞과 좌우에 구멍이 난 굽이 달려 있다. 신불이나 귀인에게 물건을
올릴 때 사용한다.

타일렀다.

이러는 아버지를 보면 나는 오히려 "가엾은 아빠"라고 말하고 싶어졌다. 왜냐하면 내가 어째서 이모를 새어머니로 여겨야 하나 싶었기 때문이다. 아버지는 자신이 한 일은 문제 삼지 않은 채, 오히려 거드름까지 피우며 도덕군자처럼 내게 도리를 강요했다. 그에 비해 이모는 잘 알고 있었다. 이모는 결코 내게 도리를 강요하지 않았고 진심으로 나를 사랑해주었다. 때문에 아버지가 나에게 이런 말로 설교할 때면, 나는 이모에게 아버지가 한 말을 하며 둘이서 크게 웃었다.

이렇게 해서 나는 아버지 집에 왔고, 열흘이 지나고 스무날이 지나는 사이에 아버지 집의 분위기가 나에게는 맞지 않는다는 것을 깨닫기 시작했다. 즉, 나는 아버지 집 가족이 아니라는 것을 점점 알게 된 것이다.

그중에서 가장 곤란한 것은 아버지 집에서 하는 아침 예배였다. 아버지와 이모, 남동생은 매일 아침 식사 전에 도코노마 앞에 똑바로 앉아 '사에키 집안 가계도'를 향해 경건한 예배를 드렸다. 물론 이것은 아버지 같은 사상을 가진 사람에게는 극히 타당하고 진지한 일이 틀림없었다. 그렇지만 다른 것은 몰라도 태어나서 한 번도 사에키라는 성을 써본 적 없는 내가 어떻게 모두와 함께 사에키 집안의 가계도에 배례할 수 있겠는가.

모두와 함께 가게도 앞에 앉아서 배례하는 것은 내게는 몹시 고통스러운 일이었다. 게다가 아버지는 언제나 열심히 나를 감시했다. 나는 마음에도 없는 숭배를 억지로 강요당했고, 그것을 견딜 수가 없었다. 그리고 그런 나의 마음이 자연스럽게 태도로 나타났을 것이다. 그 태도가 아버지에게 나를 더할 나위 없이 진실하지 못하고 오만방자한 '못난 자식'이라고 생각하게 했을 것이다.

나는 하마마쓰에 온 뒤 실과 여학교의 재봉전문과에 들어갔다. 이는 나를 보게쓰앙의 스님 부인으로 만들기 위해, 즉 "무엇보다 필요한 것은 재봉이죠"라는 막내 외삼촌의 말을 따르기 위해서였다. 그러나 몇 번이나 말했듯이 나는 재봉을 좋아하지 않았다. 좋아하지 않았다기보다는 재봉을 가르쳐주는 좋은 선생님이 없었기 때문에 전혀 못했다. 그 학교의 학생들은 대강 알고 있는 것을 '마무리'하기 위해 왔다는 식인데, 나는 완전 기초부터 해야 했기 때문에 선생님도 귀찮아하며 제대로 봐주지 않았다.

그래서 자연히 나는 학교를 소홀히 하기 시작했고, 어쩔 수 없이 학교에는 가지만 언제나 수다만 떨며 그날그날을 보냈다. 물론 아버지도 자연히 알게 되었고 자신의 의도대로 되지 않는 것을 괘씸하게 여겼다. 나는 나대로 점점 많은 불만을 품게 되었다.

7월 중순 무렵 여름 방학이 시작되었다. 끊임없이 편지를 주고받던 모토에이 외삼촌이 여름 방학이 되면 놀러 오라고 했기 때문에 나는 도망치듯이, 빨려 들어가듯이 고슈로 돌아갔다.

엔잔역에 도착한 것은 오후 2시 무렵이었다. 비가 억수같이 쏟아지고 있었다. 나는 비도 오고 차멀미도 해서 멀미도 진정시킬 겸, 비가 개기를 기다리며 대합실 벤치에 앉아 약 30분 정도를 보냈다. 그러나 비는 좀처럼 그칠 것 같지 않았다. 어떻게 할까 생각한 끝에 어머니 집에 가서 우산을 빌리기로 결심했다.

어머니 집은 역에서 약 300~400미터 앞의 밭 가운데 있었다. 나는 역에서 나와 집들의 처마 밑이나 나무 아래를 따라 어머니 집으로 갔다. 그러나 어머니에게는 아이가 없는 걸로 했다는 말을 이미 들은 터라, 공공연하게 어머니를 찾아갈 수가 없었다. 나는 그저 어머니가 집 밖으로 나오기만을 기다렸다. 나는 나무를 심어 만든 어머니 집의 높은 울타리 그늘에 숨어 비를 피하는 척하면서 잠시 상황을 지켜보았다. 차를 마시는 시간인지 방 안에서는 어머니의 날카롭고 높은 목소리와 웃음소리가 딸들 목소리와 섞여 명랑하게 들려왔다. 그러나 어머니의 모습은 아무리 기다려도 나타나지 않았다. 나무를 심어 만든 울타리 사이로 방 안을 엿보았다. 그러나 비가 내리는 탓에 어머니뿐만 아니라 어느 누구의 모습도 보이지 않았다.

빗발이 다시 거세졌다. 안에 들어갈 수도 없고 되돌아갈 수도 없었다. 초조한 마음으로 서 있는 것밖에는 달리 방법이 없었다. 그때 앞의 뽕밭에서 거름통을 맨 농부 한 사람이 집 안으로 들어가려고 했다. 그는 무릎에 구멍이 난 모모히키를 입고 사초 잎으로 짠 삿갓을 쓰고 있었다.

"저, 잠시 말씀 좀 묻겠는데요."

나는 그 남자를 따라가서 물었다.

"저, 그러니까, 댁의…… 아내 분이 계신가요?"

"네. 있습니다만……."

남자는 대답했다. 그러나 그는 수상쩍다는 듯이 나를 바라보면서 더는 아무 말도 하지 않고 재빨리 뒷문으로 해서 집 안으로 사라져버렸다.

방금 그 남자가 집 안으로 들어가 무슨 말을 할지도 몰랐다. 그러면 사람들이 수상하게 여겨 집 밖으로 나올 테고, 그렇게 됐을 때 일이 귀찮아질 것을 생각하니 왠지 기분이 나빠졌다. 할 수 없이 나는 다시 역 대합실로 돌아갔다.

멀미가 아직 진정되지 않은 데다 머리부터 온통 흠뻑 젖어서 역에 돌아오니 기분이 점점 더 나빠졌다. 그리고 결국 기차 안에서 먹었던 귤을 우엑우엑 토하고 말았다.

나는 잠시 벤치에 엎드려 가만히 있었다. 그러자 누군가 다가와 내 이름을 불렀다. 나는 머리를 들었다. 고마쓰야의 아저씨(하마마쓰 이모의 바로 아래 여동생인 막내 이모의 시동생)가 내 옆에 서 있었다.

"후미코, 무슨 일이야? 기차 멀미 한 거야…… 속 안 좋아……."

"네, 기차 멀미를 한 데다 흠뻑 젖어서……."

"그래선 안 되지. 잠깐 기다려……."

말도 끝마치지 않고 그 남자는 어디론가 사라졌다가 즉시 돌아와 내게 은단을 주었다. 나는 그다지 은단을 좋아하지 않았지만 그런 친절한 행동에 고맙다는 인사를 하고 은단을 받아 7, 8알 정도 입에 넣었다.

남자는 내 옆에 앉아 등과 어깨를 쓸어주었다. 잠시 시간이 지나자 나도 기분이 꽤 괜찮아졌다. 게다가 빗발도 약해진 듯싶었다.

"고마워요. 이제 괜찮아요. 가봐야겠어요."

이렇게 말하고 나는 짐을 챙기기 시작했다. 그러자 남자가 물었다.

"우산 없지, 후미코?"

"네. 조금 전에"라고 하면서 어머니 집에 가서 우산을 빌리려고 했지만 안에 들어가지 못한 일을 이야기했다. 친척이라 어떤 거리낌도 없었다.

"요즘 어머니는 잘 사시나요?"

"응, 요즘엔 부부 사이가 좋다는군."

남자는 이렇게 대답하고 근처에서 우산을 빌려줄 테니 같이 가자고 했다. 나는 남자의 뒤를 따라 대합실에서 나왔다. 남자는 역 앞에서 왼쪽으로 약 100미터 정도 걷다가 어느 요릿집으로 들어갔다. 그리고 가게 여주인과 뭔가 이야기를 하더니 머뭇거리고 있는 나를 불렀다.

"자, 올라오세요. 올라와서 조금 쉬었다 가세요."

여주인이 말했다. 남자는 신발을 벗고 위로 올라갔다. 나도 할 수 없이 남자를 따라 2층으로 올라갔다.

빨간 다스키*를 맨 여자가 방석 2장과 재떨이를 가지고 올라왔다.

'왜 이러지?'라며 여우에게 홀린 듯 정신이 혼미해지는 느낌이었다.

"저, 우산 먼저 빌려주세요. 서둘러 돌아가지 않으면 날이 어두워져서 집에 가기가……."

나는 남자를 재촉했다. 그렇지만 남자는 매우 침착하게 골든 배트**를 뻐끔뻐끔 피우기 시작했다.

"응, 바로 빌려줄게. 배고플 거 같아서 튀김을 주문했는데……."

"아니에요. 배고프지 않아요. 게다가 아직도 속이 안 좋아요……."

"아직 괜찮잖아. 해도 길고……."

그러는 사이에 조금 전의 여자가 덮밥 2개를 가지고 와서 앞에 하나씩 놓았다. 그리고 다시 내려갔다.

---

* 일을 할 때 옷소매를 걷어 올려 매는 끈으로, 양어깨에서 겨드랑이에 걸쳐 X자 모양으로 어긋하게 맨다.
** 담배 이름이다.

나는 진짜로 속이 좋지 않았다. 그래서 미안한 마음에 조금 젓가락을 댔다가 금세 내려놓고 남자의 식사가 끝나기를 기다렸다. 이윽고 남자의 식사가 끝나자, 기다리다 못한 나는 우산을 재촉했다. 남자는 "알았어"라며 이쑤시개로 이를 쑤시며 일어서서 다가오더니, 내 뒤의 장지문을 조금 열고 밖을 내다보았다. 그리고 "재수 좋게 비가 그친 모양이군"이라며 혼잣말처럼 중얼거렸다.

나는 구원받은 느낌이 들었다.

"비가 그쳤다고요? 아, 다행이다. 어디……."

나도 일어서서 밖을 내다보려고 했다. 그 순간!

현기증이 났다.

아, 이 얼마나 악마 같은 남자인가. 뿌리치고 또 뿌리치며 화살을 맞은 짐승처럼 정신없이 좁고 급한 사다리 계단을 내려왔다.

내가 사람을 잘못 본 거였다. 조선에서 돌아왔을 당시 외할머니 손에 이끌려 막내 이모가 사는 고마쓰야에 간 적이 있는데, 그 남자를 막내 이모의 시동생으로 착각한 것이다. 그런데 그 남자는 이모의 시동생이 아니라 그때 내가 이웃집에 목욕하러 갔을 때 만난 남자 중 한 사람이었다.

나는 지금까지 이 일에 대해 한 번도 말한 적이 없다. 그렇지만 나의 존재가 언제 이 세상에서 사라질지 모르는 지금에 와서는 숨길 필요도 없다. 내 생활이나 사상, 성격에 커다란 영향을 미쳤다고 여겨지는 것을 나는 백일하에 드러내야만 한다. 그것은 법관이 나를 판단할 수 있는 하나의 자료를 위해서가 아니라, 더욱 커다란 진리의 천명을 위해 절대적으로 필요하다고 생각하기 때문이다.

성의 소용돌이

　나는 소마구치에 있는 어머니의 친정으로 돌아왔다. 그렇지만 아버지의 집이 내 집이 아닌 것처럼 여기도 역시 나의 진정한 집은 아니었다. 나는 안주할 곳 없는 불쌍한 식객에 지나지 않았다. 게다가 부모 자식이 서로 다투는 분위기는 나를 숨 막히게 했다.

　단 하나 나의 숨통을 뚫어주는 곳은 모토에이 외삼촌의 절뿐이었다. 그래서 매일매일 무슨 알 수 없는 힘에 이끌리듯 나는 막내 외삼촌의 절에 가 있었다. 밤낮으로 막내 외삼촌 절에서 살았다. 당연히 치요 씨도 막내 외삼촌 절에 자주 놀러 왔다. 치요 씨는 진심으로 막내 외삼촌을 사랑하고 있었다. 그러나 그 무렵 치요 씨에게 혼담이 들어왔다. 치요 씨에게 직접 들어온 것이 아니라 치요 씨의 아버지—실은 아버지가 아니라 쉰 살이나 나이 차가 나는 오빠였지만, 여기서는 그것을 설명할 필요가 없을 것이다—에게 들어왔다.

어느 날 치요 씨는 이사와 마을로 시집간 언니에게서 갑자기 돌아오라는 전보를 받았다. 치요 씨는 급히 외출복을 입고 갔다. 막상 가보니 특별한 용건이 있는 것은 아니고 그저 도쿄에서 손님이 왔으니 "차를 내와라", "과자를 가져다줘라" 하면서 일을 시켰다. 그리고 남성용 하오리 옷감을 주면서 "미안하지만 급히 옷을 만들어달라"고 했다. 손님의 식사 시중을 든 것은 말할 필요도 없다.

치요 씨는 2, 3일 머물다가 집으로 돌아왔고, 얼마 지나지 않아 손님과 언니 부부 사이에 치요 씨의 혼담이 결정되었다. 치요 씨도 더는 어쩔 도리가 없었다. 사랑하는 사람이 따로 있었지만 자신의 남편을 자신이 고를 수는 없었다. 치요 씨는 그저 노예나 물건처럼 팔린 것이다.

치요 씨는 번민했다. 몹시 괴로워했다. 그리고 그 사정을 나와 막내 외삼촌에게 이야기했다. 어떻게든 거절할 방법이 없는지 물었다. 그러나 막내 외삼촌은 치요 씨에게 전과 같은 열정을 가지고 있지 않았다. 물론 치요 씨와 결혼할 마음이 털끝만큼도 없었다. 결혼하기에는 치요 씨가 더는 신선하지 않았으니까.

치요 씨의 진심 어린 호소에도 막내 외삼촌의 마음은 움직이지 않았다. 그저 형식적인 말만 할 뿐이었다.

"슬픈 일이야. 너만 괴로운 거 아니야. 나도 괴로워."

이런 식으로 막내 외삼촌은 말했다. 그렇지만 곧 이렇게 덧붙였다.

"하지만 우리는 힘이 없어. 어떻게 할 수가 없어. 운명이야. 어차피 인간은 운명을 거스를 수 없어……."

가엾은 치요 씨! 치요 씨는 얼굴도 모르는 남자에게 어쩔 수 없이 시집을 갔다. 치요 씨는 자신이 고른 애인이 있었다. 그 애인에게 도움을 청했다. 그러나 그 애인은 이미 치요 씨에게서 마음이 떠났다. 아, 치요 씨는 어떻게 될까?

그러나, 그러나, 그럼에도 두 사람은, 치요 씨와 막내 외삼촌 두 사람은, 여전히 그 관계를 이어갔다.

막내 외삼촌은 이미 마음이 떠난 여자. 비록 운명이라도 다른 남자에게 몸을 맡기기로 결심한 여자와.

치요 씨는 이미 자신을 버린 남자. 이미 새로운 상대를 마음에 그리면서, 지나간 사랑의 잔해와.

내가 너무 막내 외삼촌 절에만 들러붙어 있자, 친척들은 그런 관계가 외삼촌 동료들에게 알려지면 막내 외삼촌의 신용이 떨어지는 것이 아니냐면서 걱정하기 시작했다. 그래서 모두 나를 막내 외삼촌에게서 떨어뜨리고 동시에 막내 외삼촌에게는 다른 좋은 상대를 찾아주자는 쪽으로 이야기를 모았다. 이야기 끝에 어머니가 시집간 집의 둘째 딸 요시에를 막내 외삼촌에게 권했다.

요시에 씨는 얼굴도 예쁘고 바느질도 잘했으며 거기다 집안도 좋았고 나이 차이도 딱 좋았다. 막내 외삼촌은 가끔 어머니가 시집간 집을 방문했기 때문에 요시에 씨를 잘 알고 있었다. 아니, 그냥 아는 정도가 아니라 적어도 기분상으로는 상당히 친한 사이였다. 요시에 씨를 통해 막내 외삼촌을 알게 된 요시에 씨의 친구가 막내 외삼촌에게 연애편지를 썼다는 이유로, 요시에 씨와 그 친구 사이가 틀어졌다는 말까지 있었다.

그러나 막내 외삼촌에게 혼담을 가지고 온 것은 외할머니만이 아니었다. 내가 막내 외삼촌 절에 들락거릴 무렵 막내 외삼촌이 교토에 있을 때 알게 됐다는 나라의 한 시골 스님이 자신의 사위가 되어달라고 청했다.

"그 딸은 미인이긴 한데. 교토라면 몰라도 나라의 시골은 좀."

그때 막내 외삼촌은 내게 이렇게 얘기했다.

그 외에도 막내 외삼촌은 자주 여자들에게 편지를 받았다. 그리고 그 편지들을 조금도 숨기지 않고 나에게 읽게 했다. 나는 특별히 질투심을 느끼지 않았다. 그저 뭐든 잘 아는 친구처럼 막내 외삼촌을 생각하고 있었다. 그러나 억지로 눈뜨게 된 젊음의 쓸쓸함이라고 할까, 내 마음 어딘가에 충족되지 못한 쓸쓸함이 있었다. 그것이 뭔지는 정확히 몰랐지만 뭔가 찾고자 하는 갈망이 안에서 끊임없이 타올랐다.

여름 방학도 끝나가고 있었다. 8월 26일인가 27일, 나는 고마쓰야에 있었다. 정오가 지나 외할머니가 막내 이모에게 일이 있어서 찾아왔다.

그날 밤, 나와 외할머니는 고마쓰야의 이모부 손에 이끌려 마을에 활동사진을 보러 갔다. 활동사진은 이미 시작한 상태였다. 외할머니와 이모부는 겨우 관람석 뒤의 구석에 자리를 잡았지만, 나는 앉을 자리가 없어서 뒤에 서서 보기로 했다.

서양극 제1막이 끝났다. 문득 정신이 들어보니, 바로 왼쪽에 언제 왔는지 감색 학생모를 쓴 청년 한 명이 서 있었다. 나는 잠시 그 청년을 보고 즉시 제2막 화면으로 눈을 돌렸다. 잠시 후에 갑자기 그 청년이 내게 말을 걸었다.

"저, 실례지만 이거 그쪽 거 아닌가요? 지금, 제 발에 뭔가 밟혀서 손으로 더듬어 찾아보니 이것이 떨어져 있었어요."

청년은 셀룰로이드 머리 장식을 손에 들고 있었다. 나는 머리를 손으로 만져보았지만 내 것은 떨어지지 않았다.

"아니요, 제 것은 있어요."

"그래요. 곤란하게 됐군."

청년은 혼잣말처럼 중얼거리며 뒤의 창가까지 가서 창틀에 그것을 올려놓았다. 그러고는 다시 내 옆으로 돌아와서 "이전 막은 뭐였어요?"라고 자못 친하다는 듯이 물었다. 나는 어쩐지 귀찮은 생각이 들어서 "뭐더라, 저도 지금 막 와서"라고 무뚝뚝하게 대답했다. 그리고 화면을 열심히 쳐다보았다.

그러나 청년은 전혀 상관하지 않고 계속 말을 걸어왔다. 지금이기에 나는 확실히 내 마음을 해부할 수 있는데, 당시 나는 그 청년의 목적을 분명히 눈치채고 있었다. 그러나 과감하게 물리칠 수 없었다. 왜냐하면 그 무렵 뭔가 알 수 없는 것에 대한 동경이 내 마음속에서 소용돌이치고 있었기 때문이다. 나는 그 청년과 두세 마디 나누는 사이에 그 청년을 훨씬 전부터 알고 있는 친구처럼 생각하게 되었다.

대담하게도 그 청년이 갑자기 내 손을 잡았다. 나는 상당히 놀랐지만 특별히 뿌리치지도 않았다. 붐비는 사람들 속에서 소란을 피워서는 안 된다는 논리였는데, 실은 뿌리치기에 너무 아쉬운 마음이 들었기 때문이다.

청년에게 손이 잡힌 채 나는 가만히 있었다. 그러자 청년은 다시 잡은 손에 세게 힘을 주더니 뭔가 딱딱하고 네모난 종이를 쥐어주었다. 나는 그것을 말없이 받았다. 그리고 남몰래 품속에 넣었다.

대체 뭘까. 나는 빨리 보고 싶었다. 그래서 돌아가는 길에 입구의 밝은 전구 아래서 살짝 품속에서 꺼내 봤다.

금테에 꽃모양이 박힌 여성풍의 명함에 청년의 주소와 세가와라는 이름이 적혀 있었다.

여름 방학이 끝났기 때문에 나는 다시 하마마쓰로 돌아갔다. 뭔가 미련 같은 게 남아 있는 채였다.

밤이었다. 집안사람들은 모두 어딘가에 외출한 듯 현관이 닫혀 있었다. 그러나 들어가는 방법을 알고 있었다. 나는 마당의 울타리 아래로 손을 밀어 넣어 나무문의 열쇠를 풀고 변소의 세숫대야 옆을 지나 집 안으로 들어갔다.

더워서 우선 문을 활짝 열었다. 그리고 땀에 젖은 옷을 벗었다. 기차 안에서 아무것도 먹지 않아 배가 고팠기에 부엌의 찬장을 열고 음식을 찾아서 혼자 밥을 먹고 있었다. 그때 길에서 굽 낮은 게다 소리가 들렸다. 이모가 돌아온 것이다.

"어머, 후미코, 돌아왔구나. 잠가놓은 문이 열려 있어서 무슨 일인가 싶어 놀랐어."

"지금 막 왔어⋯⋯. 배가 고파서 밥 먹었는데, 이 반찬 먹어도 되지?"

"그럼 되고말고⋯⋯. 그래, 고슈 식구들은 모두 건강하시니?"

"응, 모두 건강해⋯⋯. 이모는 어디 다녀왔어?"

"오늘 밤은 아키바 씨네 제삿날이잖아. 특별히 할 일도 없고 덥기도 해서 모두 거기에 다녀왔어."

"그래, 아빠랑 켄은?"

"두 사람은 이시바시 씨 집에 들렀다 온대. 난 이런 차림으로 가는 게 싫어서 먼저 돌아왔어⋯⋯."

이런 이야기를 하면서 이모는 옷을 갈아입다가 세탁해서 풀을 먹인 유카타를 입고 화로 앞에 앉더니 "차라도 끓일까, 후미"라고 하며 화로에 불을 피우기 시작했다.

그러는 동안 나는 먹은 것을 정리하고 설거지를 했다. 그리고 비로소 느긋하게 자리를 잡고 앉았다. 이모는 갑자기 생각난 듯이 "후미, 좋은 것 보여줄까?"라며 장롱 위에서 뭔가 종이에 싼 것을 꺼내 와서 "오늘 밤에 사왔어"라며 펴 보였다.

조각한 금반지 2개가 그 안에서 나왔다.

나는 놀랐다.

"어머, 돈이 생긴 거야?"

놀라서 물었다.

"금은 아니야, 후미."

이모는 입가에 미소를 띠우며 말했다.

"이거 2개에 겨우 50전이야. 자주 끼고 다니면 금세 벗겨지지만 옷을 차려입을 때만 잠깐 끼면 괜찮아."

이모는 반지를 양쪽의 약지에 하나씩 끼고 정말로 금으로 보이는지 시험해보는 것 같았다. 그러다 스스로를 설득하듯이 "가짜라도 그런대로 괜찮아. 아버지 시계나 안경도 모두 가짜지만 2년이 지났어도 아직 색도 그다지 변하지 않았으니까"라고 덧붙였다.

아, 이모도 결국 아버지에게 영향을 받은 것이다. 어째서 이 사람들은 이런 천박한 허세를 부리는 것일까. 하마마쓰로 돌아오자마자 나는 불쾌감을 느꼈다.

나와 아버지, 이모의 다른 점이 매사에 분명해지는 것이 슬펐다. 그리고 이렇게 살지 않고 나 혼자 내 생활을 하고 싶다는 욕망에 자연스럽게 사로잡혔다.

활동사진을 보러 갔을 때 만났던 세가와에게 편지를 쓴 것은 그로부터 4, 5일이 지난 후였다. 어떤 식으로 쓰면 좋을지 몰라서 막내 외삼촌에게 왔던 여자의 편지를 떠올리면서 문장을 그대로 모방해서 쓰고, 봉투의 발송인에는 남자 이름을 써서 보냈다.

즉시 답장이 왔다. 연분홍빛 봉투에 발송인이 여자 이름으로 되어 있었고 안에는 수상한 영어를 잔뜩 사용하여 쓴 편지가 들어 있었다.

나는 또 학교에 다녀야만 했다. 싫어하는 재봉은 여전히 잘하지 못했고 학과는 너무 시시해서 점점 학교가 싫어졌다. 그래서 반은 자포자기 상태로 학교에서는 일부러 선생님에게 반항하고, 집에서는 손에 잡히는 대로 책만 읽었다. 그러나 아버지 집에 있는 책은 그냥 이야기책 정도여서 금방 질리고 시시해졌다. 아버지는 용돈을 주지 않았기 때문에 책을 살 수도 없었다. 나는 더는 견딜 수 없었다.

그래서 도쿄로 보내달라고 아버지에게 부탁했다. 물론 아버지는 허락하지 않았다.

"바보 같구나, 너는."

아버지는 나를 꾸짖었다. 그리고 자신의 일류 철학을 동원하여 설교를 시작했다.

"도쿄 같은 곳에 젊은 여자를 그렇게 쉽게 보내줄 거 같으냐. 세상은 말이지, 네가 생각하는 것처럼 쉽지 않아. 요컨대 남자가 잠깐 여자에게 길을 물어봐도 세상 사람들은 즉시 색안경을 끼고 보는 거야. 여자가 한 번 그런 소문이 나봐라. 그야말로 그걸로 끝이야. 흠집이 난 물건이니까. 뿐만 아니라 너는 어디든 자유롭게 갈 수 있는 독신과는 달라. 다시 말하면 내가 널 맡고 있는 거야. 내 책임하에 그런 일은 허락할 수 없어."

아버지는 자신이 한 일은 잊은 것이다. 또한 자신이 마음대로 정한 일은 내가 승낙하든 말든 절대적으로 권위가 있다고 믿었다. 도대체 나는 언제까지 이렇게 아버지의 압제 아래 있어야만 하는 걸까. 읽을 책이 없어서 대신 가끔 가는 강연회조차 금지당하는 그런 폭압 속에 나 자신을 가둬두어야만 하는 것일까.

젊은 생명은 성장하고 싶다. 성장하지 않고는 배길 수 없다.

나는 마침내 학교를 그만둘 결심을 했다. 그리고 교사에게도, 아버지에게도, 다른 누구에게도 말하지 않고 못 견디게 싫던 재봉 학교를 그만두었다. 아버지는 물론 미친 듯이 화를 냈다. 그러나 나도 더는 아버지의 말을 따르지 않았다. 아니, 아버지의 폭압에 굽히지 않았다. 나는 나 자신을 보호해야 했다. 그렇게 해서 나는 다시 외갓집으로 돌아갔다.

그러나 이번에는 외할아버지를 비롯한 외갓집 식구들이 내가 막내 외삼촌 절에 자주 들락거리는 것을 허락하지 않았다. 나는 고마쓰아에 맡겨졌고 또 마을의 재봉 학교에 다녀야만 했다.

하나의 지옥을 벗어났지만 또 다른 지옥에 던져졌다. 내게는 그곳에서 벗어날 힘이 없었다. 나는 아직 제몫을 할 수 있는 인간이 아니었고, 좋아하는 길을 가는 데 필요한 돈도 없었다. 나는 나답지 않은 생활에 붙들려 있어야만 했다.

이러한 경우에 놓였을 때, 자포자기하는 심정이 되는 게 책망받을 일일까? 물론 나는 책망받아 마땅하다. 나 자신의 생명을 모독하고 있으니까. 그렇지만, 그렇지만, 적어도 나는 이런 생명의 모독에 대해 너그럽게 용서받아도 좋다고 생각한다. 아무도 나를 이해해주지 않고 누구도 나를 동정해주지 않기 때문에 스스로 나를 위로해야 한다.

될 대로 되라는 식으로 나는 집안일 같은 건 아무것도 하지 않았다. 아기 보기는커녕 내가 먹은 그릇조차 제대로 씻지 않았다. 뭔가를 하고자 하는 용기가 나에게는 전혀 남아 있지 않았다.

세가와는 지역의 중학교 4학년이었지만 자퇴를 했는지 퇴학을 당했는지 어쨌거나, 내가 고마쓰야에 왔을 때 이미 상경하여 부기 학교에 다니고 있었다. 나는 그와 편지 왕래를 계속했다. 그와 동시에 가능한 범위에서 막내 외삼촌 절을 방문했다. 세가와가 보낸 편지 등도 내 짐을 넣어둔 막내 외삼촌 절의 벽장에 넣어두었다.

치요 씨의 결혼은 자꾸 미뤄졌다. 그러는 동안 치요 씨는 변함없이 막내 외삼촌을 찾아왔다. 언젠가 나는 막내 외삼촌 절에서 치요 씨와 함께 있었다. 치요 씨는 그때 친구 한 명을 데리고 왔다. 해가 지고 저녁 식사를 마쳤는데도 치요 씨는 하카마를 갰다가 입었다가 하며 우물쭈물 시간을 보냈다. 나는 치요 씨의 마음을 알아채고 언제나처럼 치요 씨를 붙잡았다.

"저기, 치요 씨, 너무 늦었으니까 오늘 밤은 자고 가. 그러면 나도 함께 묵을 수 있으니까……."

치요 씨는 물론 그렇게 하고 싶었지만 친구와 함께 있었기 때문에 머뭇거렸다. 그러자 친구도 치요 씨의 마음을 알아채고, "후미코 씨도 함께니까 엔코지에서도 뭐라 하지 않을 거야. 자고 와"라고 나와 함께 치요 씨에게 자고 갈 것을 권했다. 치요 씨는 "너 혼자 가면 쓸쓸하잖아"라고 친구를 생각했지만, 친구는 "아니, 괜찮아!"라며 다소 불만스러운 얼굴로 혼자 돌아갔다.

나는 조선에서 돌아온 첫날밤처럼 푹 잘 수 없었다. 오히려 치요 씨를 동정했다.

그 후 막내 외삼촌은 치요 씨에게 이별의 선물로 치요 씨가 평소에 갖고 싶어 하던 진주 반지를 주었다. 반지는 두 사람의 관계가 영원히 끝났다는 징표가 되었다.

11월 중순, 치요 씨는 마침내 시집을 가게 되었다. 식은 도쿄에서 올린다고 했지만, 적어도 몇 명의 마을 사람들에게 이별 인사는 해야 한다며 엔코지에서도 자반고등어, 무, 우엉조림 등을 준비하여 간단히 식을 올렸다. 사람들은 치요 씨의 행복을 기원해주기 위해 밝은 표정으로 모여들었다.

잔치를 돕던 마을 사람들이 바쁘게 움직였다. 그러나 정작 그날의 주인공인 치요 씨의 얼굴은 침울했다.

"이렇게 재미없는 결혼식은 본 적이 없어. 아무리 절에서 한다지만 마치 장례식 같군."

엔코지 주지 스님이 치요 씨 앞에서 이렇게 중얼거릴 정도로 치요 씨는 어두운 얼굴을 하고 있었다. 참으로 치요 씨의 장례식이 아니고 무엇이겠는가.

그날 밤 치요 씨는 몰래 일어나 마지막 편지를, 영원한 이별의 편지를 막내 외삼촌에게 썼다. 다음 날 내가 엔코지에 가자, 치요 씨가 사람이 없는 본당 옆의 어두운 방으로 데려가 "후미 씨, 이거 좀 전해줘"라며 그 편지를 나에게 건넸다.

치요 씨의 눈이 울어서 퉁퉁 부어 있었다. 그리고 그때도 역시 하염없이 눈물을 흘렸다. 나는 치요 씨를 동정했다. 우리들은 서로 부둥켜안고 울었다.

그날 치요 씨는 울어서 퉁퉁 부은 얼굴에 화장을 하고 화려하게 차려입고 동구 밖까지 지인 4~5명의 배웅을 받으며 떠났다.

시집을 간 치요 씨는 보름 정도 후에 막내 외삼촌에게 편지를 보내왔다. 막내 외삼촌은 아무렇게나 봉투를 뜯고 한 번 쓱 읽더니 "쳇……, 사람을 바보 취급하는 거야"라고 말했다. 그러나 특별히 화를 내는 것 같지는 않았고 쓸쓸한 모습도 없었으며 다만 조금 쓴웃음을 지으며 편지를 내 앞에 던졌다.

나는 편지의 내용이 정확히 기억나지 않는다. 다만 편지에는 새로운 집에서의 생활이 적혀 있었는데, 하녀 외에도 서생書生*이 있다거나 간호사가 있다거나 환자가 많아서 생활이 풍족하다거나 모두가 자신을 사모님이라고 부른다는 등의 이야기가 적혀 있었다.

언제 그랬냐는 듯이 보름 전까지의 번민을 모두 잊고 지금은 그 새로운 생활에 충분히 만족하고 있는 듯했다.

한 해도 저물어가는 12월 28, 29일 무렵 세가와가 부기 속성과를 마

---

* 남의 집에서 일을 도와주면서 공부하는 사람이다.

치고 돌아왔다. 세가와의 집은 고마쓰야에서 약 300미터 정도 떨어진 곳에 있었다. 우리들은 아침저녁마다 만났다. 아무리 내가 될 대로 되라는 식이었다고는 해도 낮에는 역시 재봉 학교에 가거나 집안일을 도와야 했기 때문에 공공연하게 세가와가 놀러 올 수는 없었다. 때문에 밤이 되면 언제나 고마쓰야의 가게 유리문 밖에서 휘파람을 불거나 어둠 속에서 담뱃불을 비춰 나에게 신호를 보냈다. 그러면 나는 무슨 이유를 대서 집을 나왔다. 때로는 집안사람들에게 말하고 나오기도 했지만 대부분 몰래 뒷문으로 빠져나왔다.

겨울밤의 추위는 숨조차 얼어붙게 했다. 그렇지만 젊은 피가 끓는 우리들에게 그런 것은 아무것도 아니었다. 망토 하나에 두 사람이 들어가 밤거리를 걷기도 하고 가까운 절 안을 돌아다니기도 했다. 때로는 넓고 텅 빈 어두운 본당 안으로 들어가 키스를 하거나 포옹을 했다.

이렇게 나는 약 보름 정도를 거의 매일 밤 집을 빠져나와 2시, 3시까지 세가와와 함께 여기저기를 헤매고 다녔다.

이런 될 대로 되라 식의 생활을 하면서도 나는 여전히 나의 진정한 바람과 목적을 포기하지 않았다.

나의 진정한 바람! 진정한 목적!

그것은 더 많은 책을 읽고, 더 많은 것을 알고, 나 자신을 성장시킬 수 있을 만큼 성장시키는 거였다. 그러나 나는 가난했다. 부잣집 아들딸처럼 많은 돈을 받으면서 오랫동안 학교에 다닐 수가 없었다. 그렇다면 어떻게 하면 좋을까. 나는 여러 가지를 생각한 끝에 현縣의 여자사범학교라도 가서 학교 선생님이 되어 우선 경제적으로 독립한 뒤에 서서히 내가 좋아하는 학문을 하기로 마음먹었다. 일단 사범학교는 국비로 공부할 수 있어서 집에서는 약간의 보조만 받으면 되었다.

이렇게 생각한 나는 막내 외삼촌에게 부족한 학비를 부탁하기로 결정하고 열심히 수험 준비를 했다. 밤늦게 세가와와 만나는 게 다소 공부에 방해가 됐지만 그 대신 다른 시간을 효과적으로 활용하여 집중해서 공부했다.

여러 학교의 입학 시기가 가까워오고 있었다. 나는 학교의 서류를 주문하여 입학 원서를 썼다. 그리고 그 원서를 가지고 막내 외삼촌을 찾아갔다. 그러나 막내 외삼촌은 평소와 다르게 우울한 얼굴로 나를 맞이했다. 나는 그다지 신경 쓰지 않았다. 어찌되었든 치요 씨가 시집가버려서 쓸쓸한 거라고 생각했다.

나는 우선 막내 외삼촌에게 부탁했다.

"저, 나 오늘 원서 써왔어. 도장 찍어줘."

"원서!"

막내 외삼촌은 한층 무뚝뚝하게 말했다.

"음, 사범학교 원서구나. 나한테 생각이 있으니까 당분간 보류해두자. 그리고 내 생각에는 후미가 하마마쓰의 아버지 집에 가는 편이 나을 거 같아."

"왜?"

나는 갑작스러운 막내 외삼촌의 말에 완전히 당황하여 물었다.

"왜냐고?"

막내 외삼촌은 잠깐 웃음을 보였지만 바로 원래의 어두운 얼굴로 돌아와서 무뚝뚝한 말투로 말했다.

"이유는 나중에 알게 될 테니까, 오늘은 일단 돌아가. 내가 오늘 좀 바쁜 일이 있어서…….."

나는 너무도 낙담했다. 처음에 나는 막내 외삼촌이 진심으로 한 말이 아닐 거라고 생각했다. 그렇지만 이렇게 분명하게 말하는 것을 보니, 결코 농담도 협박도 아닌 게 분명했다. 나는 바라고 있었다, 단 하나의 살길! 그런데 그것마저 완전히 끊어져버린 것인가. 나는 눈물조차 나오지 않았다.

마지못해 고마쓰야에 돌아왔지만 '무슨 이유일까, 외삼촌은 무슨 생각을 하고 있는 걸까'라는 생각으로 밤새 한숨도 자지 못했다.

다음 날 막내 외삼촌은 소마구치의 외할머니를 데리고 고마쓰야에 왔다. 그리고 하마마쓰까지의 차표를 2장 사서 나와 외할머니를 기차에 태웠다.

"무슨 일이야, 외할머니?"

내가 기차 안에서 외할머니에게 물어보았다. 그렇지만 외할머니는 나에게 아무 대답도 하지 않았다.

"무슨 일인지 나도 모르겠구나. 모토에이가 2, 3일 뒤에 온다고 하니까 그때 알게 되겠지."

나는 외할머니가 아무것도 모를 리 없다고 생각했다.

"그럼 왜 외할머니는 나와 함께 가는 거야?"

"이유가 있는 건 아니고, 그저 모토에이가 널 데리고 가라고 하니까 가는 거지. 나도 오랜만에 기쿠도 만나고 싶고…….."

나는 더는 외할머니에게 아무것도 묻지 않았다. 그저 중대한 위기가 닥쳐오고 있다는 것만 느꼈다.

외할머니와 나는 아버지 집에 도착했다. 전에 아버지와 싸우고 집을 나갔기 때문에 나 혼자였다면 뭔가 이유를 대고 집에 들이지 않았을지도 모른다. 하지만 외할머니와 함께여서 아무 말도 하지 않았다. 게다가 이모는 외할머니를 보고 아주 기뻐했다.

내 마음은 침울했다. 나는 아버지와도, 외할머니와도, 이모와도 말하고 싶지 않았다. 그저 혼자 있고 싶었다. 혼자서 생각하고 싶었다. 실제로 혼자 따로 떨어져서 신문을 읽거나 생각하거나 했다.

외할머니는 나에 대해 아무 말도 하지 않은 것 같았다. 다만 막내 외삼촌이 나중에 온다는 사실만 이야기했다.

이윽고 막내 외삼촌이 왔다. 막내 외삼촌 역시 나에게는 아무 말도 하지 않았다. 아니, 내 앞에서는 아버지도 이모도 아무 말도 하지 않았다.

아버지와 막내 외삼촌은 술을 마셨다. 이모는 그 옆에 있었다. 나는 다른 방에 혼자 있었다. 막내 외삼촌은 뭔가 작은 소리로 아버지에게 말하고 있었다. 나는 그 말을 듣고 싶어서 귀를 기울였지만 들리지 않았다. 다만 때때로 아버지가 "그런 바보 같은"이나 "녀석을 여기에" 등의 말을 화난다는 듯이 소리치면, 막내 외삼촌이 말리는 듯했다. 그러나 가끔 들리는 단편적인 말로 나는 대체적인 내용을 짐작할 수 있었다. 대화의 내용을 알고 나니, '뭐야, 나를 바보 취급하고 있잖아'라는 맹렬한 반항심이 일었다. 아버지와 막내 외삼촌에게 가서 실컷 욕설을 퍼부어주고 싶었다.

그러나 꾹 참았다. '지나간 일은 어떻게 되든 상관없어. 앞으로의 일, 앞으로의 일이 중요해'라고 생각했다.

이야기가 끝나자, 막내 외삼촌은 하룻밤도 묵지 않고 바로 돌아갔다.

나는 막내 외삼촌을 현관까지 배웅했다.

"모든 것을 아버지에게 말했으니까 나중에 잘 듣도록 해."

나는 아버지를 보았다. 아버지는 화난 얼굴로 나를 노려보고 있었다. 당장이라도 걷어찰 기세였다.

막내 외삼촌을 배웅하고 나자 아버지는 더는 참을 수 없다는 듯이, 막내 외삼촌을 배웅하고 아직 현관 다다미에 앉아 있는 나를, "이 나쁜 년! 갈보 년!"이라고 분노에 찬 목소리로 욕하며 어깨를 발로 걷어찼다.

뜻밖의 일을 당한 나는 신음 소리를 내며 그 자리에 쓰러졌다. 어깨뼈가 부러진 게 아닌가 하고 생각했다. 일어설 용기도 없이 그저 멍하니 쓰러져 있었다.

아버지는 말을 이었다.

"잘도 그런 못돼먹은 짓을 했구나. 잘도 내 얼굴에 먹칠을 했어……. 조선에서 돌아온 것도 아마 그런 일 때문일 거야. 그래, 틀림없어. 좋아, 마음대로 해……."

겨우 정신을 차린 나는 화가 나서 아버지에게 덤벼들었다.

"뭘요? 내가 뭘 했다는 거예요?"

그러자 아버지가 다시 내 다리를 걷어찼다.

"뭐라고? 네년이 뭘 했는지 가슴에 손을 얹고 생각해봐. 알겠냐, 알겠지? 모르겠으면 알게 해주지."

"여보, 뭐하는 거예요. 그만해요. 그만하라고요……."

부엌에 있던 이모가 달려 나와 아버지의 팔을 잡고 자신의 몸으로 나를 막아주었다.

"뭐하는 거야. 왜 이 녀석을 감싸는 거야. 비켜, 비키라구!"

아버지는 이모에게 소리쳤다. 그렇지만 이모는 바위처럼 꼼짝도 하지 않았다.

"이제 됐네, 됐어. 나중에 내가 잘 말할 테니까……."

외할머니도 망설이며 아버지를 진정시켰다.

"마음대로 해. 나는 이제, 이제 몰라. 마음대로 하라고."

아버지는 이렇게 말을 뱉고 방 안으로 들어가버렸다.

아버지가 들어가자, 이모가 일어나더니 나를 일으켜 세웠다. 외할머니는 내 소매를 걷어보거나 어깨를 문질러주었다.

"괜찮니? 다치지 않았니? 정말 아버지는 난폭해서 탈이야."

"괜찮아요. 다치지 않았어요. 아무 일도 없어요."

나는 걷어차인 팔을 흔들어보며 대답했다.

이모는 나를 아버지가 없는 방으로 데리고 갔다. 외할머니도 따라왔다.

"이봐, 기쿠, 술 가져와."

아버지가 소리쳤다.

이모는 투덜거리며 아버지 방으로 갔다. 외할머니와 나는 침묵을 지키며 각자의 생각에 잠겨 있었다. 그렇게 약 반 시간 정도가 지났다. 아버지는 취해서 빨개진 얼굴로 시내에 나갔다.

이모가 다시 돌아와 앉았다. 나는 비로소 이모에게 물었다.

"외삼촌이 나에 대해 뭐라고 한 거야?"

"원래는 아버지가 나쁜 거야."

이모가 외할머니와 내 얼굴을 번갈아보며 말했다.

"외삼촌과 조카를 부부로 만들려고 하니까. 그런 도리에 맞지 않는 일을 하니까. 아버지는 그냥 모토에이 절의 재산을 노리고 마음대로 정한 거야. 잘 안 되는 게 당연하지. 아버지가 화를 내도 어쩔 수 없어. 화를 낸 사람이 잘못된 거야."

"잘 안 됐다니 무슨 말이야?"

나는 대강 알고 있었지만 더 분명히 알고 싶어서 거듭 물었다.

"그러니까 모토에이는 너와 부부의 인연을 맺겠다는 약속을 취소하러 온 거야."

이모는 비웃는 듯한 말투로 말했다.

"네가 불량소년과 편지를 주고받았다느니 밤에 놀러 다녔다느니, 말괄량이라느니, 그런 말을 잔뜩 늘어놓으면서 말이지."

이모는 오히려 나를 동정하는 듯이 사건의 진상을 요약해서 말해주었다.

"아, 그래? 자기가 한 일도 조금 생각해보시지."

나는 단지 그 말만 하고 입을 다물었다.

이제 모든 게 명백해졌다. 아무것도 물을 필요가 없고, 아무 말도 할 필요가 없었다.

네다섯 살 때부터 칠칠맞은 성생활을 봐온 나다. 자연스럽지 못한 성에 눈뜰 수밖에 없었던 나다. 그런 내가 벌써 열예닐곱 살이 되어 자신도 알지 못하는 이상한 힘에 이끌려 뭔가를 동경하고 추구하는 것이 무슨 큰 죄악이 된다고, 아버지와 막내 외삼촌은 저러는 것일까. 다만 나는 자신들이 한 일을 돌이켜보라고 말하고 싶다.

나는 아버지나 막내 외삼촌이 한 일을, 아니 아주 약간만 흉내 냈을 뿐이다. 그런데 막내 외삼촌은 나를 노리개처럼 대하고 아버지는 나를 도구로 사용한 끝에 헌신짝처럼 버리고 밟고 걷어찬 것이다.

내가 스님의 아내로 어울리는지는 생각해보지도 않고 나도 모르는 사이에 한 사람은 노리개로 삼기 위해, 또 다른 한 사람은 자기 생활의 안전판으로 삼기 위해, 마음대로 남편으로 정하고 아내로 정했다. 그런 그들에게는 아무런 책임이 없단 말인가.

어린아이를 어머니와 함께 버리고 떠나더니 10년 후에 나타나서는 갑자기 아이의 친권을 휘두르며 물건처럼 마음대로 작은 절의 아내로 팔기로 약속해놓고, 그것이 생각대로 안 되자 짐승처럼 취급하는 아버지에게, 그런 일을 한 자신에게는 아무런 책임이나 죄악이 없다고 생각하는 것일까.

나는 아무런 변명도 할 필요가 없었다. 아무 말도 듣고 싶지 않았다.

"오히려 잘됐구나. 모토에이를 위해서도, 후미코를 위해서도 오히려 잘됐어. 우리들은 벌써부터 이렇게 되기를 바라고 있었지만 어떻게 해야 좋을지 몰랐단다. 정말 잘됐구나."

외할머니는 이렇게 말하며 특별히 나를 꾸짖으려 하지 않았다.

'가엾은 외할머니, 외할머니는 그저 외삼촌의 안전을 위해 온 거예요. 외삼촌은 외할머니가 나와 외삼촌의 결혼을 반대한다는 것을 알고 있었어요. 그래서 아버지와 한 약속을 파기하려고 할 때, 아버지가 반대하면 곤란하니까 자기편이 되어주었으면 해서, 단지 그 이유 때문에 외삼촌이 데리고 온 거예요. 그렇지만 외할머니는 그럴 필요가 없었어요. 아버지가 늘 그렇듯이 화를 내며 나를 밟고 차고 했으니까요. 걱정할 필요 없어요. 외할머니, 나는 내가 갈 길을 생각하고 있으니까……'

나는 이렇게 마음속으로 말하고 있었다. 그렇지만 입 밖으로는 아무 말도 하지 않았다.

나의 생활을 완전히 변화시킬 하나의 전환기가 나를 기다리고 있었다.

이런 일이 있었지만 나는 아버지 집에서 바로 쫓겨나지는 않았다. 나도 장래에 대한 계획이 서지 않았기 때문에 아버지 집을 무작정 나올 수도 없었다. 우리들, 아버지와 나는 도저히 일치하지 않는, 맞지 않는 마음으로 잠시 같은 집에서 살아야만 했다.

그런데 얼마 지나지 않아 마침내 폭발하는 날이 오고 말았다. 아버지와 내가 영원히 헤어져야만 할 때가 온 것이다. 그것은 남동생 켄의 일로 아버지와 벌인 사소한 말다툼이 발단이 되었다.

나는 남동생에 대해 이 글에서 아직 이야기하지 않았는데, 지금이 얘기할 딱 좋은 기회이기에 남동생 켄에 대해 조금 적어두겠다.

아버지와 어머니가 헤어졌을 때, 나는 어머니가 기르고 남동생은 아버지가 기르기로 정한 것, 남동생이 세 살 때 아버지가 데려간 것, 여기에 대해서는 이미 적었다.

켄은 어머니 품을 떠났다. 그렇지만 아버지 집에서 이모가 어머니 대신 켄을 기다리고 있었다. 켄도 상당히 가난하게 자랐지만 그래도 이모가 착실해서 나처럼 고생하지는 않은 모양이었다.

이모는 켄을 아주 많이 아꼈다.

"언니와의 의리가 있으니 적어도 이 아이만큼은 잘 돌봐줘야 미안하지 않지."

이모는 언제나 이렇게 말했지만 내 눈에 비친 두 사람의 관계는 의리라는 차가운 것만으로 연결되어 있지는 않았다. 무슨 일에서든 이모는 친부모처럼 켄을 귀여워해주었다. 친자식처럼 어떤 격의도 없이 진정한 애정을 가지고 길렀다. 때문에 켄이 학교에 갈 나이가 되자, 이모는 아버지의 반대를 무릅쓰고 켄을 자신의 사생아로 신고했다. 무적자는 학교에 입학할 수 없었기 때문으로, 켄은 이모 덕에 무사히 학교에 입학할 수 있었다.

그렇지만 아버지의 잘못된 교육 방식 때문에 켄은 결코 행복하지 않았다. 켄은 나와는 다르게 몸집은 컸어도 모르는 사람에게는 말도 못 건넬 정도로 내성적이었고, 아주 얌전하고 친절한 아이였다. 공부는 쓰기나 그림 그리기 같은 것은 잘했지만 수학은 잘하지 못했다. 수학뿐만 아니라 전체적으로 그다지 공부를 잘하는 편은 아니었다. 그래서 이모는 자신들의 가난한 생활이 지긋지긋하기도 하고 앞으로 공부를 시킬 비용을 대지 못할 수도 있다는 걱정에서 켄을 상인으로 만들려고 했다. 그러나 아버지는 켄의 적성은 물론이고 자신들의 생활 형편도 생각하지 않았다. 그저 대학에서 법률을 공부시켜 훌륭한 사람으로 만들려고 했다. 아버지는 법률을 아는 사람을 세상에서 가장 훌륭한 사람으로, 그렇지 않은 사람들은 멍청하고 한 단계 낮은 사람으로 보았다.

그런 계획하에 아버지는 교육 방침을 세웠다. 그래서 학문에 그다지 소질이 없는 켄을 억지로 공부시키고자 때로는 자신 앞에 앉혀놓고 책을 읽히거나 수학 문제를 풀게 했다. 그때 켄이 조금이라도 더듬거리거나 문제를 풀지 못하면 심하게 잔소리를 하다가 결국에는 이해력이 나쁘네, 뭐네 하며 머리를 딱딱 때리는 것이었다. 그리고 그런 행동은 어린아이의 자신감을 잃게 하고 위축시켜서 잘할 수 있는 것까지도 못하게 만들었다.

게다가 그러면서도 여전히 '사에키 가계도' 앞에 앉혀놓고 예배를 시켰다. 그리고 태정대신 후지와라 아무개 경의 123대를 욕보여서는 안 된다며, 씨족 제도 시대의 낡아빠진 사상을 주입하거나 감당하기 어려울 정도의 부담을 주었다.

아버지는 켄에게 설교했다.

"이렇게 훌륭한 가문에서 태어난 덕분에 비록 가난하게 살았어도 다른 사람들에게 무시당한 적은 없다. 간단히 말하면 이 하마마쓰에도 나보다 돈 많은 사람은 많지만 그런 사람들도 모두 나를 사에키 씨, 사에키 씨 하면서 올려다본다고. 그것은 모두 가문 덕분이야. 혈통을 무시해서는 안 돼."

무슨 일이든 순수하게 받아들이기 쉬운 소년은 어느 틈에 아버지의 사상에 감화되어 아버지와 같은 사고방식에 익숙해졌다.

나는 평소부터 그것을 가소롭게 여기고 있었다. 아버지의 켄에 대한 처사에도 항상 비판적인 눈으로 보고 실제로 거기에 반대되는 말을 하기도 했다. 그리고 그것이 나와 아버지 사이를 나쁘게 만드는 이유 중 하나가 되었다.

아버지는 켄이 대학에 가서 법률가가 되면 훗날 사법대신이나 총리대신까지 오를지도 모른다고 생각했다. 그래서 우선 켄을 중학교에 보내려고 했다. 그리고 내가 여자사범학교에 들어가려고 할 무렵 켄에게 중학교 시험을 치르게 했는데 켄은 어쨌거나 그 시험에 합격했다.

아버지의 기쁨은 이루 말할 수 없었다.

"대단해! 해냈구나……."

아버지는 하늘에라도 오를 듯한 기분으로 켄을 칭찬했다.

"과연 내 아들이다. 열심히 해라! 서양에는 스물두세 살에 법학 박사가 된 사람도 있으니까 말이야.”

아버지는 이모에게 팥을 넣은 찰밥*을 짓게 하여 켄의 출세를 위한 첫 걸음을 축하했다. 물론 자신은 평소보다 더 많은 술을 마시며 기뻐했다. 또 평소처럼 켄을 가계도 앞에 앉히고 설교했다. 켄도 아버지와 함께 가 계도 앞에 머리를 조아리고 경건하게 예배했다.

다음 날 아버지는 옷을 전당포에 잡히고 약간의 돈을 마련한 다음, 입 학에 필요한 것을 사러 켄과 함께 시내에 나갔다.

일주일 정도 지나서 맞춘 구두가 도착했다. 아버지는 그 구두를 손에 들고 자세히 만듦새를 바라보며 켄에게 말했다.

“저기 켄, 너도 알다시피 8엔짜리랑 12엔짜리가 있었지만 무리해서 12엔짜리를 샀다.”

켄은 매우 기뻐하며 그 구두를 신고 학교에 갔다. 그러나 정오가 지나 집에 돌아오자마자 자못 불만스러운 듯이 아버지에게 덤벼들었다.

“아버지는 거짓말쟁이야.”

“왜?”

“왜냐고? 학교에 가보니, 내 구두, 비싼 쪽이 아니라 싼 쪽이잖아.”

“아니, 아버지는 결코 거짓말하지 않아. 그건 분명 12엔짜리야.”

아버지는 다소 당황하여 불쾌한 얼굴로 대답했다. 그러나 켄은 인정 하지 않았다.

“우메다 군 것도 스즈키 군 것도 8엔짜리라고 했는데 내 것과 똑같아. 12엔짜리를 신고 있는 애도 있었는데 그것이 훨씬 만듦새가 좋았고 가

---

* 경사스러운 날에 지어 먹었다.

죽도 고급이었어."

아버지는 어색함을 감추기 위해 '에헴' 하고 기침을 한 후 일부러 침착하게 대답했다.

"아니……, 아버지는 아무리 가난해도 너만은 주눅 들게 하지 않아. 아버지는 분명 12엔을 냈다고."

켄은 여전히 아버지 말을 믿지 않았지만 할 수 없이 자신의 방으로 들어갔다. 그리고 어깨에서 가방을 내리고는 옆에서 바느질을 하고 있던 이모와 나에게 작은 목소리로 말했다.

"아버지는 아니라고 하지만 내 구두는 분명 8엔짜리야."

사실 켄의 말대로였다.

아버지는 평소부터 물건을 보는 기준을 돈에 두고 있었다. 물건을 살 때도 우선 가격을 물어보고 물건의 좋고 나쁨을 정했다. 아버지 혼자 뭔가 사왔을 때는 아내와 자식에게조차 실제 가격을 말하지 않고 20%, 30%, 때로는 두 배, 세 배 부풀려 말했다.

나는 아버지의 그런 천박한 심성에 평소부터 반감을 가지고 있었다. 이 경우도 묘하게 화가 나서 견딜 수가 없었다.

나는 커다란 목소리로 아버지에게 들으라는 듯이 말했다.

"아버지처럼 쓸데없는 허영을 부리는 사람은 없을 거야. 8엔짜리 구두밖에 사줄 수 없는 주제에 12엔짜리라고 집안사람들에게까지 거짓말을 하다니……. 그런 시시한 거짓말을 하는 대신 꼭 좋은 구두를 신어야 하는 것은 아니라고 왜 말하지 못하는 거지……."

그러자 아버지가 와서 또다시 발로 걸어찼다.

"닥쳐. 부모에게 그 무슨 버릇없는 말이야. 너 같은 불효녀를 내 집에 둘 수 없다. 나가, 당장 나가. 네가 오고부터 집이 시끄럽지 않은 날이 없어. 네가 오기 전에는 얼마나 조용했는지 알아? 정말 화가 나서 못 참겠군. 너 따위가 집을 엉망으로 만들다니. 나가, 나가, 지금 당장 나가⋯⋯."

켄은 놀라서 멍하게 있었다.

"그만해요. 그런 심한 말 하는 거 아니에요."

이모가 옆에서 말렸다.

그렇지만 아버지는 듣지 않았다. 이모가 말리면 말릴수록 더욱 미쳐 날뛰며 나에게 욕설을 퍼부었다.

"네가 조선에서 쫓겨난 건 당연해. 조선의 가족들이 나쁜 게 아니야. 모두 네가 나쁜 거야. 건방지고 고집 세고 성격은 삐뚤어지고⋯⋯. 그래서는 아무도 돌봐주지 않아. 쫓겨나는 게 당연해. 봐라, 부모조차도 정나미가 떨어진다. 하여간 너 같은 불효녀는 집에 둘 수 없어. 무엇보다 켄한테 본이 되지 않아. 자, 나가. 당장 나가."

아버지는 이미 내 목덜미를 잡고 있었고 정말로 얄밉다는 듯이 방 안을 끌고 다녔다. 이모가 아버지 팔에 매달려 "그만해요. 여보. 그만하세요"라고 울면서 말렸다. 그 자리는 일단 그것으로 끝났다.

그렇다고는 하나 아버지의 "네가 오고부터 집이 시끄럽지 않은 날이 없다"는 말은 사실이었다. 지금까지 적었듯이 나와 아버지는 하나부터 열까지 맞지 않았다. 의견도 맞지 않았다. 특히 막내 외삼촌 일로 거의 적과 같은 관계가 되었다. 서로 양립할 수 없는 마음은 한쪽이 다른 한쪽을 쓰러뜨리지 않으면 멈추지 않는 상태가 되었다. 나는 이것을 알고 있었다. 그래서 아버지 집을 떠날 생각이었다. 단지 시기를 기다릴 뿐이었다. 이제 그때가 온 것이다.

아버지여, 안녕

"네가 지금 집을 나가면 내가 널 못살게 굴어서 나간 거라고 친척들이 생각할 거야. 그러니 조금만 참아주렴."

이모가 부탁하듯 나를 만류했다. 그렇지만 더는 참을 수가 없었다. 나는 도쿄에 갈 결심을 했다. 도쿄에 가서 고학하기로 결심했다. 다만 그러려면 미리 준비가 필요했다.

도쿄에 가면 당분간은 아무것도 할 수 없을 것이다. 고학할 동안은 옷 등을 돌아볼 여유도 없을 것이다. 그렇게 생각한 나는 열심히 빨래를 하고 옷을 꿰매며 시간을 보냈다. 신문이 오면 무엇보다 먼저 직업란을 살펴보거나 영어나 수학 학교의 학생 모집 광고를 오려서 고리짝 안에 넣어두기도 했다.

그러나 내가 도쿄에 가서 무엇을 할 수 있을까. 어디의 누구를 의지하면 좋을까. 그런 것에 대해서는 전혀 계획이 없었다.

한바탕 회오리가 몰아친 후, 아버지는 물론 싸울 때만큼 나를 미워하지는 않았지만 자진해서 뭔가를 해주려는 친절은 손톱의 때만큼도 없었다. 비록 있었다고 해도 그럴 처지가 아니었기에 아무것도 해주지 못했을 것이다.

아무리 생각해도 무엇을 해야겠다는 계획이 서지 않았다. 나는 이제 과감히 부딪쳐보는 수밖에 방법이 없다고 생각했다. 어쨌거나 그냥 가보자. 가서 뭔가 하자. 이렇게 결심했다. 드디어 다음 날 출발하기로 정하고 아버지에게 분명히 말했다. 의논이 아니라 선언이었다.

"내일 도쿄에 가겠습니다."

아버지도 이모도 더는 만류하지 않았다. 다음 날 아침, 나는 홀로 아버지 집을 나왔다. 수중에는 기찻삯을 포함해서 겨우 10엔 정도 있었다. 책상도 없었고 이불 한 장 없었다. 아버지는 우산 하나도 나를 위해 준비해주지 않았다. 앞으로 나에게 닥쳐올 비도 바람도 모두 혼자 힘으로 막아내야 했다. 그러나 나는 두렵지 않았다. 내 육체는 긴장감으로 터질 듯했다.

나에게 맞는 생활을 찾아서, 어딘가에 그런 생활이 있을 거라 믿고 나는 나의 거짓의 집을 버렸다.

열일곱 살의 봄이었다.

안녕, 아버지여, 이모여, 남동생이여, 외할머니여, 지금까지 나와 관계를 맺은 모든 것이여, 안녕, 안녕. 이제야말로 우리가 헤어질 때가 온 것이다.

도쿄로!

도쿄로! 도쿄로!

뜻을 세우고 자신의 생활을 개척하려는 사람에게, 특히 학문으로 입신하려는 사람에게 도쿄만큼 매력적인 유혹은 없다. 집에 막대한 재산이 있어 거액의 학비를 송금받을 수 있는 청년남녀는 말할 필요도 없고, 나처럼 여비조차 충분하지 않은 극빈의 바닥에 있는 사람까지도 도쿄로, 도쿄로, 도쿄로 빨려 들어간다.

도쿄 생활은 생각대로 바람직하고 이상적인 것일까. 나는 모른다. 그렇지만 아무것도 모르는 청춘남녀에게 도쿄는 그야말로 바라는 모든 것을 주는 지상낙원처럼 여겨졌다.

도쿄로! 도쿄로!

아, 동경의 도쿄여, 너는 나에게, 내가 바라는 진실한 생활을 줄 것인가. 나는 믿는다. 반드시 네가 그것을 줄 거라고. 비록 어떤 고난이 찾아오더라도 어떤 시련이 기다리고 있더라도 너는 분명 그것을 나에게 줄 것이다.

태어났을 때부터 나는 불행했다. 요코하마에서, 야마나시에서, 조선에서, 하마마쓰에서, 나는 시종 구박만 받아왔다. 나는 나 자신을 가질 수 없었다. 그렇지만 지금은 과거의 모든 것에 감사한다. 나의 아버지에게도, 어머니에게도, 외조부모에게도, 외삼촌과 외숙모에게도, 아니, 나를 유복한 가정에 태어나지 않게 하고, 가는 곳마다 삶의 순간순간 구박할 수 있을 만큼 구박해준 나의 운명에게도 감사한다. 만약 내가 나의 아버지나 외조부모, 외삼촌네 집에서 아무 불편 없이 자랐다면, 아마도 나는 내가 그렇게 혐오하고 경멸하는 사람들의 사상과 성격과 생활을 그대로 수용하여 결국 나 자신을 발견하지 못했을 것이다. 그러나 운명이 나에게 은혜를 베풀지 않은 덕분에 나는 나 자신을 발견했다. 그리고 이제 나는 열일곱 살이다.

나는 이제 자립할 수 있는 나이가 되었다. 그렇다. 나는 내 생활을 스스로 개척하고 스스로 창조해야만 한다. 그리고 도쿄야말로 내 생활을 세울 수 있는 미개척의 대광야이다.

도쿄로! 도쿄로!

작은외할아버지 집

　드디어 도쿄에 도착했다. 도착하자마자 전부터 생각해둔 미노와의 작은외할아버지 집으로 찾아갔다. 그러나 미리 편지로 부탁해놓은 것이 아니었다. 무엇보다 태어나서 한 번도 편지를 주고받은 적이 없었다. 그렇지만 나는 믿고 있었다. 분명 나를 받아줄 거라고. 내가 독립하여 고학할 수 있을 때까지 아주 잠깐 동안이다. 그동안 정도는 작은외할아버지온 나를 받아줄 것이다. 그리고 실제로 작은외할아버지는 갑자기 찾아온 나를 흔쾌히 받아주었다.

　하지만 물론 작은외할아버지 일가 사람들에게 나의 목적에 대해 어떤 동조나 조력도 얻지 못했다. 매일 밤 1홉 정도의 반주를 마시는 작은외할아버지는 나를 옆에 앉혀놓고 장황한 설교를 늘어놓았다.

　"있잖아, 후미, 잘 생각해보는 게 좋을 거야. 지금 아주 많이 공부를 하고 싶어 하는데, 그렇게 열심히 공부해서 학교 선생이 됐다고 치자. 그래봐야 50전인가 60전 정도의 월급밖에 받지 못해. 그 돈으로 어떻게 생활하겠다는 거냐. 그야 독신일 때는 충분할지도 몰라. 그렇지만 언제까지나 독신으로 있을 수는 없지. 언젠가는 시집을 갈 테고 시집을 가면 아이가 생겨. 아이가 생겨봐라. 커다란 배를 끌어안고 학교를 다니기엔 체면이 서지 않아. 결국 먹고살 수 없게 되는 거지. 그래서 난 말이다, 이렇게 생각한단다. 차라리 우리 집에 있으면서 미싱을 배워 착실한 상인한테 시집을 가거라. 그 편이 훨씬 행복할 거야. 누가 뭐래도 지금 세상은 돈이 중요하니까. 이만저만 공부해서는 학문으로 입신출세할 수 없어."

작은외할아버지가 이렇게 말하는 뜻은 나도 알고 있었다. 그렇게 생각하는 게 당연했고, 또 그렇게 말해주는 것에 감사했다. 아마 내가 "부디 그렇게 해주세요"라고 부탁했다면 당분간 나를 집의 하녀로 써줬을 것이다. 하여간 작은외할아버지는 내가 그렇게 말하면 나를 돌봐줄 생각인 것은 확실했다.

그러나 더는 누군가의 귀찮은 존재가 되는 게 싫었다. 지금까지 그런 일 때문에 몹시 고생해왔다. 나의 바람은 독립하여 나의 일을 스스로 하는 것이었다. 이것은 나의 마음에서 나오는 막을 수 없는 바람이었다. 모처럼의 충고였지만 작은외할아버지의 충고를 따를 수는 없었다. 그래서 나는 대답했다.

"감사합니다. 그렇지만 나 같은 여자는 도저히 상인의 아내가 될 수 없을 것 같아서……."

그러나 작은외할아버지는 좀처럼 내 말을 들으려 하지 않았다.

"젊었을 때는 누구나 그렇게 생각하는 법이야. 젊은 사람은 언제나 꿈 같은 일만 생각하지. 자, 잘 생각해보렴."

이렇게 말하며 작은외할아버지는 매일 밤 같은 말을 반복해서 나에게 설교했다. 나는 결국 견딜 수가 없었다.

"제 생각대로 하게 해주세요. 굳은 결심을 하고 왔어요……."

"그렇구나. 그렇다면 마음대로 하거라. 하지만 나는 도와줄 수 없다."

작은외할아버지는 다소 기분이 언짢은 듯 말했다.

"네, 잘 알겠습니다. 저도 물론 작은외할아버지의 도움을 바라고 온 건 아니에요. 제 힘으로 고학의 길을 찾겠어요."

"흠! 그럼 해보거라."

이렇게 해서 겨우 내 손으로 내 운명을 개척하기 위해 고학의 길을 찾아 시내로 나올 수 있었다.

작은외할아버지가 그렇게까지 집요하게 나를 만류하는 데는 그럴 만한 이유가 있었다. 작은외할아버지의 경험에서 우러나온 충고로 자신의 성공이, 그 작은 성공이 자연스럽게 그런 생각을 하게 한 것이다.

작은외할아버지는 고슈 외할아버지의 셋째 동생으로 젊은 시절에 친척뻘인 이웃 마을 양조장 집에 양자로 갔다. 그러나 시골에서는 벌이가 좋지 않아서 가족을 데리고 도쿄로 올라왔다. 처음에는 작은외할아버지도 학문을 해볼까 생각했지만 여의치가 않았다. 그래서 무슨 계기가 있었는지는 몰라도 헌옷 장사를 시작했다.

작은외할아버지는 장사 솜씨가 있지는 않았다. 다만 여러 번 실패를 거듭한 후 상당한 검약가가 되었고, 돌다리도 두드려보고 건널 정도로 조심성이 많아졌다. 그 덕분에 몇 년이 지나자 먹고사는 데는 지장이 없을 정도의 돈을 모았다. 거기에서 조금씩 한 발 한 발 나아가 지금의 위치에 이르게 된 것이다.

무엇보다 여기에는 묘한 곳에서 '운'이 작용한 것도 있다. 작은외할아버지에게 돈이 모이기 시작했을 때부터 작은외할머니의 행동이 이상해지기 시작했다. 그래서 남자로서 체면도 지켜야 하고 다른 한편으로는 가게에도 영향이 있었기 때문에 이미 아이가 3명이나 있었지만 작은외할아버지는 단호하게 이혼을 했다. 그리고 후처를 맞았다. 그런데 그 후처가 매우 야무진 사람으로 가정을 훌륭하게 잘 꾸려서 작은외할아버지의 생활은 점점 더 윤택해졌다.

내가 갔을 때 장남은 집을 나가 니혼즈쓰미에서 양복점을 경영하며 생모와 함께 살고 있었다. 밑의 둘은 후처가 키웠는데 진짜 자신의 아이처럼 사랑으로 키웠기 때문에 두 사람은 계모를 잘 따랐다. 가끔 생모가 찾아오면 "작은엄마, 작은엄마"라고 부르고 계모에게는 "엄마, 엄마" 하며 따랐다.

밑의 둘 중에 위가 여자아이고 아래가 남자아이였다. 그런데 그 남자아이가 아직 어려서 위의 딸 하나에 씨를 결혼시켜 사위에게 대를 잇게 했다. 그리고 그 사위가 작은외할아버지에게 뒤지지 않을 정도의 검약가여서 집은 점점 더 번창해갔다.

그런데 이 작은외할아버지가 사위를 얻은 이야기가 재미있다. 그 이야기는 신부인 하나에 씨가 나에게 들려준 이야기니까 거짓말일 리가 없었다.

하나에 씨가 말하기를…….

"그 무렵 나는 딱 지금 후미코 나이, 그러니까 열일곱 살이었어요. 소학교를 졸업하고 근처의 양장점에 다니면서 바느질을 배우고 있었는데,

어느 날, 아마 가을 중반 무렵이었을 거예요. 내가 언제나처럼 점심을 먹으러 돌아오니 새어머니가 말했어요. 오늘 일이 있으니까 오후 일은 쉬라고……. 그래서 새어머니 말대로 집에 있으니 머리해주는 사람이 와서 내 머리를 묶겠다는 거예요. 무슨 일인가 싶어 이상하게 생각했지만 시키는 대로 거울 앞에 앉자, 머리해주는 사람이 데가라*로 묶어놓은 유이와타**를 풀고 다카시마다***로 다시 묶는 거예요. '왜 이런 머리로 묶는 거지?' 하고 내가 묻자, 머리해주는 사람은 그저 '어머니가 그렇게 하라고 하셔서……'라고만 대답할 뿐 아무 말도 해주지 않았어요. 그렇지만 나는 특별히 이상하게 여기지 않고 그냥 연극이라도 보러 가는 모양이다, 라고 생각했어요……. 그런데 어쩜 난 정말 어린아이였나 봐요. 그러는 사이에 집 안이 평소와 다르게 깔끔하게 정돈되어 있고 집안사람들이 분주하고 바쁘게 움직이는 것을 알아챘어요. 그리고 그것을 눈치챘을 때는 이미 근처의 가게에서 생선회와 도미, 국물 등이 10인분 정도 배달되어 있었죠. 이어서 친척들이 4~5명 찾아왔어요. 대체 무슨 일이지 싶어 새어머니에게 '대체 무슨 일이야, 엄마?'라고 묻자, 새어머니는 '오늘 밤이 네 결혼식이야. 자, 빨리 옷을 갈아입으렴' 하며 언제 준비했는지 몬쓰키****와 마루오비***** 등을 꺼내 와서 나에게 입혔어요. 그때 얼마나 놀랐는지. 여우에게 홀렸다는 말이 있는데, 정말로 그런 게 아닌가

---

* 일본식 여자 머리의 밑동에 감는 헝겊이다.

** 미혼 여성의 머리 모양의 한 가지다.

*** 높게 틀어 올린 여자 머리 모양의 하나로 시집가는 새색시가 트는 머리다.

**** 가문의 문양을 넣은 일본 옷의 예복이다.

***** 폭이 넓은 오비다.

싫었다니까요. 그렇지만 어쩔 수 없었어요. 나는 하여간 부모님 말씀대로 옷을 입고 2층 객실로 올라갔어요. 그런데 이게 웬일이에요. 낮에 아버지와 이야기하던 남자가 마찬가지로 몬쓰키를 입고 떡하니 앉아 있지 않겠어요. 그리고 친척들이 나와 그 남자를 나란히 앉히더니 삼삼구도*를 시키고 '축하해'라고 축복해주었어요. 어때요, 특이하죠? 이게 내 결혼이었어요. 게다가 그 남편이 새어머니의 조카인 거예요. 그래서 나는 사랑이라는 걸 몰라요. 후미 씨, 시시하죠……."

결혼이 신부 하나에 씨에게만 갑작스레 일어난 것은 아니었다. 신랑 겐 씨도 마찬가지였다. 겐 씨는 양복 기술자로 솜씨가 상당했고 오랫동안 나가사키에서 일하고 있었는데, 갑자기 친척들이 부르기에 갔더니 사흘도 안 되어 이런 일을 당한 거였다. 당사자들의 의사는 조금도 물어보지 않고 그저 부모의 결정으로 결혼시킨 것이다.

그러나 겐 씨는 작은외할아버지 마음에 쏙 들 정도로 하나에 씨와 결혼한 후에도 성실하고 검약한 생활을 했다. 부모가 하는 고물상을 경영하면서 양복점을 시작했는데, 내가 갔을 무렵에 이미 나이 어린 점원을 3~4명 둘 정도였다. 서른이 되기 전에 재산을 1만 엔인가, 2만 엔을 만드는 게 목표라고 했다.

이런 분위기의 집이었다. 그러니 학문을 하고 싶다는 내 생각에 찬성할 리가 없었다.

---

* 혼례식 때 하는 헌배의 예로, 신랑신부가 3개의 잔으로 세 번씩 모두 아홉 번 술을 주고 받는다.

신문팔이

작은외할아버지 집에서 신세를 지는 동안 나는 자활의 길을 찾았다. 도쿄에 온 지 약 1개월 정도 후였다. 뭔가 좋은 고학의 길이 없을까 하고 정처 없이 시내를 걷고 있을 때 문득 '고학 분투할 자는 오라! 형설사'라는 전단이 전봇대 여기저기에 붙어 있는 것을 보았다. 시골에서 막 올라온 나다. 그것을 보자 나는 큰 공이라도 세운 듯한 기분이 되었다. '고학 분투할 자는 오라!'라고 나는 입속으로 중얼거렸다. 무엇보다 형설사라는 이름이 마음에 들었다. 나는 즉시 형설사를 찾아갔다.

형설사는 우에노히로코지 가까이의 우에노쵸 골목 안에 있었다. 가서 보니 그곳은 '시라하타 신문점'이라는 간판이 걸린 신문 보급소였다. 가게 입구는 유리문으로 닫혀 있었고 3평 정도의 가게에는 탁자 2개가 놓여 있었는데, 젊은 청년이 탁자에 기댄 채 장부인지 뭔지를 살펴보고 있었다.

"실례합니다."

나는 다소 허둥거리며 유리문을 열고 안의 청년에게 말을 걸었다. 청년은 장부에서 눈을 떼고 무뚝뚝하게 내 얼굴을 보았다.

"저, 여기서 일하고 싶은데 주인 계시나요?"

"글쎄."

청년은 조금 고개를 갸웃하더니 안쪽으로 들어갔다. 이윽고 뚱뚱하고 얼굴이 붉은 덩치 큰 남자가 나타났다. 그 사람이 주인이었다. 나는 주인에게 고학을 하고 싶으니 일하게 해달라고 부탁했다. 주인은 말없이 빤히 내 얼굴을 쳐다보더니 무뚝뚝하게 말했다.

"상당히 힘든데. 여자는 도저히 견딜 수 없을 텐데."

아무리 힘들더라도 그런 건 아무것도 아니라고 마음속으로 생각했다. 또 이렇게 공부하기 좋은 곳은 없다, 반드시 여기서 일해야 한다고 결심을 굳혔다.

"아무리 힘들어도 견디겠습니다. 일하게 해주세요."

그렇지만 주인은 좀처럼 승낙하지 않았다.

"여자도 2~3명 써봤지만 오래가지 못하더군. 게다가 여자가 오면 남자하고 관계가 시끄러워져서……."

"아니에요. 힘든 생활은 저도 할 만큼 해봤어요. 그동안 해온 일을 생각하면 무슨 일이든 할 수 있어요. 게다가 보시다시피 남자 같은 여자예요. 남자들 사이에서 귀찮은 일 따위 일어나지 않을 거예요."

나는 정열적으로 호소했다. 주인은 한참 생각하더니 이윽고 결심한 듯이 "그럼, 한번 해봐. 언제든지 와도 좋아"라며 환한 표정을 지었다.

나는 주인에게 의협심이 있다고 느꼈다.

"감사합니다. 그럼 부디 잘 부탁드립니다."

그러자 주인은 시원시원하게 일체의 일을 정했다.

"지금 우리 가게에는 10명 정도가 있는데 모두 남자로 이 앞집에서 같이 살고 있어. 그런데 자네는 여자니까 거기서 지낼 수는 없으니 이쪽에서 지내면 될 거야. 식대, 방세, 이불 사용료 등을 합쳐 15엔씩 자네의 수입에서 뺄 거야. 장소는 가장 잘 팔리는 미쓰하시를 주지. 그렇게 하면 학교에 다닐 학비 정도는 쉽게 벌 수 있을 거야."

나는 하늘에라도 오를 듯한 기분으로 미노와의 작은외할아버지 집으로 돌아왔다. 그리고 짐을 챙겨 즉시 시라하타 신문점으로 갔다.

다음 날 저녁부터 나는 신문을 팔러 나갔다. 주인아주머니가 아이를 업고 나를 미쓰하시까지 데려다주었다. 바구니 메는 법부터 신문 접는 법, 손님을 부르는 법까지 가르쳐주었다. 마지막으로 중요한, 특히 주인아주머니에게 중요한 내용인 신문을 팔 때 특별히 주의할 점도 알려주었다.

"손님이 그냥 신문을 달라고 하면, 뭘 드릴까요, 하고 물으면 안 돼. 신문은 이렇게 아홉 가지가 있는데, 그럴 때는 아무 말 말고 재빨리 《도쿄 석간》을 건네줘. 대부분의 손님은 그걸 받아갈 거야. 만약 싫다고 하면 그때 손님이 원하는 걸 건네줘. 저……《도쿄 석간》은 우리랑 특약을 맺었기 때문에 많이 팔아야 하거든……."

《도쿄 석간》은 다른 신문보다 수수료가 좋아서 되도록 많이 팔아야 서로 이득이었다. 그러나 쉽지 않았다. 《도쿄 석간》은 잘 팔리는 신문이 아니어서 어두워지기 전에, 석간으로서 효력이 사라지기 전에 빨리 팔지 않으면 끝이었다.

시라하타 신문점에 들어가자마자, 나는 입학금과 그 외 필요한 돈을 주인에게 가불하여 학교에 다니기 시작했다. 주인은 나에게 여학교에 다니라고 계속해서 권했지만 여학교는 지긋지긋했다. 무엇보다 여학교에 다닐 거였으면 이렇게 고생할 필요도 없다고 생각했다. 나는 영어, 수학, 한문 세 과목을 전문으로 배워 학교 졸업 시험을 친 후에 여자 의전에 진학하겠다고 마음먹고 있었다. 그래서 하마마쓰에 있을 무렵 오려 두었던 신문 조각을 꺼내 영어는 간다의 세이소쿠, 수학은 겐수각칸, 한문은 고지마치의 니쇼가쿠샤, 이런 식으로 학교를 선택했다.

그중에 니쇼가쿠샤만은 아무리 해도 시간이 나지 않아서 월사금만 내고 하루도 출석하지 못했다. 겐수각칸에서는 대수의 초등과에 들어가고 세이소쿠에서는 오전부 1학년에 들어갔다.

세이소쿠에도, 겐수각칸에도 여학생은 거의 없었다. 일부러 남학생과 같이 공부하는 학교를 선택한 것은 내 생활 형편 때문도 있었다. 내 생활이 생활이다 보니 여자들 사이에 들어가 옷 경쟁 따위에 휩쓸리는 귀찮음에서 벗어나고 싶었다. 그리고 또 하나는 하마마쓰의 여학교에서 공부한 경험상, 여자들만 있는 학교는 수준이 낮고 학생과 교사 모두 학문을 열심히 하지 않아서 그런 데 들어가면 진보가 더딜 거라고 생각했기 때문이다. 마지막으로 또 하나, 남자 학교에 들어가 남자들과 책상을 나란히 하고 공부하는 것은 한편으로는 보통 여자보다 한 단계 높은 재능을 가진 기분도 들고, 또 다른 한편으로는 남자와 경쟁해도 지지 않을 거라는 남자에 대한 일종의 복수심에다가 나 자신도 분명히 의식하지 못한 허영심도 섞여 있었다.

시라하타 신문점, 즉 형설사에는 나 같은 고학생들이 있었다. 후지타라는 청년과 아무개라는 또 한 명의 청년은 도쿄 중학에 다니고 있었고, 깡마르고 키가 크며 왠지 생기 없는 요시다는 국민영학회의 야학에 다녔으며, 땅딸막하고 말을 더듬는 오쿠야마는 전기학교 오전부에 다니고 있었다. 그 외에도 이름은 기억하지 못하지만 긴죠 중학에 한 명, 보급영어에 둘, 세이소쿠 예비학교 수험과에 하나, 이런 식으로 나름대로 학교를 선택해 다니고 있었다. 그리고 낮에 통학하는 사람은 석간을, 야간에 통학하는 사람은 조간을, 이런 식이었기 때문에 같은 집에 있어도 사흘, 닷새나 말을 나누는 일조차 없었다.

한 사람은 '팔뚝의 기사부로'라는 별명으로 불리는 서른두세 살 정도의 남자로, 방적 공장 직공이었을 때 기계에 오른쪽 팔이 잘려 어깨 있는 부분부터 팔이 없었다. 또 한 사람은 목이 피부염으로 지저분하고 애꾸눈에 절름발이에다가 왼손도 흔들흔들하니 제대로 쓰지 못하는 온전치 못한 남자였다. 그리고 또 한 명 기억에 남는 사람은 붉은 머리칼을 길게 길러 정수리에 둥글게 말아 올린 쉰 이상으로 보이는 할아버지였다. 할아버지는 '장발'로 불렸는데, 일을 끝내고 돌아올 때는 반드시 싸구려 술을 걸치고 와서 되지도 않는 흰소리를 늘어놓았다. 그 할아버지는 실없기는 했지만 친절한 사람으로 젊은 신문 판매원들에게 부모인 양 신경을 많이 써주었다. 때문에 모두가 좋아했다.

젊은 학생들은 대부분 신문 판매 수수료를 받았지만 이 세 사람은 자신이 직접 신문을 사서 팔았기 때문에 팔고 남은 신문은 헌 신문 가격인 1장에 2리* 정도로 신문점에 넘겼다. 하지만 그런 좋은 조건하에서는 대신 나쁜 곳을 판매 장소로 배정받기 때문에 잘못하면 손해를 볼 때도 있었다.

이런 사람들 중 한 명, 특이한 존재가 있었다. 와세다대학 철학과를 졸업했다고 하는데, 말수가 적고 심각한 표정으로 언제나 작은 독일어책을 읽고 있었다. 이름이 히라타로 모두를 감독하는 역할을 했다. 그리고 신문이 도착하면 신문을 한 번 쓱 훑어보고 사람들이 주목할 만한 사건을 찾아내어 판매원들의 바구니 앞에 늘어뜨린 전단지에 '아사쿠사 7명 사망'이나 '후카가와 대화재' 등을 굵은 글씨로 적어 붉은 잉크로 이중으로 동그라미를 쳤다. 그 일이 끝나면 자신도 작업복을 입고 머리에는 띠를 두르고 이케노하타에서 유시마 근처까지 배달하러 나갔다. 나는 그를 볼 때마다 왠지 정체 모를 남자라는 생각이 들었다.

우에노 미쓰하시에서는 방울 소리를 내는 것이 금지되어 있었다. 그래서 나는 "석간, 석간" 하고 커다란 목소리로 외치며 손님의 주의를 끌어야만 했다. 처음에는 좀처럼 할 수가 없었다. 목소리가 목에 걸려 한마디도 나오지 않았다. 힘들이지 않고 소리칠 수 있게 되기까지 열흘은 족히 걸렸다.

나는 아침에 세이소쿠에 가서 정오까지 공부하고 그 후 3시까지는 겐수각칸에 있다가 돌아오면, 즉시 찬밥을 그러넣고 4시에는 바구니를 메고 미쓰하시 부근의 길가에 섰다. 그 무렵은 여름이어서 석양이 머리 위에 따갑게 내리쬐었기 때문에 몸 전체가 땀과 먼지로 더러워졌고, 게다

---

* 전錢의 10분의 1이다.

232

가 끊임없이 소리를 쳐야 해서 목이 말라 견딜 수가 없었다.

그러나 나는 그런 고통을 꾹 참았다.

희망이 그 고통을 극복하고도 남음이 있었다.

어느 날, 근처 메밀국수집 하녀가 신문을 사러 와서 잔돈이 있으면 바꿔달라고 했다. 물론 잔돈은 많이 있었기 때문에 나는 흔쾌히 바꿔주었다.

하녀는 동정하듯이 나에게 말했다.

"꽤 덥죠? 보통 더위가 아니에요."

"그러네요."

나는 감사로 가득한 마음으로 하녀에게 대답했다.

"덥기도 하고 목이 말라 소리가 나오지 않아요."

하녀는 가게로 돌아갔다가, 잠시 후에 주전자와 컵을 가지고 왔다. 안에는 메밀국수를 삶은 물이 가득 들어 있었다.

"감사합니다. 감사합니다."

몇 번이나 감사의 인사를 하고 그 물을 마셨다. 기분이 좋아졌다. 기운을 되찾은 나는 다시 외치기 시작했다. 목이 마르면 다리 옆 바닥에 놓아둔 주전자를 들어 물을 마셨다. 덕분에 크게 도움이 되었다. 그러나 그 대신 3, 4엔 잔돈이 모이면 즉시 돈을 바꾸러 오는 하녀의 부탁을 들어줘야만 했다.

그런 일이 약 보름 정도 계속될 무렵이었다. 밤에 가게에 돌아가니 주인아주머니가 언제나처럼 나의 매상을 계산하면서 언짢은 얼굴로 말했다.

"가네코, 너는 돈이 항상 지폐뿐인데 무슨 일이지? 1엔 지폐로 신문 한두 장 사는 사람에게는 팔면 안 된다고 말했잖아."

나는 사정을 말했다. 그러나 주인아주머니는 그 사정을 헤아려주지 않았다.

"곤란하군, 그런 일로는……. 잔돈은 우리도 필요해. 앞으로는 마음대로 그냥 바꿔주지 말도록 해!"

이 일에 대해 주인아주머니가 심하게 잔소리를 하는 데는 이유가 있었다. 주인아주머니는 판매원들이 모아온 잔돈을 환전소에 가지고 가서 얼마간의 수수료를 받고 바꾸는 것으로 용돈 벌이를 하고 있었다. 나는 그것을 몰랐던 것이다.

우리들의 노동 시간, 즉 신문을 파는 시간은 오후 4시 반부터 한밤중인 12시 반까지로 약 8시간이었다. 그러나 그 시간 동안 계속 서 있었기 때문에 상당히 피곤했다. 7시 반까지는 사람의 왕래도 많고 마침 석간을 보고 싶은 시간대여서 신문도 잘 팔렸다. 때문에 그때까지는 워낙 바빠서 피곤한 것도 잊고 있지만 9시, 10시가 되면 좀처럼 팔리지 않아서 자연히 지루해지고 긴장도 풀려서 갑자기 피곤이 몰려왔다. 똑바로 서 있으면 다리도 쑤시고 몸은 피곤으로 흐느적거리는 상태가 되어, 나는 자주 뒤에 있는 전봇대에 몸을 기대 쉬었다. 그리고 그만 그대로 졸거나 때로는 자다가 푹 쓰러져 놀라 깨기도 했다.

갑자기 비가 내리는 날은 더 힘들었다. 손님은 대부분 탈것을 타고 돌아가버려 사람들의 왕래도 적고, 길을 걷는 사람도 신문 따위를 살 여유가 없었다. 그런 날은 신문이 팔리지 않을 뿐만 아니라 자주 게다 끈이 끊어져 곤란해하는 사람이 보였고, 내 성격상 금방 안된 생각이 들어 손수건을 찢어 매주거나 했다.

그러나 인간이란 재미있는 존재여서 내가 다른 속셈으로 그렇게 한 것이 아닌데도, 그렇게 하지 않으면 견딜 수 없어서 하는 것인데도, 상대는 매우 고마워하며 억지로 바구니 안에 지폐 등을 넣어주고 갔다. 아마도 그것은 단순한 감사의 마음에서뿐만 아니라 젊은 여자 고학생에 대한 동정의 마음도 있었을 것이다. 이렇게 특수한 경우가 아니라도 많은 사람이 2전이나 3전의 거스름돈을 받지 않는 것을 봐도 그것을 알 수 있었다.

이런 특수한 수입은 판매원의 특권이라고 기사부로 씨가 살짝 알려주었다. 나도 그렇게 생각했다. 그래서 용돈이 궁할 때는 내 지갑에 넣은 적도 있지만 그렇지 않을 때는 말없이 그대로 주인에게 주었다. 주인도 신문 부수와 매상을 비교해보고 여분의 돈이 있을 때는 돈을 돌려주었다. 그러나 주인아주머니는 그렇지 않았다. 신문 3장을 5전으로 파는 일이 많아 4, 5전 부족할 때는 불평을 했지만, 많을 때는 모르는 체하며 자신의 금고 안에 넣었다.

내가 신문을 파는 장소 근처에서는 다양한 노방 집회가 열렸다. 그중에서 매주 1회 반드시 구세군의 노방 설교가 있었다. 그리고 항상 오는 것은 아니었지만 몬쓰키를 입고 각모를 쓴 3~4명이 '불교구세군'이라고 쓴 제등을 대나무 장대에 매달고 오기도 했다. 그럴 때면 '왕도가 기본 깃발의 색'인지 뭔지 하는 노래를 부르면서 구세군 찬미가와 탬버린의 위세에 맞서 설교를 했다. 때로는 사회주의 일단도 왔다. 그들은 제등이고 뭐고 아무것도 가지고 오지 않았지만 오자마자 품속에서 전단지를 꺼내 '닭 요릿집' 옆 게시판에 붙였다. 그리고 긴 머리를 휘날리며 팔을 휘두르면서 번갈아 목소리를 높여 연설을 했다. 때로는 이 세 단체가 충돌하여 싸우거나 앞 단체가 한 말을 부정하는 말을 하기도 했다. 그리고 그런 밤이면 모두 거기에 정신이 팔려 신문이 팔리지 않았다.

어느 밤 나는 신문이 팔리지 않는 것에 낙심하여 될 대로 되라는 기분으로 신문 바구니를 메고 멍하니 서서 연설을 듣고 있었다. 그때 한 청년이 다가오더니 나에게 말을 걸었다.

"시라하타에서 나왔죠?"

나는 조금 당황했지만 분명하게 대답했다.

"네, 그런데요."

"그렇군요. 나는 하라구치라고 해요. 전에 시라하타에서 일했어요. 시라하타 씨에게 안부 전해줘요."

그렇게 말한 남자는 나에게 리플릿 한 장을 주었다. 거기에는 '러시아 혁명' 어쩌고저쩌고라고 쓰여 있었다.

그로부터 4, 5일이 지난 밤이었다. 그 무리가 또 와서 설교를 했다. 설교가 끝나자《사회주의 세상이 된다면》이라는 소책자를 대여섯 권씩 손에 들고 사람들에게 팔기 시작했다. 사회주의자들이 하는 말은 뭐가 뭔지 전혀 이해가 되지 않았지만 그래도 왠지 사야 한다는 생각이 들어서 "저도 한 권 주세요"라고 작은 목소리로 말했다.

"네, 40전입니다."

소책자를 가지고 있던 남자가 나에게 한 권을 내밀었다. 그러자 어느 틈에 하라구치라고 이름을 댔던 남자가 다가와서 그 남자에게 말했다.

"이봐, 이 사람은 우리 동지가 될 사람이야. 원가로 줘."

"응, 그렇군. 그렇게 할게."

소책자를 팔던 남자가 거기에 찬성하더니 20전만 내라고 말했다.

과연 얼마 지나지 않아 나는 '동지'가 되었다. '동지'가 되고 나서 생각해보니, 처음에 내게 책을 팔려고 했던 사람은 나중에 요네무라에게 죽임을 당한 다카오* 씨였다. 그리고 그 무리는 스가모 노동사에 모여 활동하던 사람들이었다.

비 오는 날의 석간 매상은 참으로 비참했다. 우산을 쓰고 빗속에 서 있으면 옷은 흙탕물투성이가 되고 신문은 흠뻑 젖어 쉽게 찢어지거나 달라붙었다. 날씨가 좋은 날은 신문을 다리 난간 아래 두고 바구니 안에는 조금만 넣었는데, 비가 오는 날에는 그럴 수가 없었기 때문에 신문을 전부 바구니에 넣어 어깨에 메고 있어야만 했다. 게다가 잘 팔리지 않아 시간이 지나도 좀처럼 줄지 않아서 너무 무거웠다. 무게 때문에 어깨뼈가 부러지는 것이 아닐까 하는 생각이 들 정도로 아팠다. 그러나 그뿐만이 아니었다. 한 손에는 무거운 우산을 들고 있어서 신문을 건네거나 잔돈을 내주는 모든 일을 한 손으로 해야 했기 때문에 신문을 땅에 떨어뜨려 진흙투성이를 만들거나, 허둥거려서 마침 온 전차를 타려던 손님에게 "꾸물거리지 말고 빨리 줘"라며 야단을 맞기도 했다.

어느 밤 내가 신문을 막 팔기 시작했을 때, 약 1시간 정도 소나기가 엄

---

* 다이쇼 시대의 사회운동가인 다카오 헤이베로이다.

청나게 내리는 바람에 손님들의 발길이 뚝 끊겨 신문이 조금도 팔리지 않았다. 벌써 10시가 다 되어가는데 신문은 반 이상 남아 있었다. 그때는 이미 비도 그친 상태였지만 소나기에 놀란 사람들이 모두 집으로 돌아가버렸고, 외출하기에는 너무 늦은 시간이어서 사람들의 왕래가 평소의 3분의 1에도 미치지 못했다.

그렇지만 어떻게든 팔아야만 했다. 나는 잠긴 목소리로 크게 "석간, 석간" 하고 외쳤지만, 모두 석간 같은 것은 필요 없다는 식으로 지나갈 뿐이었다.

나는 젖은 전봇대에 기대어 앞에 있는 커다란 시계를 바라보았다. 이제 어차피 팔리지도 않을 테고 빨리 돌아가고 싶었다. 그날따라 시간이 더디게만 가는 것 같았다. 나는 생각난 듯 "석간" 하고 나른한 목소리로 지나가는 사람들에게 소리쳤다. 그러나 역시 사는 사람은 아무도 없었다. 잊어버리고 있을 무렵 한두 사람이 다가와 한두 장 사갔지만 그것도 필요해서라기보다 나의 딱한 모습을 동정해서 사는 것 같았다.

시간이 흐름에 따라 사람들의 발길이 점점 줄었다. 의욕이 사라지자 한층 더 피곤이 엄습해왔다. 더는 가망이 없었다, 계속 있어봤자 팔리지 않을 거라는 생각에 '돌아가자'라고 결심했다. 그래서 조금 이르지만 그 자리를 떠났다.

이윽고 나는 집 근처까지 와 있었다. 큰길을 돌아 골목길에 접어들어 집 옆 수채를 덮어놓은 널빤지를 밟자, 그 발소리를 듣고 2층에서 주인이 소리쳤다.

"누구야, 지금 돌아온 사람?"

"저예요, 가네코요."

나는 얼굴을 들고 2층을 올려다보았다. 2층에는 손님이 와 있는 듯, 주인이 누군가와 맥주병을 사이에 두고 마주 앉아 있었다.

"가네코 군이군. 아직 일러. 11시도 안 됐잖아."

주인의 어조는 약간 누그러져 있었지만 관용은 보이지 않았다. 그리고 말을 이었다.

"아직 한 명도 돌아오지 않았어. 그렇게 좋은 자리에 있는 자네가 가장 먼저 돌아오면 안 되지."

"네, 그렇지만 조금도 팔리지 않아서요. 저녁 소나기로 사람들의 왕래가 확 줄었어요."

나는 호소하듯이 말해보았다. 그러나 주인은 여전히 내 입장은 생각해주지 않았다.

"가끔 날씨가 안 좋은 날이야 있는 거지. 그렇다고 그런 좋은 자리를 지금부터 비워두면 곤란해. 팔리지 않아도 규정 시간까지는 참고 있어줘야지. 그렇지 않으면 앞으로 안 좋은 자리를 줄 거야."

마지못해 나는 다시 되돌아갔다. 사람들의 왕래는 거의 끊겨 셀 정도도 되지 않았다. 물론 "석간"하고 외칠 용기도 없었다. 가끔 한두 번 외쳐보았지만 그 목소리는 우에노 숲에서 흐느끼듯 메아리칠 뿐이었다. 오히려 나의 비참함만 더욱 커지는 느낌이었다.

다리 난간에 기대어 눈물을 흘리며 시간이 가기만을 기다렸다. 커다란 시계 위로 별 둘셋이 구름 한 점 없는 밤하늘 위에서 반짝이고 있었다.

넓은 길 쪽에서 빈 인력거가 한 대 다가와서 내 앞에 멈춰 섰다. 젊은 인력거꾼이 채를 조용히 놓고 내게 말했다.

"실례지만 신문 2, 3장 주시겠어요."

"네, 무슨 신문을 드릴까요?"

"아니, 뭐든 상관없어요. 남은 거 아무거나……."

필요 없는 데 동정해서 사주는 거라는 생각이 들었다. 나는 신문도 건네지 않고 상대의 얼굴을 바라보았다. 상대는 학생모를 쓰고 있었는데 배지는 하얀 종이로 말아 숨기고 있었다. 그도 나와 마찬가지로 고학생이었다.

나도 고학을 한다는 일종의 허영심이 고개를 들면서 갑자기 힘이 났다.

"당신 학교에 다니죠, 그렇죠? 어디에요, 학교가?"

상대는 단지 웃을 뿐 아무 말도 하지 않았다. 그러다가 내가 두 번 세번 거듭 묻자 겨우 대답했다.

"당신과 같은 학교 같은 반이에요."

"네? 같은 학교 같은 반?"

나는 놀라서 다시 물었다.

"네. 당신은 눈치 못 챘겠지만 나는 벌써부터 당신을 알고 있었어요. 학교에서 자주 졸기에 분명 고학생일 거라고 생각했죠. 그리고 가끔 여기서 석간을 파는 모습을 봤어요."

우리는 거기서 잠시 이야기를 나누었다. 그 남자의 말에 따르면 이름은 이토로 근처 구세군에 속해 있는 군인, 즉 크리스천이었다. 아자부의 수의학교 학생이었는데 월사금을 내지 못하거나 아프거나 해서 학교를 쉬고 있었고, 내년에 다시 들어갈 준비를 하면서 겐수각칸의 대수과에 다니는 중이었다. 학교에서 여자는 나 한 명뿐이어서 금세 눈에 띄는데다, 근처의 노방 설교에 왔다가 석간을 파는 모습을 보고 전부터 나를 주목하고 있었다고 했다.

석간을 팔기 시작한 지 7일째 밤에 나는 자칫하면 고학생 유괴 전문 남자에게 사기를 당할 뻔했고, 그때 주인에게 주의를 받은 후부터 남자를 조심하고 있었다. 하지만 이토는 한눈에 봐도 그런 종류의 사람은 아니었다. 이토 같은 남자를 알게 되어 참으로 행복하다는 생각조차 했다.

이토는 나에게 충고했다.

"이런 일은 너무 힘들고 피곤해요. 아직은 할 만하겠지만 점점 마음이 황폐해질 거예요. 뭔가 다른 일을 하는 편이 좋아요. 만약 의논 상대가 필요하면 얘기해요. 보시는 대로 저도 힘은 없지만 제가 할 수 있는 일이라면 뭐든 할게요……."

슬프고 어쩐지 쓸쓸한 마음이 들 때였다. 나는 울고 싶을 정도로 기뻤다. 감사로 가득한 밝은 기분으로 우리는 헤어졌다.

시라하타 신문점은 고학생에게 공부의 편의를 제공한다는 것을 표면상으로 내세우고 있었다. 그리고 사실 시라하타 신문점에서 일하며 학교에 다니는 한 무리의 고학생이 있었다. 고학생은 물론 나처럼 아무것도 없는 사람들이었고, 때문에 이렇게라도 학교에 다닐 수 있게 도와준 시라하타 씨에게 감사했다. 나는 이것을 부당하다고 생각하지 않았다. 그러나 시라하타 씨가 만약 "너희들을 도와주고 있으니 너희들은 나를 위해 내가 시키는 대로 일해야 해"라고 말한다면 그것은 정당하지 않다고 생각했다. 왜냐하면 고학생이 시라하타 씨에게 공부의 편의를 얻고 있는 것은 사실이지만, 동시에 시라하타 씨의 생활을 고학생들이 지탱해주고 있는 것도 사실이기 때문이었다. 그리고 내가 보기에 시라하타 씨는 주는 것보다 얻는 것이 더 많았다.

처음에는 아무것도 몰랐지만 열흘이 지나고 스무날이 지나는 사이에 자연스럽게 시라하타 씨의 인격도 우리 아버지의 인격과 크게 다르지 않고, 시라하타 씨의 집도 우리 집과 비슷하다는 것을 알게 되었다. 또 한 시라하타 씨가 그렇게 할 수 있는 것은 우선 타고난 성격 탓도 있지만, 적어도 그에게는 고학생들에게서 얻는 돈이 많기 때문에 가능하다는 것을 알게 되었다.

시라하타 씨에게는 아내가 2명 있었다. 한 사람은 지금 시라하타 씨와 함께 사는 주인아주머니였고, 또 한 사람은 지금의 주인아주머니가 와서 쫓아낸, 말하자면 시라하타 씨의 전처였다. 원래 전처라면 이미 헤어진 사람이라고 생각하지만 실제로는 그렇지 않았다. 시라하타 씨는 여전히 전처를 돌봐주고 있었기 때문에 시라하타 씨에게 아내가 2명 있다고 해도 좋을 것이다.

다른 사람의 이야기에 따르면 지금의 아내는 시라하타 씨가 아사쿠사 근처의 찻집에서 만났는데, 전처를 쫓아냈다는 말을 들을 정도로 상당히 야무진 여자였다. 아니, 그렇다기보다는 오히려 무섭도록 신경질적인 여자로 히스테리를 부릴 때는 손을 쓸 수 없을 정도였다.

그러나 시라하타 씨에게는 또 한 사람, 후나바시 근처에 가까이 지내는 여자가 살고 있어서 사흘이 멀다 하고 온몸에 향수를 뿌리고 나갔다. 그럴 때면 주인아주머니는 분풀이로 판매원들의 판매 대금에서 20엔, 30엔을 가지고 가서 몰래 옷이나 오비를 사왔다. 실제로 내가 있는 동안에도 한 번 그런 일이 있어서 시라하타 씨가 화를 내자, 주인아주머니가 시라하타 씨를 여자 문제로 공격하여 크게 싸움이 난 적이 있었다. 그리고 그 싸움 끝에 이성을 잃은 주인아주머니는 2층 테라스에서 오비를 늘어뜨려 타고 내려가 밖으로 나갔고, 밤새 인력거를 타고 정처 없이 무코시마 근처를 돌아다녔다. 그다음에는 본쇼의 지인 집에 찾아가 이틀 밤낮을 먹지도, 마시지도 않고 앉아서 뭔가를 중얼대면서 돈 세는 시늉만 했다고 한다. 덕분에 그동안 나는 식사 준비부터 세 아이의 뒤치다꺼리까지 해야만 했다.

한 집의 사정은 이랬고, 또 다른 한쪽인 전처의 집은 시타야사카모토쵸의 뒤쪽 나가야*에 있었다. 집세는 주인이 내고 있었지만 두 아이와 생활하는 데 드는 비용은 시라하타 신문점에서 받는 100부 정도의 신문을 팔아 마련하고 있었다. 그런데 전처의 판매 장소는 목이 좋지 않아서 신문을 전부 팔아도 2엔 정도밖에 되지 않았고 그마저도 지금의 주인아주머니는 뭔가 트집을 잡아 일부러 신문을 늦게 가져다주거나 했다. 그 정도라면 괜찮은데 전처를 마치 거지 취급하며 괴롭혔다.

나는 이 집에 와서 실로 우리 집의 상황을 그대로 보는 것 같아 슬펐다. 게다가 돈이 있어서 생기는 일인 데다가, 그 돈도 고학생이 피땀 흘려 조금씩 번 돈을 모은 거라서 더욱 나빴다.

한편 시라하타 신문점에서의 내 생활은?

나는 지금까지 석간을 팔 때 있었던 일만 이야기했다. 그러나 여기서 내 생활은 그것뿐만이 아니었다.

우선 오후 4시에 석간을 팔러 나가 12시에 집에 돌아왔다. 그러나 바로 잘 수 있는 것은 아니었다. 12시 무렵 돌아온 사람들이 매상을 내 방

---

* 칸을 막아 여러 가구가 입주할 수 있도록 지은 단층 연립 주택이다.

에서 계산했다. 시라하타 씨가 계산을 할 때는 방의 한쪽 구석에서 해서 내가 잘 수 있도록 배려해주었지만, 주인아주머니는 결코 그렇게 해주지 않았다. 방 전체에 신문을 펼쳐놓고 시끄럽게 했기 때문에 잠을 잘수가 없었다. 할 수 없이 나는 자주 졸음을 쫓기 위해 부엌에 가서 다음날 아침쌀을 씻거나 아침에 먹고 그대로 둔 식기를 씻어서 정리했는데, 주인아주머니는 오히려 잘됐다는 식으로 계속해서 내게 설거지를 시켰다. 때문에 내가 일을 전부 끝내고 잠자리에 드는 시간은 언제나 1시를 넘거나 2시 무렵이었다. 게다가 나는 다음 날 아침 반드시 7시에는 일어나야만 했다.

7시에 일어나 방청소를 하거나 식사 준비를 하면 곧 8시가 되었다. 그런데 내가 다니는 학교는 딱 8시에 시작했고, 8시에 집을 나선다고 해도 전차를 타고 30분이나 걸려서 1교시는 제대로 듣지 못했다. 게다가 주인아주머니가 두 아이를 유치원에 데려다주라고 했기 때문에 학교에 가면 첫 시간은 물론, 아이들이 때를 쓰거나 할 때는 2교시까지 못 듣는 경우도 있었다.

세이소쿠에서 정오까지, 겐수각칸에서 정오부터 3시까지 공부한 후집에 돌아오면 즉시 나는 일을 나가야만 했다. 땀과 먼지 범벅이 되어밤 12시에 돌아와도 목욕탕도 가지 못했다. 그래서 일요일만은 천천히 쉬고 싶었지만 목욕과 밀린 빨래 등으로 하루가 가버렸다. 이렇다 보니몸을 쉴 시간이 전혀 없었다.

또한 지나치게 무거운 짐과 연일 계속되는 수면 부족 때문에 학교에가서 책상 앞에 앉으면 바로 졸음이 쏟아졌다. 아무리 정신을 차리고 자지 않으려고 해도 이겨낼 수가 없었다. 교사가 무슨 말을 하는지 하나도 들어오지 않았고 펜을 쥐고 있는지 어떤지도 모르게 되었다.

처음에 시라하타 씨에게 어떤 고생이라도 하겠다, 아무리 힘들어도 견디겠다고 말했다. 여전히 결코 마다할 생각은 전혀 없었다. 하지만 아무리 의지가 굳건해도 몸이 따라주지를 않았다.

나는 결국 생각하기 시작했다.

'아무리 고집을 부려도 안 돼. 이건 불가능해. 공부를 하려고 이런 괴로운 생활도 하는 건데 이건 괴로워도 너무 괴로워. 공부를 할 수가 없어. 이런 식이라면 의미가 없어.'

이런 생각이 들자, 어떻게 해야 할지 난감할 뿐이었다.

시라하타 신문점을 그만두기로 나는 결심했다. 생각해보면 월사금이다, 옷값이다 하며 필요한 돈을 12~13엔 빌렸다. 때문에 그만둔다면 이 돈을 갚아야만 했다. 하지만 내게는 갚을 능력이 없었다.

인력거를 끄는 이토가 "그런 곳에서 다른 사람의 신세만 지고 있으면 공부도 할 수 없고 타락할 수도 있어요. 그러니까 빨리 그곳을 나와 독립해서 다른 뭔가를 하는 편이 좋아요"라고 말하며, 빚을 갚고 좋은 일자리를 찾아야 하는 일에 대해 나와 함께 걱정해주었다. 하지만 자신의 일만으로도 힘든 그이기에 나를 돕는다는 것은 꿈같은 이야기였다. 그래서 사회주의 이야기를 하며 친해진 하라구치에게 사정 이야기를 하고 돈을 부탁해보았지만, "나는 마련하기 힘들겠어요"라며 성의 없이 거절했다.

할 수 없이 나는 시기를 기다리기로 했다. 하지만 내가 일을 그만두고 싶어 한다는 말을 누군가에게 들었는지, 어느 날 시라하타 씨가 떨떠름

한 얼굴로 추궁하듯이 물었다. 내가 이 집 생활의 힘든 점을 호소하면서 뭔가 다른 일을 하고 싶다고 동료에게 이야기했는데 그 말이 전해진 모양이었다.

"가네코 군, 여기를 나가고 싶어서 여러 가지 획책을 하고 있다는데, 그 말이 사실인가?"

나는 빚을 갚을 때까지 참고 있으려고 했다. 그때까지 아무 말 없이 있으려고 했다. 그런데 이렇게 추궁당하니 거짓말을 할 수도 없었다.

"네, 실은 몸이 너무 피곤해서 공부고 뭐고 아무것도 할 수가 없어서 빌린 돈을 갚고 그만두려고 생각했어요……."

"그렇군. 그래서 내가 처음부터 말했던 거야. 좋아, 나가고 싶으면 나가. 그리고 이쪽도 사정이 있으니 내일이라도 나가줘."

시라하타 씨는 한층 떨떠름한 얼굴로 엄하게 말했다. 이 말을 들은 이상 더는 머물 수 없다고 체념하여 나는 "네" 하고 대답했다. 그런데 이제 어떻게 하면 좋을까. 나는 무일푼에 아직 다른 일도 없었다. 나는 어찌할 바를 몰랐다.

이제 다음 날 나는 나가야 한다. 그런데 그날 밤 시라하타 씨는 그런 나를 잘 팔리지 않는 자리인 혼고3쵸메의 모퉁이로 보냈다. 그날 밤 오십 몇 전의 빚이 더 늘었다.

주인이 나를 먼저 쫓아냈기 때문에 나는 그 빚을 말소해주는 것으로 생각했다. 하지만 내가 신문점을 나오자마자, 시라하타 씨는 두 사람이 끄는 인력거를 타고 미노와의 작은외할아버지 집을 찾아가 내 험담을 늘어놓은 끝에 자세한 계산서를 보여주며 빚을 갚으라고 했다고 한다. 시라하타 씨는 그때 커다란 카스텔라 상자를 선물로 가져왔고, 작은외할아버지는 마음이 약해져서 요구하는 만큼의 돈을 그 자리에서 지불했다고 한다. 나는 그 일로 작은외할머니에게 호되게 잔소리를 들었고, 이후 작은외할아버지에게 용서를 빌었다.

노점 상인

시라하타 신문점을 나온 것은 저녁 무렵이었다. 그곳을 나오기는 했지만 나올 준비가 되어 있지 않은 상태에서 억지로 쫓겨난 거라 갈 곳이 없었다. 게다가 공교롭게도 비까지 억수같이 내려서 나는 어찌할 바를 몰랐다. 나는 마쓰자카야* 입구의 네모지고 판판한 돌 위에 기운 없이 서서 망설였다.

그러나 아무리 생각해도 방법이 없었다. 겨우 생각한 것이 이토를 통해 한두 번 만난 적이 있는 구로몬쵸의 구세군 소대장인 아키하라 씨를 찾아가서 하룻밤 재워달라고 하는 것이었다. 우산이 없었기 때문에 나는 옷의 밑단을 걷고 낮은 게다로 철벅철벅 흙탕물을 튀기며 집들의 처마 밑으로 해서 소대장을 찾아갔다.

---

* 일본 나고야에 본점을 둔 백화점이다.

수요일인가 목요일이었다. 평소라면 문이 닫혀 있는데 무슨 집회라도 있는지 전등이 밝게 빛나고 있었다. 사람들이 모여 있는 듯했다. 조금 주눅이 들어 나는 잠시 그 자리에 서서 머뭇거렸다. 그러나 언제까지나 그러고 있을 수는 없어서 큰맘 먹고 문을 열고 안으로 들어갔다.

30명 가까운 사람이 긴 의자에 앉아 있었다. 앞에서 두세 번째 줄 벤치에 앉아 있던 이토가 나를 금방 발견하고 다가왔다.

"결국 쫓겨났어요."

나는 이토를 보자마자 말했다. 이토는 나를 한쪽 구석으로 데려가더니 말했다.

"이야기는 나중에 천천히 듣도록 해요. 오늘 밤은 간다 본부에서 K 소좌가 특별 강연을 하러 와서 임시 집회가 열렸어요. 이제 곧 시작할 거예요. 마침 잘 왔어요. 자, 앉아서 들어봐요."

나는 이토의 안내로 부인석에 앉았다. 이토는 작은 성서와 찬송가를 가지고 와서 그 밤 강의할 구절을 알려주었다. 그리고 자신은 다시 자신의 자리로 돌아갔다.

나는 성서 같은 것을 읽을 상태가 아니었다. 불안한 마음만이 가슴속에 가득했다. 구멍 속으로라도 숨고 싶을 정도로 불안감이 바싹바싹 밀어닥쳤다.

이윽고 집회가 시작되었다. 기도를 하거나 찬송가를 부르거나 했다. 나의 머릿속은 멍한 상태였다. 나는 그저 다른 사람과 함께 머리를 숙이거나 일어나거나 했다. 그러나 잠시 그러는 사이 분위기에 익숙해졌는지, 혹은 어느 정도 마음이 안정됐는지 소좌의 말이 조금은 머릿속에 들어오기 시작했다. 그러나 그때는 이미 소좌의 설교가 끝나 있었다.

설교가 끝나자 또 찬송가를 불렀다. 그 리듬은 커다란 파도가 굽이치는 것처럼 맹렬하게 일어나며 힘 있게 다가왔다. 왠지 나도 그 파도를 타고 어딘가 넓은 곳으로 갈 수 있을 것 같은 생각에 사로잡혔다.

소좌는 감격에 겨워 목이 메인 듯한 기도를 이어갔다. 소좌의 기도는 괴로워하는 영혼을 대신해서 구원을 요청했고, 반드시 들어야 한다는 마음을 불러일으키기에 충분했다. 기도가 끝나자 신자들의 '간증'이 시작되었다. 죽을 정도의 괴로움을 안고 있었는데 믿음으로 구원을 얻었다며 점원처럼 보이는 청년이 일어나서 간증했다. "저는 예수님께 구원을 받아 정말 행복합니다"라고 내 옆에 있던 할머니가 말했다. 모두 저마다 "아-멘"이라거나 "할렐루야"라고 외쳤다. "그렇습니다. 오, 주님!"이라고 감격에 차서 소리치는 사람도 있었다. 이토가 앞으로 나가 테이블 다리 근처에 무릎을 꿇고 기도했다. 그것은 주로 나를 위한 기도였고, 나의 구원을 바라는 기도였다.

나는 왠지 가만히 있을 수 없는 기분이 들었다. 뭔가 내가 의지할 것이 있고 그것이 내게 손짓하고 있는 것 같았다. 나는 뭔지 모를 힘에 이끌려갔다. 문득 정신이 들어보니, 이미 소대장의 발밑에 가 있었다. 나는 소대장 발밑 마루에 엎드려 그저 이유도 없이 울었다.

소대장은 "아-멘"이라고 외치며 내 어깨를 잡았다. 그리고 나를 안아 일으키더니 여러 가지를 물었다.

나는 흐느껴 울면서 묻는 대로 솔직하게 대답했다. 소대장은 일일이 노트에 적었다. 그리고 "여러분, 구원받은 자매를 위해 기도해주세요"라며 자신이 먼저 무릎을 꿇고 떨리는 목소리로 열심히 기도했다. 거기에 이어 이토를 비롯하여 다른 사람들이 감사의 기도를 드렸다.

나는 분위기에 도취되어 감격에 겨워했다. 일체의 고뇌를 잊고 모두와 함께 나도 주를 찬미하고 있었다. 그리고 어느 틈에 크리스천들 사이에 들어가 있었다.

이토는 유시마신하나쵸에 방을 빌려서 나에게 주었다. 그리고 그가 아는 가루비누 집에서 3, 4엔어치의 가루비누를 사왔다. 나는 즉시 그 가루비누를 팔기 위해 야간 노점을 열었다.

장소는 간다의 나베쵸였다. 4시나 5시쯤 저녁 시간에 두부 장수의 나팔 소리가 거리에 들리기 시작할 무렵, 이토가 사준 작은 함석 세숫대야에 작은 탁상 램프와 5~6장의 헌 신문지, 가루비누 약 30봉지를 넣어 보자기에 싼 뒤, 새로운 장사를 위해 집을 나섰다.

나베쵸에서 丁자형으로, 전찻길의 막다른 모퉁이가 나의 새로운 매점이었다. 내 옆에는 《고단쿠라부》*나 어린이 잡지, 컬러판 우키요에** 등을 늘어놓은 헌책방이 있었고, 그 옆에는 옥수수 가게 할머니가 있었다. 할머니는 상자 위에 앉아서 앞에 놓인 대 위에 풍로를 놓고 펄럭펄럭 부채로 부치면서 옥수수를 굽고 있었다. 나와 마주 보고 있는 길 건너편에는 헌옷 가게가 있었으며, 그 옆에는 하카마를 입고 콧수염을 기른 상당히 나이가 많아 보이는 남자가 검은 물개 찜구이나 소철 열매라든가, 정체를 알 수 없는 것을 대 위에 놓고 연설조로 약효를 선전하고 있었다. 그리고 계속 丁자형의 가로선을 따라가면 만년필 가게, 완구점 등 여러 가지 가게가 펼쳐져 있었다.

---

* 1911년 고단샤가 발행한 대중 문예 잡지다.
** 에도 시대에 성행한 풍속화로, 주로 화류계 여성이나 연극배우 등을 소재로 그렸다.

나는 우선 앞의 헌옷 가게와 옆의 헌책방에 인사를 갔다. 헌옷 장수는 약아 보이는 남자였지만 헌책 장수는 사람 좋아 보이는 할아버지였다.

"네가 말이지, 그래, 뭘 판다고!"

할아버지는 입에 미소를 띠며 의아하다는 듯이 나를 바라보았다.

"가루비누를 가지고 왔어요."

"오, 비누를 파는구나. 그래 열심히 해라."

이렇게 말하고 할아버지는 신기하다는 듯이 내가 팔 준비를 하는 것을 보다가, 서툰 내 행동이 답답했는지 옆에 와서 물건 진열하는 법을 가르쳐주기도 하고 장사에 대해 주의를 주기도 했다.

야간 노점을 해서 살아가는 사람들이었다. 때문에 형편이 좋은 사람들이 아닐 것이다. 그래도 그런 사람들의 가게는 상당히 그럴 듯하게 꾸며져 있었다. 그런데 내 가게는 어떠한가.

내 가게는 무엇보다도 상품을 늘어놓을 곳이 없었다. 땅바닥에 신문지 4~5장을 깔고 그 위에 상품을 늘어놓았을 뿐이었다. 게다가 상품이라고 해봐야 가루비누 30봉지 정도뿐이고 그 사이에 작고 어두운 램프가 미안한 듯이 켜져 있었다. 이 얼마나 빈약한 가게인가. 초라한 노점 모습이 확연히 드러났다. 나는 상품 뒤편에 신문지를 깔고 앉은 다음, 무릎 위에 영어 독본을 올려놓은 채 쓸쓸히 손님을 기다렸다.

헌책방 할아버지는 재미있고 친절한 사람이었다. 언제나 술에 취해 얼굴이 붉었는데, 술기운이 가시면 "아가씨, 미안하지만 잠깐 가게 좀 봐주지 않겠어"라며 나에게 자신의 가게를 맡기고 어디론가 사라졌다. 그동안 할아버지는 가까운 술집에 달려가 술을 한잔하고 왔다. 밤이 깊어져 손님이 적어지면 안경 너머 주름진 눈을 깜박거리며 팔려고 내놓은 조루리* 책인지 뭔지를 손에 들고 묘한 가락을 붙여서 작은 소리로 읽는 것이 할아버지의 버릇이었다.

"아가씨 가게는 몹시 음침해. 마치 귀신이 나올 것 같아……. 이걸로 조금 털어봐."

할아버지는 사람 좋은 웃음을 보이며 헌책의 먼지를 터는 먼지떨이를 내 쪽으로 던져주었다. 손님이 없어서 늘 무료하게 있었기에 나는 자연스럽게 할아버지의 이야기 상대가 되었다.

"그래도 소용없어요, 할아버지. 아무리 먼지를 털어도 대가 없잖아요. 지나다니는 사람이 일으키는 먼지를 그대로 덮어쓸 수밖에 없어요. 게다가 오늘은 더 심해요. 와서 보니까 길에 물을 뿌렸는지 땅이 흠뻑 젖어 있었어요. 어쩔 수 없이 땅이 마를 때까지 기다렸어요. 그런데도 여기 보세요. 가루비누도 신문지도 눅눅해요……."

"응, 정말 눅눅하구나. 그런 상태로 괜찮겠니?"

"괜찮지 않아요. 할아버지, 습기가 차면 안 된다고 봉투 뒤에 써 있잖아요."

"그럼 대를 마련하면 되잖아?"

"그야, 저도 알죠. 하지만 돈이 없어요. 저기, 할아버지, 그 빈 상자 좀 빌려주시면 안 돼요? 할아버지가 앉아 있는 상자요. 대로 딱 좋겠어요."

나는 할아버지가 앉아 있는 헌책이 들어 있던 빈 상자를 곁눈으로 보면서 말해보았다. 그러자 할아버지는 놀란 듯이 눈을 동그랗게 떴다.

"뭐, 이 상자 말이냐? 그건 좀 곤란한데. 이 상자를 주면 너는 좋겠지

---

* 샤미센 반주에 맞추어 특수한 억양과 가락을 붙여 엮어나가는 이야기의 일종이다.

만, 나는 곤란해. 밤새 서 있으면 나는 노인이라 맥을 못 추게 될 거야. 그러니 그건 좀……."

할아버지는 이렇게 말하고는 '하하하' 웃었다.

이렇게 우리들은 좋은 친구도 되고 좋은 이웃도 되었다. 그러나 그것이 오히려 나를 쓸쓸하게 했다. '적어도 이런 할아버지가 내 할아버지나 아버지라면 얼마나 좋을까……'라고 생각했다.

가게가 어두컴컴해서 대부분의 사람들은 가게가 있는지조차 모르고 지나치거나 가게의 존재를 알았다고 해도 한번 힐끗 보고 지나쳐버렸다. 하지만 가끔 젊은 남자가 뭘 파나 하면서, 아마 나를 놀릴 생각이었을 테지만 아무튼 호기심에 2~3개 사가는 경우도 있었다. 그러나 그럴 때에도 10전 하는 물건인데 50전이나 1엔짜리 지폐를 줘서 곤란한 적이 많았다. 그렇지만 그럴 때도 옆 가게 할아버지와 친했기 때문에 다행이었다.

"잠시만 기다리세요."

나는 손님에게 이렇게 말하고, 손님이 낸 돈을 할아버지에게 잔돈으로 바꿔서 10전을 남기고 남은 돈을 그대로 거슬러주었다.

이렇다 보니 하루 매상은 50전이나 70전, 많아야 1엔 정도였다. 게다가 30%의 수수료를 내야 해서 먹고살 수가 없었다. 때로는 상품 판매액 전부를 합쳐도 밥값이 되지 않을 때가 있었다. 판매할 상품 매입도 자연히 줄어들어 그렇지 않아도 초라한 가게가 점점 더 초라해졌다.

그것을 눈치챈 헌책방 할아버지가 이렇게 말했다.

"아가씨, 그러면 안 돼. 사람이란 이상한 존재야. 종이 한 장을 사도 크고 멋진 가게에서 사고 싶어 하는 법이지. 그러니 안 되는 가게는 점점 안 되고 번창하는 가게는 점점 번창하는 거야. 그러니까 많이 팔고 싶으면 가게를 멋지게 만들어야 해.”

옳은 말이었다. 날이 갈수록 상품이 적어져 점점 장사가 되지 않았다. 그리고 그와 동시에 내 주머니 사정도 점점 악화되었다. ‘아, 20엔만 있었으면, 20엔만 있으면 야간 노점을 하면서 고학할 수 있을 텐데’라고 나는 늘 생각했다. 그렇지만 내리 서서 석간을 팔던 때와 비교하면 훨씬 편했기 때문에 팔리든 팔리지 않든지, 나는 모두가 철수할 때까지 온몸에 밤이슬을 맞으며 야간 노점 앞 땅바닥에 앉아 있었다.

철수는 보통 10시 무렵이었다. 나는 유지마까지 1킬로미터가 넘는 거리를 뚜벅뚜벅 걸어 돌아갔는데, 집에 도착하면 거의 11시 넘어 있었다. 그 시간이면 대부분 사람들이 문단속을 하고 잠들어 있었다.

나는 장사 도구가 든 보따리를 한 손에 든 채 한 손으로 살짝 문을 흔들며 “아주머니, 아주머니”라고 불렀다. 그러나 그 일이 거듭되자 왠지 미안한 생각이 들어 그만 깨울 용기가 사라졌다. 그래서 간다묘진* 경내에 있는 등나무 시렁 아래의, 낮에는 사이다나 얼음을 파는 전망대 위에 벌러덩 드러누워 잤다.

여름에는 밤에 시원했지만 그 대신 모기가 맹렬히 공격해서 좀처럼 잠을 잘 수가 없었다. 겨우 생각해낸 것이 상품을 쌌던 보자기를 머리에 뒤집어쓰고, 걷어 올렸던 옷단을 내린 후 몸을 움츠리고 자는 거였다. 워낙 피곤해서 대부분 푹 잤지만, 가끔 한밤중에 갑자기 비가 쏟아져서 잠

---

* 일본 도쿄 치요다구에 있는 신사로, 가정의 행복과 평화를 지켜주고 남녀의 인연을 맺어준다고 믿는다.

이 깨기도 했고 순경에게 발견되어 파출소에 붙들려가기도 했다.

그러나 이러한 생활을 언제까지나 계속할 수는 없었다. 특히 4~5일 계속해서 비가 내릴 때는 한 푼도 벌지 못해 세 끼 밥은커녕 하루에 밥한 끼 먹기도 힘들었다. 그래서 이번에는 조금 남은 상품을 가지고 행상을 시작했다.

그러나 이것도 역시 신출내기인 나에게는 무척이나 힘든 일이었다. 매일 학교에서 돌아오면 즉시 하카마를 벗고 오비를 바꿔 맨 후 상품을 들고 팔러 나갔지만, 아무리 해도 다른 사람 집에 들어갈 용기가 나지 않았다. 어느 집도 이런 가루비누 따위는 살 것 같지 않았다. 들어갔다가 심하게 야단맞으면 어쩌나 하는 생각이 들어 아무리 해도 과감하게 들어갈 용기가 나지 않았다. 그렇게 하루 종일 그저 터덜터덜 발이 닳도록 여기저기 돌아다닐 뿐이었다.

'이렇게 약해서 어떻게 해' 하며 자신을 꾸짖어보기도 하고, 아직 허영심을 버리지 못해서라며 스스로를 다그치기도 했지만 아무 소용이 없었다. 저녁이 되어 어쩔 수 없이 죽을힘을 다해 겨우 백 집 중 한 집 정도의 문을 두드려보았지만 대부분 거절당했다.

어느 더운 날 정오가 조금 지났을 무렵이었다. 나는 평소의 더러운 면 보자기를 한 손에 들고 양산도 없이 이글거리는 햇빛 아래를 언제나 그랬듯이 터덜터덜 들개처럼 걷고 있었다. 네즈야에가키쵸 근처였다.

요 4~5일은 장사다운 장사를 거의 하지 못했다. 그래서 밥 먹을 돈도 없어서 뱃가죽과 등가죽이 붙을 지경이었다. 더위와 공복으로 어질어질 현기증마저 일었다. 더는 쑥스럽다든가, 사주지 않으면 어쩌지 같은 사치스러운 생각 따위로 약해져 있을 처지가 아니었다.

큰길에서 좁은 골목길로 들어가 약 10미터쯤 가자, 정원이 딸린 아담한 주택이 나타났다. 살짝 안을 들여다보니 현관 옆방에 주인아주머니 같은 여자가 경대 앞에 앉아 있고 머리를 해주는 사람이 머리를 묶어주고 있는 게 보였다. '여기다. 이 집이다'라며 나는 그 집 안으로 들어가려 했다. 그러나 역시 주눅이 들어 잠시 입구에서 우물쭈물했다. 나는 다시 한번 나 자신을 질책한 뒤, 겨우 현관 유리문을 열고 안으로 들어갔다.

"실례합니다."

나는 주저하면서 말했다.

"네."

장지문 너머로 대답이 들렸다.

"사모님, 가루비누 하나 사세요……. 값도 싸고 때도 잘 빠져요……."

이렇게 말하고 나는 보따리 속에서 물건을 꺼내려고 했다. 하지만 물건을 꺼낼 틈도 없이 딱 잘라 거절당했다.

"모처럼이지만, 지금 바빠서."

지금 바쁘다고? 나를 거지로 착각한 것이다! 머리를 세게 얻어맞은 듯하여 나는 휘청거렸다. 그리고 풀던 보따리를 다시 묶고는 도둑개처럼 처량하게 그 집을 나왔다.

"참 시끄러워. 요즘은 매일처럼 고아원에서 온다니까. 처음에는 불쌍히 여기고 5, 6전 줬지만 끝이 없는 거야. 그래서 요즘은 처음부터 거절하기로 정했어."

"네, 사모님. 그러는 게 최고예요. 불쌍하다, 불쌍하다 해봤자, 사모님만 힘들어져요."

"정말 그래."

그렇게 말하며 두 사람이 소리 높여 웃었고, 나는 그 이야기들을 집 밖으로 나오며 모두 들었다.

모처럼의 용기가 꺾이자, 내 발걸음은 한층 무거워졌다. 또다시 나는 터덜터덜 걸었다. 그러나 이미 해질 무렵이었다. 어떻게 해서든 먹을 것을 구해야 했다. 그때 어느 골목길 안쪽에서 구시마키* 머리를 한 여자가 빨래를 하고 있는 것이 보였다. 그 옆에는 그 여자의 아이인 듯한 일고여덟 살 먹은 남자아이가 있었다.

"진짜 너 같은 개구쟁이는 없을 거야. 방금 입혀준 새 옷이 이 모양이라니. 봐봐, 이렇게 차 기름까지 묻혀오고. 이런 건 빠지지도 않아……."

여자는 남자아이를 꾸짖으며 하얀 유카타를 빨래판에 박박 문지르고 있었다.

나는 성큼성큼 그 옆으로 다가갔다. 야간 노점에서 매일 밤 일부러 하얀 천에 기계기름을 묻혀 깨끗하게 빠지는 걸 보여주었다. 자신 있게 나는 가루비누를 그 아주머니에게 권했다.

"분명 빠질 거예요. 제가 한번 보여드릴게요."

"그럼 한 봉지 주세요."

아주머니는 품속에서 지갑을 꺼내 20전을 주었다.

"감사합니다."

나는 돈을 받자마자 골목길을 달려 큰길로 나왔다. 그리고 전부터 유리문 너머로 봐두었던 경단 가게로 달려가 떡 두 접시를 먹었다. 아침부터 한 끼도 먹지 못한 빈 배를 채우기에는 부족했지만 그래도 어느 정도

---

* 머리를 끈으로 묶지 않고 빗에 감아 머리 위에 틀어 올리는 머리 모양이다.

기운을 차렸다.

행상을 하는 데 어느 정도 익숙해졌다. 이제는 그리 힘들지 않고 남의 집을 방문하게 되었다. 그러나 잘 팔리지는 않았다. 하루에 30전어치 팔리면 잘 팔리는 축에 속했다. 30전에서 30%의 수수료인 9전을 내면 나머지로 하루를 먹고살 수가 없었다. 때문에 그저 물건을 팔 뿐, 판매할 물건을 다시 매입하지는 못했다.

계속 걷기만 했기 때문에 게다 굽이 점점 닳아갔지만 새것을 살 수도 없었다. 그래서 자주 교외의 대저택 근처 쓰레기장에 버려진 여성용 게다, 때로는 남성용 게다까지도 주워다 신고 걸었다.

학교는 수업을 들을 시간은 있었지만 월사금을 낼 수 없어 세이소쿠만 다녔다. 그 무렵 나는 2학년이었는데, 여름학기 특별 강습 때문에 아침 7시부터 나가야만 했다.

나는 아침 일찍 일어나 성서를 한 구절 읽고, 벽을 향해 꿇어앉아 기도를 한 뒤 학교에 갔다. 세숫대야는 팔아버렸기 때문에 세수를 할 수 없어서 학교 가는 길목에 있는 유지마 공원의 변소 입구에서 얼굴을 씻었다. 그곳에는 손 씻을 물을 담아둔 대야가 있었다.

돈이 있을 때는 쇼헤이바시 쪽을 돌아 육교 아래의 간이식당에서 아침을 사먹었지만 없을 때는 준텐도 옆길로 해서 오차노미즈를 지나는 지름길로 학교에 갔다.

특별 강습에 나가면서 나는 하나의 은혜를 입었다. 그것은 이 강습에 오는 2~3명의 여학생 중 한 명인 가와타 씨가 매일 커다란 도시락에 밥을 가득 넣어가지고 와서 나에게 준 것이다. 가와타 씨는 도즈카 근처에 사는 사회주의자의 여동생이었다.

그러나 여전히 내 생활은 어찌할 방도가 없었다. 그래서 문득 겨울옷 두세 벌을 보자기에 싸서 전당포에 가져가기로 마음먹었다.

"네, 어서 오세요."

어둑한 가게에서 주판을 튕기고 있던 점원이 얼굴을 들어 나를 맞았지만, 나의 초라한 모습을 보고 돈이 안 될 것 같다고 여겼는지 다시 주판과 장부로 눈길을 돌렸다.

머뭇거리며 나는 저당 잡힐 물건을 꺼내 돈을 달라고 부탁했다.

"저…… 누구의 소개로 오셨나요? 저희 가게는 처음 온 분과는 거래를 하지 않습니다만……."

"아니요, 소개로 온 게 아니에요. 저는 바로 근처에 살고 있어요. 좀 그러면 보고 오셔도 돼요……."

그러나 점원은 나를 더는 상대하지 않았다. 귀찮다는 듯이 장부에 눈길을 둔 채 대답했다.

"소개 없이 온 손님의 물건은 받지 않는 것이 규칙이라……."

할 수 없이 나는 맥없이 돌아섰다. 그리고 이번에는 뭔가 팔 것이 없나 하고 고리짝을 뒤집어보았다.

신문점에 있을 때 헌책방에서 1엔 50전에 산 대수 참고서와 3엔 얼마 주고 산 영어 사전만이 돈으로 바꿀 수 있는 물건이었다. 나는 그중에서 우선 필요 없는 대수 참고서를 가지고 헌책방에 갔다. 적어도 70~80전은 받을 거라고 생각했지만 20전밖에 받지 못했다. 나중에 헌책방 앞을 지나가면서 보니 그 책 앞에는 1엔 70전이라는 가격이 붙어 있었고 나는 원망스러운 마음이 들었다.

그렇지만 그 당시 20전이라도 나에게는 상당한 것이었다. 나는 그 돈을 받자마자 간이식당으로 달려갔다. 그리고 텅 비어 있는 나의 위를 채웠다.

간이식당에서 나는 가끔 이토를 만났다. 이토는 여전히 야간에 인력거를 끌고 있었지만 벌이는 적었다. 그런데도 내 형편이 어려울 때는 자신이 먹을 것을 줄여 20전, 30전을 주었다. 학교에서 돌아가는 길에 우연히 만나면 우리 둘은 자주 '음식점'에 갔다.

그러나 그런 경우에도 이토는 신앙 이야기밖에 하지 않았다.

"당신의 신앙은 최근에 어때요?"

나를 만나면 이토는 이 말부터 했다. 뭔가 심각한 상담이라도 하면 길거리든 처마 밑이든 우선 무릎을 꿇고 열심히 기도했다. 이토는 나에게 일요일 아침 예배에는 반드시 참석하라고 말했다. 힘들 때나 어려울 때는 기도를 하라고 했다. "기도는 당신에게 힘을 줄 거예요"라고 격려했다. 힘을 주는 것만으로는 도움이 되지 않았기 때문에 나는 이토의 말이 이해가 가지 않았지만, 일단 시키는 대로 교회에도 가고 기도도 했다.

나는 기적이 믿어지지 않았다. 그렇지만 이토나 아키하라는 그저 믿으라고, 믿으면 알게 된다고 말했다. 나는 믿어지지 않지만 그래도 이토를 믿고 교회에 나가고 기도도 했다. 또 다른 사람에게 봉사하기 위해 아침 일찍 일어나 세 들어 사는 집의 변소 청소까지 말없이 했다. 이토가 그렇게 하라고 해서…….

이렇게 나는 하나님을 섬기고 사람에게 봉사했다. 그렇지만 그 보답은 받지 못했다. 벌써 3일이나 굶고 있었다. 그래서 또 새로운 일을 찾아 돌아다녔지만 일을 찾지 못했다. 그뿐만이 아니었다. 방세가 밀렸다며 집주인이 방세를 청구했다. 물론 나는 낼 수 없었다.

결국 나는 언젠가 아키하라가 말한 식모살이를 하기로 결심했다. 그리고 팔고 남은 짐을 정리해서 그 집을 나왔다. 나올 때 짐을 현관에 두고 "오랫동안 신세졌습니다"라고 정중하게 머리를 숙이고 작별 인사를 했다. 그러자 현관 옆방에서 남편과 둘이 식사를 하던 주인아주머니가 들고 있던 젓가락도 놓지 않고 잠깐 얼굴을 돌린 채 "천만에요, 잘가요"라며 차갑게 힐끗 보았을 뿐이었다.

자는 것을 깨우는 게 미안해서 빌린 방에도 들어가지 않고 노천에서 자거나, 내 일만으로도 바쁜데 하지 않아도 되는 변소 청소까지 한 배려는 결국 인정받지 못했다. 기독교의 가르침은 과연 옳은 걸까? 그저 사람의 마음을 속이는 마취제에 불과한 게 아닐까? 인간의 성의와 사랑이 다른 사람에게 영향을 미쳐 세상을 살기 좋게 만들지 않는 한. 그런 가르침은 그저 기만일 뿐이지 않은가.

식모살이

아키하라 씨의 소개로 나는 아사쿠사쇼텐쵸의 나카기라는 설탕 가게에 식모로 가게 되었다. 그 집에는 쉰네다섯 살쯤 되는 주인 부부와 젊은 아들 부부, 손자 둘에, 미혼인 아들 둘, 그 외에 점원과 식모가 각각 한 명씩, 거기다 나까지 도합 11명이 살고 있었다.

노주인은 가게를 아들에게 넘겨주고 집안일은 뭐하나 하지 않으며, 항상 집을 비우고 밖에서 지내다 5일에 한 번 정도밖에 들어오지 않았다. 나중에 안 일이지만 노주인은 아사쿠사 공원 근처 찻집에 틀어박혀 비슷한 패거리와 밤낮없이 도박을 하거나 술을 마시며 하루를 보내는 듯했다. 게다가 공원 근처에 첩을 두고 대부분은 거기서 지내고 있었다.

내가 이 집에 들어온 지 한 달 정도 지났을 때 "오래간만에 쇼텐 님께 참배하러 왔다가 잠시 들렀어요"라며 스물대여섯 살의 여자가 찾아왔는데, 나중에 젊은 주인의 아내가 "저 여자가 아버님의 첩이야"라고 가르쳐주었다. 비단 하오리에 소쿠하쓰* 머리를 하고 있었지만 화류계 여성처럼 세련된 모습이었다.

노주인의 아내는 병적일 정도로 결벽증이 있어서 방 안 다다미 위에서도 슬리퍼를 신었다. 그러나 이상한 일은 그 슬리퍼를 신고 변소를 다녀오는 것은 아무렇지 않은 모양이었다. 젊은 시절에 상당히 미인이었겠다 싶을 정도로 여전히 혈색이 좋았고, 목욕을 2시간이나 하며 치장하는 데 공을 들였다.

가끔 남편이 돌아오면 화로를 사이에 두고 마주 앉아 끊임없이 뭔가 불평을 늘어놓았다. 아무래도 첩에 대한 것인 듯싶었다.

"시끄럽군. 적당히 좀 해……."

노주인이 화를 내며 들어온 지 얼마 되지도 않았는데 다시 뛰쳐나가는 모습을 나는 가끔 보았다.

젊은 주인은 특별히 이렇다 할 특징이 없는 평범하고 품행이 바른 남자였고 아내는 상당한 미인이었다. 부부 사이도 결코 나쁜 편이 아니었다. 오히려 보통 이상이었다.

그러나 시어머니와 며느리 사이는 그다지 좋아 보이지 않았다. 며느리는 늘 주뼛주뼛 주눅이 들어 있었고, 그런 아내를 남편이 음으로 양으로 감싸고 있다는 것을 누가 봐도 알 수 있었다. 노주인의 아내는 언제나 그것이 마음에 들지 않는 듯 투덜투덜 불평을 했고, 때로는 화로 옆에 엎드린 채 히스테릭하게 울었다.

젊은 주인의 남동생 긴 씨는 스물서너 살이었는데 집안에서 가장 꼼

---

* 메이지 시대 이후부터 쇼와 초기까지 유행하던 서양식 머리 모양으로, 머리를 모아서 묶었다.

꼼하고 인색한 남자였다. 아직 독신으로 집에서 하는 일 없이 빈둥거렸고, 사람이 없을 때 형수를 안거나 키스를 해서 소심한 젊은 주인의 아내를 곤란하게 만들었다. 무슨 일이 있어도 형수 이상의 미인을 아내로 얻을 거라며, 아직 사귀는 사람도 없으면서 여성용 우산을 사거나 금테가 둘린 명함에 '나카기'라고만 인쇄하여 옷장 서랍에 넣어두고 만족해했다.

막내 신은 간다의 사립 중학교에 다니고 있었는데 형들과는 조금 달랐다. 키가 크고 말랐으며 말수가 적었고 남자답게 생긴 외모에 인상이 어두웠다. 그다지 공부를 잘하는 편은 아니어서, 점원의 말에 따르면 담임선생님에게 가게의 설탕을 가마니로 보냈는데도 낙제를 했다고 한다.

이 집에 어느 정도의 재산이 있는지는 모르지만 재산은 모두에게 분배되었고, 그저 그날그날의 식사만 함께하는 정도였다.

이 집에서 어쩔 수 없이 식모살이를 하기는 했지만 도쿄에 올라온 유일한 목적인 학교를 그만두었다는 사실에 쓸쓸함이 가슴에 절절히 사무쳤다. 무엇보다 집의 분위기가 나와 맞지 않아 우울했다. 그래서 나는 별생각 없이 쓸쓸한 마음을 호소하기 위해 이 집에 온 지 얼마 되지 않아 가와타 씨에게 편지를 썼다. 그러자 가와타 씨는 그다음 날 나를 만나러 와주었다.

와준 것만으로도 뛸 듯이 기뻤다. 잠시 짬을 내어 우리는 거리를 천천히 걸으며 이야기했다. 편지에는 쓸 수 없었던 사정을 이야기하자, 가와타 씨는 나를 한층 동정해주었다.

"저기, 우리 오빠가 조만간 인쇄소를 하려고 준비하고 있어요. 그래서 말인데, 어때요, 거기서 일해보는 거? 그러면 학교에도 갈 수 있을 것 같은데…….”

가능하다면 물론 나도 그렇게 하고 싶었다. 하지만 그것은 내가 사회주의자가 된다는 의미였기 때문에 지금까지 신세진 이토에게 미안한 생각이 들었다.

“고마워요. 참 좋은 자리네요. 하지만……, 그렇게 하면 이토 씨를 배반하는 것이 되어서 마음이 편치 않아요…….”

나는 이토에 대해 이야기하며 주저했다.

“그렇군요.”

가와타 씨는 잠시 생각하더니 이윽고 밝은 얼굴로 말했다.

“괜찮지 않을까요? 그 이토라는 사람에게는 지금까지의 은혜, 은혜라고는 하지만 그 마음의 은혜까지를 말하는 건 아니고, 적어도 베풀어준 물질적 은혜를 전부 갚기만 한다면……. 그 정도는 나도 어떻게 해줄 수 있는데…….”

나도 그만 기독교에서 벗어나고 싶어 하던 때였다. 게다가 가와타 씨의 제안은 두 번 다시 오기 힘든 기회라는 생각이 들었다. 그래서 조금 뻔뻔스럽기는 하지만 모든 것을 가와타 씨에게 부탁하기로 했다.

다다음 날 가와타 씨에게 25엔의 환어음이 왔다. 가와타 씨의 친절에 감사하면서 그것을 우체국에 가서 찾았다. 모처럼 좋은 기회가 있어서 그만두고 싶다고 노주인의 아내에게 부탁했다. 그런데 손에 종기가 생겨 절제한 지 얼마 안 된 노주인의 아내는 붕대를 둘둘 만 손을 쳐다보면서 곤란하다는 듯한 얼굴로 부탁하듯 말했다.

“저, 후미 씨. 지금 후미 씨가 나가면 우리 집은 엉망이 되어버려. 알다시피 며느리는 보는 대로 몸이 약한 데다 임신 중이고, 기요(식모의 이름)는 꾸물대서 답답하고, 게다가 나는 손이 이 모양이고……."

그런 말을 들으니 나도 곤란했지만 동시에 가와타 씨에게도 미안한 생각이 들었다.

"네, 그건 저도 알고 있지만……, 제가 앞으로 그렇게 좋은 일자리를 구할 수 있을 것 같지 않아서……."

노주인의 아내는 아무리 해도 나를 놔주려 하지 않았다.

"내 손이 나을 때까지만 도와준다고 생각해요."

노주인의 아내가 이렇게까지 말했다.

나는 가와타 씨의 친절을 헛되게 하는 게 괴로웠다. 하지만 어쩔 수가 없었고 그래서 적어도 돈만이라도 돌려주려고 생각했다. 그렇지만 가와타 씨는 그 돈조차 받지 않았다.

이토는 3일이 멀다 하고 가게에 와서 신앙 친구인 점원 야마모토와 집안사람들에게 종교 이야기를 하고 돌아갔다. 그러나 그 무렵은 시험이 가까웠는데도 먹고사는 데 급급해서 공부를 제대로 하지 못해 괴로워하는 것 같았다. 나는 은혜를 갚는다느니 뭐니 하는 딱딱한 말보다는 그저 이토가 조금 차분하게 공부할 수 있도록 가와타 씨에게 받은 돈을 주고 싶었다. 그런데 그렇게 생각하고 기다려도 이토는 좀처럼 오지 않았다.

나는 더는 기다릴 수가 없었다. 그래서 돈을 환어음으로 이토에게 보냈다.

'이유는 나중에 말하겠지만, 저에게 불필요한 돈이 있어 보냅니다. 이 정도 돈이면 한 달 정도는 공부에만 집중할 수 있을 거예요. 부디 당분

간 일을 쉬고 열심히 공부해서 시험에 합격하세요.'

이런 의미의 편지를 써서 환어음을 동봉하여 보냈다. 봉투에는 물론 남자처럼 '가네코세이'라고 썼다.

2, 3일 지나 이토가 왔다. 나는 언제나처럼 그를 전차 정류장까지 배웅했다.

둘만 남자 이토가 말했다.

"돈 고마워요. 그렇지만 정말 깜짝 놀랐어요. 용건이 있으면 내가 올 때 이야기하고 앞으로 절대 편지 같은 거 보내지 말아요. 여자에게 편지가 온 게 알려지면 제 신용이 떨어지니까……."

"네, 그럴게요. 하지만 더 기다릴 수가 없었어요. 그리고 그럴 거라고 생각해서 글씨랑 이름을 남자처럼 썼는데……."

"아니, 그건 고마워요. 다만, 편지 같은 것은 보내지 말아줘요……."

"미안해요."

나는 쓸쓸한 기분으로 대답했다. 그리고 헤어졌다.

그렇다고는 해도 결코 이토를 원망하지 않았다. 그러기는커녕 점점 이토를 신뢰하는 마음이 깊어졌다. 그래서 이토가 올 때마다 이토를 배웅하러 나갔다. 밤에는 "저 전등 아래까지"나 "저 기둥 있는 데까지" 하면서 상당히 먼 곳까지도 이야기를 나누며 걸었다. 그러나 집안사람들은 이토와 나를 믿었기 때문에 결코 우리를 의심하지 않았다.

그 무렵 나는 학교라는 무거운 짐을 어깨에서 내려놓은 것만으로도 생활이 비교적 편해졌다. 그래서 지금까지와는 반대로 내가 이토를 돕는 일이 많아졌다.

팁으로 받은 돈이 1엔, 2엔 모이면 이토에게 주었고, 그렇지 않을 때는 뭔가 이토에게 줄 게 없나 생각했다. 특별한 용무가 있는 것도 아닌데 12시, 1시까지 자지 않고 깨어 있는 이 집의 습관 때문에, 그사이에 생기는 시간을 이용하여 이토를 위해 뭔가를 만들기도 했다.

어느 밤 나는 언제나처럼 이토를 배웅하러 나갔다. 조금 두툼한 보따리를 안고 뒷문으로 이토의 뒤를 따라갔다. 그것을 이토가 발견하고 의아스러운 듯이 물었다.

"대체, 그건 뭐예요?"

"이거요? 이건 말이죠, 벌써 꽤 추워졌잖아요. 그래서 당신을 위해 방석을 만들었어요. 베개도요. 저기, 당신, 방석도 없고 베개도 더럽죠?"

"어떻게 내 베개가 더러운지 알았어요?"

내 말에 이토가 놀라서 되물었다.

"어떻게 아냐고요? 얼마 전에 우리 집 점원인 야마모토 씨가 당신 방에서 낮잠을 잔 적 있었죠? 그때 야마모토 씨가 돌아와서 당신 베개가 돼지우리에 까는 짚보다 더럽다고 말하더라고요. 방석이 없는 것도 그때 들었어요."

"그래서 만든 거예요?"

"네. 사실은 내 속옷 소매라면 메린스*로 만들어도 되지만 붉은색이 섞여 있으면 안 될 것 같아서, 그다지 좋지는 않지만 사라사**를 사서 만들었어요. 그렇지만 앉기 좋게 보통 방석보다 훨씬 크고 두껍게 만들었어요. 베개도 당신이 좋아하는 크기를 몰라서 적당하게 만들었는데 마

---

* 소모사로 얇고 부드럽게 짠 모직물이다.
** 인물, 꽃, 새, 기하학적 무늬를 색색으로 날염한 면직물이다.

음에 들지 않으면 고쳐줄 테니 말해요."

"고마워요."

이토는 몇 번이나 감사의 인사를 했다. 나도 왠지 무척 기뻤다.

11월 30일, 그날은 잊지 못할 밤이었다. 잠시 얼굴을 보이지 않던 이토가 느닷없이 찾아왔다. 그러나 평소와 다르게 얼굴색이 좋지 않고 기운이 없었다. 무슨 일인가 걱정하면서 나는 급히 집안일을 마쳤다. 그리고 언제나처럼 주인집에 양해를 구하고 배웅하러 나갔다.

700~800미터 걷는 동안 이토는 말이 없었다. 다만 내가 하는 말에 대답만 할 뿐이었다. 그러나 사람의 왕래가 적은 어두운 곳에 오자, 이토가 갑자기 멈춰 서더니 "가네코 씨, 저는 참회해야만 합니다"라며 참회하는 말투로 이야기를 시작했다.

"나는 당신을 잘못 봤어요. 그러니까 실은 당신을 불량소녀라고 생각했어요. 그런데 최근에 겨우 알았어요. 당신이 얼마나 사랑이 많은 사람인지를요. 저는 오랫동안 소대장과 알아왔고 그 외에도 많은 동료 여신도를 알고 있어요. 그렇지만 당신처럼 따뜻하고 친절하며 여성스러운 사람은 처음이에요. 당신 앞에서 제 부족함을 사죄합니다."

놀란 나는 이렇게 말하는 이토의 얼굴을 보았다. 그의 표정은 아주 진지했다. 거짓말일 수가 없었다.

불량소녀! 그 말을 들었을 때 나는 날카로운 바늘로 콕 찔리는 기분이 들었다. 그러나 그 후에 말한 '처음 본 따뜻한 여자'라는 말에는 뭐라 말할 수 없는 부끄러움을 느꼈다. 기쁜 듯도 하고 슬픈 듯도 한 이상한 기분이었다.

나는 잠자코 말을 들었다. 아무 말도 하지 않았다. 그러나 문득 정신이 들어보니, 벌써 가미나리몬을 지나 기쿠야바시까지 와 있었다. 게다가 정류장의 시계가 11시를 지나 있었고 주변의 가게도 서서히 문을 닫고 있었다.

나는 놀라서 멈춰 섰다.

"벌써 11시를 넘었어요. 여기서 헤어지죠."

"그러네요. 많이 늦었네요."

이토는 침착한 어조로 말했다. 그리고 평소에는 이토가 먼저 돌아가라고 하는데 그날은 좀처럼 헤어지려 하지 않았다.

"실은 조금 더 할 이야기가 있어요. 우에노 근처까지 걷지 않을래요? 돌아갈 때는 전차를 타는 걸로 하고."

"네. 그럼, 조금 더 걸어요."

마음속의 무엇이 내 이성을 누르면서 순간적으로 대답해버렸다.

우리는 말없이 각자 생각에 잠겨 다시 걷기 시작했다. 그리고 우에노 시노바스 연못가에 왔을 때 우리 둘은 자연스럽게 걸음을 멈췄다.

조용한 밤이었다. 주위에는 이미 사람의 모습도 보이지 않았다. 연못가의 버드나무 아래에 쪼그리고 앉아 떨어진 나뭇가지로 땅에 뭔가 글씨를 쓰면서 이토가 말했다.

"조금 전에도 말했듯이 당신이 유지마에 있을 무렵부터 나는 나 자신을 억누르고 억눌렀어요……. 그렇지만 요즘에 더는 어찌할 수 없게 되었어요. 당신을 이웃으로 보는 것만으로는 만족할 수 없게 됐어요……. 이 의미를 알겠지요……. 집에서 책을 읽고 있으면 어느 틈에 당신 생각을 하고 있어요. 하루라도 만나지 않으면 쓸쓸해서 견딜 수가 없는 거예요. 그 때문에 공부는 전혀 진척되지 않고 신앙도 흔들리기 시작하고, 저는 최근 한 달간 죽을 정도로 괴로웠어요…….”

그것은 내가 은밀히 기다리고 기다려온 것이었다. 나는 뛰는 가슴을 누르고 말없이 듣고 있었다.

이토는 말을 이었다.

“그래서 여러 가지를 생각했어요. 그러나 결국 저는 당신을 잊고 이전의 생활로 돌아가야 한다고 결정했어요……. 그렇게 결심했어요. 이게 서로를 위한 거라고 생각했기 때문이에요……. 마지막까지 같이할 수 있다는 보장도 없는데 어리석은 짓을 하는 것은 커다란 죄예요. 서로의 운명을 망쳐요. 그렇지요? 분명 좋지 않아요…….”

‘왜 그렇게 생각을 할까’ 하고 나는 조금 실망했다. 그렇지만 이토는 말을 계속했다. 강한 어조로 스스로를 격려하듯이 잘라 말했다.

“그래서 저는 오늘 밤을 끝으로 과감히 당신과 헤어지기로 결심했어요. 그래요. 앞으로는 결코 당신을 보지도 않을 거고 생각하지도 않을 거예요. 오늘은 11월의 마지막 날이에요. 오늘을 기념 삼아 당신과 헤어지려고 이렇게 만나러 온 거예요. 제 기분 알겠어요……. 앞으로는 결코 당신 집에 가지 않을 거예요. 저는 저 자신을 이겨보겠어요……. 그럼, 우리 그만 헤어져요. 당신의 행복을 빌어요…….”

말을 마치자 이토는 즉시 일어났다.

나는 내심 불만이었다. 이 얼마나 겁 많은 사랑의 사도인가. 나는 뭔가 말하고 싶었지만 이토가 이미 떠나려고 해서 내가 할 수 없이 대답했다.

“그렇군요. 그럼 잘 가요…….”

매달리는 뭔가를 뿌리치듯이 이토는 뒤도 돌아보지 않고 총총걸음으로 걸어갔다. 쓸쓸하고 슬픈, 그러면서도 왠지 흐뭇한, 그런 기분으로 나는 잠시 그의 뒷모습을 바라보았다. 그의 모습이 보이지 않을 때까지
…….

나카기 설탕 가게 사람들의 생활은 상당히 단정치 못했다. 학교에 다니는 신이 아침 7시에 집을 나서야 했기 때문에 우리 일하는 사람들은 아침 5시부터 일어나 준비를 해야 했다. 신이 학교에 간 후 약 1시간 정도 지나면 젊은 아들 부부가 일어났고, 10시 무렵에는 긴 씨가 일어났으며, 마지막으로 11시 무렵에 노주인의 아내가 일어나 세수를 하기 위해 좁은 부엌을 약 30분이나 차지하고 있었다. 된장국이 식어서 서너 번은 데워야 했다. 또 노주인의 아내가 아침 식사를 마치고 무 한 개를 들고 쇼텐 님께 참배하러 나가면 밥상을 치울 새도 없이 젊은 아들 부부의 점심 준비를 해야 했다. 이런 식으로 부엌일만으로도 하루가 끝나버렸다. 아니, 이뿐만이 아니었다. 아침이나 점심은 그런대로 괜찮지만 밤이 되면 양식이니, 덮밥이니, 초밥이니, 냄비 요리니 하는 것을 시켜먹었다. 기상이 늦은 만큼 야식은 9시, 10시부터 때에 따라서는 11시, 12시 무렵에도 그런 음식을 주문하러 가야만 했다. 그리고 그런 음식을 먹으면서 1시, 2시까지도 떠들며 밤을 새우는 통에 일하는 사람들의 수면 시간은 많아야 4~5시간밖에 되지 않았다.

참으로 괴로운 일과였다. 과도한 노동과 수면 부족은 지금까지의 어떤 일 못지않게 나를 힘들게 했다. 그럼에도 나는 여전히 주인집에 충실하려 했다. 나는 지금 참회해야 할 일이 있다. 실은 주인집을 위해서가 아니라 그저 주인 마음에 들기 위해 동료인 기요 씨보다 일찍 일어나 미

리 식사 준비를 해둔 거였다. 그리고 신의 친구들이 왔을 때 나는 보통 식모가 아니라는 것을 보여주려고 일부러 학교 이야기를 하거나 수학 노트를 보고는 "여기 틀렸어"라며 허영을 부렸다. 즉, 나는 동료를 제쳐두고 나 자신만 잘 보이려 했던 것이다. 신의 자존심에 상처를 주면서까지 나의 우월함을 과시하려 했던 것이다.

지금까지의 내 생활을 돌아봤을 때 가장 자책이 되는 부분이 이 부분이다. 이 얼마나 천박하고 비열한 짓인가. 생각할 때마다 나는 오싹해진다.

기다리고 기다리던 섣달그믐날이 왔다. 밤 12시가 지나 겨우 일이 정리되었기 때문에 나는 짐을 정리하고 머리를 빗고 모두에게 작별인사를 했다.

"덕분에 크게 도움이 되었어. 이건 남편이 주는 답례야. 더 주고 싶지만 나이 많은 기요가 전부터 일해왔기 때문에 거기에 맞춰줘야 해서 많이 넣지 못했어. 나쁘게 생각 말아줘."

노주인의 아내가 감사의 말을 한 후, 반지*에 싸서 미즈히키**로 묶은 것을 쟁반에 담아 내밀었다.

해방된 기분으로 나는 보따리를 안고 부엌문으로 나왔다. 전차 정류장까지 가자, 마침 마지막 전차가 왔다. 전차를 탄 나는 고이시가와의 가와타 씨 집으로 향했다. 전차 안에는 13~14명밖에 없었다. 출구 쪽 빈자

---

* 붓글씨 연습 등에 쓰는 일본 종이다.
** 가는 지노에 풀을 먹여 말린 것으로, 선물의 포장지나 봉투 등을 매는 데 쓴다. 보통 몇 가닥을 합쳐서 쓰되 중앙에서 양쪽으로 다른 색을 쓴다. 길흉사에 따라 색깔의 구분이 있다.

리에 앉아 나카기 씨 집에서 받은 종이를 살짝 꺼내보았다. 놀랍게도 안에서는 5엔 지폐 3장밖에 나오지 않았다.

3개월 1주일 동안 제대로 자지도 못하고 쉬지도 못한 채 일한 노동의 대가였다. 나의 기대는 보기 좋게 빗나갔다. 나는 목소리를 높여 나 자신을 비난하고 싶었다. 급료를 정하지 않은 내가 바보였다. 하지만 그것은 아키하라 씨의 말을 따랐을 뿐이다. 아키하라 씨는 말했다.

"돈에 대해서는 말하는 게 아니에요. 그것은 저속한 짓이에요. 말하지 않아도 나카기 씨의 집은 훌륭한 상인의 집안이니 터무니없이 굴지는 않을 거예요. 그저 맡겨두세요."

나는 아키하라 씨의 말대로 '그저 맡겨'두었던 것이다. 그런데 왜 나카기 씨는 터무니없는 짓을 한 것일까? 학교에 가고 싶은 것도 겨우 참았는데, 가와타 씨가 준 좋은 기회도 포기했는데…… 단지 나카기 집안의 사정 때문에 나는 나카기 집안을 위해서 나의 바람을 일체 버리고 일했다. 그런데도 나카기 집안은 월 5엔도 안 되는 보수밖에 주지 않았다. 나에게 그 정도밖에 보수를 주지 않은 사람들은 첩을 두고 찻집에 틀어박혀 도박만 하던 노인과 치장하는 데 2시간이나 걸리는 노부인, 아침에 늦잠을 자고 밤새 먹고 마시면서 식모들에게는 겨우 4~5시간의 수면 이외에 다른 휴식 시간을 주지 않던 이들이었다. 아아, 이 얼마나 부조리한가. 이 얼마나 자기중심적이고 교만한가.

나는 다른 사람에게 화를 내기보다는 나 자신을 비웃어주고 싶은 심정이었다. 나는 지폐와 반지를 꾸깃꾸깃 꾸겨서 소매 안에 쑤셔 넣었다.

거리의 방랑자

설탕 가게를 나온 후 소위 '주의자'들 집 한두 곳에 얹혀살다가 결국 다시 미노와의 작은외할아버지 집으로 들어갔다.

"말했잖아, 신문팔이나 야간 노점을 해서는 공부를 할 수가 없다고. 게다가 남자라면 몰라도 넌 여자잖아. 어차피 학문 따위는 단념하는 편이 좋아."

작은외할아버지는 이렇게 타일렀다. 그렇지만 나의 집요한 희망만은 꺾지 못할 거라고 여겼는지, 무리하게 학교를 그만두게 하지는 않았다. 그래서 나는 작은외할아버지 집에서 가사를 도우며 학교를 다니게 되었다.

우선 아침 5시에 일어나 전등의 심지를 낮게 하여 그 불빛에 공부하면서 밥을 짓거나 된장국을 끓였다. 그리고 식사 준비를 마친 후 먼저 밥을 먹고 모두 아직 자고 있을 때 학교에 가서 정오가 지나 돌아왔다.

돌아와서는 바로 빨래와 식사 준비, 청소 등에 다시 몰두했다.

바쁜 것은 설탕 가게 때와 크게 다르지 않았지만 그래도 여기는 친척 집이었기 때문에 다소 시간을 낼 수가 있었다. 게다가 용돈을 한 달에 5엔씩 받기로 했다. 그중에서 월사금 2엔을 내고 전차비 2엔 30전을 빼면 70전밖에 남지 않았지만 펜이나 잉크를 살 정도의 여유는 있었다. 그러나 독서욕이 점점 왕성해지던 때라 책 한 권 살 수 없다는 게 상당히 고통스러웠다.

학교에서 나는 2명의 사회주의자를 알게 되었다. 한 사람은 '서徐'라는 조선인으로 말수가 적고 얌전하며 무거운 인상의 남자였다. 나의 바로 왼쪽에 앉아 있었는데 쉬는 시간마다 말없이 《가이조》*를 읽고 있었다. 서는 조선의 유복한 가정의 지원을 받아 유학하는 게 아니었다. 나와 마찬가지로 시종 생활고에 시달리며 공부를 하고 있었기 때문에 아마도 학교에 나올 여유도 없었을 것이다. 그래서인지 얼마 지나지 않아 학교에 나오지 않게 되었다. 그리고 약 1년 후 내가 박열과 동거하고 있을 때, 서도 우리 그룹이 되어 함께 기관지를 내며 운동을 했다. 그러나 몸이 약했던 서는 자주 아파서 고향으로 돌아갔고, 우리들이 감옥에 갇힌 첫 겨울 무렵 늑막염인지 뭔지로 경성의 병원에서 죽었다는 연락을 받았다.

또 한 사람은 '오오노' 아무개라는 남자로 아마 그 전년에 일어난 도쿄시전종업원 파업 때 해고당했다고 했다. 내 바로 앞자리에 앉아 우는

---

* 대정, 쇼와 시대의 대표적인 종합 잡지로, 1919년 가이조사에서 창간했다.

목소리로 영어 독본을 읽고 있었다. 그 무렵 그는 '신우회'인지 뭔지 하는 조합에 소속되어 있다고 했는데 그다지 야무진 남자는 아니었다. 말하자면 '그래도 사회주의자'에 속해 있었다. 그는 자주 조합의 기관지나 팸플릿, 리플릿을 가지고 왔고, 덕분에 그에게 그런 읽을거리를 받거나 빌릴 수 있어서 나는 사회주의 사상과 정신을 점차 분명하게 이해할 수 있었다.

사회주의는 내게 특별히 새로운 것을 주지 않았다. 단지 지금까지 경험하며 느낀 내 감정이 옳았다는 데 이론을 제공해주었을 뿐이다. 나는 가난했다. 지금도 가난하다. 그 때문에 돈이 있는 사람들에게 혹사당하고 학대당하고 괴롭힘당하고 억압당했으며, 자유를 빼앗기고 착취당하고 지배당했다. 그래서 나는 힘 있는 사람들에게 항상 반감을 가지고 있었다. 동시에 나와 처지가 비슷한 사람을 마음 깊이 동정했다. 조선에서 친할머니 집의 하인으로 일하던 고씨를 동정한 것도, 가엾은 개에게 동료의 감정을 품은 것도, 이 수기에는 적지 않았지만 친할머니의 주위에서 일어난 것만으로도 상당히 많았던, 압제당하고 괴롭힘당하고 착취당하던 가엾은 조선인들에게 한없는 동정을 느낀 것도 모두 그런 마음의 발로였다. 나의 마음속에 타고 있는 이 반감과 동정에 순식간에 불을 붙인 것은 사회주의 사상이었다.

아아, 나는…… 하고 싶다. 우리 가엾은 계급을 위해, 나의 생명을 희생해서라도 싸우고 싶다.

그렇지만 나는 아직 어떻게 이 정신을 살려나갈 수 있을지 몰랐다. 나는 무력했다. 뭔가를 하고 싶어도 그것을 할 준비도 실마리도 없었다. 그저 불평, 불만, 반항 정신만이 가득한 일개 부주의한 반항아에 지나지 않았다.

그런 마음을 안고 초조해하던 때였다. 어느 날 학교에서 돌아와 작은 외할아버지 가게 옆길에 있는 뒷문으로 들어가려는데 "후미, 후미" 하며 나를 부르는 사람이 있었다.

누구지 싶어 말없이 뒤를 돌아보았다.

세가와가 거기에 서 있었다. 나는 놀랐다. 심장이 격하게 고동치는 것을 느꼈다.

"어머! 세가와? 여기서 뭐하는 거야?"

세가와는 입가에 웃음을 머금으며 침착한 태도로 말했다.

"꽤 기다렸어. 이 근처에서."

"기다렸다고? 어떻게 안 거야, 내가 여기 있는 걸."

"왜 몰라? 얼마나 찾았는데. 그건 그렇고 자, 이쪽으로 와봐. 잠깐 할 얘기가 있으니까."

세가와가 이끄는 대로 나는 발길을 돌렸다. 판자로 두른 울타리 그늘 아래였는데 집에서는 보이지 않는 길가 쪽이었다. 우리는 잠시 선 채로 이야기를 나눴다. 특별히 용건이 있는 것은 아니고 단지 나를 만나러 온 것이라고 했다. 그리고 자신의 하숙집에 놀러 오라고 했다.

어느 사립대학 야학부에서 막내 외삼촌을 만났고, 내가 여기 있다는 것을 외삼촌에게 들었다고 했다. 세가와는 어디 관공서에서 일하고 있다고 했다.

상경해서 고학하는 동안 세가와에 대한 것은 전혀 생각도 하지 않았는데, 다시 만나보니 뭔가 끌리는 것이 있었다. 나는 그의 하숙집에 놀러 가기로 하고 헤어졌다.

여름 방학이 다가올 무렵, 하마마쓰의 아버지가 4엔인지 7엔인지, 하여간 약간의 돈을 보내 여름 방학 때 돌아오라고 했다. 나는 아버지 집에 돌아가고 싶지 않았지만 상경한 이후 너무 피곤하기도 해서 휴양도 할 겸 돌아갔다.

생활에 완전히 지쳐 있어서 조금이라도 몸을 편하게 해주는 일이 모두 고마울 뿐이었다. 왁자지껄하고 정신없는 도쿄에 비하면 하마마쓰는 자는 듯이 고요했다. 특히 아침 일찍 일어나 바닷가를 산책하거나 축축한 아침 안개가 가득한 논밭 사이를 거닐 때의 상쾌함은 뭐라 말할 수 없는 기쁨이었다. 그제야 자유로운 천지를 거니는 느낌이었다. 나도 모르게 가슴을 펴고 입을 크게 벌려 오존을 다량으로 함유하고 있는 대기를 실컷 들이마셨다가 뱉었다. 대지와 하나가 되는 기분이 들었다.

그렇지만 아버지 집의 분위기는 2년 전이나 3년 전이나 마찬가지였다. 아버지의 독선과 허영심, 천박한 허세, 좁은 소견은 무슨 일에든 짙게 배어 있어 하나하나가 나를 우울하게 만들었다. 또다시 나는 아버지와 으르렁거리며 말다툼을 했고 불쾌한 갈등이 반복되었다.

더는 아버지 집에 있을 수 없어서 나는 고슈의 외갓집으로 갔다. 그러나 거기도 마찬가지였다. 어머니는 또 다하라 집안을 나와 혼자서 제사 공장을 다니고 있었고, 외할머니와 외숙모는 내가 고학하는 것을 알고 학교를 졸업하고 초등학교 선생이라도 되거든 어머니를 돌보라고 했다. 자식을 버리고 자신의 생활만을 추구하던 어머니를, 죽을 고생을 하며 공부하지만 앞으로의 미래가 불투명한 내게 의무를 다하라고 강요했다.

나는 외갓집도 더는 견딜 수가 없었다. 다시 도쿄로 가야만 했다.

도쿄에 돌아온 것은 8월 말이었다. 4, 5일이 지난 어느 저녁, 시내에 일이 있어 외출했다가 돌아오는 길에 가스가쵸의 전차 환승장에서 비를 만났다. 그래서 그 근처에 하숙하고 있던 세가와의 하숙집을 오래간만에 찾아갔다.

나는 언제나처럼 안내도 받지 않고 성큼성큼 사다리 모양의 계단을 올라가 세가와 방의 장지문을 열었다. 세가와는 책상 앞에 앉아 편지라도 쓰는 듯했다. 그는 뒤돌아 나를 보더니 살짝 웃으며 나를 맞이했다.

"뭐야, 후미잖아. 사람 놀라게 한다니까."

"비를 맞아 이렇게 됐어. 봐! 머리랑 옷이 흠뻑 젖었다니까……."

나는 세가와 뒤에 서서 내 옷자락을 잡아당기며 "뭐해?" 하며 세가와의 책상에 시선을 던졌다. 세가와는 책상 위의 편지를 허둥대며 감추더니 서랍 속에 넣고는 책상에 기대며 말했다.

"자, 앉아."

물론 나는 예의 바른 아가씨가 아니었다. 불량소녀같이 거칠고 막된 여자였다. 젖은 옷의 옷자락을 벌리고 책상다리를 하고 앉았다.

"대체 언제 돌아온 거야?"

"4, 5일 전에."

"상당히 긴 여행이었구나. 50일, 60일이나 어디를 돌아다닌 거야? 편지를 쓰려 해도 어디에 있는지 몰라서 말이야. 한 번쯤 무슨 말이라도 하면 좋잖아."

"특별한 용건이 없어서."

"용건이 없어? 흥, 그럼 후미는 그거네. 용건이 없으면 편지를 쓰지 않는 거네. 떨어져 있으면 나 같은 건 까맣게 잊겠다는 거네."

"글쎄, 그런가? 어쩌면 그럴지도 몰라. 너도 그러니까……. 그건 그렇고 나 배 고파. 밥 좀 주문해줘."

그러나 하숙집 저녁 식사 시간이 이미 끝난 뒤여서 세가와는 내게 메밀국수를 주문해주었다.

전등에 불이 들어올 무렵에 비가 그쳤지만, 나는 돌아가지 않기로 작정하고 그대로 앉아 있었다. 그리고 둘이서 이 얘기 저 얘기 하고 있는데 "실례합니다"라며 두 남자가 들어왔다. 두 사람 모두 스물서너 살 정도로 한 사람은 피부가 하얗고 키가 컸다. 또 한 사람은 보통 체격에 얼굴이 작고 머리를 길게 길러 뒤로 넘겼으며 검은 셀룰로이드 안경을 쓰고 있었다.

세가와는 둘을 나에게 소개했다. 머리가 긴 쪽은 전에 세가와가 말한 적이 있는 조선인 사회주의자 현玄이었는데, 평소에는 일본 이름인 마쓰모토로 통했다. 키가 큰 또 한 사람은 현의 친구 조趙였다. "우리 하숙집에 현이라는 조선인 사회주의자가 있는데 미행이 2명이나 붙었어. 정말 힘들겠어"라고 언젠가 세가와가 말한 적이 있었기 때문에 나는 특별히 현을 주의하여 보았다. 그러나 크게 다른 점도 없고 사회주의자다운 이야기도 하지 않았다. 게다가 내가 와 있어서 미안하다고 생각했는지 조금 이야기를 나누더니 세가와의 방에서 나갔다.

그 밤 나는 언제나처럼 한 채밖에 없는 이불에서 세가와와 함께 잤다.

다음 날 아침, 하숙집 하녀가 아침밥을 가지고 왔는데 1인분밖에 없었다. 그러나 세가와는 내 것을 주문하지 않았다. 혼자 젓가락을 들고 "후미, 먹을래? 먹는다면 남겨줄게……"라고 말했다.

나는 왠지 기분이 상했다.

"됐어. 집에 가서 먹을래."

이렇게 말하고 책상에 기대 잡지를 넘겨가며 읽었다. 세가와는 식사를 끝내고 창가로 가서 창밖을 내다봤다.

"후미, 이리 와봐, 날씨가 좋아."

"그래?"

나는 성의 없이 대답했다. 그리고 조금 전부터 혼자 생각하고 있던 것을 세가와에게 말했다.

"저기, 세가와, 이러다가…… 혹시 아이라도 생기면 어떻게 해?"

나는 이 문제를 진지하게 생각하고 있었다.

'혹시 아이가 생긴다면……'

나는 그 결과가 두려우면서도, 또 한편으로는 벌써 엄마가 된 것 같은 기분이 들어 아직 보지 못한 아이를 마음속으로 껴안았다. 그런데 세가와는 그런 것에는 전혀 무관심하다는 듯이, 잠깐 내 쪽을 돌아보고 나서 기지개를 켜고 하품을 하면서 내키지 않는다는 듯이 대답했다.

"아이가 생기면 어떻게 하냐고? 나도 모르지……"

갑자기 나는 나락으로 떨어진 듯한 고독을 느꼈다. 말은 그렇게 해도 진지하게 생각해줄 거라고 여기면서 다음 말을 기다렸다. 그러나 세가와는 더는 아무 말도 하지 않았다. 그는 창가 벽에서 바이올린을 집어 들더니 낮은 창틀에 앉아 느긋하게 켜기 시작했다.

우리 사이에 진정한 사랑이 없다는 것은 나도 알고 있었다. 그리고 세가와만을 비난할 마음도 없었다. 그렇지만 그러한 일이 일어났을 때 세가와도 최소한의 책임은 져야 한다. 그런데 이 얼마나 무책임한가. 결국 내가 장난감이었다는 것만 뼈아프게 깨달았다.

쓸쓸함과 분노로 나는 발끈 화를 냈다. 그리고 벌떡 일어나서 세가와의 방에서 나왔다. 세가와는 무슨 말을 하며 나를 붙잡았다. 나는 대답도 하지 않고 그대로 뒷계단 아래쪽에 있는 세면소로 갔다. 세면소 가까운 방에 어제 소개받은 현이 있는 게 보였다.

현은 굵은 세로줄무늬 유카타를 입고 창가 테이블 앞에서 무슨 책을 읽고 있었다. 왠지 현의 방에 들어가보고 싶어졌다. 그렇지만 잠깐 만났을 뿐이어서 그럴 수는 없었다. 나는 수도꼭지를 틀었다. 나는 그곳에서 얼굴을 씻었다. 수건으로 얼굴을 닦으면서 다시 현의 방을 보았다. 현도 그때는 책을 덮고 내 쪽을 보고 있었다.

"안녕하세요? 어젯밤에는 실례했어요."

나는 말을 걸었다.

"아닙니다, 저야말로……. 어젯밤에는 비가 내리더니 오늘은 날씨가 좋네요."

현도 인사를 했다.

나는 그의 방 입구로 가서 말했다.

"방이 좋네요. 정원이 보여서……."

나는 현의 방을 통해 보이는 정원의 나무들을 바라보았다.

"들어오세요. 특별히 하는 일 없으니까……."

이렇게 말하고 현은 의자를 가지고 와서 테이블 옆에 놓았다. 사양하지 않고 나는 현의 방에 들어가 의자에 앉았다. 그리고 신기한 듯이 방

안을 둘러보았다.

벽 여기저기에 유명한 혁명가의 초상화와 사진이 걸려 있었다. 선전 포스터 같은 것도 덕지덕지 붙어 있었다.

나는 일어서서 그것들을 주의 깊게 바라보았다. 그리고 한 사진 앞에 서서 물었다.

"어머, 이 사진 G회 사람들이죠?"

"네. 당신도 알고 있나요, 이 사람들을?"

현이 사진을 떼서 테이블 위에 놓았다.

"네, 3~4명 정도."

나는 현의 질문에 대답한 뒤, 사진 위에 얼굴을 대고 "이 사람은 T씨, 이 사람은 H씨, 이 사람은 S씨. 그리고 이 사람이 당신. 그렇죠?"라며 한 사람 한 사람 손가락으로 가리키며 말했다. 그러자 현도 사진 위에 얼굴을 가져다대고 자신의 얼굴을 내 얼굴에 바싹 붙이며 "그래요, 그래"라고 대답했다.

"아, 역시 그랬군요. 어젯밤에 봤을 때, 아무래도 그럴 거라고 생각했지만 묻기도 이상해서 가만히 있었어요."

현은 나를 그들의 동지로 보고 기쁜 듯한 얼굴을 했다. 이것이 계기가 되어 현과 갑자기 친해졌다. 특히 그가 조선인이라는 것에 나는 그리움을 느꼈다. 친한 친구와 오래간만에 만난 것 같은 즐거운 기분이 들었다.

우리들은 그렇게 마음을 열고 이야기를 시작했다. 나는 조선에서 햇수로 7년 살았던 일을 말했다. 현은 조선 자신의 집에 대해 말했다. 그의 말에 따르면, 그는 경성에서 상당한 지위와 재산을 가진 집의 외동아들로 지금은 도요대학 철학과에 재학 중이었다. 하지만 학교에는 거의 가지 않고 언제나 친구들과 함께 빈둥거리고 있는 듯했다.

"그런가요? 그럼 당신은 운동만 하고 있나요?"

내가 물었다.

"아니요. 운동이라고 해도 저 같은 사람은 중산 계급이니 인텔리니 해서 진정한 동지로 끼워주지도 않아요."

현이 쓸쓸하게 웃었다.

나도 그 무렵은 아직 이렇다 할 단체에 속해 있지 않아서 진지하게 운동을 하지는 않았다. 그래서 특별히 그를 경멸하지도 않았고 배척할 기분도 들지 않았다. 그저 나와 같은 기분을, 나와 비슷하게 느끼는 현을 보면서 벗을 발견한 듯한 기쁨을 느꼈을 뿐이다.

문득 복도에서 거친 슬리퍼 소리가 들렸다. 별생각 없이 그쪽을 보니, 세가와가 현의 방문 앞에 서서 나에게 말했다.

"후미, 그렇게 다른 사람의 방에 들락거리면 곤란해. 돌아가."

"뭐라고?"

조금 전의 화가 드디어 폭발했다. 그리고 소리쳤다.

"쓸데없는 참견 마. 내 발로 내가 걸어서 왔는데 뭐가 잘못됐다는 거야. 내 맘이야. 닥치고 있어."

"현씨가 곤란하잖아. 아침부터 방해를 하면……."

"입 다물어."

나는 더 화가 나서 소리쳤다.

"현씨가 승낙했는데 네가 무슨 상관이야. 그런 쓸데없는 참견을 할 거면 도시락이나 들고 빨리 출근해. 그게 너한테 어울려."

"두고 보자!"

세가와도 분노하여 이렇게 내뱉고 사라졌다.

아마도 그다지 부끄러움이나 고통도 느끼지 못하고 출근했을 것이다. 세가와는 다시는 오지 않았다.

내가 이렇게 세가와에게 비난을 퍼붓는 사이에 하숙집 하녀가 어이가 없다는 듯이 듣고 있었다. 그러나 나는 아무렇지 않았다. 다른 사람이 어떻게 생각하든 상관없었다. 당시 나는 자기 일은 자기가 알아서 하면 된다고 생각했다.

그리고 약 1시간 동안이나 현과 이야기를 했다. 세가와에게 비난을 퍼붓고 났더니 통쾌해서 한껏 흥분하여 힘 있게 재잘재잘 지껄여댔다.

현의 하숙방에서 나온 것은 9시가 지나서였다. 골목길을 벗어나 약 100~200미터 정도 가자, 뒤에서 누군가가 나를 불렀다. 돌아보니 현이었다. 양복을 입고 보헤미안 넥타이를 매고 나를 쫓아오고 있었다.

나는 멈춰 서서 현을 기다렸다. 현이 나에게 말했다.

"식사는 벌써 했나요……. 실은 저는 아직 하지 않았어요. 하숙집 밥은 맛이 없어서. 지금 뭐든 먹으러 갈 생각인데, 당신도 갈래요? 시간을 빼앗지는 않을 테니……."

"그래요. 고마워요. 실은 저도 아직 먹지 않았어요."

"마침 잘됐네요. 갑시다."

그 후 우리 두 사람은 전찻길에서 떨어진 언덕을 올라갔다. 우체국 앞에 오자, 현은 나를 기다리게 하고 우편환 창구 앞에 섰다. 아마도 돈을 찾는 모양이었다. 현은 양복 안주머니에 손을 넣으며 돌아왔다.

데진 신사 옆의 아담한 양식점 2층으로 올라갔다. 시간이 일러 손님이 아무도 없었다.

우리는 이미 아주 오래된 친구 같았다.

다음 날 학교에서 돌아오니 현에게 편지가 와 있었다. 작고 하얀 서양 봉투에 '속달'이라고 붉은 글씨가 쓰여 있었다. 열어보니 고급 편지지에 '오늘 밤 우에노 간게쓰쿄까지 와주기 바랍니다'라고 또박또박 정성스럽게 적혀 있었다.

늦더위가 기승을 부렸다. 다리 위에는 더위를 식히기 위해 모인 사람들로 가득했다. 나는 눈에 불을 켜고 좌우의 사람들 한 명 한 명에게 눈길을 주면서 다리를 건넜다. 그렇지만 현의 모습은 전혀 보이지 않았다. '거짓말을 할 리가 없는데' 하며 나는 다리를 건넜다. 다리 끝 난간 옆에 현이 서 있었다.

"아, 후미 씨, 잘 왔어요."

현이 갑자기 내 손을 잡았다.

우리는 공원을 걸었다.

"완전히 당신에게 반해버렸어요."

현은 이렇게 말했다.

"나도 당신이 좋아요."

나도 이렇게 대답했다.

우리들은 또 어떤 요릿집에 갔다. 아, 그리고 또 나는…….

나는 나의 희망과 현재의 처지 등을 현에게 이야기했다.

"그럼 우리 둘이 어딘가에 집을 빌립시다."

현이 나에게 약속했다.

그 후 나는 이유도 없이 현에게 끌렸다. 현을 만나지 않는 날이 조금이라도 계속되면 외로워서 견딜 수가 없었다. 그런 날에는 그가 갈 만한 곳을 찾아다녔다. 그리고 결국 현을 만나지 못하고 지칠 대로 지쳐서 돌아오는 날도 있었다.

그리고 작은외할아버지 집에서도 단속하기 시작해서 나도 외출하기가 어렵게 되었다.

"집은 아직 못 찾았어?"

나는 현을 만날 때마다 이렇게 물었다.

"매일 찾고 있기는 한데."

현은 셋집 광고가 실린 신문을 주머니에게 꺼내 보여주기도 했다.

빨리 집을 갖고 싶다. 빨리 작은외할아버지 집을 나오고 싶다. 이것만이 나의 바람이었다.

어느 날, 밤 9시를 지난 시간이었다.

거실에 앉아 겨울옷 바느질을 하고 있는데 현에게 전화가 왔다.

현은 전화로 이렇게 말했다.

"후미? 아, 그래, 저기 구노 씨가 심한 병에 걸린 거 너도 알고 있지? 모른다고? 아니, 나도 몰랐는데, 지금 들으니 아주 위독하대. 그래서 지금 병문안 갈 건데 같이 가지 않을래?"

구노 여사는 서른대여섯 살의 여성 사회주의자였다. 어떤 사상가와의 사이에 아이가 둘이나 있었지만 남편을 버리고 운동에 뛰어든 여자였다. 나는 그녀를 가끔 만났다. 그녀는 젊은 사회주의자들과 함께 가난한 생활을 하면서 결사적인 투쟁을 이어가고 있었다. 구노 여사가 언제 병에 걸렸단 말인가. 나는 그녀의 병문안을 가야만 한다.

"그래? 그럼 갈게. 지금 갈 테니까 기다려."

"기다리고 있을게. 그럼 빨리 와."

나는 작은외할아버지 집 사람들에게 양해를 구하고 급히 집을 나왔다.

"거짓말. 또 아무개라는 남자를 만나고 싶으니까, 전화하라고 한 거지?"

내가 나갈 준비를 하는 동안 하나에 씨가 나 들으라는 듯이 하는 말이 들렸다. 물론 나는 현을 만날 수 있어 기뻤다. 그러나 그때는 사실 구노 씨만 생각하고 있었다. 그래서 하나에 씨가 뭐라고 말하든 아무렇지 않았다.

현이 기다린다는 현의 친구 하숙집에 도착한 것은 그로부터 30분 후였다. 친구 방에 들어가보니, 그 방에는 3~4명의 남자가 눕거나 다리를 뻗고 앉아 뭔가 이야기를 하고 있었다.

"안녕하세요. 많이 기다렸지요……. 마쓰모토 씨 우리 나가요."

나는 장지문을 열고 문턱에 서서 긴장된 마음으로 현을 재촉했다. 하지만 현은 일어나려고도 하지 않고 그저 빙긋빙긋 웃고 있었다. 오히려 친구 한 사람이 일어나 다가오더니 내 손을 잡고 방 안으로 이끌었다.

"거짓말이에요. 자, 들어오세요."

"어머 너무해! 거짓말이라고?"

나는 분통을 터뜨리며 화를 내보았다. 그러나 왠지 기쁘기도 했다.

"대체 무슨 일이야? 사람을 전화로 불러놓고? 뭐 어쩌자고?"

"저 말이야, 후미."

그때 현이 입을 열었다.

"조금 전에 맹인이 통소를 불러 왔어. 말없이 듣던 우리는 통소 소리에 빨려 들어갔고 모두 울적해졌어. 난, 결국 울고 말았고. 자, 어서 들어와. 우리 모두 몹시 쓸쓸하거든……."

현은 쓸쓸한 게 틀림없었다. 그의 목소리에는 감상적인 울림이 있었다.

"어쩔 수 없지, 도련님들……."

이렇게 말하고 나는 방으로 들어갔다.

모두 나를 환영해주었다.

"참 쓸쓸한 밤이야. 그렇지만 당신이 와줘서 기분이 좋아졌어요."

방주인인 현의 친구가 이렇게 말하며 여러 접시의 양식과 중식을 주문해서 대접해주었다. 남자들은 맥주를 마시고 과일을 먹었다. 그리고 마음껏 떠들고 웃고 노래했다.

'빨리 돌아가야 한다'라는 생각에 나는 안절부절못했다. 하지만 아무리해도 뿌리치고 돌아갈 수가 없었다. 어느 틈에 10시를 지나 11시도 넘은 시각이었다. 모두는 돌아갈 생각도 하지 않고 트럼프를 시작했다. 트럼프는 내가 가장 좋아하는 놀이였기 때문에 나는 또 붙들렸다. 그리고 겨우 정신이 들어보니 이미 전차 소리도 들리지 않았다.

나는 결국 그곳에서 묵었다. 별채처럼 되어 있는 방 한 칸을 현과 나를 위해 빌려주었다.

다음 날 아침, 눈을 떴을 때 가장 먼저 집 생각이 났다. 어젯밤 집을 나설 때 하나에 씨가 한 말이 머리를 울렸다. 비록 내가 세운 계획은 아니었지만 하여간 구노 씨를 만나지 않았다. 그리고 현과 만나 집에도 돌아가지 않았다. 작은외할아버지 집 사람들이 얼마나 나를 멸시하며 화를 낼까. 그것을 생각하니 가만히 있을 수가 없었다.

우리들은 또 현의 친구 방에 모였다. 친구들은 양식을 주문했다. 식사가 끝나자, 다시 어젯밤의 놀이를 계속했다. 그러나 나는 식사를 할 기분도 아니었고 놀이를 할 기분은 더욱 아니었다. 그래서 홀로 방의 정원 쪽 창가에 앉아 쓸쓸히 생각에 잠겨 있었다.

"후미 씨, 이쪽으로 와요. 어디 아파요?"

그들은 때때로 생각난 듯이 나에게 말을 걸었지만 내가 입을 다물고 대답하지 않자, 다시 놀이에 열중했다.

나는 더는 견딜 수가 없었다.

"저기, 마쓰모토 씨, 잠깐 나와줄래? 나, 집에 가려고 하는데 잠깐 할 말이 있어."

나는 현에게 말했다. 현은 마지못해 친구들 사이에서 일어나 밖으로 나왔다. 우리는 다시 어젯밤 묵었던 방으로 갔다.

현이 방에 앉자 나는 말을 시작했다.

"저기, 현 씨. 이렇게 나, 늘 돌아다니거나 외박하거나 하잖아. 그래서 집에 있는 게 너무 힘들어……. 그래서 말인데, 그 얘기…… 어떻게 됐어? 빨리 결정해주지 않을래?"

우리 둘이 사귀기 시작하면서부터 현은 조용한 교외에 집을 빌려 동거하자고 말해왔다. 그러나 그 후 현의 태도를 보면 그럴 생각이 없는 것처럼 보였다. 나는 현이 내게 진심이 없는 게 아닐까 하고 의심했다. 하지만 그렇게 생각하면 할수록 그에게 끌리는 것도 어쩔 수가 없었다. 그리고 몇 번 집을 비우고 외박하다 보니 이제는 집에 들어가는 게 자꾸 힘들어졌다.

"아, 그 얘기 말이지."

현이 서둘러 말했다. 그의 얼굴은 확실히 당황한 듯 보였다.

"그 얘기는……. 그래, 지금 집을 찾고 있는데, 그리고 집이 있기는 있는데……. 친구한테 빌린 집이 우에노에 있긴 있는데, 친구가 고향에 가서, 결말이 나지 않아서……. 그렇지만 가까운 시일 안에 어떻게든 결정될 거야. 결정하자."

역시 언제나처럼 막연한 말이었다. 기분 나쁘지 않게 둘러대고 있다는 것을 나는 잘 알고 있었다.

"그래……?"

나는 생각에 잠겼다.

지금 뭐라고 말해도 방법이 없다. 역시 막연한 말을 믿고 언제까지나 기다리는 것밖에는 방법이 없다. 그건 그렇고 어젯밤의 일이라도 하나에 씨에게 둘러대야만 했다. 그래서 나는 현에게 말했다.

"그건 그렇고, 어젯밤은 구노 씨에게 간다며 나왔잖아. 때문에 이대로 돌아가는 것은 왠지 모양새가 좋지 않아. 그래서 내가 구노 씨에게 다녀왔다는 증거가 될 만한 게 필요한데, 생각해보니 올봄에 구노 씨가 전당포에 내 옷을 맡긴 게 있어. 구노 씨에게 다녀왔다는 증거로 그걸 가지고 돌아가고 싶은데……."

이 말은 현에게 돈을 달라고 조르는 거였고, 서로 사랑하는 연인 사이라면 특별히 이상할 게 없었다. 하지만 현이 만약 나를 노리개로만 생각한다면 나의 이런 부탁을 다행으로 여길 테고, 그에게 내가 육체를 판 보상으로 돈을 요구했다는 구실을 주는 것이 되었다. 나는 그것이 싫었다. 그러나 체면상 그 옷이 필요해서 좋은지 나쁜지 판단이 서기도 전에 그만 엉겁결에 입 밖으로 나와버렸다.

"아, 그렇군. 알았어, 알았어. 그렇게 하는 게 좋겠어. 그렇게 해."

현은 밝게 그리고 가볍게 나의 요구에 대답했다. 그리고 주머니를 뒤지더니, "잠깐 기다려"라고 하며 일어나서 나갔다. 마침 그때 하녀 2명이 빗자루를 들고 복도를 지나가다가, 현이 닫다 만 장지문 틈으로 나를 들여다보았다. 지나가면서 속삭이듯 이야기하는 두 하녀의 목소리가 내 귀에 울렸다.

"저기, 스미, 저 여자는 대체 뭐하는 사람일까?"

"아마 하숙집을 돌면서 매춘하는 매춘부겠지."

그때 현이 돌아왔다. 그리고 5엔 지폐 한 장을 내 손에 쥐어주었다. 눈물을 머금고 나는 그 돈을 받았다.

떠들어대는 사람들을 남겨놓고 나는 하숙집에서 나왔다. 벌써 10시가 넘었다. 심하지는 않았지만 비가 내리고 있었다. 우산도 없고 높은 게다도 없었지만 전당포에 잡힌 물건을 찾아야 했기 때문에 그것들을 살 수가 없었다. 나는 비에 흠뻑 젖은 채 낮은 게다로 물을 튀기면서 스가모의 구노 씨 집으로 걸음을 옮겼다.

"실례합니다."

나는 구노 씨 집의 현관으로 들어갔다. 그러나 "네" 하고 대답하며 나온 사람은 구노 씨가 아니었다.

"저기, 구노 씨는?"

"구노 씨? 그런 사람 모릅니다만……."

나는 어안이 벙벙해서 집을 나왔다. 무슨 일이지 싶어 근처의 노동사에 가서 물어보았다. 노동사에도 내가 아는 사람이 한 사람도 없었다. 그렇지만 구노 씨의 소식은 들을 수 있었다.

"구노 씨 말인가요? 그 사람은 미키모토 군과 함께 오사카 쪽으로 갔어요."

노동사 동인 한 사람이 가르쳐주었다.

"그렇군요. 곤란하게 됐네."

"무슨 일이신지. 실례하지만 누구시죠?"

상대는 이렇게 말하며 놀다 가라고 권했지만 나는 이름도 말하지 않고 그곳을 나왔다. 구노 씨가 잘 가는 전당포를 알고 있었고, 나는 바로 그 전당포를 찾아갔다.

"네, 분명 그 옷을 맡았습니다."

점원은 내가 말한 물건에 대해 설명하기 시작했다.

"안됐지만 지난달에 기한이 끝나서 저희가 처분했습니다. 몇 번이나 말했는데 한 번도 이자를 내지 않아서……."

마지막 남은 단 하나의 구원의 밧줄이 뚝 끊어지면서 울고 싶어도 울 수 없는 절망의 구렁텅이로 던져진 느낌이었다.

나는 특별히 그 옷이 갖고 싶었던 것은 아니다. 단지, 그 옷이 절대적으로 필요했을 뿐이다. 뿐만 아니라 구노 씨의 일 처리 방법도 이 얼마나 불성실한가. 나는 지금까지 '주의자'라는 사람들은 뭔가 특별하고 대단한 인간이라고 여겼는데, 얼마나 어리석은 공상이었는지 그때 뼈저리게 느꼈다. 아름다운 천상의 꿈에서 더러운 시궁창으로 내던져진 것 같은 환멸을 느꼈다.

절의 막내 외삼촌이 병에 걸려 미노와의 작은외할아버지를 찾아왔다. 막내 외삼촌은 완전히 쇠약해져 있었다. 비록 막내 외삼촌에게 큰 수치를 당한 나였지만 아픈 모습을 보니 계속 반감을 가지고 있을 수 없었다. 나는 막내 외삼촌을 데리고 병원을 돌아다녔지만 어디를 가도 회복을 보장해주는 곳은 없었다.

결국 막내 외삼촌은 허무하게 돌아가야만 했다. 나는 이다마치 역까지 배웅했다.

"잘 가세요. 몸조심하시고요."

"고마워, 열심히 공부해라."

막내 외삼촌은 자신의 죽음이 임박한 것을 몰랐다. 그러나 나는 알고 있었다. '이게 마지막 인사야'라고 생각하니 왠지 쓸쓸한 기분이 들었다.

기차가 떠나자, 나는 발길을 돌렸다. 벌써 6시도 넘었을 것 같았다. 거리에는 환하게 전등이 켜져 있었다. 이 쓸쓸함을 어딘가에서 발산시키고 싶었다. 나는 이유도 없이 전차 몇 대를 그냥 보냈다.

멍하니 서서 거리의 불빛을 바라보고 있으니 견딜 수 없을 정도로 남자를 만나고 싶었다. 이미 연인이라고 할 수 없었지만 그 남자를 만나고 싶었다. 그래서 나는 근처의 자동 전화로 달려갔다. 여기저기, 짐작 가는 곳에 전화를 걸어 겨우 현이 있는 곳을 알아냈다.

"마침 잘했어. 하고 싶은 말이 있어서 만나고 싶었어."

현은 혼고에 있는 조의 집으로 와달라고 말했다.

나는 조의 집으로 갔다. 현은 2, 3분 전에 와 있었다.

"하고 싶은 말이라니, 뭐야?"

"하고 싶은 말은 말이지……."

현은 여느 때처럼 분명치 않은 표현을 써가며, 조와 둘이서 독일로 유학을 떠나기로 해서 헤어져야만 한다고 말했다.

나는 이미 체념하고 있었다.

"그렇군. 그거 잘됐네."

"이별 기념으로 재미있게 놀자."

조가 이렇게 말하며 양식과 술 등을 주문했다.

나는 특별히 슬프지도, 유감스럽지도 않았다. 다만 절망적인 기분이 부글부글 끓어올랐다.

나는 위스키를 마구 마셔댔다. 어느 정도 마셨는지 하여간 몸을 가눌 수 없을 정도로 마셨다.

이렇게 해서 나는 작은외할아버지 집에도 있을 수 없게 되었다. 나는 실연으로 상처받은 가슴을 안고 작은외할아버지 집을 나왔다.

일! 나 자신의 일!

작은외할아버지의 집을 나선 나는 히비야에 있는 어느 요릿집에 들어갔다. 그곳은 '사회주의 오뎅'이라는 이름으로 통하는 가게로, 주인이 사회주의 동조자이기도 하고 자신도 어엿한 사회주의자 행세를 해서 그렇게 불렸다. 이곳에는 신문기자, 사회주의자, 회사원, 문사 등 사회의 인텔리들이 많이 찾았다.

나는 여기서 낮에는 손님을 접대하고 밤에는 학교에 다녔다. 가게에서 월사금과 전차비 정도는 내주는 조건으로…….

지금까지 주간에 학교에 다녔는데 야간에 학교에 다니게 되면서 여자친구 한 명을 사귀게 되었다. 이름이 니야마 하쓰요였다. 하쓰요 씨는 내 일생에서 내가 사귄 단 한 명의 여자 친구일 것이다. 나는 하쓰요 씨에게 많은 것을 배웠다. 뭔가를 배운 것뿐만 아니라 하쓰요 씨에게서 진정한 우정의 따뜻함과 힘을 얻었다. 이번에 검거된 후 경시청 직원이 하쓰요 씨에게 "여자 친구 중에서 누가 가장 좋은가?"라는 질문을 하자, 하쓰요 씨가 즉시 내 이름을 댔다고 한다. 나 역시 하쓰요 씨가 가장 좋다고 말하고 싶다. 그러나 하쓰요 씨는 이미 이 세상 사람이 아니다. 여기까지 써내려가다 보니 하쓰요 씨에게 미치도록 손을 내밀고 싶다. 그러나 나의 손을 잡아줄 손은 이미 없다.

하쓰요 씨는 나보다 두 살 정도 위였는데 우리가 만났을 때는 겨우 스물하나였다. 머리가 꽤 좋았고, 또한 좋은 의미로 남성적인 성격의 소유자이기도 했다. 의지가 강하여 주위에 지배당하는 일 없이 어디까지나 자신을 끝까지 견지하는 힘을 가지고 있었다.

하쓰요 씨의 가정은 유복하지는 않았지만 우리 집처럼 콩가루 집안은 아니었다. 그렇다고 하쓰요 씨가 풍족한 생활을 한 것은 아니었다. 아버지는 술꾼으로 아이들의 일 따위는 신경 쓰지 않는 사람이었는데 그마저도 하쓰요 씨가 여학교 2학년 때 죽었다. 그리고 얼마 지나지 않아 하쓰요 씨는 폐병에 걸려 반 년 이상 고향인 니가타 시골에서 요양을 해야만 했다. 하쓰요 씨가 생사의 문제를 고민하며 불교 연구를 시작한 것도 그 무렵인 듯했다. 그러나 다행히 병은 별것 아니었고, 다시 도쿄로 와서 부립 제2인지, 제3인지를 우등으로 졸업했다.

사람들은 명석한 하쓰요 씨에게 상급 학교에 갈 것을 권했다. 그러나 아버지가 죽고 어린 동생들의 뒤치다꺼리를 하느라 지친 어머니에게 자기마저 부담을 줄 수 없다며 학교 대신 자활의 길을 찾았다. 하쓰요 씨는 어느 타이프라이터 학교를 다녀 타이피스트가 되었고, 우리가 만났을 무렵에는 영국인 회사의 사무원으로 일하면서 밤에 세이소쿠에서 영어를 공부하고 있었다.

어떻게 하쓰요 씨와 친구가 되었는지, 정확히는 기억하지 못한다. 다만 야간부에 여학생이 4~5명 정도 있었는데 교실 앞쪽에 같이 앉았다. 처음에는 서로 아무 말도 없이 고개만 까닥하는 정도였다. 어느 날 죽음을 주제로 하쓰요 씨와 남학생이 토론을 벌이고 있었는데, 옆에서 듣고 있다가 내가 끼어든 것이 시작이었을 것이다.

나는 야간부에서 하쓰요 씨를 만나고 얼마 지나지 않아 하쓰요 씨가 하는 일에 매력을 느꼈고, 친해지고 싶다는 생각을 품기 시작했다. 그 토론에 끼어든 것도 당연히 이런 생각 때문이었다.

죽음에 대해 하쓰요 씨가 말했다.

"나는 폐병 환자였어요. 때문에 죽음에 대해 상당히 깊이 생각해봤죠. 난 이렇게 생각해요. 사람이 죽음을 두려워하는 것은 죽음 자체보다는 죽음에 이르기까지의 고통을 두려워하는 것이 아닐까요. 왜냐하면 사람들은 잠자는 걸 두려워하지 않잖아요. 잠은 의식을 상실한다는 점에서 일시적인 죽음이라고 해도 좋으니까……."

그 말을 들으며 나는 일찍이 조선에서 죽음을 결심했을 때의 느낌을 다시 한번 분명히 떠올렸다. 나는 내 경험을 바탕으로 하쓰요 씨의 주장이 틀렸다고 생각하여 끼어들었다.

"나는 그렇게 생각하지 않아요. 내 경험으로 볼 때 단언할 수 있어요. 사람이 죽음을 두려워하는 것은 자신이 이 지상에서 영원히 사라지는 게 슬픈 거예요. 말을 바꾸면 사람은 지상의 모든 표상을 평소에는 전혀 의식하지 않을지도 모르지만, 사실은 모든 내용이 자신이어서 그 내용을 잃는 게 슬픈 거예요. 잠은 결코 그 내용을 잃지 않아요. 잠은 그저 잊게 할 뿐이죠."

물론 둘 다 틀렸을 수도 있다. 그러나 어쨌거나 이 일을 인연으로 우리는 서로 이야기를 나누게 되었다.

"당신은 죽음을 경험한 적이 있나요?"

하쓰요 씨가 물었다.

"네, 있어요."

나는 대답했다. 그리고 수업이 끝나 집에 돌아갈 때 그 이야기를 이어서 했다. 우리는 곧 가장 친한 친구가 되었다.

지금 생각해보면 나는 특별히 하쓰요 씨의 사상을 직접적으로 배우지는 않았다. 그러나 하쓰요 씨가 가지고 있는 책을 통해 많은 것을 얻었다. 나는 오랫동안 책을 읽고 싶었지만 책을 살 수가 없었다. 그러나 하쓰요 씨와 친구가 되고 나서 하쓰요 씨에게 많은 책을 빌려 읽었다.

감명 깊었던《노동자 셰빌로프》를 읽게 해준 것도 하쓰요 씨였다.《죽음 전야》를 빌려준 것도 하쓰요 씨였다. 베르그송이나 스펜서, 헤겔 등의 사상을, 아니 그 이름이라도 알게 해준 것도 하쓰요 씨였다. 그중에서 가장 많이 영향을 준 것은 하쓰요 씨가 가진 니힐리즘 사상가의 책이었다. 슈티르너, 미하일 아르치바셰프, 니체, 그러한 사람들을 알게 된 것도 그때였다.

당장에라도 뭔가가 쏟아져 내릴 듯 잔뜩 흐린 저녁이었다. 4시에 가게를 나왔지만 수업이 시작하려면 아직 2시간이나 남아서 나는 학교 근처 현의 친구 하숙집을 찾아갔다.

"어서 와요. 좋은 걸 보여주려고 기다리고 있었어요."

정鄭은 나를 보자마자 책상 서랍에서 편지 한 통을 꺼내 건넸다. 현이 보낸 편지로 중간에 내게 전하는 말도 있었다. '어머니가 위독하다는 전보를 받고 급히 떠났어. 그런 이유로 인사도 못하고 와서 용서해줘'라는 내용이었다. 그러나 그것은 전혀 사실이 아니었다. 귀성은 벌써부터 정해져 있었다.

"흥" 하며 나는 그 편지를 던졌지만 이미 화도 나지 않았다. 정도 역시 거기에 대해 아무 말도 하지 않았다. 오히려 내가 편지를 다 읽기를 기다렸다는 듯이, 이번에는 정이 3~4장의 인쇄물을 내게 보여주었다. 정이 내려는 국배판* 8페이지의 월간 잡지 교정본으로 전부터 내게 말했던 기억이 있었다.

"그래요? 벌써 나왔어요?"

나와 정은 서로 기뻐하며 손에 들고 넘겨보았다. 내용은 이미 알고 있었다. 정이 평소에 써둔 것을 인쇄했을 뿐으로 전에 정의 글들을 봐서 알고 있었다.

단 하나 내 눈에 들어온 것은 마지막 부분의 한쪽 귀퉁이에 실린 짧은 시였다.

나는 그 시를 읽었다. 이 얼마나 힘 있는 시인가. 한 줄 한 줄 내 마음을 강하게 잡아끌었다. 시를 다 읽고 나자 황홀할 지경이었다. 가슴에서 피가 요동쳤다. 어떤 강한 감동이 나의 생명을 고양시키는 듯했다.

나는 작가의 이름을 보았다. 내가 모르는 이름이었다. 이름이 '박열'이었다. 누군가의 필명인가 하고 생각했다. 그렇지만 곧 아닐 거라고 생각했다. 왜냐하면 그런 시를 쓸 만한 남자를 조선인 중에서 찾아낼 수 없

---

* 인쇄물 규격의 하나로 대략 국판의 배 크기이며 218×304mm이다.

었으므로.

"이 사람 누구? 박열이라는 사람?"

나는 정에게 물었다.

"그 사람이오? 제 친구예요. 알려진 사람은 아니고, 가난하죠."

정이 그 작가에 대해 대수롭지 않다는 듯이 말했다.

"그래요? 이 사람에게는 뭐라 말할 수 없는 강렬함이 있어요. 나는 이런 시를 본 적이 없어요."

나는 오히려 그 작가를 인정하지 않는 정을 멸시하는 듯한 기분으로 말했다.

정은 기분이 안 좋은 듯했다.

"이 시의 어디가 좋은데요?"

"특별히 어디라는 부분은 없어요. 전체가 좋아요. 아니, 좋다기보다 그냥 힘이 넘쳐요. 오랫동안 찾고 있던 것을 이 시에서 발견한 듯한 기분이 들어요."

"엄청 감동한 모양이네요. 한번 만나볼래요?"

"네. 만나게 해주세요. 꼭."

어느 틈에 내리기 시작했는지 밖에는 가랑눈이 보슬보슬 내리고 있었다. 아래 복도에서 시계가 6시를 알렸다. 같은 하숙집 학생이 큰 소리로 뭔가를 말하며 앞 계단을 내려오고 있었다.

"그러고 보니, 학교는?"

정이 나에게 말했다.

"학교? 학교 같은 건 어떻게 되든 상관없어요."

나는 아무렇지 않게 대답했다.

정은 의아한 눈으로 내 얼굴을 쳐다봤다.

"왜 그래요? 당신은 고학생이잖아요?"

"맞아요. 원래는 열심히 고학하는 학생이었죠. 세 번의 식사를 한 번만 먹는 한이 있어도 학교는 쉬지 않았어요. 그런데 지금은 아니에요."

"이유가 뭐죠?"

"특별한 이유는 없어요. 다만 지금 사회에서 대단해지는 것에 흥미를 잃었어요."

"허참! 그럼 학교 그만두고 뭘 할 생각인데요?"

"글쎄요. 거기에 대해서는 지금 계속 생각하고 있어요⋯⋯. 나는 뭔가를 하고 싶어요. 다만 그게 무슨 일인지는 모르겠어요. 확실한 것은 고학 따위는 아니라는 거죠. 나에게는 뭔가 해야만 하는 일이 있어요. 하지 않고는 견딜 수 없는 일. 지금 그걸 찾고 있어요⋯⋯."

실제로 나는 그 무렵 거기에 대해 생각하고 있었다. 처음에 온통 희망으로 불탔던 나는 고학을 해서 훌륭한 사람이 되는 것을 유일한 목표로 삼아왔다. 그러나 이제는 확실히 알고 있었다. 지금 세상에서는 고학 같은 것을 해도 훌륭한 인간이 될 수 없다는 것을. 아니, 그뿐만이 아니다. 소위 말하는 훌륭한 인간일수록 별 볼 일 없다는 것을. 사람들에게 훌륭하다는 말을 듣는 것에 무슨 가치가 있겠는가. 나는 다른 사람을 위해 사는 것이 아니다. 나 자신의 진정한 만족과 자유를 얻어야만 한다. 나는 나 자신이어야 한다.

나는 너무도 많은 사람들의 노예로 살아왔다. 너무도 많은 남자들의 노리개로 살아왔다.

나는 나 자신의 일을 해야만 한다. 그렇다. 나 자신의 일을 말이다. 그런데 나 자신의 일이란 무엇일까? 그것이 알고 싶다. 그것을 알아내어 실천하고 싶다.

아마도 하쓰요 씨를 알고부터 하쓰요 씨가 빌려준 책에 감화되어 그런지도 모른다. 또 하쓰요 씨의 성격과 일상생활에 자극받아 그런 생각을 했을지도 모른다. 하여간 나는 당시 그런 것만 생각하고 있었다.

우리는 전에 없던 진지함으로 여러 가지 이야기를 나누었다. 그러다 문득 생각해냈다. 오늘 밤 미토시로쵸 청년회관에서 '사회주의 강연회'가 열린다는 것을.

이 무렵부터 나는 사회라는 것을 서서히 알게 되었다. 지금까지는 얇은 베일에 싸여 있던 세계가 점점 명확히 보이게 된 것이다. 나 같은 가난뱅이는 아무리 해도 공부도 할 수 없고 훌륭해질 수도 없는 이유를 알게 되었다. 부유한 자가 점점 더 부유해지고 권력을 가진 자가 뭐든지 할 수 있는 이유도 알게 되었다. 그리고 그 때문에 사회주의가 주장하는 내용이 정당하다는 것도 알게 되었다.

그렇지만 사실 나는 결코 사회주의 사상을 그대로 받아들일 수 없었다. 사회주의는 학대받는 민중을 위해 사회의 변혁을 추구한다고 하는데, 그들이 하는 일이 진정으로 민중의 복지를 위한 것인지는 의문이다. '민중을 위해서'라고 말하며 사회주의가 동란을 일으키면, 민중은 자신들을 위해 일어선 사람들과 함께 생사를 같이할 것이다. 그리고 사회에 하나의 변혁이 왔을 때, 아, 그때 민중은 과연 무엇을 얻을 수 있을까.

지도자는 권력을 얻을 것이다. 그 권력으로 새로운 세계의 질서를 세울 것이다. 그리고 민중은 다시 그 권력의 노예가 되어야 한다. 그렇다면

××란 무엇인가. 그것은 단지 하나의 권력을 다른 권력이 대신하는 것에 지나지 않는다. 나는 냉정한 눈으로 그것을 바라보았다.

"나는 인간 사회에 대해 이렇다 할 이상을 가지고 있지 않아. 때문에 우선 마음이 맞는 동료들이 모여 마음에 맞는 생활을 하는 거야. 그것이 가장 가능성 있는 그리고 가장 의미 있는 생활 방식이라고 생각해."

하쓰요 씨는 이렇게 말했다. 그러나 우리 동료 중 한 사람은 이를 회피라고 했다. 하지만 난 그렇게 생각하지 않았다. 나도 하쓰요 씨와 마찬가지로 이미 이렇게 된 사회를 만인이 행복한 사회로 변혁하는 것은 불가능하다고 생각했다. 나도 이렇다 할 특별한 이상을 가질 수 없었다. 그렇지만 나에게는 한 가지, 하쓰요 씨와 다른 생각이 있었다. 비록 우리가 사회에 이상을 가질 수는 없어도 우리 자신에게는 우리 자신만의 진정한 일이 존재한다는 점이다. 그 일이 성취되든 그렇지 않든 그것은 중요하지 않았다. 그저 그것이 진정한 일이라고 생각하면 된다. 그것이, 그런 일을 하는 것이 우리 자신의 진정한 삶이다.

나는 그것을 하고 싶다. 그 일을 통해 우리의 삶이 즉시 우리와 하나가 된다. 멀리 저편에 이상적인 목표를 두는 것이 아니라.

어느 춥고 추운 밤이었다. 언제나 그렇듯이 나는 수업을 빠지고 정의 하숙집에 놀러 갔다. 언제나처럼 안내도 받지 않고 정의 방 장지문을 열고 "안녕하세요"라고 인사를 했다. 정과 또 한 명의 낯선 남자가 화롯가에 앉아 뭔가 작은 소리로 이야기를 하고 있었다.

낯선 남자는 그다지 키가 크지 않았고 앙상하게 말랐으며 숱 많은 검은 머리를 어깨까지 기른 스물서너 살의 남자였다. 푸른 작업복에 갈색

오버를 걸치고 있었는데, 오버 버튼은 떨어져나갈 듯 덜렁덜렁 붙어 있고 소매는 너덜너덜 해졌으며 팔꿈치가 닳아서 구멍이 나 있었다.

"어서 와요."

정은 나를 맞았다.

낯선 남자는 잠깐 나를 보더니 입을 다물고 화롯불로 시선을 돌렸다.

"꽤 춥네요."

나는 이렇게 말하며 성큼성큼 방으로 들어가 화로 옆에 앉았다.

"2, 3일 보이지 않던데, 무슨 일 있었어요?"

정이 물었다.

"아니요, 특별히."

나는 대답했다. 그리고 문득 그 초라한 행색의 손님에게 말을 걸어보았다.

"얼마 전에 중화청년회관에서 열린 러시아기근구제 음악회 때 무대 옆에 서 있었죠, 그렇죠?"

"그랬나요?"

손님은 대답했다. 그러나 그뿐으로 갔다고도 가지 않았다고도 말하지 않았다. 그는 조용히 일어났다.

"계셔도 되는데. 말씀 나누세요. 전 특별한 용건이 있어서 온 것은 아니니까……."

나는 급히 말렸다. 그러나 손님은 역시 대답도 하지 않았다. 다다미 위에 우뚝 선 채 짙은 눈썹 아래 검은 셀룰로이드 안경 너머로 차갑게 나를 내려다보았다. 왠지 위압감이 느껴졌다. 그러더니 "먼저 실례하겠습니다"라고 분명히 말한 후 방을 나갔다.

"이봐, 오늘 밤 어디서 묵을 생각인가? 오늘 여기 있어도 괜찮아."

정이 생각난 듯 갑자기 일어서더니 복도로 손님을 쫓아가면서 소리 쳤다.

"고마워. 오늘 밤은 고마고메의 친구 집에서 묵을 생각이야."

그는 차분하고 쓸쓸하게 대답했다.

왠지 미안한 생각이 들었다. 내 정신도 긴장이 되었다.

"저 사람, 누구예요?"

"아, 저 사람? 언젠가 당신이 꽤나 감동했던 시의 작가 박열 군이에요."

"어머! 저 사람이 박열?"

나는 나도 모르게 얼굴을 붉히며 소리쳤다.

"그래요. 저 친구예요."

정은 침착한 어조로 말했다.

나는 박열에 대해 여러 가지를 정에게 물었다. 정의 말에 따르면 그는 지금까지 인력거꾼, 짐꾼, 우편배달부, 인부 등을 했지만 지금은 특별히 하는 일 없이 그저 하룻밤 하룻밤을 친한 친구 집을 전전하며 지내고 있다고 했다.

"저 사람 마치 집 없는 들개 같네요. 그런데 왜 저렇게 도도하죠? 마치 태도가 왕자 같아요."

"저렇게 친구 집을 전전하며 얻어먹는 동안에는 그렇죠."

정이 다소 경멸적으로 말했다. 하지만 내가 자신의 말에 불만스러운 표정을 보이자 이렇게 덧붙였다.

"그렇지만 대단해요, 저 친구. 저 친구만큼 진지하게 생각하고, 진지 하게 행동하는 사람은 우리 동료 중에도 그렇게 많지 않아요."

'분명 그럴 거야. 틀림없이 그럴 거야.'

나는 마음속으로 이렇게 외쳤다. 뭔가가 내 마음속에서 발버둥치고 있었다. 뭔가가 내 마음속에서 태어났다.

그 사람 안에 작용하는 것은 무엇일까? 저렇게 힘 있게 하는 것은 무엇일까? 나는 그것을 찾고 싶었다. 그것을 내 것으로 만들고 싶었다.

나는 정과 헤어졌다. 헤어져서 가게로 돌아왔다.

돌아오는 도중 생각했다.

'그렇다. 내가 찾고 있는 것, 내가 하고 싶어 하는 일, 그것은 분명 그 사람 안에 존재한다. 그 사람이야말로 내가 찾고 있던 것이다. 그 사람이야말로 내가 하고 싶었던 일을 가지고 있다.'

이상한 환희가 가슴속에서 끓어올랐다. 흥분한 나는 그날 밤 잠을 이루지 못했다.

다음 날 아침 일찍 정을 찾아갔다. 그리고 박과 교제하고 싶으니 만나게 해달라고 부탁했다.

"하지만 그는 언제나 여기저기 돌아다녀서 좀처럼 만나기 어려워요."

정이 말했다.

"괜찮아요. 내가 일하는 가게로 와주면 돼요. 당신은 그렇게 전해주기만 하면 돼요."

나는 대답했다.

정은 승낙했다.

그러나 박은 오지 않았다. 4, 5일이 지나 나는 다시 정을 찾아갔다.

"말해줬나요?"

"네. 2, 3일 전에 모임에서 만나서 말했어요."

"그랬더니 뭐라고 하던가요?"

"글쎄요, 그저 '그런가요'라고만 할 뿐 아무 말도 하지 않았어요. 그다지 마음 내켜하지 않는 것 같았어요."

나는 다소 실망했다. '나 같은 것은 상대하지 않겠다는 건가'라는 불안한 기분이 들었다. 그러나 나는 희망을 버리지 않았다. 그저 박이 찾아와줄 날을 기다렸다.

10일이 지났다. 그렇지만 박은 오지 않았다. 20일이 지났다. 박은 여전히 오지 않았다.

'아, 결국 안 오는가'라고 생각했다.

나는 쓸쓸했다. 내가 아무 가치 없는 사람이라는 것을 박이 뒷받침하고 있는 듯한 느낌이 들어 한층 더 쓸쓸했다. '어쩔 수 없지. 혼자 힘으로 서려면 하쓰요처럼 타이피스트가 되든, 아무튼 직업을 가져야 해'라고 결심했다.

정에게 전언을 부탁한 지 한 달 정도 지났을 때, 아마도 3월 5일인가 6일이었을 것이다. 박이 불쑥 내가 일하는 가게로 찾아왔다.

박의 얼굴을 보자, 가슴이 두근두근 뛰었다.

"어머, 드디어 와주셨네요."

두 팀 정도의 술손님을 상대하고 있던 나는 박을 가게의 구석 테이블로 안내하면서 작은 목소리로 말했다.

"딱 좋을 때 왔어요. 조금 쉬고 있어요. 나도 나올게요."

이렇게 말한 나는 밥을 푸고 두부조림과 무를 가지고 가서 박에게 주었다.

이윽고 학교에 갈 시간이었다. 나는 2층에 올라가 준비를 했다. 박에게 조금 먼저 나가라고 하고…….

언제나처럼 나는 가방을 들고 가게를 나섰다. 박은 골목길에 서서 나를 기다리고 있었다. 그 후 우리는 전찻길까지 함께 걸었다.

그러나 전찻길로 나오자 박은 갑자기 멈춰 서며 말했다.

"당신은 간다로 가죠? 저는 교바시에 일이 있어서. 그럼 여기서 실례할게요."

그는 성큼성큼 걸어갔다.

"아, 잠깐!"

나는 뒤에서 따라가며 말했다.

"내일도 또 오세요. 맛있는 걸 준비해둘게요."

"고마워요. 갈게요."

눈길 한번 주지 않고 그는 가버렸다. 왠지 아쉬웠다.

다음 날 정오쯤에 그가 왔다.

나는 박의 테이블 옆에 앉아 다른 사람들에게는 들리지 않도록 말했다.

"오늘 밤은 학교 앞으로 나와주지 않겠어요? 잠깐 할 말이 있어요."

"학교는 어디죠?"

"간다의 세이소쿠."

"네, 갈게요."

그는 단호하게 대답했다.

겨우 나는 안심했다. 그리고 그날 저녁을 기다렸다.

약속대로 박은 학교 앞의 잎이 다 떨어진 나무 아래 서 있었다.

"고마워요. 많이 기다렸어요?"

"아니요. 지금 막 왔어요."

"그래요. 고마워요. 조금 걸을까요?"

우리는 인적이 드문 곳을 골라 걸었다. 그러나 서로 아무 말도 하지 않았다. 길에서 말할 수 있는 가볍고 단순한 것을 말하려는 게 아니었다. 나는 더 조용하고 안정된 곳을 찾고 있었다.

진보쵸 거리로 나오자, 커다란 중국 요리점이 보였다.

"저기에 들어갈까요?"

나는 성큼성큼 계단을 올라갔다. 박은 말없이 내 뒤를 따라왔다.

우리는 3층의 작은 방에 자리를 잡았다. 보이에게 적당히 두세 가지 요리를 골라서 가져다달라고 주문했다.

보이가 나가자 나는 컵 뚜껑을 열어 컵 안을 들여다보며 말했다.

"이 차 마시는 법, 알아요? 뚜껑을 열고 마시면 차 찌꺼기가 입안으로 들어올 것 같고, 뚜껑을 닫고 마시는 것도 이상하고, 뭔가 묘하네요."

"어떻게 하는 걸까요? 나도 이렇게 멋진 곳에 와본 적이 없어서 모르지만……."

박 역시 나와 마찬가지로 뚜껑을 열어본 뒤 다시 닫았다.

"마시는 거니까 결국 마시면 되는 거 아닐까요? 마시는 데 무슨 규칙이 있겠어요?"

박은 이렇게 말하면서 뚜껑을 조금 비스듬히 해서 그 사이로 마셨다.

"아, 그렇게 하면 되겠네요. 분명 그렇게 마시는 걸 거예요."

나도 박의 흉내를 내서 마셨다. 차맛은 그리 좋은 편은 아니었다.

보이가 요리를 가져오는 사이, 우리들은 그저 잡담을 하면서 식사를 했다. 나는 그다지 식욕이 없었지만 박은 상당히 배가 고팠던 모양인지 잘 먹었다.

나는 용건을 말하고 싶었지만 분위기가 딱딱해서 말하기 거북했다. 그렇지만 어렵사리 어색하게 입을 열었다.

"그런데…… 제가 당신과 교제하고 싶어 하는 이유를 아마도 정에게 들었을 거라고 생각하지만……."

"네, 조금 들었어요."

박은 접시에서 눈을 떼고 나를 보았다. 그때 우리 눈이 마주쳤다. 나는 두근두근했다. 그러나 이렇게 된 이상 내 마음을 과감하게 말해야만 했다.

나는 말을 이었다.

"저, 그럼 단도직입적으로 말할게요. 당신은 배우자가 있나요, 아니면 없어도 누군가……, 그러니까 연인이라고 부를 만한 사람이 있나요……. 만약 있다면 나는 당신과 그저 동지로라도 교제하고 싶어요……. 어떤가요?"

이 얼마나 서툰 구혼인가. 이 얼마나 우스꽝스러운 장면인가. 지금 생각하면 웃음이 나오기도 하고 얼굴이 뜨겁기도 하다. 그렇지만 그때 나는 극히 진실하고 진지했다.

"저는 혼자 몸입니다."

"그런가요……. 그럼 조금 더 묻고 싶은 것이 있는데 서로 마음속에 있는 그대로 솔직하게 말하도록 해요."

"물론이죠."

"그런데…… 저는 일본인이에요. 그러나 조선인에 대해 특별한 편견은 없어요. 당신은 나에게 반감을 가지고 있나요?"

조선인이 일본인에 대해 갖는 감정을 나는 대강 알고 있었기 때문에 무엇보다도 먼저 그것을 물을 필요가 있었다. 나는 조선인의 그러한 감정이 두려웠다. 그러나 박은 대답했다.

"아니, 제가 반감을 갖고 있는 것은 일본의 권력 계급입니다. 일반 민중이 아니죠. 특히 당신처럼 아무 편견도 가지고 있지 않은 사람에게는 오히려 친근감마저 듭니다."

"그런가요. 고마워요."

나는 조금 편안한 기분이 되어 미소를 지었다.

"그렇지만 또 하나 묻고 싶어요. 당신은 민족운동가인가요……. 나는 사실 오랫동안 조선에 있었기 때문에 민족운동을 하는 사람들의 마음을 어느 정도 알아요. 하지만 전 조선인이 아니어서 조선인처럼 일본의 압박을 받지 않았기 때문에 그런 사람들과 함께 조선의 독립운동을 할 생각은 없어요. 그래서 만약 당신이 독립운동가라면, 안타깝지만 당신과 함께할 수 없어요."

"조선의 민족운동가에게 동정하는 점도 있어요. 그래서 일찍이 민족운동에 참여한 적도 있고요. 그러나 지금은 그렇지 않아요."

"그렇다면 당신은 민족운동에 반대하는 건가요?"

"아니요, 결코. 그러나 나에게는 나의 사상이 있어요. 일이 있어요. 나는 민족운동 전선에 설 수 없어요."

모든 방해물이 제거되었다. 나는 안심했다. 그러나 속마음을 털어놓기에는 아직 분위기가 무르익지 않았다는 것이 느껴졌다. 우리는 그 후 또 여러 가지 잡담을 했고, 이야기를 하면 할수록 그 사람 안에 어떤 커다란 힘이 있는 것을 느낄 수 있었다.

서서히 깊이 빠져들어가는 나 자신을 느꼈다.

"나는 당신 안에서 내가 찾고 있던 것을 발견했어요. 당신과 함께 일할 수 있었으면 해요."

나는 결국 마지막에 이렇게 말했다.

"저는 별 볼 일 없는 사람입니다. 그저 죽지 못해 사는 사람이죠."

그가 차갑게 대답했다.

8시 무렵이었을 것이다. "또 만나요" 하며 우리는 보이에게 계산서를 부탁했다. 3엔 얼마였다.

"제가 낼게요. 오늘은 저도 돈을 가지고 있어요."

박은 오버 주머니에서 담배 서너 개비와 함께 꾸깃꾸깃한 지폐 2~3장과 동화, 은화 7~8개를 테이블 위에 꺼내놓았다.

"아니요, 제가 낼게요. 제가 더 부자인 거 같아요."

나는 가로막았다.

우리 두 사람은 함께 그곳을 나왔다.

그 후 우리는 가끔 만났다. 이미 어색한 기분으로 이야기할 필요가 없었다. 우리는 서로 마음과 마음이 연결되어 있는 것 같은 편안함을 느꼈다. 마침내 우리의 마지막 양해가 성립되었다.

미사키쵸의 작은 양식점 2층에서 우리는 이야기를 마무리 지었다. 그때가 저녁 7시 무렵이었다. 학교에 가기에는 너무 늦었고 집에 가기에는 이른 시간이었다. 그래서 또 천천히 어두운 수로를 따라 히비야 쪽으로 걸었다.

밤은 아직 차가웠다. 맞잡은 손을 박의 오버 주머니에 넣은 채 정처 없이 발길 닿는 대로 걸었다.

공원에는 인적이 없었다. 메마른 전차 소리만이 밤의 정적을 깨뜨리고 있었다. 하늘에는 별, 땅에는 아크등, 그것만이 조용히 빛나고 있었다.

박은 평소와 다르게 명랑하게 말했다.

박의 말에 따르면 그는 경상북도의 시골에서 태어났다. 상민 집안으로 대대로 농사를 지어 생계를 유지했지만, 조상 중에 학문을 했던 사람도 있고 사회적 지위가 있었던 사람도 있다고 했다. 아버지는 박이 네 살 때 돌아가셨는데 어머니는 무척 사랑이 많은 여자로, 어렸을 때 박은 어머니 다리와 자신의 다리를 묶지 않으면 잘 수 없을 정도로 어머니를 따랐다. 일곱 살 때부터 마을의 서당에 다녔고 아홉 살 때부터는 마을에 세워진 보통학교에 다녔는데 머리가 무척 좋았다. 그래서 박은 계속 학문을 하고 싶었는데 마침 그 무렵 집안이 기우는 바람에 형이 박을 농사꾼으로 만들려고 했다. 실제로 박도 농사일을 했다. 그러나 학문을 하고 싶다는 박의 열망을 억누를 수 없었다. 열다섯 살 때 그는 몰래 대구로 나와 고등보통학교 시험을 쳤는데 보기 좋게 합격했고, 형도 어쩔 수 없이 어려운 중에 그에게 학비를 보냈다. 그 무렵부터 박은 와세다 강의록*을 구독하며 일본의 문학자들이 쓴 글 등을 읽었다. 그리고 그의 사상은 점점 왼쪽으로 기울게 되었다.

독립운동에 참가하려고 한 것도 그 무렵이었다. 그렇지만 그 운동이

---

* 와세다대학교의 전신인 도쿄전문학교가 1886년부터 1956년까지 약 70년간 발행한 강의록이다. 대학에 다니기 어려운 사람들이 공부를 계속하는 방법 중 하나가 이 강의록으로 통신 교육을 수강하는 것이었고, 와세다 통신 강의록은 그야말로 캠퍼스 밖에 있는 '또 하나의 와세다'였다.

허구라는 것을 곧 깨달았다. 지배자가 바뀐다 해도 민중의 처지가 달라지는 것은 없다고 생각했다. 그리고 열일곱 살 봄, 도쿄에 왔다.

도쿄에 온 이후, 그의 생활은 고투의 역사 그 자체였다. 그는 점점 자기 자신에게로 침잠해갔다. 입이나 펜 끝으로만 해대는 운동 따위에 이미 흥미를 잃었다. 그는 자신의 길을 가고자 했다.

이런 말을 그가 이때 전부 한 것은 아니다. 그는 자신에 대해 말을 거의 하지 않았다. 단편적인 것들만 말했다. 그 단편적인 것에 내가 나중에 다른 사람들에게 들은 것을 더해 적은 것이다.

우리는 사실 과거를 말하기보다 미래를 말했다. 둘이서 개척해가야만 하는 길에 대해 옅은 희망을 가지고 서로 이야기했다.

"후미 씨, 나는 진지하게 운동하기 위해 기친야도*에 들어가려고 해요. 당신은 어때요?"

박이 갑자기 이렇게 말을 꺼냈다.

"기친야도요? 좋아요."

나는 대답했다.

"그렇지만 지저분해요. 빈대도 있어요. 당신, 견딜 수 있겠어요?"

"견딜 수 있어요. 그 정도도 견디지 못할 거면 아무것도 하지 않는 편이 나아요."

"그래요. 분명 그래요……."

이렇게 말하고 박은 잠시 입을 다물었다. 그러나 잠시 후 다시 입을 열었다.

---

* 길손이 연료비만 치르고 자취하면서 묵었던 싸구려 여인숙이다.

"저기, 후미 씨, 부르주아들은 결혼을 하면 신혼여행이라는 것을 간다고 해요. 그래서 말인데 우리들은 동거 기념으로 비밀 출판이라도 해볼까요?"

"재미있겠네요. 해요."

나는 조금 들뜬 기분으로 찬성했다.

"뭘 할까요? 제가 크로포트킨의 《빵의 쟁취》를 가지고 있는데 그걸 둘이 번역할까요?"

그러나 박이 반대했다.

"그건 이미 번역본이 나왔어요. 게다가 다른 사람이 쓴 것을 내고 싶지 않아요. 그것보다는 부족하더라도 우리 둘이서 쓰는 것이 좋겠어요."

우리는 그런 계획에 열중해 있었다. 정신이 들어보니 어느 틈에 공원을 벗어나 거리에 나와 있었다. 시간도 꽤 흐른 듯했다.

"몇 시죠? 9시에는 돌아가야 하는데……."

아쉬운 기분으로 내가 말했다.

"아, 그럼 여기서 기다리세요. 제가 잠깐 보고 올 테니."

이렇게 말하고 박은 전차 교차로 앞의 파출소까지 시계를 보러 갔다. 왜냐하면 우리 둘 모두 시계를 가지고 있지 않기 때문에…….

박이 이윽고 돌아왔다.

"9시 17분 전이에요."

"그래요? 그럼 돌아가야겠어요."

내가 이렇게 말하자, 박이 말했다.

"아직 30분은 괜찮아요. 9시에 학교가 끝나 10분 전차를 타면 9시 10분이죠? 그러니까 아직 25분이나 30분은 괜찮아요."

"고마워요. 좋은 걸 가르쳐줘서."

우리는 또 손을 잡고 다시 공원 안으로 들어갔다. 나무 아래 벤치에 앉아 차갑게 언 뺨을 댄 채 가만히 있었다. 그러나 시간이 흘러 이제 가야 할 시간이었고 우리는 아쉬운 듯 일어섰다.

공원 입구 근처에 왔을 때 내가 물었다.

"그런데 오늘 밤은 어디로 가나요?"

"그러니까…… 고지마치의 친구 집이라도 가보려고요."

박은 잠시 생각하더니 쓸쓸하게 대답했다.

"참, 그렇게 집이 없으면 쓸쓸하지 않나요?"

"쓸쓸해요."

박은 발밑을 내려다보면서 가라앉은 목소리로 말했다.

"이렇게 건강할 때는 아무렇지 않은데, 아플 때는 마음이 불안해요. 보통 때는 친절하던 사람도 그럴 때는 싫어하니까요."

"그래요, 사람들은 차가우니까요. 그런데 당신은 너무 말랐어요. 그동안 심하게 앓은 적 없어요? 도쿄에 오고 나서……."

"있어요. 작년 봄에요. 심한 독감에 걸렸는데 간병해주는 사람이 아무도 없어서 사흘 정도 먹지도, 마시지도 못하고 혼죠의 기친야도에서 끙끙 앓고 있었죠. 그때는 정말 내가 여기서 죽는 게 아닌가 싶어 서글 펐어요."

어떤 감정 하나가 가슴속에서 치밀어 올랐다. 눈물 어린 눈을 깜박이며 나는 박의 손을 꼭 잡았다.

"내가 알았더라면……."

잠시 후 박은 단호한 어조로 "그럼 잘 가요. 또 만납시다"라며 내 손을 놓고 간다 방면으로 가는 전차에 뛰어올랐다.

배웅하면서 나는 마음속으로 기도하듯이 말했다.

"기다려주세요. 조금만 더요. 내가 학교를 졸업하면 바로 같이 살아요. 그때는 내가 언제나 당신 곁에 있을게요. 결코 당신을 병 따위로 힘들게 하지 않을 거예요. 죽는다면 같이 죽어요. 살아도 같이 살고 죽어도 같이 죽어요."

수기를 쓴 후에

내 수기는 이것으로 끝났다. 이 이후의 일은 박과 나의 동거 생활에 대한 기록 외에 다른 것은 쓸 자유가 없기 때문이다. 그러나 이만큼이라도 쓴 것은 내 목적을 달성한 셈이다.

무엇이 나를 이렇게 만들었는가? 나는 여기에 대해 아무것도 말하지 않겠다. 그저 내 반생의 역사를 펼쳐놓으면 되는 것이다. 마음 있는 독자는 이 기록을 읽고 충분히 알아줄 것이다. 나는 그렇게 믿는다.

머지않아 이 세상에서 나의 존재가 사라질 것이다. 그러나 일체의 현상은 현상으로는 없어져도 영원의 실제 속에 존속할 거라고 생각한다.

나는 지금 평안하고 고요하며 냉정한 마음으로 이 조잡한 수기의 펜을 놓는다. 내가 사랑하는 모든 것에 축복 있으라!

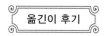

제국주의와 가부장제에 맞선 자유로운 영혼

이 수기의 저자인 가네코 후미코의 존재에 대해 그동안 많은 사람들이 알지 못했을 것이다. 나 역시 이준익 감독의 영화 〈박열〉을 보고 그녀의 존재를 알게 되었다. 영화 속에서 가네코 후미코는 귀엽고 당찬 여성으로 그려지는데, 이 책을 번역하며 영화에 나오는 가네코 후미코의 모습은 빙산의 일각이고 빙산 중 바닷물에 잠긴 부분이 이 수기라는 생각이 들었다.

무엇이 그녀를 그렇게 만들었을까

가네코 후미코는 허무주의자였고, 무정부주의자(아나키스트)였다. 이 수기의 제목처럼 '무엇이 그녀를 그렇게 만들었을까?' 여기에 대해 이 수기의 내용을 중심으로 생각해보겠다.

첫째는 부모로부터 버림받았기 때문이다.

어린 시절 아버지는 후미코에게 사랑을 듬뿍 주는 존재였으나 이모의 등장과 동시에 그 사랑이 이모에게 옮겨가버린다. 결국 아버지는 후미코와 남동생, 어머니를 버리고 이모와 딴살림을 차리게 된다. 아이에 대한 사랑보다는 자신의 욕망을 우선시했던 아버지에게 후미코는 크나큰 배신감을 느낀다.

어머니 역시 아버지와 헤어진 후 어린 후미코를 데리고 이 남자 저 남자를 전전한다. 후미코가 계부에게 학대를 당해도 방관하는 어머니, 아니 심지어 자신의 욕망을 채우기 위해 늦은 밤 후미코를 심부름 보내기도 한다. 결국은 누구와도 살지 못하고 어머니는 친정으로 돌아가지만 친정집으로 중매가 들어오자, 잘사는 집이라는 이유로 어린 후미코를 버리고 아이가 셋 있는 집의 후처로 들어간다. 후미코는 어머니에게 가지 말라고 매달려 울었지만 어머니는 그런 후미코를 아랑곳하지 않고 자신의 행복을 찾아 떠나버린다.

그래서 후미코는 제1회 피고인 심문(1923년 10월 25일, 도쿄지방재판소)에서 판사가 "피고인의 가족 관계는?"이라고 물었을 때 "저에게는 진정한 가족이 없습니다"라고 대답한 것이리라.

둘째는 사회로부터 버림받았기 때문이다.

후미코는 '무적자'라는 이유로 학교 갈 나이가 되었는데도 학교에 가지 못한다. 조르고 졸라 들어간 학교는 책상이 맥주 상자인 곳이었고, 이후 어머니가 울며 애원해서 겨우 들어간 정규 학교에서는 후미코만 출석을 부르지 않거나 수료증을 주지 않는 등 차별을 한다.

그녀는 제3회 피고인 심문(1924년 1월 22일, 도쿄지방재판소) 중에 이렇게 말한다.

"일본 땅에 살면서도 일본인도 아니고 다른 어떤 나라 사람도 아니었다. 나의 국적은 천국에 있었다. 나는 일본 사람이 아니었음에도 일본의 제도로부터 정신적, 육체적으로 견디기 어려운 학대를 받았다."

셋째는 종교와 사상에서 구원을 추구했으나 찾지 못했기 때문이다.

후미코는 신문팔이를 하면서 알게 된 이토라는 청년을 통해 기독교를 소개받는다. 이후 교회에도 나가고 성경도 읽고 기도도 하면서 착실하게 신앙생활을 하고, 지친 몸을 이끌고 세 들어 사는 집의 화장실 청소를 하는 등 나름대로 봉사를 실천한다. 그러던 어느 날 이토는 후미코에게 동료 이상의 감정을 가지게 된 사실을 고백하며 이별을 말한다. 사랑을 내세우는 기독교가 자신의 사랑의 감정에 충실하지 못한 것에 후미코는 실망한다. 제3회 피고인 심문에서 후미코는 이 일을 계기로 기독교를 버렸다고 말한다.

이후 후미코는 사회주의 사상에 심취해보지만, 역시 말과 행동이 다른 사회주의자들을 보고 사회주의에 염증을 느낀다. 예를 들어 여성 사회주의자 구노 여사는 후미코의 겨울 외투를 전당포에 맡기고 나 몰라라 하는 바람에 후미코는 외투를 잃게 된다. 그녀의 불성실한 태도로 사회주의자들에게 품고 있던 후미코의 환상이 산산조각 난다.

이상과 같은 이유가 그녀를 그렇게 만든 게 아닐까.

그녀는 자신만의 길을 찾았을까

이 수기는 1926년 3월 25일 천황과 황태자를 암살하려 했다는 대역죄로 사형을 언도받기 전인 1925년 여름부터 쓰기 시작하여 다음해 2월에 완성했다. 사형을 언도받기 전에 쓰여지기는 했지만 사형 언도는 이미 예견된 일이었다. 그래서 후미코는 〈수기를 쓴 후에〉에서 '머지않아 이 세상에서 나의 존재가 사라질 것이다'라고 쓰고 있다.

그래서 그런지 이 수기는 참으로 솔직하고 비장하며 결국에는 속세의 모든 번뇌에서 벗어나 해탈의 경지에 이른 듯하다. 〈수기를 쓴 후에〉에서 후미코는 자신의 마음은 '평안'하고 '고요'하며 '냉정'하다고 쓴다. 그리고 자신은 태어났을 때부터 불행했지만 지금은 과거의 모든 것에 감사해한다.

후미코는 사형 선고를 받은 후 바로 무기징역으로 감형되지만 1926년 7월 23일 옥사한다. 사인은 불분명하다. 그녀의 나이 스물세 살이었다.

예수 그리스도가 공생애 3년을 마치고 서른셋의 나이로 세상을 떠나며 "다 이루었다"라고 말한 것처럼 후미코는 스물셋에 다 이루고 떠난 게 아닐까.

어려서부터 책을 좋아하고 영리했던 그녀는 고학하여 여자 의전에 들어가려고 했다. 입신출세를 꿈꿨지만 사회를 알면 알수록 자신과 같은 가난뱅이는 아무리 공부해도 훌륭해질 수 없다는 것을 깨닫는다. 또한 입신출세에 대해 허무함도 느낀 것 같다. 그녀는 '자신만의 진정한 일'이 존재한다고 생각했다.

그럼 그녀는 마침내 자신만의 일을 찾았을까? 나는 그렇다고 생각한다. 그래서인지 20대 초반의 젊디젊은 젊은이가 쓴 글인데도 마치 예순을 훨씬 넘긴 노인이 쓴 것 같은 경험과 깨달음이 담겨 있다.

한편 이 수기의 재미있는 부분은 식민지 시대의 우리나라 모습을 엿볼 수 있다는 점이다. 시골 장터와 마을, 조선인의 생활상 등을 볼 수 있다.

후미코는 1912년 가을부터 1919년 봄까지 약 7년 동안 충청북도 부강에서 생활했다. 처음에는 고모집의 양녀로 들어갔으나 친할머니를 비롯한 집안사람들의 갖은 학대와 구박을 받은 끝에 식모로 전락한다. 어느 날 학대받고 슬픔에 잠겨 고모 집을 나온 그녀는 조선인 아줌마의 위로에 감동하기도 하고, 고모 집에서 일하는 머슴 고씨를 비롯한 압제당하는 조선인에게 동정의 마음을 품기도 한다.

후미코는 박열과 사귀기에 앞서 박열에게 '당신이 독립운동가라면 함께할 수 없다'라고 잘라 말한다. 하지만 그녀는 '힘을 가진 사람들에 대해 마음속에 항상 반감을 가지고' 있었다. 즉, 그녀의 조선에 대한 생각은 '처지가 비슷한 사람을 마음 깊이 동정'한 인간적인 것이지 민족적인 것은 아니었다.

가네코 후미코는 무엇보다 이 세상의 부모들이 이 수기를 읽어주었으면 했다. 아니, 부모뿐만 아니라 좋은 사회를 만들고자 하는 교육가, 정치가, 사회사상가가 읽어주었으면 했다. 하지만 나는 이 수기를 번역하면서 그녀와 비슷한 나이인 여고생과 여대생들이, 자신의 생각을 만들어가는 시기에 있는 그들이 읽어주었으면 좋겠다고 생각했다. 치열하게 고민하며 자신의 생각과 신념대로 살았던 그녀의 삶을 통해 현실의 자신을 돌아보고 앞으로 나아갈 길을 위해 뭔가를 얻을 수 있을 것이다.

2017년 11월

장현주

옮긴이 장현주

대학에서 일어일문학을 공부한 후 일본 문학을 더 깊이 연구하고자 일본 분쿄대학교 일어일문학과에 진학
했다. 분쿄대학 대학원에서 일본 문학 석사학위를 취득한 후 분쿄대학 대학원에서 연구생으로 1년간 더 일
본 문학을 연구했다. 옮긴 책으로《IQ 210 김웅용 : 평범한 삶의 행복을 꿈꾸는 천재》,《삼국지 1~10》,《마
음》,《글 잘 쓰는 독종이 살아남는다》,《도련님》,《은하철도의 밤》,《매일매일 긍정하라》,《강아지 나라에서
온 편지》등이 있다.

무엇이 나를 이렇게 만들었는가

초판 1쇄 펴낸 날 2017년 12월 7일

지 은 이　가네코 후미코
옮 긴 이　장현주
펴 낸 이　장영재
편　 집　백수미, 배우리, 서진
디 자 인　고은비, 안나영
마 케 팅　김대성, 강복엽, 남선미
경영지원　마명진
물류지원　한철우, 노영희, 김성용, 강미경

펴 낸 곳　(주)미르북컴퍼니
자 회 사　더스토리
전　 화　02)3141-4421
팩　 스　02)3141-4428
등　 록　2012년 3월 16일(제313-2012-81호)
주　 소　서울시 마포구 성미산로32길 12, 2층 (우 03983)
E-mail　sanhonjinju@naver.com
카　 페　cafe.naver.com/mirbookcompany